Histoires inextraordinaires

ISBN : 2-35192-098-5

Jean Loehr

Histoires inextraordinaires

illustrées par Francis Tardif

LES ÉDITIONS DE LA VEYTIZOU Asso.

« A mon vieil ami Henri »

« Tu radotes ! Mais tu n'es pas menteur puisque tu racontes toujours la même chose... »

Vincent Romagny

Faut pas rêver !...

Chez les Peaux-rouges, toute décision concernant la tribu était soumise au Conseil des anciens, l'âge et l'expérience étant supposés conférer à ses membres sérénité et sagesse.

N'étant ni Indien ni décideur d'une assemblée quelconque, mais néanmoins « ancien », il m'a semblé que le redoutable privilège de l'âge m'autorisait désormais à exposer des points de vue – à n'en pas douter, judicieux... – sur ce monde qui nous entoure.

Le premier sujet de ma réflexion a porté sur l'élément le plus fondamental : le sens de la vie. Comment résumer, en quelques mots, la vie de l'homme occidental ? C'est très simple, sa vie se résume essentiellement en trois opérations.

L'addition d'abord : se lever, faire sa toilette, prendre le petit déjeuner, aller au travail, manger à midi, faire la vaisselle, repartir au labeur, avaler la soupe du soir, faire la vaisselle, dormir devant la télévision... et se mettre enfin au lit.

Mais je crois entendre une voix, celle d'un ancien supérieur hiérarchique, qui me murmure à l'oreille :

– Et l'amour ?

– Vous voulez parler de « l'amour de son prochain » je suppose ?

– L'amour physique, voyons !

– Ah ! Je me disais aussi...

Pour le contenter, ajoutons donc, à notre liste, les ébats amoureux, ce qui ne change rien au fond de l'affaire.

La multiplication ensuite : multiplier la somme précédente, pas nécessairement le travail qui peut être remplacé par d'autres activités, par 365 ou 366 – à cause des années bissextiles – puis par le nombre d'années de votre vie.

La soustraction enfin : retrancher du total quelques heures volées par-ci par-là pour vous faire plaisir, prendre un peu de recul afin d' analyser les choses de la vie, ou tout simplement observer le spectacle de la comédie humaine sur la grande scène du « monde ouvert à notre fenêtre » selon l'expression de notre regretté Jean Ferrat..

Si vous trouvez que j'exagère, faites le compte : 33% de votre temps passé à dormir – Dans votre lit ou devant la télé, ça revient au même... –, autant au travail professionnel ; ça fait déjà 66% ! Comptez maintenant le temps consacré à l'entretien de la maison et du jardin, à la vaisselle et...à l'amour ; si vous atteignez 90%, on peut bien considérer que notre vie se résume au produit – dans son sens de « multiplication » de cette répétitivité des tâches. Aussi avais-je pensé, initialement et en référence au film renommé d'Etienne Chatilliez, intituler le présent recueil de petites histoires tirées du quotidien : « La vie est un long fleuve tranquille ».

D'ailleurs, depuis que je suis à la retraite, elle m'apparaît de plus en plus tranquille et la répétitivité – c'est aussi difficile à taper qu'à prononcer... – de plus en plus monotone. Mais je vous le dis entre nous, le pire, c'est ...la vaisselle. Quand vous avez passé l'essentiel de votre matinée à faire les courses, à chercher les légumes au jardin, à les éplucher éventuellement, à mettre le couvert, et que vous pouvez enfin savourer un repas bien gagné en écoutant sur France-inter le « jeu des mille euros », c'est à peine fini qu'il faut s'atteler au nettoyage des ustensiles.

Je sais, vous allez me signaler que les lave-vaisselle ne sont pas faits pour les chiens ; et c'est bien pour cela qu'il y en a un tout neuf – depuis une bonne quinzaine d'années... – à la maison. Mais c'est juste bon pour les verres, assiettes et couverts car, avec les casseroles, faitouts et autres marmites, l'appareil est tout à fait inopérant. Ce n'est pas ma femme qui vous dira le contraire. Demandez-lui si la machine à jets d'eau bouillante est efficace pour nettoyer un récipient où ont cuit les salsifis qui laissent sur le métal une sorte de pâte noire laquelle s'étale quand on la frotte, ou pour curer les casseroles où ont cramé les châtaignes pendant qu'elle discutait chez la voisine ?...Pas question non plus d'y mettre les fragiles verres de cristal ou les délicates soucoupes et tasses en porcelaine de Limoges ! Alors, tant qu'à faire, après m'être échiné avec l'éponge métallique – mon épouse prétend qu'elle n'a pas assez de poigne... –, ce ne sont pas quelques assiettes de faïence de plus ou de moins qui changeront ce désolant aspect des choses... Et ça recommence trois fois par jour ! Aussi ai-je de plus en plus le sentiment que la vie n'est pas « un fleuve » mais plutôt une vaisselle « longue et tranquille »...

Alors parfois, pour m'évader de la poudre à récurer, j'imagine une voix – dont je conserverai l'incognito – laquelle, pour changer radicalement cette vision des choses, me dirait affectueusement : « *Chéri, compte tenu de tout ce que tu fais dans cette maison, tu seras désormais dispensé de vaisselle. Comme ça tu retrouveras l'insouciance de tes années maliennes à Bamako, celles où tu étais jeune et déjà beau, cette époque bénie où tu avais un boy, ce temps où, le repas terminé, Bakari vous servait, à toi et à tes copains coopérants, le café au salon.* »

Seulement voilà, comme dirait mon voisin Jacky : « *Faut pas rêver !* »

Heureusement, cette monotonie est parfois coupée d'évènements qui pimentent la routine du « manger-boire-travailler-dormir-faire l'amour et...la vaisselle » : les aléas de la vie professionnelle ou familiale, les loisirs, les voyages exotiques, la rencontre de personnages hauts en couleurs, etc.

Loin de l'agitation médiatique des grands de ce monde, il m'a semblé intéressant de vous narrer quelques anecdotes personnelles ayant pour acteurs des « vrais gens ». Notre entourage immédiat de personnes ordinaires est tellement plein de drôlerie, d'imprévu, de tendresse, de joies ou de drames, qu'il méritait bien qu'on s'y attardât un peu en laissant de côté, pour une fois, tous nos « pipoles » de service.

L'exercice cependant est périlleux dans la mesure où raconter sa vie revient à exposer aussi celle des autres. En citant nommément mon défunt ami Henri ou en souriant un peu de quelques uns de mes proches, des personnes ayant un solide sens de l'humour, je savais qu'ils ne s'en offusqueraient pas . En revanche, l'évocation de quelques autres intervenants semblait tenir plutôt du règlement de compte. C'est pourquoi j'ai utilisé de préférence des prénoms, vrais ou imaginaires, ou encore des initiales en espérant que chacun de ces œufs cassés se diluerait dans l'anonymat de l'omelette du récit...Et puis je demeure persuadé que quelle que soit la relation du souvenir, elle restera toujours préférable à l'oubli : offrez le choix aux hommes politiques du moment de risquer leur présence aux « Guignols de l'info » ou de ne pas y figurer ; ils préfèreront cent fois la pire des caricatures à leur absence du petit écran...

Ainsi, la conscience tranquille, pouvais-je assembler à l'écrit, pièce par pièce, toutes ces histoires marquantes du quotidien, déjà cent fois infligées à mon auditoire familial, qui font de notre vie un véritable petit roman .

Une opportunité à saisir, pour un écrivain d'occasion, en laissant une trace vivante de leur grand-père à ses petits-enfants tout en valorisant cette pensée de K'ong-fou-tseu (plus connu sous son nom occidentalisé de « Confucius ») : *« Un homme a réussi sa vie quand il a fait un enfant, planté un arbre et écrit un livre. »* *

De là à se prendre pour Victor Hugo, il y a évidemment de la marge... En toute chose il faut savoir rester réaliste et, comme me le redirait Jacky : *« Faut quand même pas rêver ! »*

* Surtout ne vous formalisez pas, en particulier si vous n'avez pas écrit un livre ; vous avez encore le temps de le faire... Et puis on peut toujours trouver un arrangement de réussite avec ce pauvre K'ong : en remplaçant, par exemple, le livre par un deuxième enfant, un enfant par un arbre supplémentaire, etc... etc...

Épatantes patates
ou
Les comptes fantastiques du potager

J'évoquais en introduction à ce livre, la répétitivité des actes qui finissent par constituer la trame essentielle d'une vie. La petite histoire qui suit en est, je pense, une parfaite illustration arithmétique.

Premier exemple.

L'instituteur piétine dans sa salle de classe. Ce n'est pas bon pour la circulation sanguine des membres inférieurs. Aussi met-il à profit le temps des interclasses pour se dégourdir les jambes et arpenter, en allers-retours d'un pas ferme, la cour de récréation.

Avec ma collègue Mado, nous avons eu un jour l'idée saugrenue de faire le calcul de la distance ainsi parcourue pendant toute une carrière d'enseignant. En ajoutant les trajets les uns aux autres, nous arrivâmes à un résultat tout à fait honorable que je vous laisse le soin d'apprécier.

Un aller- retour simple de la cour de récréation de l'école de Blond correspondant à une longueur de 110 mètres ; ce parcours étant répété en moyenne 7 fois par récréation, au nombre de 3 par jour, multipliées par les 150 jours de classe annuels (hors les samedis), nous avons obtenu :
110 x 7 x 3 x 150 = 770 x 450 = 346.500 mètres ou 346 kilomètres ; ce qui, rapporté à 35 années de carrière, donne : 346 x 35 = 12.110 kilomètres !

Je suis persuadé qu'il n'est jamais venu à l'idée de nos perspicaces et parcimonieux gestionnaires de l'Education nationale qu'ils m'avaient involontairement rétribué pour cette longue promenade, équivalente d'une randonnée qui irait de Brest à Vladivostok – la variété des paysages en moins...

Deuxième exemple.

Mon ami Yves était métallo et responsable syndical aux ateliers de Montmorency de Châteauponsac. Ce n'était pas la seule usine du groupe qui comptait encore d'autres unités sur le territoire national. Lorsqu'il revendiqua l'alignement des salaires limousins sur ceux de la région parisienne, il lui fut répondu que les ouvriers locaux avaient des avantages sur leurs collègues franciliens et notamment celui de disposer d'un jardin.

– *Certes,* répondit-il, *mais le jardin il faut le faire* !

On voit bien que ses interlocuteurs ne tenaient pas le manche de la bêche, pas plus qu'ils ne réglaient le coût du soi-disant avantage.

Prenons comme élément de référence la production de pommes de terre et commençons par le détail des opérations de culture.

La terre s'épuiserait vite si elle n'était régulièrement amendée d'où la nécessité de se procurer du fumier. Pour une surface de deux ares, prévoyez l'apport annuel de deux mètres-cubes de fumier de ferme. A l'automne, votre fournisseur a déversé, à l'entrée du jardin, sa remorque au contenu pailleux et malodorant qu'il va vous falloir charger, rouler, brouette par brouette, et épandre sur les parterres. Comptez une bonne demi-journée de travail à laquelle vous ajouterez le temps de nettoyage au jet, de la brouette, des outils et du trottoir recouvert des souillures tenaces de cet engrais naturel.

Il faut maintenant enfouir le fumier, retourner la terre pour le recouvrir. Quand les longs mois d'hiver ont achevé leur travail de décomposition vient le temps de la plantation. Avant d'en arriver là, vous aurez fait le tour des grandes-surfaces pour choisir votre plant de pommes de terre, vendu en sacs, et vous aurez réparti, dans des cageots plats, les tubercules, afin d'optimiser les conditions de leur bonne germination.

Nous sommes fin mars, griffez le sol durci par les pluies d'hiver, tracez vos sillons et plantez vos pommes de terre . Il sera nécessaire ensuite, courant avril-mai, de biner la plantation et de buter chaque rang.

Vous pourriez vous estimer tranquille jusqu'à la récolte. Las ! Ce serait oublier l'arrivée des premiers consommateurs : en l'occurrence les doryphores. Il faudra traiter plusieurs fois le feuillage pour éliminer les indésirables, sans espérer y parvenir définitivement : les descendants de ces insectes, américains tout comme les tubercules qui vont avec, résistant désormais aux produits les plus sophistiqués.

N'oublions pas non plus de prévenir, par une pulvérisation adéquate, les maladies de la mosaïque du tabac ou du mildiou, reconnaissables aux taches brunes apparaissant sur le feuillage, et qui provoquent le pourrissement des tubercules.

Voici venu le mois d'août. Si vos pommes de terre ont échappé aux gels tardifs, aux dévorants insectes rayés et à leurs larves rouges, aux maladies cryptogamiques, il est temps de procéder à l'arrachage. Après avoir rentré votre récolte à la cave, brûlez les fanes afin d'éliminer larves et moisissures qui pourraient contaminer le sol.

Mais l'heure de faire les comptes n'est pas encore arrivée. Plusieurs fois, durant l'automne et l'hiver, il vous faudra intervenir sur la réserve de vos patates pour éliminer les légumes pourris et enlever les germes qui croissent sur la peau, épuisant et ramollissant la chair ferme des tubercules.

Récapitulons maintenant les différentes opérations en évaluant le temps consacré à vos pommes de terre (300 plants sur 50 mètres-carrés)

- réception, roulage et épandage du fumier, nettoyage (uniquement volume réservé à cette dernière culture) – 2 heures. Bêchage et enfouissement de l'engrais organique – 4 heures.

- Achat et préparation du plant – 1 heure.

- Plantation – 3 heures.

- Binage et buttage – 2 heures.

- Traitement doryphores et maladies (4 pulvérisations avec préparation de la bouillie et toilette du matériel) – 4 heures.

- Extraction des tubercules et nettoyage du sol – 4 heures.

- Suivi de la récolte (5 séances d'élimination des germes) – 5 heures.

Total de la main d'œuvre : 25 heures.

Si vous aviez employé une personne payée au S.M.I.C., hors charges sociales, il vous en aurait coûté en gros 8 x 25 = 200 euros.

Passons au coût des produits :

- 10 kilos de plant de bonne qualité – 18 euros.

- produits de traitement (2 demi-boîtes) – 10 euros.

- 1 mètre-cube de fumier – 25 euros.

- Amortissement outillage, eau de lavage – 5 euros.

Total investi : 18 + 10 + 25 + 5 = 58 euros.

Il faut maintenant estimer le poids de la récolte :

Avec 300 plants et une production moyenne basse de 0, 500 Kg par unité (il s'agit d'une variété de haute qualité et par conséquent peu productive (Charlotte ou Belle de Fontenay), vous pouvez espérer récolter 150 kg.

A 1 euro le kilo, la valeur de votre récolte se monte donc à 150 euros.

Si vous aviez employé et payé un professionnel, vous seriez donc perdant de :

(200 + 58) – 150 = 258 – 150 = 108 euros.

Mais comme vous jardinez vous-même pour le plaisir... votre travail global a été rémunéré de 150 – 58 = 92 euros soit, pour 25 heures d'activité, un revenu de

92 : 25 = 3,68 euros de l'heure !

Alors, un avantage le jardin ? Un avantage, en tout cas, bien peu rémunérateur...

Insignifiant, direz-vous.

Poursuivons cependant nos calculs vivriers en gardant comme référence la pomme de terre. En 35 ans, sur la base de 150 kg annuels, on a donc récolté : 150 x 35 = 5250 kg ou 5,250 tonnes de tubercules, ce qui en fait un fameux tas. On peut alors imaginer un montage photographique sur laquelle apparaîtrait le producteur, rayonnant, à l'avant de la totalité des légumes récoltés dans toute une carrière au potager : une montagne de pommes de terre, dominant des monticules impressionnants de carottes, navets, tomates, choux, haricots, potirons, poireaux et autres melons. La satisfaction de l'amour-propre ça compte aussi !

Mais là ne s'arrête pas l'avantage du jardinier et peut-être le dirigeant d'entreprise n'avait-il pas tout à fait tort.

Supposons maintenant qu'on retire au jardinier son lopin de terre. A quoi notre homme consacrerait-il alors son temps ? Sans doute avez-vous souvent entendu cette réflexion relative à une occupation à l'intérêt discutable – pour les autres… : « *De toute façon il vaut autant qu'il fasse ça que de passer son temps au bistrot !* »

« Au bistrot » ? Justement, profitons en pour affiner les comptes et remplaçons les 35 fois 25 heures consacrées à la production de 5,250 tonnes de pommes de terre par 875 heures passées au cabaret dont la fréquentation n'est possible qu'à la condition de consommer…

A la moyenne de deux consommations de l'heure, à 2 euros le verre, vous auriez donc dépensé 4 x 875 = 3.500 euros en boisson ! Ce qui porte l'économie réalisée, grâce aux pommes de terre, à 3.500 : 5250, soit 0, 66 euro par kilo… Vues sous cet angle, vous pouvez constater que ces patates sont en fait des pépites…

Et encore cette positiviste vision des choses ne tient-elle pas compte des carottes, des navets, des rutabagas, des tomates, des haricots-verts, des haricots-beurre, des haricots-blancs (les nains et les rames), des potirons, des poireaux, des laitues, des chicorées, des choux-fleurs, des choux-pommes, des choux de Bruxelles, des endives, des concombres, des melons, des blettes, du céleri (le branche et le rave), du persil, du basilic, du thym, du laurier, des oignons (blancs, paille, rouges), des échalotes, des betteraves-rouges, des courgettes, des fraises, de la rhubarbe, des salsifis, des petits-pois, des asperges et des cornichons; sans oublier les fruits : cerises, groseilles, framboises, prunes, pêches et pommes, lesquels diminuent d'autant la présence onéreuse au bistrot...

Compte-tenu de ces éléments, je devrais être à l'heure actuelle, grâce à la valeur de mes récoltes ajoutée à mes économies de bistrot, à la tête d'une coquette petite fortune, à diminuer toutefois du coût de mes allers-retours inconsidérés dans la cour de récréation de Blond et d'ailleurs. Avec comme référence la dotation des soldats de Napoléon qui portaient toujours dans leur équipement, une paire de brodequins d'avance, car leurs chaussures étaient hors d'usage après cinq cents kilomètres de marche, j'ai donc dû user, pendant mes récréations – de Brest à Vladivostok ... – : 12.110 : 500 = 24 paires de souliers. A 70 euros pièce, cela représente quand même la somme de 1680 euros.

Peut-être trouverez-vous que l'alternative jardin / bistrot dans l'occupation du temps libre est un peu réductrice. J'en suis parfaitement conscient. En appliquant à l'ensemble des cultures le quota de temps réservé aux pommes de terre, on passe de 25 à 250 heures annuelles soit, en 35 ans, à un total impressionnant de 8750 heures passées au jardin. 8750 heures que j'aurais pu consacrer au sport, à la musique, à la culture intellectuelle, à la randonnée, à la vie associative, à la gestion communale, à ma propre promotion politique...

Eh bien ! me croirez-vous ? le jardin m'a apporté tout cela en même temps !

Car n'est-ce pas du sport que de manier la pelle, la fourche ou la brouette en remuant, au bout du compte, des tonnes et des tonnes de terre et de matière végétale ?

N'est-ce pas aussi pratiquer une activité intellectuelle lorsque, échappant au maniement mécanique de la bêche libératrice de la pensée, l'esprit vagabonde, analysant des questions aussi fondamentales que celles-ci : « Qui sommes-nous ? », « D'où venons-nous ?», « Où allons-nous ? », « Qu'est-ce qu'on mange à midi ? »

N'est-ce pas encore une participation active à la vie collective que l'aménagement arbustif et floral de votre pas de porte offert au regard du passant ? (dans mon cas précis : 22ème ex æquo au dernier concours de fleurissement de la ville dans la catégorie des « jardins sur rue » !)

N'est-ce pas enfin gratifiant d'assurer une alimentation « bio » à sa famille et à ses amis, tout en favorisant l'économie d'énergie nécessaire au transport des fruits et légumes ?

Et encore laissé-je de côté, du fait de mes prenantes occupations horticoles, toutes ces activités aux effets aussi négatifs que la fréquentation du bistrot. : ma candidature aux fonctions électives et les « vestes » dévalorisantes assurées qui vont avec ; la pratique d'instruments à musique nuisible à l'oreille des proches et du voisinage ; l'écriture de romans soporifiques ; la peinture de toiles indigestes . Mais voilà encore la voix de mon supérieur qui se manifeste :

– Tu as oublié « s'occuper de la femme du voisin ».

C'est bien là tout mon propos. Comme si je n' avais pas assez de la … Ah ! cent fois béni soit mon jardin qui m'a rendu si simple l'existence !…

***

Le temps des cerises

Mais intéressons-nous maintenant aux activités horticoles proprement dites car, loin des calculs nourriciers, le jardin est un lieu vivant – j'allai dire d'aventures ... – qui réserve aussi bien des surprises.

Mon premier souci en arrivant à l'école de Blond où je venais d'être nommé instituteur fut de visiter le jardin alloué avec le logement de fonction. Mon nouveau directeur m'y conduisit, non sans me prévenir :

– *Tu sais, il est très sale !*

Après avoir poussé le portillon de bois je contemplai les plates-bandes, effectivement envahies par l'herbe, et qui allaient nécessiter un sérieux binage.

– *Ce n'est pas si sale que cela !* observai-je avec candeur.

– *Mais tu regardes ma parcelle, la tienne, c'est de ce côté !* déclara le collègue.

Du côté désigné croissait une végétation luxuriante qui formait, à première vue, comme un buisson. Les ronces avaient grimpé jusque dans le cerisier qui occupait le centre du carré. Ce n'était plus un potager, c'était la forêt-vierge ... Généreusement, la mairie délégua monsieur G..., qui donnait occasionnellement un coup de main aux cantonniers, pour m'aider à nettoyer cette friche. A l'aide du volant et de la faux nous coupâmes arbrisseaux, arbustes, plantes épineuses, orties et herbes folles jusqu'à former un tas impressionnant de branchages et végétaux auxquels je mis le feu. D'abord la flamme hésita mais, dans un souffle, elle gagna le centre du tas. Une lourde fumée s'éleva puis tout s'embrasa brusquement . Le brasier était spectaculaire ; les flammes jaillissaient à plusieurs mètres de hauteur tandis que nous réalimentions le feu avec prudence et un soupçon d'inquiétude.

Quelques temps après, le maire me signala, sur un ton badin :

– *Vous savez, monsieur Loehr, le jardin qu'on vous a attribué a contenu, pendant la guerre, un dépôt de munitions de la Résistance. Surtout évitez d'y faire du feu ! ...*

Le travail du sol corrobora cette information par la découverte de longues balles de mitraillettes, éparpillées dans la terre, que je jetai à la poubelle – du moins les premières. Mais il en restait toujours deux ou trois jusqu'au jour où, en un éclair de lucidité, j'eus enfin l'explication du persistant phénomène. Trouvées en surface, ces dernières munitions étaient de plus en plus propres, comme si elles étaient arrivées là récemment. Je m'étais débarrassé des toutes dernières balles en les jetant négligemment dans les terrains jouxtant le jardin. Et, à votre avis, que faisaient les propriétaires voisins, des projectiles qu'ils découvraient à leur tour ? Sans chercher à savoir qui avait commencé, j'éliminai progressivement mes nouvelles découvertes et ce manège qui aurait pu durer indéfiniment cessa enfin...

Quand je m'installai dans ma nouvelle maison de Bellac, défricher le terrain fut un plaisir car j'allai enfin disposer d'un potager digne de ce nom, bien à moi, et qui me ferait honneur. Car il régnait ici comme une concurrence entre les nombreux jardiniers qui s'activaient sur les parcelles voisines. C'était un peu à qui aurait les petits-pois les plus abondants, les pommes de terre les plus belles, le chou le plus gros et les carottes les plus longues. A..., mon voisin immédiat, se montrait particulièrement jaloux de la prospérité de mes cultures qui bénéficiaient d'une exceptionnelle fertilité du sol due au fait qu'il s'était reposé de nombreuses années avant sa remise en état. Il en allait de même dans le jardin de madame C... où ses quatre locataires se livraient à une compétition sans merci, au point que monsieur L..., pour avoir les plus belles cueillettes, versait à pleines boîtes, directement l'engrais au fond du sillon, ruinant ainsi, sans le savoir, ses récoltes à venir, irrémédiablement brûlées par l'excès d'azote.

Parce qu'il faut bien que tout le monde vive, ceux qui jardinent le savent, la production doit toujours être largement supérieure aux besoins. Pensez à la foule qui se goberge à leurs dépens : les oiseaux qui s'en prennent aux fruits, les vers blancs qui attaquent les racines, les chenilles qui dévorent les feuilles, les rongeurs qui raffolent des pousses tendres, les limaces, les taupes, les rats, les fourmis ; sans compter le chat de la voisine qui vient dévaster vos semis en grattant la terre meuble... Les rats sont particulièrement vicieux. J'avais constaté, depuis quelques temps, que mes betteraves rouges flétrissaient sans raison : les feuilles mollissaient et un beau matin s'affaissaient sur le sol. Qu'est-ce qui pouvait bien se passer ? Pour en avoir le cœur net, je décidai d'extraire une racine. Je tirai sur les tiges et quelle ne fut pas ma surprise de retirer, sans aucun effort, un légume léger comme une plume, entièrement mangé de l'intérieur, dont les convives n'avaient laissé que la fine enveloppe rouge, un peu comme ces citrouilles évidées qui contiennent les bougies d'Halloween...

Une autre année j'avais ensilé, dans la même tranchée, mes endives d'un côté et les betteraves de l'autre. Lorsque j'allai déterrer quelques unes de ces racines rouges, je constatai avec déplaisir que d'autres étaient passés à l'étal des primeurs avant moi car ils avaient bien croqué l'équivalent d'une demi-brouettée de ces légumes et menaçaient, sur leur lancée, après avoir épuisé le stock des betteraves, d'aborder le rayon des endives situé dans le prolongement de la travée. Les crottes, laissées en guise de signature de leur forfait, ne laissaient aucun doute sur les auteurs du larcin et j'y mis bon ordre en plaçant sur leur passage des grains rouges de blé empoisonné. Comme je pestais à haute voix contre les indésirables, A..., de la clôture mitoyenne me héla :

– Qu 'est-ce qui t'arrive ?

– C'est les mulots ! Ils m'ont bien mangé vingt kilos de betteraves !

– Ah ? Ben moi j'en ai pas ! me déclara-t-il avec un sourire qui, à l'évidence, tenait plus de la satisfaction pour soi-même que de la compassion pour son prochain...

L'hiver avançait et j'avais depuis longtemps débuté la récolte des endives que je prélevais au fur et à mesure des besoins. Comme à son habitude, A... n'avait pas entamé les siennes. Il attendait toujours que ses légumes aient atteint leur plein développement pour commencer à en manger. De cette façon il se trouvait brusquement à la tête de trente choux ou de cinquante laitues pommés en même temps, consommant de préférence, pour ne pas les laisser perdre, le chou à la pomme éclatée ou la salade sur le point de monter. Ce procédé particulier de gestion économique vivrière lui permettait ainsi d'orienter les trois quarts de sa production vers le tas de compost... J'avais presque achevé ma récolte lorsque mon voisin se décida à vérifier l'avancement végétatif de ses chicons. Il venait de retirer ses tôles et ses fougères de protection lorsqu'il se mit à pousser les hauts cris.

– Qu'est-ce qui vous arrive ? demandai-je d'une voix faussement naïve.

– Tu te rends compte ! Ils m'ont presque tout bouffé !

Son indignation d'ailleurs ne faisait que croître à mesure qu'il piochait la terre et que le désastre s'annonçait de plus en plus complet :

– Ils ne m'en auront pas laissé un seul repas !

– C'est les rats ? questionnai-je avec perfidie.

– Et qui veux-tu que ce soit ? Ah ! les s... !

– Eh bien, j'ai de la chance qu'ils aient commencé de l'autre côté de la clôture ! constatai-je sur un ton de soulagement hypocrite. Mais peut-être qu'il devinait ma satisfaction inté-

rieure… « *Ah ? ben moi j'en ai pas !* » m'avait-il déclaré, deux mois auparavant, avec son sourire jaune… Ne ricanez pas !

La réputation du jardinier ne se forge pas seulement sur la qualité et la quantité de la production. Il y va aussi de son aptitude à devancer ses concurrents : c'est à celui qui – avant les autres - récoltera les pommes de terre nouvelles, cueillera les petits-pois de la saison. Ce printemps-là avait été particulièrement pluvieux et j'avais été bien inspiré de semer, dès février, mes pois nains hâtifs d'Annonay. Début mars, les premières pousses vertes émergeaient du sol alors que, mis en retard par les intempéries, mes rivaux avaient tout loisir de contempler leurs plates-bandes vierges. Je me frottais les mains en pensant que, trois semaines avant eux, j'annoncerais :

– *Eh bien aujourd'hui nous mangeons nos premiers petits-pois* !

La tête qu'ils allaient faire…

En ouvrant mes volets en ce jour fatidique du trois mars, je vis quelques merles prendre leur envol au-dessus du potager mais je dus battre des mains pour faire fuir leurs congénères effrontés.

– *Il faudra qu 'en soirée je place un filet pour éloigner les oiseaux*, pensai-je ; ce que je m'apprêtai à faire en rentrant du travail. Précaution inutile : sur toute la longueur du sillon gisaient mes petits-pois au germe sectionné. Les vandales emplumés avaient tout arraché – mais alors tout – pour couper du bec la tendre extrémité des feuilles naissantes. Et c'est ainsi que, cette année-là, je cueillis mes premières gousses… en même temps que mes voisins…

Ah ! les merles !

Voilà plusieurs années que nous ne mangeons pratiquement plus un fruit de notre cerisier. Les ravageurs noirs n'attendent même plus le mûrissement des belles « Burlat » rouges ; ils commencent à les becqueter encore vertes. L'épouvantail, coiffé d'un chapeau, que j'avais placé dans la ramure était pourtant techniquement parfait puisque mon voisin Jacky était persuadé que j'étais moi-même dans l'arbre. Il m'avait hélé en s'étonnant ensuite, auprès de mon épouse, de n'avoir pas obtenu de réponse... Mais les voleurs emplumés ne furent pas longs à détecter la supercherie. C'est alors que j'eus l'idée de génie de les éloigner par le bruit. En branchant dans l'arbre mon vieux transistor, emmailloté d'une poche de plastique et relié à la prise de courant du cellier, réglé sur « France-inter », j'obtins un fond sonore persistant et j'eus tout loisir d'observer, depuis ma fenêtre, le vol rapide des merles dont la trajectoire déviait subitement à leur arrivée près du cerisier, surpris qu'ils étaient par les éclats de voix ou la musique qui s'échappait du feuillage. Il me fallut malheureusement interrompre les émissions ; René, mon plus proche voisin, s'étant inquiété de l'origine des étranges sons musicaux qui, depuis quelques jours, troublaient, jusque dans sa chambre, la quiétude de ces premières et douces nuits d'été...

S'il est une culture noble dans nos potagers limousins, c'est bien celle de la tomate qui participe – plus que toute autre – de la renommée du jardinier . C'est qu'elle se distingue de loin. L'obtention précoce de ces gros fruits rouges donne immanquablement lieu à la considération du voisinage et suscite force commentaires dans le secteur. Alors que je parlais jardin avec d'autres clients de la boucherie, monsieur B..., tout en me coupant, dans « l'araignée », un bifteck qu'il n'aurait jamais osé proposer à mon épouse, me déclara :

– *Il paraît, monsieur Loehr, que vous avez un potager magnifique et notamment des tomates superbes !*

– *Je ne m'en plains pas* ! affirmai-je avec une feinte suffisance car, en vérité, je ne voyais pas ce que mon jardin et particulièrement mes tomates avaient d'exceptionnel cette année-là.

C'est en sortant de la boutique que je réalisai pourquoi mes tomates avaient fait l'objet des commentaires élogieux, portés par le bouche-à oreille jusque dans la rue du Coq. Henri, mon vieil ami de Saint-Pardoux, m'avait promis des piquets de châtaigniers. Mais il n' avait pu, compte- tenu de l'épaisseur excessive des pousses, me fournir à la place que des piquets de saule. Enfoncés profondément dans la terre près du plant bien arrosé, les tuteurs avaient donné des vigoureux rejets feuillus, à la croissance rapide, sur toute leur hauteur. Vu de loin, on pouvait effectivement penser que c'était la végétation des pieds de tomates dont la taille réelle ne dépassait pas les trente centimètres...

Ces considérations qui découlaient des compliments du flatteur m'avaient du coup fait oublier de vérifier la découpe du deuxième bifteck. A en juger par le prix et le poids du paquet, le boucher avait dû avoir la main lourde. Je me consolai néanmoins à l'idée que la seconde tranche pouvait difficilement être pire que la première...

***

A la bonne heure !

Les « Malgré-nous » sont ces jeunes Alsaciens et Lorrains qui se sont eux-mêmes désignés ainsi pour clamer leur involontaire présence dans l'armée allemande où ils avaient été incorporés, de force, – donc malgré eux – après l'annexion de leur province au Reich en 1940.

Ayant estimé que cette affaire, au caractère insolite et qui rejoignait l'histoire de ma famille, méritait bien une petite place dans ce livre, je décidai de la placer peu après l' introduction. Le respect de l'ordre chronologique n'en est pas la seule raison et je m'en explique plus loin.

Mais en attendant, place à l'Histoire, l'« Histoire » avec un grand « H ».

Si elle avait pu choisir sa date de naissance, intervenue en 1897 à Schleithal, à un jet de pierre de Wissembourg, ma grand- mère Agathe n'aurait pas fréquenté l'école allemande. Le français, qu'elle baragouina toujours plus qu'elle ne le parla, était une langue étrangère. Sa conception géographique du monde tenait essentiellement en trois nations : les Français, les Allemands et... les Alsaciens ! Puisque, depuis 1870 (grâce à la famille Napoléon ...), on ne pouvait plus être Français et qu'il était hors de question de devenir Allemand, alors on restait Alsacien d'abord et avant tout ! Pendant plus de quarante ans elle s'était exprimée en dialecte et voilà qu'en septembre 1939, afin de la mettre à l'abri des combats, on l'avait évacuée en Haute-Vienne, terre d'accueil désignée pour la population frontalière du département du Bas-Rhin, et où, pour se faire comprendre, elle allait devoir changer son parler de toujours . Certes, ses sympathies, comme celles de tous ses compatriotes alsaciens, allaient à la France mais cette petite histoire drôle, qui résume la situation, éclaire aussi, comme vous allez le constater plus loin, les événements de cette malheureuse année 1870.

Au terme de sa vie, un Alsacien qui n'est pas sans reproches, est sommé de choisir entre l'enfer français et l'enfer allemand. Inquiet mais pragmatique, l'agonisant s'enquiert de la différence entre les deux.

– C'est simple : dans l'enfer français on reçoit chaque jour douze coups de fourche puis il faut marcher pieds nus sur un chemin couvert de boulets de charbon ardents et enfin avaler trois louches de goudron bouillant.

– Et dans l'enfer allemand ?

– On avale d'abord trois louches de goudron bouillant puis on vous administre douze coups de fourche et les réjouissances se terminent par une promenade pieds nus sur un sentier couvert de boulets de charbon ardents.

– Alors je choisis l'enfer français sans hésitation ! Connaissant les services de l'Équipement, tantôt ils auront oublié les fourches, tantôt il manquera le goudron, une autre fois il n'y aura pas assez de charbon…

Il faut dire que, plus que tout autre, le peuple alsacien n'a cessé d'être ballotté au cours des siècles entre ses deux puissants voisins. Initialement habité par les Celtes, le territoire est envahi par les Germains puis subit l'occupation romaine. Lorsque les héritiers de Charlemagne se partagent son l'empire, l'Alsace échoit à Lothaire (qui donnera son nom à la Lorraine). Lors du « Serment de Strasbourg », ses frères font alliance contre Lothaire, et Charles (dit « Le Chauve »), concède l'Alsace à Louis (dit « Le Germanique »). Par le commerce, les bourgeois alsaciens s'enrichissent ; un grand mouvement d'émancipation les libère du joug épiscopal et seigneurial. Pour résister aux excès de la féodalité, dix villes d'Alsace se réunissent pour constituer la « Décapole ». La plaine de l'Ill (« Alsace » vient de « Ill sass » c'est à dire « emplacement de l'Ill ») est ensuite envahie par les Armagnacs malgré la résistance des milices. En 1525, la guerre des « Rustauds », véritable jacquerie, soulève les paysans contre les seigneurs qui les écrasent dans un énorme bain de sang. La relative autonomie du territoire prendra fin avec la « Paix de Nimègue », en 1678, qui rattache la province à la France de Louis XIV (Strasbourg ne sera intégrée qu'en 1681). A la chute de la royauté, à l'instar de ses valeureux enfants, les généraux Kellermann (le vainqueur de Valmy) et Kléber, la province se montre l'une des plus résolument républicaines.

Au rétablissement en France de l'Ancien Régime et au bref retour à la République de 1848 succède le Second Empire. Napoléon III, après avoir déclaré *« L'Empire c'est la Paix ! »* n'aura de cesse de guerroyer en Italie, en Russie et jusqu'au Mexique avant de s'attaquer à la Prusse en 1870.

Après Bâle, la rive gauche du Rhin est française jusqu'à la Lauter, petit affluent descendu des Basses- Vosges et qui forme la frontière naturelle avec le Palatinat voisin. A cheval sur la rivière, Wissembourg, « porte de France », est le verrou français du nord de la plaine et a toujours constitué un enjeu stratégique incontournable pour la possession de la région. Déjà en 1705, les troupes du maréchal de Villars avaient dû batailler ferme pour la possession de la place, ceinturée de remparts, et en 1793, après un combat sanglant, Hoche reprenait la ville tombée aux mains des Autrichiens.

Si j'avais pu connaître la grand- mère de ma grand-mère, sans doute m'aurait - elle raconté la troisième bataille de Wissembourg, en ce jour du 4 août 1870 où elle entendit tonner le canon et crépiter la mitraille. 5.000 hommes de la 2ème division d'infanterie y subirent l'assaut de 30.000 fantassins allemands appuyés par 15 batteries de canons et durent se replier après avoir perdu leur chef, le général Abel Douai (qui aura droit lors de ses obsèques à la participation de la musique prussienne...).

Ce n'était que l'avant-goût d'une série de revers qui allait précipiter la chute de Napoléon III. La coquette et paisible cité alsacienne bâtie de grès rose – qui abrita un moment la cour du roi déchu de Pologne, Stanislas Leczinski, futur beau-père de Louis XV, surnommé par dérision « roi de Wissembourg » – allait, avec toute la province, après la défaite, une fois de plus changer de capitale, Berlin remplaçant Paris.

Combien de fois ai-je demandé à Agathe de me raconter l'anecdote de ces francs- tireurs alsaciens qui avaient abattu, à l'entrée du hameau aux maisons à colombages, l'officier de tête de la colonne prussienne ; de ces paysans pris en otages ; de l'intervention du maire ; des représailles ... ? Elle tenait l'histoire de ses parents qui la tenaient eux- mêmes de leurs parents. De génération en génération, elle avait volé de bouche en bouche et le souvenir de l'humiliation, comme un crève-cœur perdurait.

Et je me souviens, à onze ans, de mon émotion à la lecture de « La dernière classe » des « Contes du Lundi » d'Alphonse Daudet. C'était comme si j'avais été présent dans cette école, mêlé aux élèves et à tous les anciens du village venus écouter une dernière fois monsieur Hamel, l'instituteur sur le point de quitter la commune, la mort dans l'âme, pour être remplacé par un enseignant allemand.

Mais quelque chose l'étouffait, il ne pouvait pas achever sa phrase. Alors, il se tourna vers le tableau, prit un morceau de craie, et, appuyant de toutes ses forces, il écrivit aussi gros qu'il put :
« Vive La France ! »

Et la France avait laissé faire ?

Après la déchéance de Napoléon III, un gouvernement républicain, dit de la « Défense Nationale » avait organisé la résistance à l'occupant prussien qui campait déjà sous les murs de Paris. Trois armées avaient été hâtivement mises sur pied pour libérer le territoire : l'armée de la Loire, sous les ordres de Chanzy ; l'armée de l'Est, commandée par Bourbaki ; l'armée du Nord, dirigée par Faidherbe. Mal équipées, sans coordination avec la garnison de la capitale, commandées souvent par des officiers royalistes ou bonapartistes qui traînaient des pieds, ces troupes furent aisément dispersées par une armée allemande aguerrie, à l'écrasante supériorité en artillerie.

C'est la nouvelle assemblée réactionnaire de Bordeaux, dominée par les monarchistes, qui entérina les préliminaires de paix, fruits des négociations de Thiers et du chancelier prussien Bismarck. La France s'engageait à verser une indemnité de 5 millions de francs-or et cédait aux Allemands l'Alsace et la Moselle.

Les 27 députés d'Alsace-Lorraine protestèrent : « *Nous déclarons encore une fois nul et non avenu un pacte qui dispose de nous sans notre consentement. La revendication de nos droits reste à jamais ouverte à tous dans la forme et dans la mesure que notre conscience nous dictera.* » Le soir même, le député-maire de Strasbourg, Küss, terrassé par le chagrin, mourait d'une crise cardiaque. L'Assemblée, essentiellement composée de notables apeurés, abandonnait sans remords à l'ennemi 1.628.132 Français. 1.628.132 Français dont les grands-parents de ma grand-mère... Ils ignoraient que leurs arrière-petits-enfants naîtraient un jour français après le retour de leur province à la France en 1918.

Mais pour les malheureux Alsaciens, en cette année 1939, l'histoire bégayait et se répétait. Vingt ans à peine après la signature du Traité de Versailles, les deux nations tutélaires étaient à nouveau en guerre. Sans attendre, les autorités françaises avaient évacué vers l'arrière, les populations frontalières. C'est ainsi que l'essentiel des civils réfugiés du Bas-Rhin se retrouva en terre d'accueil haut-viennoise.

Si la « Ligne Maginot », jugée infranchissable par ses concepteurs, l'était aussi de l'ennemi, rien ne s'opposait à ce que ce dernier la contournât, ce qu'il s'empressa de faire allègrement pour percer à Sedan le front français qui céda tout entier sous l'offensive déferlante, soudaine et concentrée, des blindés allemands, appuyés par une aviation dévastatrice.

L'armistice, conclu le 22 juin par le nouveau président du Conseil, le maréchal Pétain, devait déboucher sur la politique de « collaboration » avec l'Allemagne.

Mais que devenaient, dans cet imbroglio, les Alsaciens ? Ceux qui avaient combattu au sein de l'armée française se retrouvaient prisonniers outre-Rhin ; les réfugiés de l' « Intérieur » – c'est ainsi que les Alsaciens nomment le reste de la France... – attendaient de pouvoir regagner leur domicile ; quant aux habitants restés sur place, ils devaient subir l'occupation des armées du Führer.

Sans attendre, les autorités d'occupation décidèrent de l'interdiction de départ vers la « zone libre » ; les Alsaciens mobilisés dans l'armée française seraient libérés dans les quatre mois suivants ; le retour était proposé à tous les évacués de 1939.

Le 18 juillet 1940 fut proclamé le rattachement officiel de l'Alsace-Moselle à l'Allemagne. Il s'accompagnait de celui du Luxembourg pour former avec l' « Ostmark » (l'Autriche), déjà annexée, le « Grossdeutschland » : la Grande-Allemagne.

Qu'allait dire la France ? Certes elle protesta pour la forme mais, comme en 1871, elle laissa faire en reléguant à la colonne « pertes et profits », l'abandon de nos provinces de l'Est, un « détail » susceptible de remettre en cause la politique de « collaboration » voulue par Laval et entérinée par Pétain.

A Colmar, l'avenue « Clemenceau » devenait « Hohlandbergwall » alors que la « rue de la République » était transformée en une originale « Adolf Hitlerstrasse »... Tandis qu'à Strasbourg les nouvelles autorités débaptisaient la place Kléber et retiraient sa statue, les noms mêmes des villes étaient germanisés : Wissembourg redevenait « Weissemburg », Sélestat, « Schlettstatt », Mulhouse, « Mülhausen ».

Quoi de plus normal puisque l'enseignement du français était banni avec l'interdiction de parler la langue – une infraction punie d'une amende de 3 marks ! – et que l' usage du « franc », monnaie étrangère, était totalement prohibé. A partir de 1941, tout candidat à la poursuite d 'études supérieures fut tenu d'appartenir à la « Hitlerjugend » (les jeunesses hitlériennes) et seuls les jeunes gens ayant accompli leur service militaire sous l'uniforme allemand furent autorisés à postuler à un emploi public.

Bon gré, mal gré, les Alsaciens durent plier sous la rude loi du vainqueur. Mais le plus dur restait à venir. Car la guerre continuait. Elle allait même connaître une recrudescence avec l'invasion, le 22 juin 1941, de l'Union soviétique et l'Allemagne aurait besoin, de plus en plus, de chair à canon. Jusqu'alors, les jeunes Alsaciens, âgés de 17 à 25 ans, devaient le R.A.D. (« Reichsarbeitsdienst ») c'est à dire le service du travail obligatoire outre-Rhin. Mais à partir du 25 août 1942, chaque homme en état de porter les armes dut effectuer ses obligations militaires, comme tout bon citoyen du Grand Reich. 21 classes d'âge, soit 130.000 hommes, se retrouvaient ainsi incorporées de force dans la Wehrmacht.

Les jeunes filles n'étaient pas épargnées. Incorporées au R.A.D. dans des camps spécifiques, vêtues de l'uniforme, on les utilisa essentiellement comme aides-familiales et au service de santé.

Afin de prévenir les désertions, une zone interdite de 3 kilomètres de large, aux postes de garde renforcée, longeait les frontières franco-alsacienne et suisso-alsacienne. Le camp de concentration de Schirmeck, suivi de celui du sinistre Struthof, furent chargés d' « accueillir » les récalcitrants et, afin de dissuader l'idée même d'opposition de la jeunesse, les autorités d'occupation décrétèrent des mesures de rétorsion contre les parents des réfractaires : la déportation en Silésie attendait toute famille, désignée complice d'office en cas d'évasion des enfants.

Toutes ces mesures ne purent empêcher des désertions et la fin prématurée du « gauleiter » (le gouverneur nazi) Wagner, victime du sabotage de sa voiture.

C'est dans ces circonstances qu'intervint la mobilisation d'Auguste, celui qui allait devenir le mari de la cousine Louise. Recensé de la classe « vingt-trois », incorporé en avril 42 dans la Wehrmacht, il fit ses classes en Forêt-Noire et rejoignit les troupes d'occupation à Paris en qualité d'interprète. En Juin 44 il se trouvait sur le front de Normandie, à Saint-Sauveur, lorsque son unité fut encerclée par les troupes anglaises. Il termina la guerre, prisonnier des Britanniques, dans un camp proche de Marseille, avant d'être libéré en 45.

Pendant ce temps, sa future épouse, réfugiée en 39 à Couzeix, avait regagné, avec sa famille, sa province natale. C'est là qu'elle assista à la libération mouvementée de son village de Schleithal, le 21 décembre 44, par les soldats américains. Une délivrance éphémère de trois mois, car, à la suite de la contre-offensive allemande de mars 45, les troupes alliées avaient du précipitamment se replier sur Haguenau pour éviter l'encerclement.

Louise faillit bien connaître alors un nouvel exode, les Allemands proposant tout bonnement l'évacuation de toute la population alsacienne outre-Rhin. En attendant, les autorités d'occupation ne se privèrent pas de mobiliser tous les jeunes, à partir de seize ans, dans le « Volksturm » pour creuser les tranchées. La jeune fille allait subir encore les combats pour la reprise de Schleithal après la déroute des « Feldgrau » à la bataille proche de Hatten : une libération qui se fit dans le vacarme des bombardements américains qui visaient le dépôt de munitions installé dans le village. Jouant de malchance, un déserteur alsacien de la Wehrmacht devait trouver la mort dans sa propre cave, victime des alliés, après avoir perdu son fils, tué sur le front de Russie sous l'uniforme allemand.

Dans son grand malheur, Auguste avait eu cette chance d'échapper à l'enfer de la guerre à l'Est, une guerre qui causa, parmi le seul contingent des Malgré-nous 40.000 morts et 30.000 blessés, un bilan qui ne tient pas compte des souffrances endurées, à la fin des hostilités, par les 25 000 prisonniers des camps soviétiques dont la plupart ne revinrent pas.

Car la captivité avait été sans concession de la part des vainqueurs, tout comme l'avait été la bataille entre les deux armées. Maîtresses, à la suite de leur avance foudroyante dans les plaines ukrainiennes, d'un immense territoire, les divisions motorisées nazies étaient venues butter devant les défenses soviétiques à Moscou, à Léningrad et à Stalingrad . Mais partout, sur leurs arrières, la résistance des partisans s'était organisée car les arrivants ne venaient pas en libérateurs : la politique de Hitler était, purement et simplement, de chasser les occupants autochtones des riches terres à blé, pour leur substituer un peuplement germanique. Toute action contre l'armée allemande était réprimée dans le sang des populations civiles ; pendaisons d'otages et incendies de villages étaient monnaie courante ; viols, exactions, pillages faisant figure de routine dans ce cauchemar à grande échelle.

On ne s'épargnait pas non plus dans les combats où on n'avait pas le temps de s'encombrer des prisonniers. La « guerre éclair » avait fait place maintenant à la guerre d'usure et le temps ne jouait plus en faveur des Allemands – « Allemands » façon de parler, qui étaient aussi des Roumains, des Hongrois, des Italiens, des contingents de volontaires nazis de toute l'Europe, parmi lesquels se retrouvaient les Français de la L.V.F., des mobilisés de force des territoires annexés, dont les Malgré-nous, sans oublier les prisonniers Ukrainiens et Russes passés à l'ennemi avec leur chef, le général-traître soviétique, Vlassov. Malgré la mise en coupe réglée de toutes les nations occupées et le pillage de leurs ressources – dont la totalité des véhicules et locomotives produites en France, la livraison forcée de fourrage et de blé, la main d'œuvre gratuite de ses un million et demi de prisonniers – le Grand Reich ne parvenait plus à alimenter, en quantité suffisante, les besoins matériels du front de l'Est. En temps non plus : attaques des partisans, éloignement des bases de ravitaillement en vivres et munitions, hiver russe rendant les routes impraticables, tout cela transforma très vite la vie du soldat de première ligne en enfer.

Imaginons maintenant le soldat, sous uniforme allemand, dans les ruines de Stalingrad matraquées par les tirs ininterrompus de l'artillerie soviétique. Il se terre dans son trou pour échapper à la visée des tireurs d'élite d'en face. L'explosion toute proche d'un obus a projeté sur lui un amas de boue, de détritus, de sang et de débris d'organes des occupants de la tranchée voisine d'où sortent désormais les râles des blessés agonisants. Le prochain tir sera peut-être pour lui et il prie pour que la mort l'emporte d'un seul coup. Il a faim alors qu'il a touché sa boule de pain moisie la veille et qu'il sait que cette ration sera la seule pour deux jours. La soif est encore plus terrible que la faim. L'envie de boire devient obsédante, lancinante : que ne donnerait-il pour un gobelet d'eau ? Le moindre besoin du corps auquel on satisfait d'ordinaire sans même y penser devient un problème insurmontable. Il s'est retenu pendant des heures et la nuit, qui permet d'échapper à la vue de l'ennemi, n'est pas près de tomber. Alors, maintenant, dans son trou, ça sent la poudre, le sang, l'urine et la merde…

Et ce sont de tels combattants en état de sursis, condamnés à se battre perpétuellement pour sauver leur peau, qu'on a relevés du front russe pour les transporter à l'Ouest. Quelle valeur peuvent-ils attribuer à leur vie miraculeusement sauvegardée – pour combien de temps ? – et à fortiori à celle des autres ?

Pendaisons d'otages à Tulle, maquisards écrasés sous les chenilles des chars, en Creuse, à Combeauvert, massacre de toute la population – 642 hommes, femmes et enfants – à Oradour-sur-Glane : autant de crimes commis chez nous par les hordes de S.S.aux abois, retombées à l'état de ces « écorcheurs » des armées de mercenaires du moyen âge, qui ne connaissaient plus ni père ni mère, condamnés à une perpétuelle fuite en avant dans l'horreur. Et, sous leurs ordres, il y avait aussi, par la force des choses, des « Malgré-nous » : pour la plupart des jeunes

Alsaciens fraîchement enrôlés, des gamins de 17 à 20 ans, jouets des évènements, dont la famille avait changé quatre fois de nationalité en trois quarts de siècle.

Condamnés par le tribunal militaire de Bordeaux qui jugeait le crime d'Oradour, les 14 Alsaciens présents au procès (tous des deuxième-classe excepté un adjudant), seront plus tard amnistiés, au grand dam – on le comprend – de la population limousine.

Cependant, parmi les bourreaux d'Oradour, combien auraient pu devenir, dans des circonstances normales, de bons pères de famille sans histoire ? Probablement tous. Quant au général Lammerding, le chef de la division « Das Reich », il avait échappé à tout jugement. Des journalistes de l' « Écho du Centre » lancés sur sa trace dans les années soixante le retrouvèrent pourtant, bien vivant, à Düsseldorf, où il dirigeait une entreprise florissante d'édition. C'est contre eux qu'il lâcha ses chiens et c'est encore eux qu'on conduisit au commissariat pour atteinte à la tranquillité d'autrui. Le gradé devait mourir, des années après, dans son lit, aussi paisiblement que n'importe quel citoyen au-dessus de tout reproche...

Combien d'hommes sont devenus ainsi les marionnettes involontaires de la politique des nations, victimes, une fois les évènements enclenchés, du formidable rouleau-compresseur de l'Histoire ? Après avoir dévoré jusqu'à ses propres enfants, la pieuvre nazie, en un dernier sursaut pervers, avait transformé ses esclaves mêmes en tortionnaires hideux de leurs semblables.

Jouets encore, en 1944, ces éléments de l'armée Vlassov, parvenus en Haute-Vienne. Cernés par les maquisards dans la caserne de Magnac-Laval, ils passèrent avec armes et bagages dans le camp de la résistance où leur professionnalisme fit merveille dans l'attaque de la colonne allemande qui faisait mouvement sur Bellac. Leur en aura-t-on tenu compte après leur rapatriement en Union soviétique ?

A l'énoncé de ces horreurs, vous admettrez, avec moi, qu'on se sente autorisé, dans la suite du récit, à dire du mal de son voisin, à sourire de tout, de tous et de soi-même : des peccadilles en comparaison des grandes tragédies de l'histoire humaine.

Terminons quand même par un sourire !

On sait moins, de nos jours, qu'il nous reste à tous, Français de l' « intérieur » et Alsaciens, une pratique insoupçonnée que nous devons à l'Occupation : l'heure « allemande » – en avance de soixante minutes par rapport à notre méridien –, imposée par l'envahisseur, et que personne en France n'a jamais songé à remettre en cause.

Personne ou presque – comme dans le village gaulois d'Asrérix... ! Car, à Bussière-Boffy, il y a seulement quelques petites années, Marcel, lui, vaquait encore à ses occupations à l'horaire d'avant-guerre. Il avait toujours clamé bien haut que si ses vaches avaient superbement ignoré l'heure allemande, elles se fichaient à fortiori de l'horaire d'été instauré par Giscard d'Estaing. C'est pourquoi notre agriculteur et ses bêtes avaient continué à régler leur rythme de vie à « l'heure ancienne » fixée uniquement sur la course naturelle du soleil dans le ciel français... Sur cette terre limousine, éternellement rebelle, la résistance est une seconde nature !

***

« Vivo lo Sin Lionard Emb do pô emb do lard ! »

(« Vive la Saint Léonard
Avec du pain, avec du lard ! ») - dicton -

Si je vous dis « Miaulétous », à quelle ville pensez-vous ?

Je vais vous aider. Le clocher octogonal, fin et élancé de sa collégiale aurait jadis servi de repaire aux buses. Convenez que le cri de ces oiseaux s'apparente à un miaulement, d'où le nom limousin de « miaule » ou « miaulard » conféré à ces rapaces. De là à donner aux habitants l'appellation de « Miaulétous », il n'y avait qu'un pas. Je l'ignorais en arpentant, pour la première fois, les rues de Saint-Léonard-de-Noblat.

Dominant la vallée encaissée de la Vienne, nichée au cœur de la province, la petite ville limousine a conservé ses belles demeures du XVIIIème siècle et il fait bon flâner dans la torpeur estivale de ses étroites ruelles. Saint-Léonard s'enorgueillit d'avoir vu naître un jour Gay-Lussac, le savant aéronaute, spécialiste de la dilatation des gaz, – ce même grand homme, député de la Haute-Vienne puis pair de France, qui vota en 1840 contre la réglementation prévoyant de limiter à 8 heures, la journée de travail des enfants de huit à douze ans... Comme quoi on peut être, dans un domaine, en avance sur son temps, et loin en arrière dans un autre...

La seconde célébrité locale est Raymond Poulidor : une graine de champion, qui va remporter sa première classique en gagnant le « Milan - San-Remo », et dont la renommée « supplantera » – Raymond dixit – celle du savant, son illustre prédécesseur.

En poussant pour la première fois la porte du collège de garçons de la route de Peyrat-Le-Château, à la rentrée de 1958, je devrais être fier de fréquenter des locaux qui virent passer, quinze ans auparavant, un artiste de grand talent, quoique fort irrespectueux : Serge Gainsbourg. Mes condisciples externes ont un accent limousin encore plus prononcé que celui des ponticauds de Limoges. Il faut s'y faire, c'est comme ça à Saint-Leillo . (Prononcer le « o » comme le « o » de homme.)

– Murena ?

– Quâtre !

– Janicot ?

– Zeillero !

Mademoiselle Emma referme le carnet sur lequel elle vient de relever les notes de dictée.

La classe de troisième est située dans un sous-bassement tout en longueur où s'étirent deux rangées de tables de bois à deux places, au dessus incliné. Cette configuration a inspiré à notre professeure de français, une méthode susceptible de promouvoir une saine émulation. A chaque élève de la rangée de droite – dite des « Romains »–, correspond un « Carthaginois » dans la travée opposée de gauche. Quand elle interroge un « Romain », elle désigne ensuite son vis-à-vis « carthaginois » ; les points, obtenus par chacun, s'ajoutant au total de ceux de son camp. Le principe serait bon si notre mentor avait quelque autorité et si les internes ne disposaient pas, fixé au mur, de leur casier au contenu diversifié : provisions de bouche, documents, tenue de gymnastique, etc... En tenant compte de ces réalités, nous avons décidé de concrétiser l'antagonisme des deux cités. Pour bien vous représenter la scène, imaginez une bataille navale entre les deux vaisseaux-rangées de la classe, juste avant l'abordage.

– Les Carthaginois, prêts ? Feu !

Et aussitôt s'abat sur les latins d'en face une pluie de projectiles divers : trognons de pommes, règles et savates.

– Les Romains, prêts ? Feu !

Une volée d'objets hétéroclites a provoqué la plongée, sous les pupitres protecteurs, des Africains d'Hannibal.

C'était à prévoir : les relations houleuses entre les deux cités rivales, de part et d'autre de cette Méditerranée en sous-sol, ont dégénéré en guerres puniques, achevant de ruiner l'autorité de la malheureuse initiatrice. C'est un peu à cause de cela que monsieur le Principal nous fait l'honneur de sa présence pacificatrice. Il assiste aujourd'hui à la composition de récitation. A l'appel de notre nom, nous venons au bureau, tour à tour, tirer au sort dans une boîte à gâteau de fer blanc, le bulletin de papier portant le titre d'un poème à dire à la classe attentive. Je suis le troisième à annoncer :

– La ballade des pendus !

– Mâ, c'est une trrès belle ballade que celle des pendus !, observe le chef d'établissement, à l'accent rocailleux de son Causse natal de « Grrâmat »…

– Frères humains qui après nous vivez
N'ayez le cœur contre nous endurcis

……………………

J'ai terminé.

– Breuil !

Mon camarade tire un billet.

– La ballade des pendus !

– Mâ c'est un trrès beau texte !

– Frères humains qui après nous vivez
N'ayez le cœur contre nous endurcis

……………………

– Daigueperse !

– La ballade des pendus !

– Mâ on peut dirre que c'est le chef d'oeuvrre de Frrançois Villon !

– Frères humains qui après nous vivez
N'ayez le cœur contre nous endurcis

……………………

A la sixième « Ballade des pendus » consécutive, Régis n'a pas résisté et il a quitté les lieux. S'il avait pris le temps de vérifier les bulletins, il aurait peut-être remarqué, sur l'un d'eux, une croix qui permettait de corriger les incertitudes du hasard en orientant le choix vers le seul texte que toute le monde connaissait par cœur…

Avant de devenir la femme de Régis, Lucienne exerça – paraît-il – le métier de chanteuse de cabaret. Sans doute cet antécédent à caractère artistique la prédisposait-il à occuper au collège la fonction de professeur de musique et de dessin. Dans la vaste salle de sciences en amphithéâtre, « Lulu » a placé près d'elle, sur la grande table aux carreaux de faïence blancs, destinée aux expériences chimiques, le nouveau « sujet » de dessin. C'est un superbe vase de porcelaine qui figure une scène champêtre aux complexes coloris, pure composition de Watteau.

De nos bancs disposés en gradins, le crayon dressé au bout du bras tendu, un œil fermé, pour mieux prendre la visée, nous tentons de cerner, après force grimaces, les proportions de l'objet avant de les reporter sur le papier canson. Le procédé est fort aléatoire si on en juge au résultat obtenu. A l'évidence aucun de nous n'a dû voir la même chose…

Et il ne faut guère compter sur les conseils de la prof. Assise près de l'œuvre d'art, Lulu nous laisse toute latitude au milieu d'un joyeux brouhaha. Parfois elle s'enquiert de l'avancement des travaux :

– *Montrez-moi votre feuille Boyer ?*

– *C'est pas mal, continuez, vous le tenez !*

– *Et vous Lafarge ?*

– *Allongez un peu vos courbes mais vous le tenez !*

– *Gaguet ?*

– *Vous le tenez !*

Comme il devenait évident que nous n'allions pas tarder à tous « le tenir », un peu comme mon vieil ami Henri qui prétendait « tenir son sérieux à deux mains »… Jean-Pierre s'est brusquement écrié :

– Venez vite madame, je le tiens, je le tiens !...
– Qu'est-ce que vous dites Vandaele ?
– Ah, c'est trop tard ! Maintenant il est parti !...
Pauvre Lulu !

Ça ne s'invente pas : il se nomme Tallest, ce qui, en anglais, signifie « le plus grand ». Et c'est vrai que notre répétiteur est long comme une perche à haricot . Ses jambes démesurées en font un attaquant redoutable de l'U.S.S.L., l'équipe locale de rugby. Quand le joueur fait trois enjambées, le petit Pingaillou, son coéquipier, est obligé d'en faire douze pour se maintenir à la hauteur. Si le Britannique baragouine un français approximatif ce n'est pas grave car il est là uniquement pour nous initier à la prononciation correcte de sa langue maternelle. Il nous dicte aujourd'hui un texte tout à fait insipide.

– Put between inverted commas !

Les regards interrogateurs de tous ont convergé vers le répétiteur qui se rend compte que personne n'a rien compris.

– Ouvouez le couillemet ! précise-t-il avec son délicieux accent.

Nous nous exécutons en ricanant, attendant avec impatience la fin de la citation qui ne tarde pas.

– Fêêmez le couillemet !

Cette fois toute la classe a éclaté de rire au nez du sujet de Sa Gracieuse Majesté qui, visiblement, ne s'explique pas la cause de cette hilarité générale.

« La béquille », qui ne se déplace qu' à l'aide de cannes, séquelles de sa poliomyélite, est prof d'anglais.

*– Will you come to the blackboard and tell me your lesson, master, master...*répète-t-il en observant son carnet de notes, *master, master, master... master Marneix !*

– Ho, pas tant de « monsieur », et un peu plus de pognon ! a rétorqué l'interrogé...

« Pépé » enseigne l'histoire et la géographie. Comme vous allez vous en rendre compte, son surnom coulait de source.

– Pé, euh ! Pé, pé, sortez vos livres pé, à la page pé, à la page quarante-huit !

Et quand Georges s'énerve, cela donne des dialogues savoureux, notamment avec Alain, au défaut d'élocution similaire :

– Pé, pé, ça suffit, Marot

– Te, te, mais, te, j'ai rien dit !

– Pé, euh ! Pé, ne me prenez pas pé, pour un imbécile !

– Te, te, c'est pas juste, te ; c'est, te, toujours moi qui prends !

Grâce à Georges, nous découvrons ainsi le relief, *« pé, pa, pappalachien »* et les petites villes qui parsèment l'Auvergne : *« pé, Thiers ; pé,pé, Riom ; pé, p'Issoire... »*

Les mots sortent d'autant plus difficilement de sa bouche qu'ils sont compliqués. Et il n'a pas de chance avec le précepteur d'Alexandre III de Russie :

– Pé, euh ! Pé, po, pé , Pobiédonostsef.

Le vocable est long à venir, mais quand il débouche, c'est tout d'un trait. En attendant, Pépé aide un peu cet accouchement difficile en écrivant, à la craie, le récalcitrant :

– Pé, le Mé, pé, euh ! Pé le Mezzogiorno !

Ce sud aride de la botte italienne l'a tellement perturbé qu'il a écrit au tableau « Mezzigornio »...

Solange a remarqué que les garçons obtenaient de meilleures notes que les filles, particulièrement en histoire, et elle détient la clef de cette énigme : « Pépé » est P.D...

N'importe quoi ! En tout cas, si nos résultats sont supérieurs, quelques perles relevées dans certains devoirs des éléments mâles des classes terminales ne nous font guère honneur. Et comme notre professeur, vous auriez été surpris de lire que le général Rommel commandait l' « Afrika- corse » (une unité de Walkyries méditerranéennes ?...) ; que les révolutionnaires de 93 « étaient en proie à de graves querelles intestinales » (ce qui pouvait expliquer que la France n'allait pas tarder à se trouver dans la ...) ; la palme revenant incontestablement à l'auteur – masculin, une fois de plus – de la phrase suivante : « On découvre de l'or en Californie ; aussitôt c'est une véritable ruade. » (en somme, la ruée vers l'or ... des ânes !)

Archimède, le prof de math, sait être grossier. Notre camarade Dubeau et Racine – qui n'y est pourtant pour rien – en font les frais :

– *Cré, nom de D..., Dubeau, vous m' posez c't'équation comme un paquet de m.... C'est comme si vous m'écriviez le trente-sixième vers de Bérénice* !

Son surnom d' « Archimède », Gérard ne l'a pas volé. Interrogés un à un, aucun des élèves de première ne parvenait à énoncer le fameux théorème du savant grec, ce qui provoquait invariablement la même remarque ironique de l'enseignant :

– *Vous n'êtes pas Archimède !*

– *Tout corps plongé dans un liquide...*

– *Vous n'êtes pas Archimède* !

– *Tout corps plongé ...*

– *Vous n'êtes pas Archimède !*

Ayant vainement questionné toute la classe, l'initié se décide enfin à énoncer les termes complets du célèbre principe : « *Tout corps plongé dans un fluide subit une poussée verticale...* » A l'instant précis où il terminait, Marcel ne put contenir cette judicieuse exclamation :

– *Voilà Archimède !*

Ce dernier nous l'a solennellement déclaré : « *Nous ne sommes pas nuls en maths, nous N'EXISTONS pas !* »

Comme il le fait souvent, Régis a tenu à nous remettre lui-même nos compositions :

– *Prrremier Demarrty, neuf ! Deuxième Bastier, cinq et demi !... Cinq et demi ? Et il me reste encore toutes les copies ? Je suppose monsieur G. que c'est sur dix ?*

– Heu, non monsieur le Principal, c'est sur vingt !

– Mâ c'est une câtâstrrrophe !

Une catastrophe en effet, qui nous permettra néanmoins de survivre ; l'existence ne se limitant pas à l'univers mathématique. Heureusement !

Le remplaçant de « Pépé », en histoire-géographie, répond à l'inquiétant pseudonyme de « La Terreur ». Il n'a pourtant rien d'exceptionnellement sévère. Alors qu'il narrait les évènements de Thermidor de l'an III de la République – qui virent le couperet de la guillotine s'abattre sur le cou de Robespierre et de Saint-Just –, l'enseignant s'exclama avec emphase :

– Et ce fut la chute de la terreur !

Ayant dit cela, il buta sur un sac de collégien et s'affala bruyamment au milieu de la rangée. Il n'en fallait pas plus pour que cet incident comique, à l'étonnante coïncidence, justifiât son terrible sobriquet.

Même s'ils n'ont jamais guillotiné personne, les élèves sont cruels : le moindre défaut, la plus petite manie, le détail anatomique mineur de l'enseignant ou du surveillant est aussitôt exploité. C'est ainsi que notre maître d'internat à la petite taille n'est plus désigné que sous l'appellation de « Rase-mottes ». Quant à notre pion au crâne chauve, il a hérité du surnom à la connotation esthétique de « Peigne-c... »...

Délaissons surveillants et professeurs pour nous intéresser aux élèves. Le petit collège de garçons n'est pas surpeuplé : de la sixième aux classes terminales, il ne compte qu'une centaine d'internes. C'est peut-être pour cela que, tous les ans, on y accueille un important contingent d'étudiants étrangers issus des pays francophones et particulièrement de nos possessions africaines.

A mon arrivée, l'établissement ne compte plus qu'un seul élève nord-africain : « Méhmed » qui a trouvé un moyen simple d'éviter le redoublement de la classe de seconde. Le jour de la rentrée, il est allé carrément se ranger avec les « premières » et n'a plus quitté le groupe de l'année... Le collège avait aussi reçu un fort contingent de Marocains qui ont laissé de leurs frasques un souvenir inaltérable.

Les Maghrébins s'étaient particulièrement distraits au moment du Ramadan. Comme chacun le sait, cette période du calendrier islamique est marqué par un jeûne, du lever au coucher du soleil. A la nuit tombée, les étudiants musulmans quittaient donc le dortoir pour se réunir dans le grenier du bâtiment et prendre enfin une collation longuement attendue. Dans cette atmosphère de joyeuse convivialité et pour gagner du temps, ils prirent l'habitude de satisfaire leurs besoins naturels à proximité immédiate, au fond d'une vieille baignoire désaffectée. La persistance de cette fâcheuse façon d'agir ne manqua pas de provoquer des émanations qui vinrent un jour caresser le nez du Principal, déclenchant son courroux et l'interrogatoire d'un jeune suspect. Indigné et faisant fi de la solidarité religieuse, celui-ci déclara :

– J'te jure, mon Principal, c'est pas moi qu'ai ch... dans la cuve ; ce sont ces sales Berbères !...

Les nouveaux arrivants africains n'inspirent pas plus la tristesse et Konaté se distingue du lot. Entendant sonner le téléphone, dans le bureau ouvert et vide du Principal, il s'est précipité :

– Allo ! Ici c'est Konaté en personne !

Il n'éprouve aucune gêne à tutoyer le personnel et le surveillant de l'étude, fils de monsieur G..., le prof de gym, et pour cette raison surnommé « Fiston ».

– Pardon Fiston, est-ce que je peux aller aux cabinets ?

– Lorsque tu t'adresses à moi, tu m'appelles « G...» et en plus « monsieur », d'accord ?

– D'accord Fiston, maintenant je te dirai « G... et en plus monsieur ! »

Gaston K..., mon voisin de table ivoirien, noir comme du cirage, déteste qu'on l'appelle « Blanchette » et il distribue généreusement ses « cocotas » aux facétieux qui y réfléchissent maintenant à deux fois avant d'utiliser ce sobriquet, à caractère raciste, en sa présence. Les « cocotas », c'est la série de coups secs portés, des doigts durs et serrés du poing, sur le sommet du crâne des plaisantins.

« Pépé » a écrit au tableau le sujet de la composition de géographie : « Le Bassin Aquitain ». Après avoir tracé la côte qui borde le Golfe de Gascogne, j'ai esquissé le contour occidental du Massif-Central qui limite la plaine à l'est. Du coin de l'œil, j'observe que Gaston, avec un tout petit décalage, suit méthodiquement ma démarche bien que son estuaire de la Gironde s'apparente plus au tubercule de Parmentier qu'à une embouchure effilée… Ce canevas achevé, mon voisin a apparemment décidé de poursuivre seul son effort, en se basant sur ses connaissances personnelles. Initiative malheureuse car, ayant rendu ma copie, j'ai maintenant tout loisir de contempler son œuvre… surprenante. Jaillissant, de façon rectiligne, de ses Pyrénées originelles, la Garonne à rejoint la pomme de terre girondine qui lui sert d'estuaire. Jusqu'ici, rien que de – presque – très normal, mais ce qui l'est moins, c'est la présence, en ces lieux, de la Loire, invitée malgré elle à un parcours touristique dans le Sud-ouest. Issue du nord du Massif Central, le fleuve a atteint, en droite ligne – lui aussi – la mer, dans la région de Bayonne ; cet itinéraire direct l'obligeant, au passage, à couper en son milieu la malheureuse Garonne. On dirait une carte routière avec une intersection de deux routes secondaires… Quand il va voir cela, « Pépé » sera étonné, c'est sûr… A moins que Gaston n'ait anticipé sur les velléités de ce fleuve facétieux, célébré par la chansonnette bien connue :

« Si la Garonne avait voulu
Lanturlu !
Elle aurait coupé la Loire
Si la Garonne avait voulu
Lanturlu !
Elle aurait rejoint la Mer Noire … »

Rhida est un Tunisien de Sfax où son père exerce la profession de marchand d'huile d'olive, dans la rue « Hafous ». Le détail a son importance car il est source de dictions grimacières qui provoquent l'ire de notre camarade arabe. Essayez de dire en accentuant bien le « h » et le « s » de Hafous et en enchaînant avec le nom de la ville : « rue HhafousSfax ». Il n'en faut parfois pas plus pour amuser les grands gamins que nous sommes...

Sa maîtrise très relative de la langue française n'a pas empêché Rhida de parvenir jusqu'en classe de première où il se prépare – dit-il – à passer le « baccaloriat ». Ses notes ne sont qu'une longue collection de « 2 » et de « 3 » mais il espère bien se rattraper à la composition de dissertation dont le sujet – original – l'a particulièrement inspiré : « Si vous deviez vous retirer sur une île déserte, quel est le livre que vous aimeriez emporter avec vous ? justifiez votre choix. » Et il a choisi... « Le Coran » qu'il orthographie tantôt « Couran » tantôt « Courant », ce que nous constatons à la lecture du brouillon du texte que, très fier de lui, Rhida fait circuler dans l'étude. On peut y lire notamment que « Le Couran est un livre très saint qui peut éviter toutes sortes de maladies. » et les annotations, à l'encre rouge, de notre camarade Bardet. Ce dernier a malicieusement ajouté un « e » à « Courant », devenu ainsi « Courante », expression vulgaire connue pour désigner ...la colique. Il y a même – toujours en rouge – une note générale de 4 sur 20 pour le devoir, assortie de ce commentaire : « Hors sujet. On ne vous demandait pas de parler de votre courante ! »...

Madame B..., notre professeure de sciences-naturelles nous parle depuis deux heures de « la moule » et nous révèle que le mollusque se reproduit pendant les mois « sans air »...

– *Comment tu écris « air »* ? demande mon voisin Bernard.

J'allais justement lui poser la même question. Comme il semble aussi dubitatif que moi, je fais l'initié :

– *« a -i -r » pardi !*

Je ne me trompe d'ailleurs pas beaucoup: les mois « sans air » correspondent à l'évidence au temps orageux et étouffant de l'été : juin, juillet, août. Il n'y manque que le mois de mai pour avoir la panoplie complète des mois sans ... « r » !

Bernard est un excellent camarade et serait un parfait voisin de dortoir si sa désagréable habitude de fumer n'intoxiquait pas les proches car il fume aussi au lit : au réveil, au coucher et, comme si cela ne suffisait pas, son besoin de nicotine est tel qu'il se réveille maintenant la nuit pour satisfaire sa manie. Lorsqu'à deux heures du matin, ses orteils nus piétinent mon dos ou caressent ma figure, je sais que, debout en partie sur mon matelas et en partie sur le sien, il fouille l'étagère qui surplombe mon lit, à la recherche de son paquet de cigarettes et de la boîte d'allumettes qui l' accompagne. Par souci d'économie de son petit pécule de poche, il s'achète désormais des paquets de tabac gris et des feuilles de papier « Job ». Il a même acquis une « rouleuse » ainsi qu'un briquet à essence dont la mèche diffuse une longue flamme fumeuse à odeur de carburant. Et quelle n'a pas été la surprise du « père » Charles, le prof de philo, de trouver dans le tiroir de son bureau, l'attirail au grand complet du fumeur invétéré ! Du coup, Bernard s'est fait traiter d' « *ancien combattant* »...

Monsieur Charles est le doyen des professeurs du collège, devenu maintenant « lycée » – mais qui reste pour nous le « bahut ». C'est peut-être cette ancienneté qui a valu à l'enseignant le surnom de « père », accolé à son nom. Il y a là comme une sorte de marque de respect pour cet homme, à la forte personnalité, qui enseigne la « philosophie », ce qui, en grec, signifie « amour de la sagesse ». C'est assurément un « sage », à condition de ne pas lui marcher sur les pieds... Yves en a fait l'expérience. Son habitude d'inventer des citations d'auteurs imaginaires était jusque là restée apparemment inaperçue. Aussi a-t-il cru bon de récidiver une fois de plus, en citant, dans son devoir, l'écrivain d'outre-Rhin, Wolfgang- Amadéus von Gemüse (prononcer « guémuse »). Si le prénom, emprunté à Mozart, aurait pu,à la rigueur, passer incognito, le nom, même précédé de la particule nobiliaire, ne pouvait que faire bondir le père Charles, germaniste confirmé, qui n'était pas sans savoir qu'en allemand, « gemüse » signifie « légume »... Cette anecdote explique qu'on ne désigna plus Yves que sous le nom de « Guémuse ».

On s'amusait bien également aux cours d' allemand où notre condisciple Devaud dit « Gédéon », mettait de l'animation. Le professeur l'avait affublé du surnom de « Von Kalb », ce qui était la forme germanisée du nom de famille noble à particule : « De Veau ».

– *Taisez-vous Von Kalb !*

– *Parfaitement, monsieur : DE Veau, DU Pont DE Noblat, DE corvée DE Ch..., DEmain matin, DE bonne heure...De...*

– Bon, bon, ça suffit maintenant !

Las, un jour, des facéties de Devaud, le professeur surprit tout le monde en apostrophant le plaisantin, sous son sobriquet ordinaire :

– *Gédéon*
Du bist ein gross Kujon !

« Gross » signifie « grand » et, en prononçant phonétiquement, vous comprendrez peut-être mieux :

– *Guédéône*
Du bist ein gross couillônne !

La condition de pensionnaire n'est pas drôle et toutes les occasions sont bonnes pour pimenter la monotonie de l'internat. Michel, Alain et François, élèves de quatrième l'ont compris depuis longtemps, au point de mener une double vie : celle de collégien aux yeux de l'entourage et celle d'association de malfaiteurs dans la clandestinité. Mais cette dernière, comme toute activité secrète, nous ne la connaîtrons qu'une fois découvert le pot aux roses.

A la Libération, près des bâtiments en dur, on avait construit à la hâte un préfabriqué de bois qui abritait la classe de seconde. Un mur de moellons supportait les parois de la construction, assurant entre le plancher de la salle de classe et le sol, un vide sanitaire d'un mètre de hauteur, accessible par une petite trappe. C'est dans ce monde souterrain obscur et secret que, trompant les surveillances, se réunissaient les trois conspirateurs. Ils y manigançaient leurs coups en douce, y faisaient bombance et y entreposaient, tels les quarante voleurs d'Ali-Baba, le fruit de leurs larcins : paquets de gâteaux secs, tablettes de chocolat, camemberts, saucissons, bibelots, etc...

Prétextant des sorties chez le dentiste ou chez le coiffeur, ils se retrouvaient dans un commerce de la ville et, pendant que l'un d'eux occupait le vendeur par l'achat d'une babiole, les deux autres en profitaient pour subtiliser ce qui se trouvait à leur portée. Leur manège aurait pu durer encore longtemps s'ils n'avaient entrepris de passer à un degré supérieur qui frisait le professionnalisme. Nous étions en 1961 et la nouvelle s'était propagée, à la vitesse de l'éclair, dans toute la ville ; information reprise sur les ondes régionales puis nationales : la nuit précédente, un vol d'armes et de munitions avait eu lieu à Saint-Léonard-de-Noblat. Les cambrioleurs avaient brisé la vitrine de l'armurerie avant de s'emparer de plusieurs fusils et de disparaître dans la nature. C'était, à n'en pas douter, un méfait supplémentaire des terroristes de l'O.A.S.

Si nos « terroristes » en herbe – car vous avez deviné qu'il s'agit d'eux – avaient réussi leur mauvaise action, en revanche ils ne surent pas l'exploiter. A treize-quatorze ans, une telle prouesse perd de son intérêt si elle n'est pas homologuée par l'entourage. Mis dans la confidence et à la vue d'une carabine, extraite du lot à titre de preuve, les copains en bavèrent d'admiration et ne purent s'empêcher de divulguer les faits à leurs proches. Volant de bouche à oreille, l'information atteignit les classes terminales. Tout le lycée était maintenant au courant des agissements des garnements. Fallait-il ou non enfreindre la règle d'or qui interdisait toute dénonciation : « Au bahut, on ne cafte pas. » ? La situation fut cependant jugée assez grave pour, qu'après en avoir délibéré, les « anciens » de terminales décidassent d'informer la direction et dépêchassent Dum's auprès du Principal. (Dum's étant le diminutif de Dumont, qui se trouvait être originaire de Domps, et que tout le monde appela aussitôt et naturellement « Dum's de Domps » ce qui permit en outre de le différencier de son homonyme, natif de Châteauneuf-la-Forêt.)

Se sachant découverts, nos trois lascars n'attendirent pas l'arrivée des gendarmes et déguerpirent prestement, déclarant à ceux qui les avaient vu s'enfuir, qu'ils mettaient le cap sur l'Espagne – pays suffisamment éloigné, pensaient-ils, pour les mettre à l'abri des foudres de la loi française. Informée dès son arrivée, la maréchaussée déclenchait aussitôt les recherches et nos trois malfrats furent cueillis, dans le fourgon des policiers, un peu avant la frontière espagnole, à ... Panazol ...

J'avais quitté l'établissement depuis deux années lorsque le lycée de garçons se trouva à nouveau sous les feux de l'actualité. Les internes y avaient capturé une poule du concierge qu'ils baptisèrent « Suzy » avant de l'assassiner. Après ce forfait, ils conduisirent, en cortège et en grande solennité, le volatile défunt jusqu'à sa dernière demeure pour l'inhumer dans la pelouse du parc. Mais ce que n'apprécia pas du tout la directrice, c'est l'épitaphe qui surmontait la tombe du gallinacé : « Ci - gît Suzy ». Car la directrice s'appelait... Suzanne !

Celle-ci, cruellement vexée, prétendit exclure nombre des auteurs présumés du crime ce qui fit réagir l'association des parents d'élèves qui, eux, n'y voyaient qu'une farce sans conséquence tandis que les journaux locaux se régalaient de cette affaire à rebondissements.

Parmi tous mes condisciples des grandes classes, je n'avais même pas remarqué celui d'entre nous qui allait acquérir la plus grande notoriété. Peut-être que cet élève, éminemment discret, se contentait alors de sourire des frasques de son turbulent entourage mais je ne peux pas penser, un seul instant, que l'ambiance à la fois gauloise et exotique de cette communauté n'ait en rien contribué à l'humour caustique qui allait révéler, beaucoup plus tard ... Pierre Desproges.

Étonnant ! non ?

Énigmatiques trous de balles

– *Êtes-vous sinophile ?*

A dix-huit ans il faut se faire recenser et le questionnaire du secrétaire de mairie n'en finit pas : « *Êtes- vous titulaire du Certificat d' Études Primaires ? Parlez-vous anglais ?* ... » Mais que viennent faire les Chinois dans cette affaire ?

J'ai dû mal comprendre la question et, à tout hasard, j'ai répondu par la négative. C'est Jean-Pierre qui, ensuite, m'a tout expliqué. Il fallait comprendre « cynophile », autrement dit : ami des chiens... Pourquoi n'y avais-je pas pensé aussitôt ? C'était bien-sûr de la même famille que « cynégétique » et « cynocéphale ».

De toute façon c'est sans conséquence puisqu'il n'était pas dans mon intention d'effectuer mon service en qualité de maître-chien. Et tout le monde connaît l'art des militaires d'utiliser vos compétences professionnelles de façon optimum : comme vous étiez charcutier dans le civil, l'armée vous confiera la fonction de coiffeur...

Après le recensement vient le temps du Conseil de Révision. Il s'agit cette fois d'évaluer les aptitudes physiques des futures recrues de notre classe « soixante-trois ». Examen anatomique complet pour tous les jeunes gens du canton : toise, bascule, contrôle de la vue, observation de la conformité de la bête – y compris des parties les plus intimes – et passage à la queue leu leu devant la commission où siègent, entre autres, tous les maires du secteur et le Conseiller Général. Il n'y aura pas de remise de médaille mais la mention proclamée, « *Service armé !* », ponctuée d'un énergique et indélébile coup de tampon, vous classe désormais dans la catégorie des Français dignes de consacrer une partie de leur temps à la défense de la Nation.

– *Ça s'est bien passé, tu es « bon pour les filles » ?* m'a demandé Henri – de la classe vingt et un.

– *Pour les filles on verra, malheureusement pour l'armée c'est dorénavant certain !*

– *Tu devrais être content ! De mon temps, on aurait considéré comme un déshonneur d'être réformé. J'en ai même vu qui pleuraient ce jour-là. On n'est pas un homme si on ne fait pas son service ! Et vous étiez à poil bien-sûr ? …*

– *En slip !*

– *Alors ce n'est plus rien du tout, ce Conseil de Révision…*

Ce modeste bout de tissu était pourtant, à mon humble avis, le seul petit détail qui différenciât encore cette sorte de défilé de mode d'un concours primé de comice agricole…

Le lycée de garçons de Saint-Léonard est étonnamment calme ce dimanche matin. La lumière brille dans une seule des classes de l'établissement qui suffit aujourd'hui à accueillir l'étude pour tous les internes car c'est jour de petite sortie. Mais y compris pour les potaches qui n'ont pas la chance de passer ce week-end en famille, ce sera une journée de détente. Tenant compte du petit effectif des présents, le surveillant se montrera compréhensif en tolérant chuchotements, lecture ostensible du journal, et même discrètes parties de belote. L'après-midi nous irons assister à la projection d'un film au cinéma « REX » où nous retrouverons nos infortunées camarades du lycée de filles. Sam, le directeur, a l'art de disposer les élèves dans la salle en pente : les petits, devant, les grands, derrière, les filles, à droite, les garçons, à gauche. Ce qui est bien, c'est de se trouver en tête de colonne pour occuper, dans la travée, la place contiguë à la rangée des lycéennes. Les plus chanceux – ou les plus hardis – auront alors, dans la salle obscure, la fugitive mais voluptueuse sensation de frôler une jambe accueillante ou un sein peu farouche...

Délaissant la fade étude dominicale, nous sommes, avec d'autres jeunes du canton, un douzaine d'élèves de « première » rassemblés dans la cour sous la direction du gendarme P... Le programme de la matinée est centré sur le lancer de grenade. C'est la règle pour tous : afin de bénéficier du sursis nécessaire à l'achèvement des études, il faut s'inscrire à la Préparation Militaire . Mais la « P.M. » n'est pas une corvée, c'est simplement une occasion supplémentaire de s'évader un peu des livres et des cahiers.

Notre maître d'armes règle la position du bras lanceur qu'il faut garder tendu pour obtenir une portée maximum.

– Chef ! Chef ! Regardez la grenade qu'Alain a lancée. Elle fume ! Tirons-nous, ça va péter !

Chacun a pu constater que les projectiles que nous utilisons sont entièrement creux. Qu'est-ce que c'est que cette histoire ? C'est pourtant vrai qu'elle fume !...

Notre instructeur s'est bravement approché de l'engin explosif et ne tarde pas à découvrir la supercherie en haussant les épaules. Alain avait glissé dans la sphère métallique évidée son mégot de cigarette qui, par l'orifice, dégageait ainsi une belle fumée bleue...

Après la partie pratique il y a une séquence théorique. Le gendarme dispense des éléments de culture citoyenne. Il tente aujourd'hui de distinguer les rôles respectifs du Sénat et de l'Assemblée nationale. Ses explications auraient plus de crédibilité si lui-même maîtrisait mieux son enseignement et j'aurai beaucoup de mal à lui faire admettre qu'il y a deux fois plus de députés que de sénateurs, et non le contraire ! On ne saurait être bon à tout et je ne suis pas mécontent de rabattre un peu la superbe du pandore qui s'est un jour vanté d'avoir, au volant du camion des C.R.S., écrasé les vélos des ouvriers en grève aux chantiers navals de Saint-Nazaire.

Mais notre activité préférée c'est le tir. A la gendarmerie on nous remet les armes. La carabine en bandoulière, la troupe, en rangs par deux, traverse les rues de la petite ville encore endormie et se dirige, au pas cadencé, vers la station de Beaufort.

C'est étonnant comme le seul fait de porter un fusil peut modifier le comportement de l'homme. Pourtant antimilitariste convaincu, je me sens comme transformé par le contact de l'arme à feu et j'éprouve, à l'instar de mes camarades, un sentiment diffus de puissance décuplée. J'ai compris, depuis ce temps-là, pourquoi les chasseurs du dimanche s'obstinaient à arpenter la lande alors que le gibier est devenu, au fil du temps, aussi rare que le sourire de son voisin de palier ; en fait ils promènent leur fusil... En tout cas, si un ennemi désigné se manifestait maintenant, il n'aurait qu'à bien se tenir...

En bordure de Vienne, près du barrage, la municipalité de Saint-Léonard a judicieusement aménagé une station de pompage et de traitement de l'eau ; une mini-centrale hydroélectrique où les camions municipaux viennent recharger leurs batteries ; une piscine flottante ; un bar et un terrain de boules. Cet espace ludique, déserté le dimanche matin, constitue un excellent terrain de manœuvres facile à sécuriser. Au ras de la berge ont été dressés des panneaux de bois aggloméré et nous y fixons, à l'aide de quelques punaises, des feuilles de papier imprimé au motif de cercles concentriques, blancs et noirs alternés, numérotés de dix à un à partir du rond central noir.

La hausse réglée à vingt-cinq mètres, le tireur, à plat-ventre au sol, doit loger ses projectiles au milieu de la cible. Chacun a droit à trois essais pour corriger éventuellement son défaut : un tir plutôt à droite doit conduire à décaler sa visée légèrement à gauche et inversement. Aux détonations répétées des salves de carabines succède le miaulement des balles qui percent les panneaux, ricochent à la surface de l'eau de la rivière avant d'aller se perdre, en claquements secs, dans les taillis pentus de la rive opposée. Au coup de sifflet, nous nous précipitons pour contrôler les trous d'impacts et boucher ceux-ci à l'aide de petites gommettes noires ou blanches, autocollantes

Nous disposons maintenant du chargeur complet garni de cinq cartouches. A l'exercice précédent j'avais réalisé un total de quarante-sept points : deux perforations du « dix » et trois du « neuf » ; un assez bon résultat si le tir avait été un peu plus « groupé ». Je vais essayer de faire mieux. Au signal, le feu a cessé et le gendarme relève les scores tout en commentant la performance de chacun. C'est à mon tour. Comment ai-je fait mon compte aujourd'hui ? Il y a un trou à l'extérieur des cercles, un autre encore à l'extrémité opposée alors que j'ai trois impacts dans le « dix » mais, stupéfaction, nous comptons encore deux perforations du « neuf » plus deux dernières au bas de la feuille... Comme « tir groupé », on a fait mieux ! Mais en comptant bien, cela fait donc neuf touches pour cinq balles tirées !...

L'explication ne tarde pas à nous être fournie par l'observation du panneau attenant au papier vierge de toute trace. Non seulement mon voisin a manqué sa cible – ou visé la mienne – mais il a même réussi à expédier une dernière balle dans la nature. Cette situation vient corroborer ma première impression globale sur l'individu qui, selon toutes les apparences, n'avait manifestement pas inventé la poudre et, en l'occurrence, les cartouches qui vont avec... Pour reprendre l'expression coutumière de mon vieil ami Henri, adaptée à ce genre d'individu : *« Il avait tout du c... ! »*

Au retour, la troupe opère un crochet par le Pont-de-Noblat où la mère Beyrand nous accueille dans son café pour une pause du guerrier bien méritée. Afin d' économiser notre maigre argent de poche, Jean-Claude et moi nous commandons un « blanc » et la tenancière remplit notre verre avec sa bouteille de « Saincrivin - vin de table français - 10 degrés » : un summum de qualité dans la catégorie des tord-boyaux que nous tentons d'avaler sans sourciller, l'estomac vide, à onze heures du matin. Pouah !

Avec la fin de la guerre d'Algérie cette préparation militaire me sera d'une parfaite inutilité. Je préfère qu'il en ait été ainsi et, dans le grenier des accessoires des choses vaines accomplies dans toute une vie, celle-ci n'est pas la plus désagréable.

Deux ans plus tard, je retrouvai, en stage à l'Ecole Normale de Limoges, Georges, l'un de mes anciens pions au collège de Saint-Léonard. Il racontait aux collègues, attroupés autour de lui, ses souvenirs d'Algérie.

– *On était dans le djebel et la compagnie avait encerclé les fellagha qui se planquaient dans des éboulis de gros rochers. Pour s'en sortir ils n'avaient qu'une solution : bondir de leur trou, se précipiter dans la pente de l'oued et courir en zigzag dans la rocaille. Un par un les rebelles tentaient leur chance mais se faisaient tirer comme des lapins. J'avais le suivant dans ma ligne de mire. Une pression sur la gâchette et... « Pan ! » Mais le coup de feu qui venait de claquer avait devancé le mien. J'étais furieux :*

Mince alors ! Celui-là c'était MON « fel », celui qui me revenait de droit et que mon voisin venait d'abattre en manquant aux règles de politesse les plus élémentaires...

Si vous saviez combien je me réjouis aujourd'hui de mon « retard à l'allumage ». J'aurais maintenant, à jamais, ce mort sur la conscience.

La même pensée dut animer mon beau-père, mobilisé le 28 août 1939. Mais lui, c'est par la force des choses qu'il ne tua aucun ennemi en 1940. A la suite de la brutale et imprévisible attaque allemande du 10 mai – neuf mois après la date de déclaration de guerre... –, le commandement français se décida enfin à armer les hommes de la 5ème D.L.C. (cinquième division légère de cavalerie) qui reçurent tous – le 6 juin ! – un mousqueton... mais sans munitions ... Joseph participa donc, du début de l'offensive, jusqu'au 26 juin, à une retraite stratégique qui devait le conduire, en une sorte de demi-tour de France, de Bazeilles dans les Ardennes, en passant par Epernay, Beauvais, Quilleboeuf, Mortagne et Cognac, à Roquecor dans le Lot- et-Garonne, sans tirer un seul coup de fusil. Et pour cause, puisqu'on ne lui avait pas remis de cartouches... (Étonnante coïncidence – soit dit en passant – avec le tableau renommé représentant une scène de combat, dans une maison, pendant la guerre de « 70 » et intitulée « Les dernières cartouches »..., tirées en ce même lieu de Bazeilles où il était dit que décidément on manquerait encore de balles soixante-dix ans plus tard...)

Le père de mon épouse pouvait toutefois se féliciter d'avoir échappé à la capture avec, en prime, la villégiature au stalag d'outre-Rhin qui l'accompagnait...

Cette anecdote vous permettra peut-être de comprendre un peu mieux pourquoi la France – qui malgré les apparences pouvait toujours espérer gagner la guerre – avait du moins perdu une bataille...

Ainsi se terminent mes approches directes avec la vie militaire et comme on peut le constater, je n'ai à mon actif aucun glorieux fait d'armes, pas de distinction, de médaille point et de retraite d'ancien combattant encore moins. En somme, pas de quoi se vanter. Georges et Joseph, qui n'avaient pas de morts sur la conscience, avaient néanmoins tremblé pour leur vie, l'un échappant à de mortelles embuscades et l'autre aux bombardements meurtriers.

Ces sensations me sont demeurées étrangères et je mesure, un peu plus chaque jour, ma chance de n'avoir dû trembler, à mon tour, pour ma vie puis pour celle de mon fils, dans une France enfin en paix . Et n'est-ce pas le bien le plus cher que nous pouvions léguer à nos enfants comme de le souhaiter à tous les peuples de la terre ?

Le petit texte de Pierre Gamarra, que je lisais naguère à mes jeunes élèves du Cours Moyen, illustrera, mieux que de longs discours, tout mon propos

LES MOTS CHERCHENT UN PRÉSIDENT

Les mots sont en colère. Les enfants les écrivent mal, les écrivent avec des fautes. Ils sont sortis des livres, une nuit, et cherchent un Président qui ira porter leur plainte au maître.

« Allons, allons, dit le mot *Frère* d'une voix douce et tranquille, nous ne sommes pas ici pour nous disputer. Nous avons décidé d'élire un Président ou une Présidente. Faisons-le sans attendre.

– Oui, oui, dirent plusieurs voix ensemble. Élisons un Président. C'est lui qui ira trouver le maître quand les élèves nous écrivent trop mal.

– Ah ! vous avez raison, dit le mot *Cheval*. (C'était un tout jeune cheval avec de jolies pattes et un fin pelage.) Vous avez bien raison. Moi, par exemple, je tremble quand les enfants me mettent au pluriel : un cheval, des ch... C'est affreux.

– Moi, c'est la même chose, dit le mot *Journal*.

– Et moi, dit le *verbe Être*, si vous saviez comment ils font pour me conjuguer ! C'est abominable. »

« Allons, allons, dit le mot *Bonté*, il faut comprendre que ce sont de petits écoliers. C'est difficile pour eux, il faut leur répéter les choses. »

Le mot *Bonté* était habillé d'un gilet blanc très propre, et ses yeux brillaient avec une grande douceur.

« Dépêchons-nous, dit le mot *Montre*, élisons un Président. Qui veut être Président ou Présidente ? »

– Moi ! cria tout à coup le mot *Fer*. Je suis grand et fort, j'ai de bons poings. Qui vote pour moi ?

– attendez, ajouta le mot *Or*. Voyez mes cheveux, mes vêtements. Je brille, j'étincelle de tous côtés. Je suis le mot le plus aimé.

« Ce n'est pas vrai, ce n'est pas vrai », dit une voix tranquille. C'était un mot au corps arrondi qui parlait. C'était le mot *Cœur*.

« Je ne suis pas le plus aimé ? demanda le mot *Or*. Mais si ! tous ceux qui veulent devenir riches m'adorent.

– Non, dit le mot *Cœur*. Le plus aimé, le voilà. » Et il montra un mot vêtu de tissus légers, avec des yeux couleur de soleil.

« Le plus aimé, c'est celui-là, c'est le mot *Mère*. C'est le plus joli et le plus doux. Je veux qu'il soit notre Président... »

Et tout à coup le mot *Mère* tendit ses bras caressants. Le silence se fit dans la salle.

« Mes amis les mots, écoutez-moi bien. Je crois que j'ai trouvé le mot qu'il nous faut pour Président ! C'est celui que tout le monde aime. C'est un mot de quatre lettres seulement et il en contient beaucoup d'autres. Il contient le mot *Amour*, il contient le mot *Maison*, il contient le mot *Union*...

– C'est le mot *Paix,* crièrent beaucoup, beaucoup de voix. Oui, le mot *PAIX* sera président !

***

Artistiquement vôtre !

(Avertissement sans frais : comme vous allez le constater, au vu des noms des personnages et des lieux évoqués, cette histoire est purement imaginaire !)

La Bruyère aurait pu mettre celui-ci dans sa galerie de portraits, tant il sortait de l'ordinaire.

C'est au château de Madrangeas, dans la commune de Courtizeix, que j'avais fait la connaissance de Paul Dumazataud au cours d'un stage de formation de moniteur de colonie de vacances. Réunis dans la même équipe, nous entretînmes aussitôt des relations amicales, renforcées encore par le fait qu'il était élève-maître instituteur à l'École normale de Saint-Martial - sur- Vienne, établissement que je me proposais de fréquenter après le baccalauréat. Et notre équipe manifestait une belle connivence depuis que notre enquête « étude du milieu » nous avait conduits, au village proche de La Borde, à la découverte inopinée d'un bouilleur de cru en pleine activité. La machine de cuivre – le plus grand alambic du département, selon son propriétaire –, dans un halo de vapeurs aux senteurs âcres, débitait son alcool à la cadence d'un robinet d'eau ouvert en grand. Bonne occasion de réaliser un compte-rendu original, propre à éveiller la curiosité de nos collègues rassemblés en soirée pour l'exposé de nos rapports de sortie.

Après avoir répondu à nos nombreuses questions sur le fonctionnement de l'appareil, flatté de notre intérêt pour son art, l'artisan ambulant nous proposa de goûter au produit de sa distillation en utilisant successivement et pour chacun de nous, son unique « quart » – un gobelet de fer blanc à anse, de bonne contenance, en tout point identique à ceux des poilus de « quatorze », remplis de gnôle avant l'attaque meurtrière – qu'il plaçait sous le robinet. Cette généreuse boisson, aux effets sournois, réussit à maintenir l'ensemble de l'équipe dans un état euphorique jusqu'à l'assemblée du soir et c'est dans une atmosphère de franche rigolade que nous exposâmes à nos camarades amusés, les résultats de notre reconnaissance du « milieu ». Une exploration qui s'était limitée, du fait des circonstances, à la machine aux cuves de cuivre et à ses tuyaux aux complexes circonvolutions ...

Tandis que, dès le concours de l'École normale passé, je rejoignais, à Beauregard, la classe de formation professionnelle, mon collègue et nouvel ami était affecté à Margnat, école récemment ouverte dans la commune de Percemines, au centre d'un lotissement qui accueillait les familles des mineurs employés à l'exploitation du gisement d'uranium .

Du fait de ses pratiques pédagogiques novatrices, le nouvel instituteur de Margnat ne tarda pas à acquérir, dans la commune et bien au-delà, une notoriété certaine.

– *Excusez-moi* ! annonçait-il à ses petits écoliers de C.P., en fourrageant dans le placard de sa classe. Sur quoi il avalait prestement, au goulot de la bouteille, une lampée... de vin blanc.

– *C'est l'automne, les feuilles tombent* ! déclarait-il avec humour, devant sa jeune assistance médusée, en envoyant en l'air les feuilles d'un cahier d'élève qu'il venait de déchirer d'un geste théâtral.

Mais ce qui posait véritablement problème, c'était l'affirmation de ses convictions religieuses et politiques.

Lors de la partie écrite du diplôme de Moniteur de colonie de vacances, je me retrouvai avec Dumazataud dans la même salle d'examen, séparé de mon collègue par un jeune prêtre en soutane noire, apparemment un joyeux drille qui plaisantait avec son entourage, excepté avec son autre voisin de table. Drapé dans sa dignité, l'air farouche, insensible aux plaisanteries, Paul marquait ostensiblement ses distances avec le jeune « corbeau »…

Monsieur Dupetirieux, le maire- conseiller-général – socialiste – de Percemines, était âgé et sourd comme un pot. Malgré l'usage d'un pavillon acoustique métallique, véritable pièce de musée qu'il s'enfonçait dans l'oreille droite, il fallait lui hurler, dans son autre oreille, le résumé des déclarations des orateurs qui prenaient la parole au sein du Conseil Municipal, ou de ceux qui se succédaient à la tribune de l'Assemblée départementale.

La réputation de coléreux du premier magistrat n'était plus à faire. Ses nombreuses altercations politiques avec Dumazataud n'étaient pas passées inaperçues dans le bourg et point n'était besoin d'amplificateur ou de cornet acoustique pour entendre les noms d'oiseaux qui accompagnaient leurs propos contradictoires. On faillit même en venir aux mains. C'est le chapeau de l'acariâtre premier magistrat de la commune qui en fit les frais en allant valser, du perron de la mairie, loin sur la place…

Les frasques à épisodes de notre collègue connaissaient une réelle publicité auprès de la communauté enseignante du secteur, et ce jusque dans le canton voisin où j'enseignais, depuis le début de la nouvelle année scolaire.

Alors que je me rendais à Saint-Martial, par l'un des antiques car beiges Berliet de la Régie Départementale des Transports, j'eus la surprise de voir grimper dans le véhicule, à l'arrêt de La Broche, Dumazataud en personne.

– *Maintenant que tu as en poche ton C.A.P., tu ne pars pas faire ton Service ?* m'enquis-je innocemment.

– *Je me suis débrouillé pour me faire réformer.*

Malgré son teint de roux, c'était pourtant un gaillard, large d'épaules, dont tout laissait à penser qu'il jouissait d'une florissante santé.

– Ah ! Et quel prétexte as-tu fourni à l'autorité militaire ?

– Il existe mille possibilités d'échapper à l'Armée. Tu peux monter et descendre en courant, vingt fois de suite, les escaliers du centre de recrutement, si bien que le médecin diagnostiquera immanquablement une sévère tachycardie. Mais il y a un moyen beaucoup moins violent . Tu suspends, face à ton lit, des images aux sujets sans queue ni tête, par exemple un visage aux éléments mélangés, avec l'œil en travers de la bouche, les lobes des oreilles dans le nez, le menton sur le haut du crâne. En fixant longuement le dessin, ta vue se brouille et tu te retrouves dans une réelle impossibilité de distinguer nettement les choses pendant un grand moment, si bien qu'on te réformera pour grave dérèglement de la vision.

Était-il sérieux en me racontant ces fadaises ? En tout cas il ne riait pas, et il s'était bel et bien arrangé pour échapper à ses obligations militaires.

L'année suivante il se maria et demanda son changement pour l'école de Brassac. A peine arrivé, Dumazataud développa les activités de l'amicale laïque. Il édita un périodique de l'association dans lequel figuraient en bonne place des poèmes érotiques – Il était lui même poète – et des relations d'évènements survenus pendant la Grande Guerre.

Un vers d'Aragon « *Dans ma main ton sein nu...* » et l'évocation des mutineries qui suivirent l'hécatombe de la bataille du « Chemin des dames » provoquèrent de violentes réactions.

La publication de ces écrits, dans les années soixante, tenait en effet de la novation et firent aussitôt, ce qui était prévisible, grand bruit parmi les Anciens combattants, les vertueuses familles bourgeoises puis dans toute la communauté villageoise.

Toute vérité n'étant pas toujours bonne à entendre par certains, les uns hurlèrent à la lubricité, d' autres à la subversion, d'autres encore aux deux sacrilèges à la fois...

Cela n'était pas fait pour améliorer les relations, déjà fort mauvaises, entre l'enseignant et le maire – de droite – ce dernier bien décidé à se débarrasser de l'encombrant perturbateur. Il lui manquait seulement le bon prétexte pour le faire sanctionner . Paul allait le lui fournir sur un plateau – façon de parler, au regard de ce qui suit.

Disposant des vastes locaux scolaires de la commune, mon collègue prit l'initiative d'y organiser, une veille de 11 novembre, une assemblée de poètes.

Venus de lointains horizons, les versificateurs déclamèrent sans doute leurs dernières œuvres, puis, cédant à la joie communicative de leur art et faisant fi de la modération qui s'imposait à toute consommation d'alcool, arrosèrent cette mémorable rencontre de force bouteilles aux contenus à l'effet euphorisant.

Il se faisait tard lorsque les libations s'achevèrent et nombre d'entre les artistes décidèrent de prolonger la nuit en fêtant, par anticipation, l'événement au caractère patriotique du lendemain.

Le soleil matinal était au rendez-vous en ce jour anniversaire de l'Armistice. Après s'être rassemblés devant la mairie de Saint-Fargeoux, élus et anciens combattants, précédés des gerbes et du drapeau de la commune, se rendirent en cortège au monument aux morts. Quelle ne fut pas leur surprise de constater que la stèle était déjà entièrement décorée de ... feuilles de navets !

Au même moment, à quinze kilomètres de là, le maire de Brassac, de retour de la cérémonie du lieu, traversait la cour de l'école attenante à la mairie lorsqu'il remarqua que la porte d'une salle désaffectée battait au vent. En s'approchant pour la fermer, ses narines furent saisies d'une odeur nauséabonde qui s'exhalait du local. Il lui fallut admettre que les quelques sentinelles au profil torsadé qui montaient la garde sur le plancher étaient bien d'origine... humaine ... La clef étant restée sur la serrure, le magistrat s'empressa de fermer la porte à double tour, bien décidé à faire constater le polluant forfait à qui de droit, se réservant ensuite de donner la publicité nécessaire à l'affaire ; une publicité d'autant plus grande qu'il avait une idée précise sur l'identité des auteurs du délit.

Mais l'organisateur de la rencontre artistique laquelle avait su allier, en un imprévisible mélange subtil à la Prévert, poésie, décoration et senteurs exotiques, redoutant la tournure de l'événement, prit l'initiative de casser un carreau pour pénétrer dans la salle souillée où il se hâta de faire disparaître toutes les traces inesthétiques et malodorantes causées par ses irresponsables compères.

Dans la matinée du 12, les gendarmes de Percemines se trouvèrent donc confrontés à deux plaintes simultanées, la première émanant du maire de Saint-Fargeoux, qui criait à la profanation, la deuxième du premier magistrat de Brassac, lequel invoquait à la fois la pollution et l'effraction...

La maréchaussée ne tarda guère à faire la corrélation entre les deux évènements et force fut à mon collègue de reconnaître sa responsabilité, même si les forfaits incombaient à ses invités aux imprévisibles activités extra-poétiques ...

Mis au courant des faits qui tenaient plus de la farce d'étudiant que de la provocation antipatriotique, le maire – communiste – de Saint-Fargeoux consentit à retirer sa plainte. Il n'en fut pas de même pour son homologue de Brassac et l'affaire atterrit sur le bureau du « Daca » (l'Inspecteur d'Académie). Dumazataud écopa d'un sérieux avertissement et d'une mise à pied – sans solde – de trois mois.

La diffusion des dernières fredaines de notre collègue pimenta les conversations professionnelles des instituteurs du secteur et c'est ainsi que j'appris la dépression nerveuse qui affectait mon camarade, lequel avait très mal pris la sanction d'une hiérarchie dépourvue d'humour. Je m'en ouvris à Gérard et, accompagnés de son épouse, nous décidâmes de rendre, à notre ami commun, une petite visite dominicale de réconfort.

C'est Claude, la femme de Paul, qui vint nous ouvrir la porte de leur petit logement de fonction de l'école de Brassac car son mari était alité depuis plusieurs jours.

– *Paul* ! lui annonça-t-elle joyeusement, *il y a de la visite pour toi : c'est Ivan Lanonime..., Gérard et sa femme !*

Et de la chambre nous entendîmes distinctement la voix du malade :

– *Ils m'font ch..., j'veux pas les voir, dis leur de foutre le camp !*

Nous nous regardâmes d' un air consterné, nous apprêtant à quitter les lieux puisque, de manière tout ce qu'il y a de plus manifeste, notre présence était pour le moins indésirable... C'est bien par égard pour Claude, visiblement très gênée, que nous consentîmes, sans voir le malade, à prolonger notre visite.

Marcel Bombaud était instituteur-remplaçant. Il avait ainsi l'occasion, au cours de ses suppléances, de rencontrer l'ensemble des collègues et de colporter, d'une école à l'autre, tous les potins du secteur. C'est par l'intermédiaire de ma future épouse, qui tenait la nouvelle du gazetier, que je reçus les échos de la dernière en date de Dumazataud avec lequel j'avais interrompu tout contact à la suite de son chaleureux accueil...

Au moment de la pause, lors de la conférence pédagogique de Percemines qui réunissait tous les enseignants du primaire du canton, Madame Giry s'approcha de Marcel Bombaud :

– *Vous qui connaissez tout le monde ici, pourriez-vous me présenter à monsieur Dumazataud dont j'apprécie beaucoup la poésie ?*

Marcel s'empressa d'assurer les présentations.

– *C'est une grande joie pour moi de faire votre connaissance, monsieur Dumazataud, je suis en admiration devant tout ce que j'ai pu lire de vous...*

– *Madame,* coupa brusquement Paul d'un ton cassant, *j'emm... ceux qui m'admirent !*

Et il tourna les talons, laissant son admiratrice et ce pauvre Marcel pantois...

Les années avaient passé, j'étais maintenant en poste au Châtain où nos collègues Nicolas et Carole, en stage de formation à l'École Normale de Saint-Martial, nous relataient chaque semaine leurs activités. Lorsqu'ils évoquèrent un curieux stagiaire qui se présentait comme poète, je leur proposai son portrait :

– *C'est un grand gaillard, aux cheveux frisés avec une peau de rouquin, taciturne, à l'air revêche ?*

– *Tu le connais ?* demanda, étonnée, Carole.

– *Je pense bien ! De quelle façon s'est-il distingué cette fois ?*

Et mes deux collègues de nous narrer le comportement de l'individu.

Au cours d'une séquence pédagogique consacrée à l'enseignement de la poésie, la professeure de français, commentant un poème, crut devoir préciser :

– *Nous avons la chance d'avoir parmi nous un poète . Que pensez-vous de ce texte, monsieur Dumazataud ?*

Tête baissée, le spécialiste, sur qui étaient tournés tous les regards, ne jugea pas utile de répondre à la question. Désappointée, l'enseignante essaya de débloquer la situation :

– *Pourriez-vous au moins nous lire ce poème à la façon dont vous le ressentez ?*

L'air de plus en plus renfrogné, le poète ne desserrait pas les dents. Et la formatrice d'insister :

– *Vous ne voulez vraiment pas essayer ?*

– *J'ai pas envie !*

A l'évidence la motivation n'était pas au rendez-vous...

L'art poétique mérite d'être creusé et Dumazataud avait dépassé, depuis longtemps, le stade de la versification, de la rime et de l'alexandrin. Il faisait maintenant partie d'une nouvelle école avant-gardiste qui associait les mots à la peinture.

Sur des supports colorés – qu'un profane aurait pu prendre pour des barbouillages ... –, lettres et mots procuraient désormais, aux adeptes de ce nouvel art, des sensations ignorées jusqu'alors. La nécessité d'une vulgarisation populaire s'imposait. Mais foin d'un traditionnel salon de vernissage où les badauds auraient déambulé devant des tableaux fixés sur des cimaises éclairées. A cette technique ultra-révolutionnaire, qui reléguait les œuvres du musée d'art contemporain de Pierrenoire – ô combien moderne pourtant ! – au plus traditionnel des classicismes, il fallait une galerie d'exposition qui sortît de l'ordinaire.

Les organisateurs eurent la chance de voir le soleil honorer de sa présence leur manifestation. Car c'est une verdoyante prairie qui fit office de local : fixées sur des draps, eux-mêmes maintenus par des épingles sur des cordes à linge, les œuvres des artistes, qui associaient déjà, en un heureux effet, graphisme et couleurs, pouvaient y ajouter le mouvement. Telles des kaléidoscopes, sous les déformations ondulantes de la brise champêtre, elles flottaient au vent de la modernité...

***

Flatteurs s'abstenir !

L'École normale de garçons de Limoges – « l'E.N. » de Bellevue – forme en quatre ans, à partir de la classe de seconde, les instituteurs qui assureront la relève de leurs aînés retraitables dans le département. Recrutés après le baccalauréat, nous sommes quatre à rejoindre la classe de « formation professionnelle » qui compte une vingtaine de normaliens d'origine. A notre programme de cours théoriques, dispensés intra-muros, s'ajoutent trois stages trimestriels de un mois dans les classes des maîtres formateurs qui exercent à « l'École annexe », intégrée aux locaux de l'établissement, à la proche « Ecole d'application » Léon Blum du quartier du Sablard, à Aureil et dans la petite classe unique de Contentigne près de Bussière-Galant.

On est loin, à l'E.N., de l'atmosphère gauloise du lycée de Saint-Léonard. Il règne ici une ambiance de travail et de sérieux qui étonne le nouveau venu : élèves uniformément vêtus de la blouse grise de coton ; potaches arpentant les couloirs ou assis sur les marches d'escalier, un livre ou un cahier à la main, absorbés à repasser leurs leçons pendant les interclasses. Car il faut tenir, voir améliorer le rang obtenu au concours d'admission.

Notre collègue Alain, entré « major », a réussi à maintenir sa prééminence et nul doute qu'il sortira en tête de la promotion, ce qui lui vaudra le privilège – appréciable – de choisir, avant tous les autres, parmi les postes disponibles en Haute-Vienne.

Le hasard du classement tisse des liens entre les nouveaux et les anciens de l'école ; ces derniers étant respectivement

« père » puis « grand-père » du petit dernier entré, par concours, à la même place qu'eux. Cependant, cette solidarité entre les générations, qui devrait jouer dans les deux sens, est plutôt formelle alors que le bizutage, lui, est bien réel. J'en constate la pratique au réfectoire où il suffit, à l'un de mes condisciples, de brandir la corbeille à pain vide, pour qu'un bizut se précipite afin d'aller la remplir à la panière. On m'a expliqué que cette soumission était bien vécue car les dominés d'aujourd'hui seront inévitablement les dominants de demain... Mon jugement n'en variera pas pour autant sur ce procédé dégradant.

Chaque matin, à sept heures trente précise, un surveillant introduit les élèves de service des quatre classes dans le bureau du directeur qui remet les cahiers de textes et les instructions du jour pour les différents niveaux d'enseignement. Cravate et chaussures cirées sont de rigueur pour ce briefing matinal qui n'est pas sans rappeler une rigueur toute militaire. Il faut dire que le chef d'établissement en impose car Georges (dit « le Djo ») n'est pas n'importe qui. Conférencier réputé, c'est une sommité dans le monde de la grammaire, auteur de nombreux ouvrages, et il a, entre autres, publié avec l'aide de Gaston, le directeur de l'École annexe, une série de manuels scolaires à l'usage de l'enseignement primaire – édités par l'imprimerie locale Charles Lavauzelle . Enterré vivant pendant la première guerre mondiale, notre chef en a gardé des séquelles de santé. Aussi s'impose-t-il chaque jour une longue marche matinale et un régime alimentaire spartiate. Rien dans l'attitude de cet homme rigoureux, au visage maigre et austère, ne prédispose au sourire et au laisser-aller. C'est lui qui assure, en quatrième année de formation, la « morale professionnelle ».

Sa conception du métier est à l'image du personnage. A l'écouter, notre entrée dans la profession est semée de pièges et il nous met en garde pour éviter de succomber à la tentation. Celle de l' « estaminet » (sic), d'abord ; hors de question pour l'instituteur du village de poser, ne serait-ce qu'un seul pied, dans ce lieu de perdition aux effets pernicieux si l'on n'y prend garde... Celui, ensuite, de la fréquentation d'une fille de la commune, dont on pourrait avoir en classe, le jeune frère, ou la petite sœur ; avec l'effet déplorable que l'on imagine... La moindre parcelle de notre énergie sera consacrée à l'école et à son rayonnement au moyen des activités périscolaires : bibliothèque, animation cinématographique, spectacle des enfants, amicale laïque, voyage de fin d'année. La fonction d'instituteur ne connaît jamais de pause. Il faut savoir profiter du moindre répit : en se rasant, le matin, pour réfléchir une fois de plus, au programme de la journée ; en vacances, son appareil photographique en bandoulière, pour saisir dans l'objectif, telle image qui viendra illustrer la leçon de sciences ou d'histoire... Et surtout, jamais d'absence ! Même en cas de maladie ? Tout à fait ! Le maître se doit de n'être pas malade en évitant toute exposition au froid, tout contact au risque contagieux, tout excès alimentaire. La pratique scrupuleuse d'une stricte hygiène de vie doit pourvoir à tout risque de santé. Et notre mentor en est l'exemple vivant, qui nous explique qu'il n'a jamais pris un seul jour de congé de convenance personnelle dans sa carrière... Mariage, naissances, opération chirurgicale, tout cela doit se prévoir pendant les vacances scolaires . Et s'il venait à l'idée d'un proche parent de décéder, de façon tout à fait inconvenante, hors de la période des vacances scolaires ? L' autorisation d'absence – à « solliciter de sa bienveillance » à l'inspecteur primaire – doit se réduire à la demi-journée pour la cérémonie et au temps de trajet minimum (bienveillance strictement limitée aux parents et grands-parents, qu'on se le dise !)

Il en est cependant des caractères comme des médailles qui masquent souvent un envers bien différent. Il arrive même que l'observation préalable de l 'envers fasse oublier son endroit . Car la rigueur de Georges, qui dédaigne tout relâchement et tout favoritisme, lui permet aussi d' apprécier les valeurs vraies. Ses exigences sont le corollaire de son respect de notre profession. Il nous a maintes fois exprimé sa grande estime pour monsieur Leycuras, le modeste instituteur-formateur de la classe unique de Contentigne, un hameau perdu de la campagne limousine, un lieu où prenait tout son sens la haute mission de « maître d'école » : un sacerdoce laïque bien dans la tradition de ces instituteurs pionniers, chargés d'éduquer tout un peuple en bonne partie analphabète, les « Hussards noirs » de la IIIème République.

Notre directeur gouverne à la tête d'une équipe d'enseignants confirmés et efficaces qui affichent un taux de réussite de 100 % à l'examen du baccalauréat. J'apprécie particulièrement monsieur Imbert, le professeur de mathématiques, qui assure ses cours en longue blouse grise. Il n'a pas la suffisance ordinaire de beaucoup de ses confrères matheux, souvent abstraits et dédaigneux, prompts à ridiculiser l'élève en difficulté, enfermés dans leur savoir hermétique. C'est un enseignant patient et ouvert. Il nous a un jour expliqué – bien avant tout le monde –, la modeste place qui est la nôtre, dans l'histoire de la Terre.

– *Si je déroule une corde de trois kilomètres de long, représentant l'âge de la planète, notre XXème siècle, placé en son extrémité, représente l'épaisseur d'un petit fil de coton rouge.*

Cette considération, qui ne peut que nous conduire à relativiser les choses, laisse place, en revanche, aux utopies les plus extraordinaires. Au regard des connaissances accumulées dans notre siècle, aux dimensions ridicules, et en déroulant la corde quelques kilomètres de plus, que de perspectives ! Car, en cette année 1963, en plein boum économique des « trente glorieuses », personne ne parle de chômage, de pollution ou de trou dans la couche d'ozone ; nous sommes jeunes et, avec la fin de la guerre d'Algérie, devant nous s'ouvre un avenir radieux que viendra quand même obscurcir, en fin d'année, l'assassinat du président Kennedy.

Notre emploi du temps hebdomadaire fait la part belle à l'enseignement de l'agriculture qui ne compte pas moins de huit heures de cours dont une consacrée au « jardin de l'instituteur ». Lorsque nous rejoindrons notre poste en milieu rural, notre potager sera censé servir de modèle aux habitants des campagnes arriérées. Nul doute qu'ils vont bien rigoler avec quelques uns d'entre nous . Monsieur B... assure les travaux pratiques et nous initie à la taille des poiriers dans le verger de l'E.N. Nos sécateurs à la main, nous rabattons – au-dessus du deuxième « œil » – les malheureux végétaux victimes, par certains, d'un véritable acharnement thérapeutique . A l'instar du malheureux Louis XIV soumis aux saignées de la Faculté, la plupart des fruitiers réussiront quand même à survivre malgré nos soins...

L'école d'application « Léon Blum » est entourée, de toutes parts, des grands bâtiments neufs des H.L.M. de la cité du Sablard. En se penchant à leur fenêtre, les mères de famille peuvent voir leur enfant jouer dans la cour de récréation. C'est sans doute ce qu 'a fait cette maman qui est venue hurler dans le couloir de l'école. De sa baie vitrée, elle a vu – distinctement – le maître de service de surveillance admonester son fils, lui faire ramasser le papier qu'il venait de jeter par terre, plus quelques autres qui traînaient au sol. A travers la cloison du couloir, on entend les vociférations de la femme et les tentatives de justification de l'enseignant. Soudain, une seule phrase a clos définitivement le débat :

– *Madame, je vous emm... !* s'est écrié monsieur L..., à bout d'arguments, tandis que claquait la porte de sa classe.

« Ils » ne sont pas faciles dans ce quartier. Au volant de sa « 404 », monsieur L..., l'instituteur du CM1, n'a pu éviter le choc avec un enfant qui a traversé brusquement la chaussée, en courant. Cinq minutes après, une vingtaine de personnes, descendues précipitamment des étages, se pressaient au portail de l'école pour conspuer les enseignants et c'est sous les invectives que nous avons pénétré dans l'école. L'accident, sans gravité, n'eut pas de suite. Heureusement pour nous !... La concentration de population dans ces bâtiments rectilignes au loyer « modéré » qui rappellent les « cages à lapins » semblait étrangement déteindre sur le comportement de certains de leurs occupants ...

J'en apprécierai d'autant mon stage paisible dans la petite école rurale d'Aureil, sise à l'extrémité du bourg, cernée par les prairies et les haies de grands chênes. La maîtresse sut, dans sa modestie naturelle, m'y transmettre, en plus de l' art d'enseigner à trois niveaux, son amour du métier. Merci à vous madame Praneuf ; les « Hussards noirs de la République » se déclinent aussi au féminin !

Avec Alain, nous sommes les deux stagiaires de Jean L, le maître du CE2 qui vient d'atteindre la cinquantaine. Notre formateur porte une prothèse dentaire, qui lui déforme la prononciation, ainsi qu'un appareil auditif relié à un amplificateur, de la taille d'une lampe de poche, qui lui pend sur la poitrine.

L'instituteur vient d'écrire, au tableau, la phrase du résumé de la leçon de géographie sur la mer qu'il énonce à haute voix :

– *L'horijon est une immenche étendue d'eau !*

Il s'apprête à s'asseoir à son bureau lorsqu'il fronce les sourcils d'un air étonné.

– *Mais qu'est-che que j'ai dit ?*

Il y a toujours un petit fond de chuchotements dans la classe. J'ai d'abord cru qu'il laissait volontairement les enfants bavarder à voix basse entre eux avant de me rendre compte qu'il ne les entendait pas car il est vraiment dur d'oreille malgré l'aide de son encombrant appareil

Une énorme détonation a secoué le bâtiment, faisant sursauter les écoliers et vibrer les vitres des fenêtres ; explosion suivie du sifflement perçant caractéristique des réacteurs de l'avion qui traçaient, à basse altitude, leur sillage assourdissant au-dessus des immeubles de la cité.

Jean a redressé la tête en direction de la porte :

– *Entrez !* s'est-il exclamé, devant la classe étonnée, tandis qu'Alain et moi avons réprimé, à grand peine, un fou rire contagieux…

Dans la diversité de nos nombreuses activités formatrices au métier, ma véritable hantise, c'est la « leçon-modèle ». Tour à tour, chaque semaine, un normalien est choisi pour effectuer, dans une classe d'application, en présence de tous ses collègues, une leçon inscrite au programme de l'enseignement primaire. Sa présentation est suivie d'une « critique », par un stagiaire désigné, puis par un débat auquel participent l'instituteur titulaire, le directeur d'école et les professeurs concernés.

J'ai pour ma part assuré au CE1 une séance de géographie sur « la falaise » et le tirage au sort m'a désigné à nouveau – catastrophe ! – pour une leçon de … chant. Il va me falloir – moi qui n'y connais absolument rien en musique –, assurer les vocalises préalables, présenter les paroles, entraîner le chœur de la classe … en battant la mesure d'accompagnement à trois temps ! Il ne pouvait rien m'arriver de pire. Le professeur n'est autre qu'Anne-Marie Racine qui a assuré l'émission « L'âge heureux » pendant des années sur Radio-Limoges :

(« Ah ! dis-moi donc la caille où est ton nid ?
Là-haut sur la montagne, tout près du ruisseau… »)

J'étais petit lorsque j'entendais l'indicatif familier résonner chaque jeudi-soir sur les ondes de Radio-Limoges. Et voilà que maintenant c'est moi l'animateur. Tant pis pour les oreilles délicates :

« Il faut te marier
Papillon couleur de neige
Il faut te marier
Par devant le vieux mûrier.
Mais comment me marier
Quand de musiciens je n'ai ?
Va, lui répond la cigale
Je jouerai de la cymbale
Mon bon ami papillon
Papillon marie-toi don(c) »

Ce doit être ainsi – toutes proportions gardées – pour les artistes qui se produisent en public. Le plus dur est de commencer. Leny Escudero me confiera beaucoup plus tard, lors des fêtes de Saint-Sauveur :

– *Quand vient mon tour de monter sur scène, je hais celui qui m'a précédé...*

Mes collègues – qui pour rien au monde n'auraient souhaité se trouver à ma place – se montrèrent indulgents dans leurs commentaires et madame Racine me complimenta d'avoir parfaitement battu la mesure... Comme je m'en étonnais plus tard auprès de mes camarades de chambrée, ceux-ci m'avouèrent que « La Callas » – c'est ainsi qu'ils appelaient Anne-Marie – n'avait pas tout regardé, occupée qu'elle était à discuter avec Gaston. Je me disais aussi...

Roger, le professeur de sciences-naturelles, a ses manies. L'une des conditions impératives de réussite de la leçon d'observation – qu'il nous serine à longueur de cours – est que chaque élève dispose personnellement de l'élément objet de l'étude du jour : une pomme, une tulipe, une grappe de raisin ou un hanneton par tête, absolument ! Nous venons d'assister, dans la classe d'Henri, à une séquence de sciences qui avait pour thème « La tête de bœuf »– en l'occurrence une tête de veau – et Alain ne s'est pas privé, au moment du commentaire, de demander pourquoi l'enseignant n'avait pas prévu « une tête de bœuf par élève »... L'instituteur a éclaté de rire et tout le monde a bien compris que la pique s'adressait à Roger.

Comme moi, Jean-Pierre a passé le concours d'entrée en quatrième année d'École normale et comme moi il vient du lycée de Saint-léonard. C'est lui qui va assurer la « leçon-modèle » de grammaire dans la classe de Jean. Il a, en face de lui les vingt-cinq petits écoliers de la classe, la vingtaine de ses collègues normaliens élèves-maîtres assis au fond, l'instituteur titulaire du CE2, monsieur V..., notre professeur de français et – insigne honneur – Georges, le directeur de l'E.N. en personne qui, en sa qualité de grammairien émérite, a tenu à assister à la séance.

Je me félicite de n'être pas à la place de mon ami qui fait un effort manifeste pour masquer son trac.

Les gosses viennent de quitter la salle car Jean-Pierre a terminé sa prestation sur « l'adverbe ». Il lui faut maintenant subir les observations de notre camarade Claudis, désigné pour faire la « critique ». Le rôle de ce dernier tient de l'acrobatie car il doit montrer qu'il a bien noté toutes les imperfections de la leçon sans toutefois « assassiner » son collègue. Il en a fini lui aussi et la parole est maintenant à Georges, spécialiste – s'il en est – en la matière.

– Vous avez manqué d 'assurance dans votre démarche en donnant l'impression de mal maîtriser votre sujet. N'en êtes-vous pas un peu conscient ?

– Si, si, monsieur le directeur !

– Vos exemples n'étaient pas nets et les enfants ont fait des confusions…

– Oui, monsieur le directeur !

– Vos exercices étaient mauvais. Les difficultés étaient mal graduées !

– Oui, monsieur le directeur !

– Il pouvait difficilement en être autrement avec votre texte de support ! Mais enfin où l'avez-vous déniché ?

– Eh bien, monsieur le directeur… dans votre livre…

Jean-Pierre fait allusion au manuel du CE2 « Je découvre la grammaire » où le nom de Georges apparaît en grosses lettres, associé à celui de Gaston, le directeur de l'École annexe ; manuel utilisé par tous les maîtres d'application sauf par… Jean, l'instituteur titulaire de cette classe.

Cette imprévisible réplique a jeté un froid dans l'assistance et fait naître des sourires narquois sur de nombreux visages. Comment Georges va-t-il réagir ?

– Ce n'est pas parce que j'ai mis mon nom au bas de la collection que vous devez vous abstenir de tout sens critique ! Si je

suis l'auteur d'une méthode de travail en grammaire, je n'en suis pas le rédacteur dans tous les détails d'application !

Voilà qui va faire plaisir à son coauteur Gaston...

Jean – qui n'aime pas Georges, qui déteste le directeur de l'École- annexe et qui est, dans l'école, le seul à refuser d'utiliser leur manuel – savoure la situation. Il a sauté sur l'occasion pour surenchérir avec humeur en s'adressant à Jean-Pierre :

– *Je vous l'avais pourtant déconcheillé ! Che réjultat, ch'est la faute de che livre qui ne vaut rien !*

Nous venions de vivre un grand moment de pédagogie avec son étonnant retour de bâton : flatteurs s'abstenir !...

***

Saluti da Napoli !

La tenue du bal annuel de l'École normale de Limoges devait servir à financer le voyage de fin d'année de la promotion sortante. Or, après avoir réglé les factures de l'orchestre, de la SACEM (droits d'auteurs), des boissons, du pain, de la charcuterie, de la publicité et de quelques menues fournitures, il s'avéra que les recettes, entrées et consommations, équilibraient tout juste les dépenses, ne laissant apparaître qu'un bénéfice insignifiant. Pourtant la fréquentation avait été bonne, sandwiches et bouteilles de champagne s'étaient bien écoulés. Pour tirer la chose au clair, il fut décidé de tenir une assemblée générale de la classe, en présence de « Pompon », l'économe de l'établissement.

Les débats montrèrent que notre organisation avait été au-dessous de tout, indigne d'une communauté de futurs enseignants.

Nous avions de fait délégué presque toutes les responsabilités à un seul de nos camarades, lequel affirmait avoir une longue expérience des bals et une parfaite connaissance des orchestres les plus courus de la région. C'est donc lui qui avait choisi les musiciens, préparé la publicité, contacté les fournisseurs, réparti les tâches et ... organisé la billetterie. C'est sur ce dernier point qu'il nous avait ébloui – c'est le cas de le dire – par son génie. Afin de réduire les frais de droits d'auteur, lesquels se calculaient sur le nombre d'entrées, il avait prévu que les billets acquis aux guichets seraient récupérés à l'entrée de la salle et progressivement remis en circulation par les guichetiers.

L'ingénieux procédé qui rendait incontrôlable – par le fisc mais, du même coup, par les organisateurs ... – le nombre d'entrées était encore amélioré par l'absence de vérification des recettes . Par mesure de prudence, en prévision d'un hold-up aux caisses toujours possible, l'argent était retiré tous les quarts d'heure, sans être recompté, et déposé, par l'intermédiaire de notre trésorier, dans un coffre placé dans une pièce sécurisée du public mais accessible à chacun d'entre nous.

Ce n'étaient pas les seuls défauts du système. A trois heures du matin, lorsque s'acheva le dernier morceau, danseurs et danseuses envahirent le vestiaire, pressés de récupérer chapeaux et manteaux en présentant leur ticket numéroté. Malheureusement, les doubles, fixés aux habits par une unique petite épingle, s'étaient quelquefois détachés de leur support et le propriétaire était donc invité à pénétrer dans le vestiaire afin de reconnaître et de récupérer son bien, ces manipulations achevant peu à peu de décrocher les numéros qui étaient restés en place...Alors la situation dégénéra et nous ne pûmes qu' assister, impuissants, à une monstrueuse foire d'empoigne pour ces vêtements qui passaient de main en main, retrouvant parfois assez vite leur possesseur ou poursuivant leur parcours au sol avant de rejoindre les épaules de leur propriétaire non sans avoir été largement piétinés...

Pour couronner le tout, nous avions emprunté, dans plusieurs bars de la ville, des seaux à champagne qu'il nous fallut restituer la fête terminée. Le patron du Bar de l'Étoile prit très mal la remise de deux récipients en aluminium en lieu et place des deux seaux en argent à poignées de bakélite noire qu'il nous avait prêtés... Or j'avais remarqué – c'était une certitude –, qu' à la fin du bal, le tenancier d'un autre café limougeaud était reparti avec deux seaux à Champagne en argent ... à poignées de bakélite noire. Afin d'en avoir le cœur net, Jean m'accompagna pour vérifier qu'il n'y avait pas eu inversion involontaire des récipients par le cafetier distrait. Ce dernier affirma que non, et, pour confirmer ses dires alla chercher les deux seaux incriminés qui tous les deux étaient en...aluminium.

Or ce dernier personnage et notre collègue organisateur étaient deux amis de longue date . L'indélicatesse certaine du premier laissa soupçonner – mais dans ces cas là, c'est toujours la solution la plus facile... – celle du second et il fut clair pour tout le monde que les deux compagnons étaient, en la circonstance, plutôt des acolytes et que l'argent qui manquait – selon nos estimations !... – dans la caisse n'était pas perdu pour tout le monde... Tout avait cependant été manigancé de façon qu'on ne pouvait rien prouver et comme il était hors de question de faire intervenir la police – la réputation de la profession étant en cause... –, l'affaire en resta là.

Notre inconséquence ne favorisait pas le financement du voyage de fin d'année. Grâce à un confortable budget, les promotions précédentes s'étaient offert une excursion qui en Grèce, qui au Liban, qui en Tunisie. Nous allions devoir être plus modestes. Les tours-opérateurs avaient envoyé leurs prospectus habituels provoquant projets et propositions qui fusaient en tous sens. A écouter les uns et les autres, les trois occupants de notre chambrée avaient compris que tout accord commun relevait de l'utopie compte tenu de nos moyens financiers. Avec Jean-Pierre qui s'était joint à nous, Jean, Jean-Claude et moi-même décidâmes de régler le problème de façon réaliste. Après étude des documents, notre choix se porta sur un séjour d'une semaine en Italie avec la visite de Florence, Naples, et Rome. Il nous en coûterait une participation raisonnable pour une escapade à la fois agréable et instructive. Mis dans la confidence, Alain rejoignit notre position et nous ne doutâmes pas une seconde que le reste du troupeau égaillé allait nous suivre...

Réunis dans une des chambres du bâtiment réservé aux élèves-maîtres, nous laissâmes les opinions s'exprimer . Comme prévu, elles partirent dans tous les sens, aucune ne réunissant plus de deux suffrages. C'est alors que Jean-Claude avança la proposition élaborée en commun. Des vociférations lui succédèrent. Après avoir attendu que cela se passe, notre complice proposa calmement de mettre aux voix notre projet qui recueillit six suffrages. Au deuxième tour nous atteignîmes la moitié des voix, les autres continuant de se disperser dans cinq ou six directions différentes.

La décision était prise et ce n'est certainement pas Lénine qui aurait désavoué notre tactique des minorités agissantes... Roger, le professeur de sciences-naturelles de l'E.N. et l'un de ses collègues, enseignant en latin – tous deux célibataires –, acceptèrent d'encadrer le voyage.

Le départ eut lieu le même jour que l'arrivée du Tour de France, avec la célèbre étape du « contre-la-montre » qui opposait Poulidor à Anquetil séparés d'une poignée de secondes au classement général. C'est au son des transistors, grésillant dans le fracas du train à vapeur lancé à pleine vitesse entre Méditerranée et Corniche, qu'il nous fallut admettre l'amère victoire du Normand.

Notre première visite fut pour Firenze – francisée en « Florence » –, la somptueuse capitale de la Toscane, bâtie au bord de l'Arno. Cette ancienne république italienne fut en fait toujours dominée par des familles patriciennes et c'est les Médicis qui en firent la grande cité emblématique de la Renaissance. Ce n'est pas un hasard si le toscan est devenu la langue officielle de l'Italie.

La réalité était conforme aux clichés mondialement connus de la ville historique aux innombrables hôtels particuliers, aux somptueux palais, aux toits dominés par le Dôme rouge de l'église Sainte-Marie-des-fleurs et le fameux campanile de l'architecte Giotto.

Logés dans une pension du centre-ville, dotés d'un guide et pourvus d'un car, nous pûmes rayonner d'un monument à l'autre de la métropole toscane. Si le Pont -Vieux, couverts de maisons, est sans doute la curiosité la plus visitée, les musées ne sont pas en reste qui accueillent les tableaux des artistes qui ont réalisé à Florence leurs chefs- d'œuvre : Michel Ange, Léonard de Vinci, et presque tous les autres.

La visite du palais Pitti débutait par une impressionnante collection d'armes remontant aux guerres d'Italie : lances, piques, hallebardes, fauchards et autres pertuisanes, lesquelles se caractérisaient toutes par un long manche de bois, l'imagination de leurs créateurs s'étant différenciée dans la forme de l'embout d'acier aux formes surprenantes mais qui avaient en commun de présenter toutes des pointes perforantes et des arêtes tranchantes rappelant notre outil limousin, le « croissant », si efficace pour la taille des haies ...

Les galeries de peinture se succédaient et notre guide, dont l'érudition était grande, tenait à nous donner des explications à chaque tableau. Au bout de la dixième toile et alors que la visite promettait de s'éterniser, nous eûmes, Jean-Pierre et moi, une brusque sensation de saturation et décidâmes de quitter le groupe menacé, à toute proche échéance, d'une migraine assurée... Dans les vastes salles, nombreux étaient les copistes qui avaient planté leur chevalet face aux cimaises, s'appliquant à reproduire le chef-d'œuvre de leur choix. Un cercle s'était formé autour d'un peintre dont la copie était bien avancée. Si l'homme aux besicles, au chapeau à ruban et à la barbiche frisée avait tout de l'artiste inspiré, sa reproduction n'avait, à l'évidence, qu'une très lointaine ressemblance avec le modèle : couleurs, proportions, détails, tout sonnait faux ; finalement il aurait mieux fait de rester chez lui et de peindre n'importe quoi... Jean-Pierre me jeta un regard de connivence, émit un puissant raclement de gorge que je complétai d'un énergique souffle, coupé de la main, et qui produisit le son d' une expectoration caractérisée. Surpris dans sa concentration, le pinceau en l'air, la bouche ouverte, le barbouilleur demeura un instant muet de saisissement, fixant sa toile où n'apparaissait pas, et pour cause, le bruit du crachat... Nous étions déjà loin lorsque retentirent ses injures.

Le spectacle de la rue était beaucoup plus reposant et en passant devant les étals garnis de fruits, nous achetâmes, pour un prix dérisoire, une poche de pêches et de nectarines juteuses que nous croquâmes en déambulant parmi la foule. Pour un peu, l'ambiance culturelle nous aurait fait oublier que nous étions également ...en vacances ! De retour à la pension, nous constatâmes que nos camarades avaient eux aussi dû abréger la visite du musée puisqu'ils avaient eu le temps de fréquenter les caves d'où ils avaient rapporté de grandes bouteilles et des carafes de deux litres de vermouth blanc ou rouge, sérieusement entamées.

Parmi les commerçants de la cité, tout le monde baragouinait plus ou moins le français et il était facile de se faire comprendre. Seuls les garçons du restaurant semblaient allergiques à notre langue surtout lorsque nous leur réclamions de l'eau « du robinet » : « *Aqua minéralé !* » s'exclamaient-ils avant de rapporter de la cuisine une bouteille d'eau ordinaire, munie d'une étiquette, qu'ils s'empressaient de facturer un bon prix ... Pâtes, nouilles et autres macaronis constituaient le plat de résistance de chaque menu et bien malin qui aurait pu distinguer la subtile nuance entre ces aliments cousins car leur forme, toujours nouvelle, disparaissait sous un tapis de sauce-tomate au goût relevé. Quant à la viande, c'était invariablement une large tranche de veau, à l'aspect grisâtre et au goût fade, de l'épaisseur d'une pièce de monnaie, que le cuisinier devait découper avec une trancheuse à jambon... Mais les fruits croqués en ville et le vermouth du dortoir rendaient ces aléas nourriciers insignifiants...

Notre deuxième étape nous conduisit à Naples.

Nous débarquâmes dans une gare toute neuve, aux murs de marbre blanc, mais au sol jonché de papiers gras et de détritus . C'était un avant-goût de la saleté – le mot n'est pas trop fort – qui régnait dans la vaste métropole de l'Italie du sud. Au-dessus des ruelles étroites, tendues entre les hautes maisons noires à balcons, des guirlandes de cordes où tentait de sécher une lingerie diversifiée semblaient pavoiser la ville. Sur la chaussée crasseuse, les petites Fiat blanches et les triporteurs bâchés de livraison se frayaient un passage dans la foule, à grands coups de klaxon ; sur les trottoirs, les marchandises les plus hétéroclites surchargeaient les étals de plein-air . Tout un peuple rieur et bon-enfant grouillait dans ce décor qui tenait plus de la foire généralisée que de la rigueur urbaine des cités du nord.

Entourée de collines que domine au loin la masse sombre du Vésuve, l'agglomération se déploie en amphithéâtre autour de sa baie méditerranéenne. Elle fut fondée par les Grecs qui lui donnèrent son nom : Néapolis, c'est à dire « nouvelle ville » et qui, romanisé, devint « Napoli ».

Point de monuments prestigieux comme à Florence, ici le véritable spectacle était dans la rue. Les Napolitains savent à merveille exploiter la manne touristique et, même isolés, les Français que nous étions se distinguaient des autochtones comme le nez au milieu de la figure. Véritables vaches à lait, nous fûmes harcelés par des nuées de colporteurs, s'approchant de nous avec des allures d'espion pour nous proposer confidentiellement des affaires sensationnelles, qui une montre en or, qui des cartouches de cigarettes qu'ils nous laissaient entrevoir à l'intérieur de leur veste en écartant les bras. C'est ainsi que j'acquis une montre-bracelet plaqué -or, du plus bel effet – qui devait fonctionner six mois… – et que Jean marchanda, à un prix défiant toute concurrence, une paire de nu-pieds qu'il chaussa sur le champ et dont la bride céda l'après-midi même… Jean-Pierre avait mis son beau pantalon clair en polyester . Ce n'est pas ce qu'il avait fait de mieux, car, en passant sur une plaque d'égout en déséquilibre, il reçut sur les jambes une giclée de boue saumâtre dont l'habit ne devait pas se remettre. Malgré ces aléas, nous trouvâmes encore le temps d'entrer dans une boutique de souvenirs où on nous proposa des foulards dont le prix baissait progressivement en fonction du nombre acheté. Bientôt toute la promotion voulut des foulards, acquis finalement au dixième de leur valeur initiale affirmée et chacun quitta le magasin avec une bonne dizaines d'exemplaires, satisfait de la bonne affaire mais en se demandant bien l'usage qu'il allait en faire…

Délaissant les sempiternels macaronis-nouilles à la tomate de l'hôtel, nous décidâmes de prendre un soir notre dîner en ville. Il faisait une chaleur étouffante et les restaurants attendaient la nuit pour servir leur repas à la fraîcheur relative des terrasses. Notre choix se porta sur une brasserie proche du port. Les salles étaient pleines, tout comme la terrasse qui débordait sur les trottoirs. A l'évidence il nous fallait chercher un autre lieu. Mais un serveur nous héla : on allait nous trouver des tables sur le champ, des tables qu'on disposa carrément au milieu de la rue. A intervalles fréquents, il fallait déplacer la table pour laisser la voie libre aux automobilistes noctambules mais cela ne nous empêcha pas de déguster plusieurs portions de grosses et succulentes moules, fraîchement pêchées dans la mer toute proche, et arrosées de vin italien.

Le lendemain, Roger nous réunit pour nous informer des activités de la journée, il en profita pour nous recommander quelques principes d'hygiène et nous déconseilla fermement toute consommation de coquillages, lesquels, pêchés dans les eaux polluées du port, étaient porteurs de la redoutable maladie du « botulisme »...

Je venais d'acheter dans la rue quelques citrons dont le prix réclamé me laissa perplexe : « *oiné eunedérèd* » ! Nous nous regardâmes avec Michel qui finit par trouver : *Il nous a pris pour des Anglais, il doit vouloir dire « one hundred »* ! Je donnai une pièce de cent lires au marchand qui me gratifia d'un « *gracié* » souriant et nous rejoignîmes les autres, installés un peu plus loin au bar à vin . A la différence de nos estaminets français, ces bars napolitains ressemblent à des entrepôts. Un long comptoir rustique traverse toute la salle, à l'avant de plusieurs rangées d'énormes barriques, empilées contre le mur, les unes sur les autres. On vous y sert, dans de larges pintes d'un bon tiers de litre, un vin frais de votre choix tiré directement au tonneau. Dans cet établissement il y avait aussi une table où Jean-Pierre, en compagnie de quelques condisciples, ne m'avait pas attendu pour consommer – sans modération... – le produit de la vigne péninsulaire. Mais qu'avaient-ils tous les quatre à tenir d'une main la grande carafe vide ? Après avoir compté jusqu'à trois, ils se levèrent soudain et se précipitèrent vers la sortie alors que la carafe s'effondrait en plusieurs morceaux sur la table, dans un grand bruit de verre brisé, à la plus grande stupéfaction du barman et des clients surpris. Les indélicats expliquèrent ensuite que ce départ précipité leur avait évité de payer la carafe brisée dont ils tenaient, chacun d'une main, les morceaux artificiellement assemblés...

Heureusement, les tentations pernicieuses de la grande ville se trouvèrent limitées par les excursions prévues dans les alentours.

Notre première visite fut pour le Vésuve tout proche, dont le cône impressionnant domine la baie de Naples. Sur une route étroite, toute en lacets, et malgré une visibilité limitée aux quelques dizaines de mètres précédant le virage suivant, notre chauffeur sollicitait sa mécanique au maximum, serrant le bas-côté lorsque s'annonçaient, à grands coups de klaxon, des véhicules lancés dans la descente à folle vitesse. Inconscience ou défi – la dernière éruption remonte à 1906 –, partout les villas des riches Napolitains avaient poussé comme des champignons sur les flancs du volcan. Le sol y est d'une exceptionnelle fertilité : là croissent les vignes qui donnent le vin le plus réputé d'Italie, le « Lacryma Christi ».

Nous atteignîmes par un funiculaire le sommet du dôme qui culmine actuellement à 1277 mètres, une hauteur fluctuante en fonction des éruptions car le Vésuve est en activité permanente. Le cratère pelé, large de quatre cents mètres et d'une profondeur égale, au centre d'un cône de débris pierreux, laissait échapper en permanence quelques nuées de vapeur. Dans la désolation de ce décor lunaire régnait une chaleur intense et, après le périple du gouffre, nous fûmes au bar pour nous désaltérer et acheter quelques souvenirs : colliers, coupes, cendriers confectionnés en obsidienne, le matériau noir de verre volcanique du cru – paraît-il... Ayant constaté que le prix de la bière était plus élevé en salle qu'au comptoir, nous nous approvisionnâmes au comptoir avant d'aller ensuite consommer en salle... Quelle chaleur !

Ce n'était pourtant rien en comparaison de celle qui nous attendait à l'excursion suivante, liée d'ailleurs à la précédente puisque Pompéi doit sa survivance et sa célébrité aux cendres du Vésuve qui ont enseveli la ville romaine en l'an 79.

La plupart de ses habitants avaient pu se sauver et revinrent fouiller les décombres dont ils retirèrent ce qu'ils purent d'objets précieux. Les ruines servirent ensuite de carrière, essentiellement pour récupérer le marbre, avant de tomber dans l'oubli. C'est en 1748 qu'un paysan trouva sur le site des statues mais les fouilles véritables commencèrent à l'époque de Murat – fait « roi de Naples » par Napoléon – et, à partir de 1860, les travaux de dégagement permirent de restituer la ville elle-même.

Dès mes premiers pas dans les artères de Pompéi, une étrange sensation de malaise m'envahit. La ville paraissait endormie plutôt que morte. Dans les ruelles silencieuses, un homme surpris dans son sommeil, un chien encore attaché à sa niche semblaient monter la garde, statufiés tous deux dans leur rigide gangue de cendre solidifiée. Il me sembla qu'un rien aurait suffi pour que tout s'animât de nouveau. Ce sentiment je l'avais déjà éprouvé, mais où ? Sur les dalles de pierre de la chaussée, le frottement des roues cerclées de fer des chariots, à force de passages, avait creusé d'étroits sillons qui me rappelèrent des rails ; des rails comme … les mêmes que ceux d' Oradour ! Cette association d'idées n'était pas fortuite : la sauvagerie humaine est parfois capable d' égaler celle des éléments naturels déchaînés avec des résultats tout à fait semblables.

La demeure des Vetti était la plus visitée. Il avait suffi de nettoyer les tuyaux de plomb pour que les jets d'eau fonctionnassent à la perfection, dix-neuf siècles plus tard… Il y avait même un tout-à-l'égout et partout des parois murales couvertes de peintures aux couleurs encore vives. Mais l'objet le plus curieux – dont les guides éloignaient les dames… –, c'était la petite sculpture de marbre blanc qui ornait une chambre prénuptiale. Elle représentait un homme en tenue d'Adam au sexe dressé extraordinairement développé : un phallus démesuré lequel, à n'en pas douter, dépassait les espérances les plus folles des dames en mal d'amour...

Les gradins de l'amphithéâtre – de vingt mille places ! – étaient intacts mais nous ne nous attardâmes pas dans cette gigantesque cuvette de pierre que la réverbération du soleil avait transformé en une véritable fournaise.

A quelques encablures du port de Naples, l'île de Capri, située dans le prolongement de la péninsule de Sorrente, dresse sa masse rocheuse dont les parois semblent plonger dans la mer Tyrrhénienne . Lieu de villégiature très huppé, elle accueillit jadis l'empereur Tibère qui y résida jusqu'à la fin de ses jours. A bord de la navette qui nous y conduisait, Roger, notre accompagnateur, s'avisa d'acheter enfin, comme tout le monde, un chapeau de paille, accessoire protecteur indispensable contre les accablants rayons solaires des après-midi de la botte italienne. Les enchères, commencées à mille lires, étaient descendues à quatre cent cinquante mais le marchandeur s'obstinait à en proposer quatre cents. La tractation se poursuivit vainement pendant toute la traversée et, comme dans le héron de la fable, Roger se résolut à acheter, dans l'île, un panama identique mais à quinze cents lires cette fois !

La partie intéressante à visiter se trouve en haut, sur le plateau qui culmine à 589 mètres. Pour grimper du port de Capri à la ville supérieure d'Anacapri, deux taxis étaient à notre disposition : c'étaient d'antiques limousines décapotables, aménagées en véhicules panoramiques à trois rangées de sièges, et où les chauffeurs réussirent à tasser chacun une douzaine d'entre nous . Imaginez maintenant un mince bandeau de bitume serpentant à flanc de corniche, et s'élevant,en quelques petits kilomètres, de quatre cents mètres, séparé de la mer en contre-bas d'un insignifiant parapet de décor ; et, comme au Vésuve, les véhicules montants et descendants, lancés à toute vitesse, signalant à leurs vis à vis, leur présence à grands coups de klaxon, avant chaque virage masquant la visibilité. Et la montée n'était rien en comparaison des sensations que devaient nous laisser la descente. Dans ce paysage sublime, c'est à croire que les possédés qui conduisaient à tombeau ouvert avaient décidé de nous donner un avant-goût du paradis en ajoutant une scène de leur composition au film « Voir Naples et mourir »...

Cet aller-retour mouvementé m'avait cependant marqué au point que ma mémoire n'a rien conservé de la visite de la partie haute de l'île. En revanche, la promenade en barque à la « Grotte d'azur » reste l'image la plus merveilleuse de tous mes souvenirs de voyage : la légère embarcation glisse sans bruit dans le tunnel rocheux formant comme une chapelle sous-marine, tandis qu' au-dessous de nous, sous quelques mètres d' une eau à la limpidité du cristal, le soleil joue avec la mer, l'ombre et la lumière, éclairant la sombre cavité de reflets d'or et de turquoise. Pureté, silence, beauté sans pareille, féerique écrin où l'on aurait aimé s'immerger et demeurer là, apaisé, confondu à l'élément liquide azuré pour l'éternité.

Malheureusement cette éternité avait une fin et, à la gare, nous reprîmes le train pour Rome. Notre convoi était en formation et nous attendions sur le quai. A peine les wagons étaient-ils accrochés qu'une foule de voyageurs, dans une formidable cohue, prenaient littéralement les rames d'assaut. Certains n'hésitaient pas à grimper par les fenêtres malgré les policiers qui les tiraient sans ménagement – ceux qu'ils pouvaient attraper – par le fond de la culotte. Manifestement nous allions devoir attendre le prochain départ pour la capitale. Notre guide nous expliqua que les Napolitains évitaient de voyager dans le courant de la journée afin d'éviter l'atmosphère caniculaire. Les trains roulaient donc quasiment à vide le matin et l'après-midi, ceux de la soirée étant de ce fait surchargés. Nous ne devions cependant manifester aucune inquiétude puisque nos places étaient réservées justement dans le wagon qui approchait, les glaces relevées, avec un carabinier juché sur le marche-pied à chaque portière...

« Roma ! Roma ! » annoncèrent les hauts-parleurs de la gare.

Comparer Rome et Naples c'eût été vouloir comme différencier le jour de la nuit. La capitale italienne, d'une propreté méticuleuse, rappelait plutôt les cités policées du Nord de l'Europe mais avec le soleil en plus. Les agents en casque colonial et gants blancs géraient une circulation fluide et disciplinée tandis que notre bus astiqué nous conduisait en centre-ville à la pension de la « Rovere » sur la rive gauche du Tibre. Force nous fut cependant de constater que les menus à base de macaronis ressemblaient comme des frères à leurs homologues napolitains... et que la corporation romaine des garçons de restaurant ignorait, pareillement à celles de Naples et Florence, l'existence de l'eau du robinet au bénéfice de l' *« aqua minéralé ! »*...

Si Rome est la ville historique par excellence, elle peut en savoir gré à ses bâtisseurs antiques : l'affront des vingt siècles écoulés associé aux ravages des hommes n'ont pu venir à bout de leurs édifices en matériau massif . L'amphithéâtre du Colisée, le château Saint-Ange, qui abrita le tombeau d'Hadrien, l'aqueduc Claudia, les vestiges de la Via Appia – laquelle se prolongeait jadis sur une distance de 530 kilomètres – et ceux du Forum, pour ne citer que ceux-ci, subsisteront encore quand auront depuis longtemps disparu nos monuments de pacotille, en tôle et carton bouilli, tels le Centre Pompidou de Beaubourg, la bibliothèque Mitterrand ou le pavillon du tourisme de Bellac...

Après le tour des vieilles pierres de la ville éternelle, nous pénétrâmes en son sein par les Catacombes dont les 13 kilomètres de galeries souterraines ne contiennent pas moins de 40.000 tombes. A la nuit tombée, le guide nous conduisit à la fameuse fontaine de Trévi où il est d'usage de prendre un bain de minuit . Le fond du bassin était tapissé de pièces de monnaie lancées par les touristes . Ces oboles sensées porter bonheur aux généreux donateurs, assuraient, en tout cas et avec certitude, celui des agents du service d'entretien...

Au programme de la deuxième matinée romaine figurait le plat de résistance : la visite du Vatican, ultime reste du pouvoir temporel des papes qui règnent de nos jours sur un territoire de 44 hectares composé de quelques jardins et de la réunion d' un ensemble disparate de palais, de salles, de chapelles et de galeries de différentes époques. Heureusement, un parcours touristique fléché permettait de s'orienter dans ce véritable labyrinthe.

Nous y entrâmes par une large allée bordée de chaque côté par un alignement d'une bonne dizaine de statues de marbre que notre guide se mit en devoir de nous commenter une par une . Au bout de dix minutes, en plein soleil, il en était toujours à la deuxième. Jean-Pierre me fit un clin d'œil en regardant sa montre. A l'évidence la pratique, observée au musée de Florence, se renouvelait. Il me sembla même percevoir les premiers symptômes de la céphalée de circonstance. Pour couper court à la saturation qui s'annonçait, nous quittâmes subrepticement le groupe qui se reformait maintenant, toujours en plein soleil, devant la troisième sculpture…

Nous suivîmes donc les flèches, bien décidés à quitter ces lieux au plus vite pour boire tranquillement, à l'ombre de la terrasse d'un café, une bière bien méritée en attendant nos collègues assidus. Même en arpentant couloirs et galeries d'un bon pas, la sortie ne s'annonçait pas et nous décidâmes de reprendre notre souffle dans un vaste espace où s'attardaient des centaines de visiteurs, le nez levé vers le plafond. La grande salle était recouverte de fresques sur les murs, entre les fenêtres et jusque sur la voûte. Après avoir récupéré un peu, nous poursuivîmes jusqu'à la lumière naturelle de la sortie. Dehors la ville résonnait du ronronnement des moteurs, du bruit des passants, des cris des marchands de souvenirs et j'eus comme un soulagement. Tout cela sentait la revanche de la vie sur la mort et le renfermé et, au grand jour, je respirai à pleins poumons l'air de la liberté.

A la pension, devant l'inévitable assiettée de macaronis à la tomate, les conversations allaient bon train et chacun de s'émerveiller du plafond représentant « la création du monde », le chef d'œuvre de Michel-Ange. Jean-Pierre me gratifia d'un léger et discret coup de pied sous la table. Ce que les nombreux badauds regardaient la tête levée, dans la grande salle où nous avions fait la pause, n' était rien de moins que le plafond de la chapelle Sixtine !...

La matinée précédant le départ nous eûmes quartier libre dans la ville. Jean et moi suivîmes la première avenue qui se présentait à nous, bien décidés à nous arrêter au premier bar rencontré tellement la chaleur était suffocante. Après avoir ensuite erré à l'aveuglette devant les vitrines des magasins de luxe, acheté quelques cartes postales au passage, nous nous avisâmes que l'heure avait tourné et que les macaronis à la tomate qui nous attendaient devaient s'impatienter dans la cuisine de la pension. Oui, mais où était-elle la pension ? Ce ne devait pas être difficile de la retrouver puisque la ruelle qui y conduisait débouchait directement sur les quais du Tibre. En suivant la berge, nous allions immanquablement la reconnaître. Mais nous eûmes beau suivre la berge sur un bon kilomètre, en amont puis en aval, nous ne reconnûmes rien du tout. Jean eut l'idée d'interroger des passants, tous des étrangers qui ne comprenaient rien à notre langue. En désespoir de cause il se résolut alors à aborder, dans ce qui lui restait de souvenirs de la langue de Shakespeare, un couple d'Anglais. S' ils comprirent peut-être son charabia, leur réponse me demeura inintelligible. Je leur adressai un « *Thank-you* » reconnaissant et mon ami leur fit un beau sourire.

– *Alors ?* demandai-je à Jean, tandis que nous nous éloignions, *qu'est-ce qu'ils t'ont dit ?*

– Je n'en sais fichtre rien, je n'y ai rien compris.

C'est toujours comme ça, dans le domaine des langues en particulier, nos connaissances, uniquement livresques, ne sont jamais opérationnelles ; il n'est que d'observer la pratique de ces grands érudits qui nous gouvernent ...

En attendant nous étions toujours bel et bien perdus dans la grande cité latine lorsque j'aperçus à un rond point, l'élégant uniforme blanc d'un policier romain.

– *Penzionné della Rovèré ?* questionnai-je.

Malgré mon italien plus qu'approximatif, l'agent nous indiqua l'adresse avec force gestes sur la direction à suivre. Sans cet ange gardien, nous en serions encore à chercher la pension car celle-ci se trouvait ... sur l'autre rive du Tibre que nous avions distraitement traversé lors de notre promenade.

Les plus beaux rêves ont une fin et dans le train du retour, nous nous consolâmes par l'absorption de nombreux pots de cette délicieuse et rafraîchissante glace italienne que les marchands ambulants annonçaient dans les gares à grands cris, à chaque arrêt : *« Gélatti ! Gélatti ! »*

A Nice il nous fallut échanger notre moderne motrice électrique italienne pour une vieille locomotive à vapeur française – la modernité n'est pas toujours là où on pense... Alors que train était sur le point de partir, je remarquai sur le quai une femme âgée, munie de deux lourdes valises, complètement affolée . Elle ne parvenait pas à retrouver, dans la longue file de wagons, la voiture qui correspondait à sa réservation. J'empoignai ses bagages et la poussai sans ménagement vers la portière la plus proche alors que le convoi s'ébranlait. ; on aurait ensuite tout le temps de retrouver son compartiment. Enfin assise à sa place réservée, ses valises solidement arrimées dans le filet porte-bagages, la voyageuse apaisée se confondit en remerciements, comme si je venais de lui sauver la vie, et me glissa dans la main un billet de dix francs – le S.M.I.G. de l'époque était à 2 francs – qu'elle refusa absolument de reprendre.

Dès notre retour en Limousin, Jean-Pierre et moi retrouvâmes notre poste de moniteur à la colonie de vacances d'Orgnac où nous attendaient Jean-Claude et Alain, nos anciens condisciples du lycée de Saint-Léonard. Notre cri de ralliement fut bientôt adopté par la plupart des moniteurs et dans les dortoirs, le réfectoire, la salle de jeu, le parc de la colo, résonna tout l'été le joyeux et sonore *« Gélatti ! »* des gares italiennes...

***

Chabatz d'entrar ! *

Si la sonnerie de clairon du onze novembre 1918 avait interrompu la grande tuerie, elle n'avait pas pour autant renvoyé dans leurs foyers la totalité des millions de combattants du front. L'occupation des territoires ennemis allait mobiliser encore, pendant de longs mois, les plus jeunes des poilus ; on formait même un nouveau corps expéditionnaire destiné à combattre les armées révolutionnaires de la jeune république des Soviets dont la couleur rouge menaçait de déteindre sur le reste de l'Europe.

C'est ainsi que Louis s'était retrouvé parmi les troupes d'occupation de la Turquie, la partenaire orientale de l'Allemagne vaincue, redoutant son engagement dans la Crimée toute proche, contre des alliés russes de la veille. Chaque jour le jeune soldat français voyait passer avec appréhension, les lourds navires de guerre, chargés de matériel et de munitions destinés aux armées blanches, traçant à l'arrière leurs larges sillages d 'écume et obscurcissant le ciel de longues traînées de fumée noire en franchissant l'étroit chenal qui fait communiquer, via la petite mer de Marmara, la Méditerranée à la Mer-Noire. Cette guerre prendrait-elle jamais fin ?

La nuit tombait sur les quais de Constantinople envahis de tenues bleu-horizon et, le regard perdu sur le pâle reflet des lumières de la ville dans les eaux sombres du Bosphore, le jeune homme s'attendrissait à la pensée de la petite ferme nichée au cœur du bocage. Là-bas, à cette heure, on rentrait les bêtes à l'étable où s'exhalait une odeur mêlée de vache et de foin séché. Sur le sol pierreux de la cour résonnaient les sabots ferrés et, derrière la petite fenêtre de la grande cuisine, à la lueur vacillante jaune de la lampe à pétrole, on distinguait, sur les murs, les ombres mouvantes de la maîtresse de maison, occupée à préparer le repas du soir. La pièce sentait bon la soupe de légumes qui bouillait dans la marmite de fonte et, sur la longue table familiale, de rustiques assiettes de faïence attendaient le retour des hommes à la fin d' une journée de rude labeur.

Et lui, Louis, il était là, inutile, à se morfondre dans ce temps perdu lorsqu'un frisson le fit sursauter : il avait cru reconnaître le « Turlututu », cette ritournelle emblématique de son Limousin que tout un chacun fredonnait au pays dès sa plus tendre enfance : «

L'autré mandi mé perménavo
Tout lou loun do
Turlututu
Tout lou loun do
Loun loun la laliréto
Tout lou loun do bouéssou… »

Pourtant il ne rêvait pas. Si ce n'étaient pas les paroles qui volaient dans la brise marine du détroit, c'était bel et bien l'air de la chansonnette que sifflait un autre appelé, un peu plus bas sur la jetée.

Louis l'eut rejoint en trois pas et l'interpella sans façon :

– D'enté seis -tu ? (– D'où es-tu ?)

– Sei de Sin-Lionard ! (– Je suis de saint-Léonard !) rétorqua l'autre, aussi agréablement surpris que son interlocuteur.

Et, en occitan, dans cette langue qui fleurait bon leur terroir commun, ils discutèrent longuement, comme de vieux amis de toujours, soudain revigorés par l'évocation de la terre natale.

On va voir que, pour affirmer cette complicité occitane, il n'est pas nécessaire de fréquenter les rives du Bosphore.

Jean-Claude n'était pas seulement mon condisciple du lycée de Saint-Léonard. C'était un véritable ami avec qui j'avais encore fait de nombreuses saisons d'encadrement de camps de vacances au Chatenet-en-Dognon. C'est tout naturellement que nous nous retrouvâmes ensemble à la colonie de la caisse des oeuvres sociales du Crédit-Lyonnais à La Bourboule. L'ancien hôtel particulier de l'Aga Khan avait été acquis par la banque et l'imposante demeure de cinq étages accueillait, outre son volumineux dépôt d'archives, une bonne centaine d'enfants dont une vingtaine de petits asthmatiques répartis en trois équipes. Chaque matin j'accompagnais, à la source thermale, le groupe de malades qui m'avait été confié. En rangs par deux, la petite troupe traversait la ville d'eau, bâtie de part et d'autre des rives de la Dordogne.

Avant mon départ, le docteur Gendraud m'avait recommandé d'emporter une « laine » car, même en plein été, les nuits étaient fraîches dans la petite cité auvergnate ; judicieux conseil car ce n'étaient pas seulement les nuits qui étaient fraîches. La proximité immédiate de la Dordogne aux eaux glacées, encore à l'état d'un torrent écumant dévalant en cascades tumultueuses des toutes proches pentes du massif du Sancy n'y étaient pas étrangères et rendaient nécessaire le port d'un gros pull. A leur sortie de l'établissement thermal, après leur passage au sauna opaque baignant dans une vapeur dense, chaude et soufrée, il fallait emmailloter les jeunes curistes de façon à éviter tout refroidissement lors de la traversée des ponts parcourus par le courant d'air réfrigérant que dispensait le fil de l'eau torrentueuse.

L'après-midi était réservé à la sieste et aux activités ordinaires de plein-air. Mais le moniteur n'était pas au bout de ses peines car il n'était pas rare qu'en pleine nuit une crise aiguë vînt troubler le sommeil d'un petit colon auquel il fallait alors apporter une assistance respiratoire immédiate en attendant l'arrivée de l'infirmière de service. Les symptômes de l'asthme sont toujours spectaculaires dans leur manifestation et je me demandais, avec une angoisse à chaque fois renouvelée, si les inspirations sifflantes, prolongées sans fin, du patient n'allaient pas s'achever par son dernier soupir.

Heureusement, après l'extinction des feux, moniteurs et monitrices, déchargés du service de garde, se réunissaient dans la grande salle de veillée où le personnel de la cuisine avait disposé pour eux une consistante collation de viande froide, de fromage, de cornichons et de… maquereaux au vin blanc – mets peu apprécié en général, dont on réservait le surplus pour ma consommation personnelle … Et on ne s'y ennuyait pas. C'était l'occasion de faire connaissance, de lier des amitiés – voire plus si affinités : Jean-Claude allait y rencontrer celle qui deviendrait son épouse ...–, de discuter à bâtons rompus avec les collègues, le directeur et ses adjoints , de plaisanter devant l'auditoire des filles s'esclaffant avec exagération à l'énoncé de la moindre drôlerie des garçons qui avaient accepté leur surnom animalier – le « totem » – librement choisi par les enfants de leur équipe .

Parmi ces moniteurs, « Panthère » se montrait le plus prolixe et le plus hâbleur. La moindre de ses actions confinait toujours à l'exploit et nous l'écoutions,sans rire, nous narrer ses périlleuses aventures telle celle de sa montée en automobile du col de l'Iseran, interminable ascension au cours de laquelle une succession de coulées de neige recouvraient progressivement la route, comme lancées à la poursuite du véhicule, lequel en atteignant le sommet devança in extremis l'avalanche généralisée qui ensevelit, derrière lui, toute la vallée, dans un terrible fracas…

Refusant toute « totemisation » je demandai aux enfants de m'appeler par mon prénom. Bien m'en avait pris. De quel nom d'animal ne m'auraient-ils pas affublé ? L'équipe de Philippe ne l'avait-elle pas surnommé « cochon » ? Un sobriquet au demeurant assez bien adapté car on doit à la vérité de dire que cet individu trapu et frisé, au visage large et rougeaud, présentait, – s'il fallait à tout prix lui trouver une proche ressemblance animale –, un aspect général effectivement porcin… (Pour vous faire une idée de ce personnage, imaginez une sorte de sosie de Daniel Cohn-Bendit …) Il s'en était d'ailleurs fort bien accommodé et on se demanda si cette désobligeante notoriété n'était pas la raison principale de ses conquêtes féminines à répétition, tant parmi les monitrices que parmi les filles du service. Ce qui ne faisait que corroborer ainsi la morale de la chansonnette de Jeanneton et de sa faucille à couper les joncs : *« La morale de cette histoire c'est qu'les hommes sont des cochons. »* et la morale de cette morale qui veut *« qu'les femmes aiment les cochons ! »*...

Jean-Claude et moi avions une passion particulière pour la belote, habitude héritée de l'internat du lycée de Saint-Léonard où, lors des petites sorties, lorsque seule une poignée de pensionnaires demeuraient le week-end dans l'établissement, nous faisions au dortoir, dans la piaule du « pion », une partie endiablée de belote qui s'achevait seulement au petit-jour quand l'équipe gagnante atteignait la première les quinze mille points...

Bien entendu nous jouions toujours ensemble à La Bourboule. Malgré notre science du jeu, il arrivait que la distribution défavorable des cartes ne laissât entrevoir qu'une défaite assurée. Aussi avions nous mis au point un système de communication codée qui viendrait atténuer les incertitudes du hasard. Il consistait en une série de réflexions ou d'exclamations en occitan limousin, langue que nous pensions naturellement être les seuls à comprendre, et qui laissa longtemps perplexes nos adversaires :

– *Aï bé mau à lo pétréno* ! (*J'ai bien mal à la poitrine !)* disait d'un ton plaintif mon partenaire en se frottant... le ventre.

Je savais alors que le pouvais, sans risque, prendre à « cœur »...

– *Qu'ei bru orau* ! *(C'est sombre maintenant !)* annonçais-je en regardant par la fenêtre.

Et Jean-Claude me passait la main en posant un « pique » noir sur le tapis.

Nos parties n'étaient pas formelles et l'assistance était nombreuse à suivre, en s'amusant, nos joyeux tournois de cartes pimentés de notre charabia complice qu'accompagnaient les protestations outrées de nos adversaires non-initiés.

Or, voilà qu'un soir, Daniel, le directeur de la colonie, se trouva être l'un de nos deux adversaires.

Lorsque mon vis- à- vis m'interrogea innocemment par ces mots : «

– *Seis - tu no bourrico ?* » (*–Es-tu une bourrique ?)*, et alors que je m'apprêtais à jouer « trèfle » – nourriture évidente de l'animal évoqué... – Daniel bondit et s'exclama : «

– *Qu'ei beleu no bourriqo ma mé sei pas n'âné* ! (*C'est peut-être une bourrique mais il ne faudrait pas me prendre pour un âne !)*

Dans notre précipitation, nous avions oublié que notre directeur était natif de Saint-Symphorien- sur-Couze ; commune bien connue en Haute-Vienne sous le nom de « Santo-Foulio ».

L'année suivante, Jean-Claude, qui poursuivait ses études, se retrouva à nouveau en compagnie du même directeur, à l'hôtel de La Bourboule alors que j'effectuais mes obligations militaires au service de la Coopération à Bamako.

Il en profita pour me donner des nouvelles épistolaires de la colonie où les parties de belote acharnées du soir étaient toujours aussi suivies. Mon ami m'indiquait que mon nom était souvent cité et que mon « *ombre continuait de planer sur la colonie* », selon son expression. Lorsqu'un joueur trichait de façon éhontée, Daniel affirmait que c'était « lœhresque », néologisme sans ambiguïté pour l'ensemble de l'assistance.

C'est bien connu, les absents ont toujours bon dos !...

L'histoire s'arrête là mais je voudrais, en toute honnêteté, signaler au lecteur que ma transcription de l'occitan utilisé dans ces lignes est française. Il existe désormais une orthographe normalisée de la langue d'oc et je demande aux puristes de bien vouloir, le cas échéant, s'y reporter. Ces derniers pourront cependant noter,à ma décharge, le fait qu'à aucun moment je n'ai utilisé le mot « patois ».

Ce n'est pas sans un serrement de cœur que les gens de ma génération ont assisté à l'abandon général de l'usage de notre langue limousine. A notre époque, combien d'écoliers de la région connaissent encore ces mots savoureux : « peillo », « quillou », « clédou ». Il y a aussi ce moderne néologisme pour désigner un deux-roues au moteur bruyant, l'ô combien expressif « pétarou », ou encore ceux-ci, qui n'ont pas leur équivalent en français : « banturle », « bredassou », « fouérou, ». Même l'accent a pratiquement disparu !

Avec cette langue qui meurt, c'est un peu de notre identité qui disparaît. Au temps où j'enseignais à l'école communale de Blond, j'avais dans ma classe toute une famille d'écoliers issus du hameau de Fontclair. Tout en notant leur adresse sur le registre d'inscription, je m'étais demandé la raison de la présence du « t » en lieu et place du « d » qui convenait à l'écriture de « fond ». L'explication en était pourtant simple mais c'est seulement quelques années plus tard que le déclic se produisit. Alors que je consultais la carte de l'I.G.N. au 1/ 25.000ème. Le nom du hameau y apparaissait sous l'orthographe « Fontclaire ». Grâce à ce petit « e », tout devenait limpide – c'est le cas de le dire – pour le sens de ce mot qui aurait dû s'écrire « font claire » car en occitan, « lo foun » signifie « la fontaine » dans son sens de « la source ».

Sur la partie la plus élevée de cette même route qui mène de Bellac à Saint-Junien en franchissant les Monts de Blond, à quelques petits kilomètres de Fontclaire, on traverse le village de « Salomon » . Or, de mémoire de chrétien, personne ne se souvient avoir jamais connu de résidant juif dans ce lieu à consonance biblique... Mais peut-être qu'en décomposant le nom de façon intelligente – ainsi que je le fais... – on aurait une explication plus plausible . En ajoutant un « t », on obtient déjà « mont » qu'on pourrait en toute logique faire précéder de l'article « au » en lieu et place du « o ». Il reste maintenant « sal » . En l'écrivant « sahle » toponyme occitan dérivé du latin « salhius » à prononcer « saille » et qui signifie « maison » ou « demeure », cela donne la « Salhe au mont », autrement dit « la demeure du mont » francisé ensuite en un stupide « Salomon »...

C'est pourquoi, tout en lui rendant hommage, je suggère sans honte cette explication à Yves Lavalade lequel a répertorié tous les patronymes et toponymes de la région avec, pour chacun d'eux, une sérieuse étude étymologique : il était grand temps de le faire.

Les très anciens écoliers limousins ont gardé en mémoire ces leçons d'orthographe où le maître utilisait l'occitan pour expliquer la fameuse règle des noms féminins en « é » qui prennent un « e » lorsque leur prononciation occitane se fait en « ade » ou « ado » (appuyer sur le « a » et prononcer « aaado ») ; exemple : la cheminée car « lo chaminado », l'assiettée parce que « l'assiettado » alors que la santé et la liberté n'ont pas besoin de « e » puisqu'on dit « lo santa » et « lo liberta » ; « Bounno annado ! » (Bonne ann*ée* !) mais « bounno santa ! » (Bonne santé !)

* (Prononcer « çaba d'èntra !», ce qui se traduit par « Finissez d'entrer ! ») est sans doute l'expression la plus spécifique de la langue limousine, une heureuse formule d'accueil pour la promotion touristique de notre région. Cette deuxième étape d'une « entrée » en deux temps signifie qu'on vous a jugé digne de pénétrer à l'intérieur même de l'habitation du maître des lieux. C'est une invitation, incontestable marque de confiance de la part de celui qui vous accueille.

***

« La commune n'est pas riche ! »

Normalien sortant, non titulaire, il ne m'était pas possible de participer au « mouvement » annuel des instituteurs. Tout au plus pouvais-je formuler un vœu préférentiel pour la région de ma première affectation. Je fus probablement l'unique postulant pour le « nord » du département, un « nord » à la connotation péjorative pour une zone qui ne passionnait pas la masse de mes camarades – tous issus de Limoges ou du sud de la Haute-Vienne – et qui assimilaient volontiers notre territoire à une Sibérie éloignée de tout et surtout de la civilisation... De nos jours, au vu de l'évolution de la situation démographique et économique de la Basse-Marche, je ne leur donnerais pas complètement tort mais ceci est une autre affaire...

Aussi ne fus-je pas surpris d'apprendre, sur l'avis de l'Inspection académique, que j'étais nommé, en qualité d'adjoint mixte et à titre provisoire, sur le poste de monsieur G... – lequel effectuait son service militaire –, à Saint-Sornin-Leulac. Cette commune du canton de Châteauponsac, située à une vingtaine de kilomètres de Bellac, l'était de cinquante-deux – seulement – de Limoges. C'était en tout cas « moins pire » que d'être affecté à Lussac-les-Eglises, à vingt kilomètres encore plus au nord...

Ma Mobylette bleue, comme tous les vélomoteurs de cette marque, était increvable. Elle n'avait qu'un défaut : celui de sa carburation. Si, par temps clair et ensoleillé, il « tirait » à merveille, dépassant allègrement le cinquante à l'heure, en revanche, par temps pluvieux, le deux-roues à moteur ne voulait rien savoir et on aurait dit qu'il mettait un malin plaisir à faire durer la promenade sous la pluie ; une promenade qui, au bout d'une demi- heure, se transformait en calvaire pour le malheureux conducteur ulcéré, trempé et frigorifié sur sa poussive machine.

Cependant il faisait beau lorsque, pour la première fois, j'abordai le petit bourg par la large nationale qui mène de Poitiers au carrefour de La Croisière. En s'approchant de la Creuse, les toits des maisons, tout en devenant plus pentus, s'étaient recouverts d'ardoises ou de délicates petites tuiles plates ; les ovins avaient fait place aux belles limousines à la teinte froment-foncé qui paissaient sur de grasses prairies vertes.

Au centre du village s'étalait une vaste place, bordée de grands platanes, meublée en son milieu par le grand bac circulaire d'une fontaine. Sur la nationale et dans les rues adjacentes on trouvait de nombreux commerces : deux épiceries bien achalandées, une boulangerie, une charcuterie, une boucherie, deux restaurants, une pâtisserie, un bar-coiffure... Il y avait encore un forgeron, deux charrons, un garage et même une pharmacie. En ajoutant la mairie, l'école, la poste et l'église – avec son curé ! –, on pouvait espérer trouver sur place tout ce qui est indispensable à la vie, à la survie et, le cas échéant, à une mort décente avec des sacrements...

Favorablement impressionné par ce premier contact, je me proposai de chercher l'école, seul bâtiment que je n'avais pas encore aperçu. Je la reconnus de loin, sans peine, grâce à sa toiture d'ardoise caractéristique, en bordure de la route de Châteauponsac. Tout étant fermé, je m'adressai au voisin le plus proche qui m'expliqua qu'il y avait en fait deux écoles : celle-ci, dite « du haut », qui comportait deux classes, et l'autre, celle de la mairie, qui n'en avait qu'une seule, et où je rencontrerais probablement le directeur.

Je le trouvai effectivement à la mairie, plongé dans des dossiers car il exerçait aussi la fonction de secrétaire de mairie. Laissant là ses paperasses, Marcel ne cacha pas sa satisfaction, inquiet qu'il était, depuis une semaine, de l'absence de nouvelles de l'Inspection académique à quelques jours seulement de la rentrée. Nous montâmes ensemble à l'école « du haut » pour visiter les lieux.

On entrait dans le bâtiment par un grand couloir abritant à gauche un long lavabo au bac blanc émaillé et à droite une rangée de portemanteaux. Marcel actionna un rustique loquet qui tenait lieu de serrure et poussa la lourde porte grinçante de la salle qui m'était destinée. Une bouffée d'odeurs emplit instantanément mes narines, subtil mélange de senteurs d'encre, de craie, de cire et d'huile anti-poussière, spécifique aux locaux de classes primaires. La grande salle était faiblement éclairée au sud par deux fenêtres qu'obscurcissait le pignon de la maison du charron voisin mais deux larges baies vitrées ouvrant à l'ouest, du côté de la route, recueillaient généreusement la lumière du jour.

Entre les deux ouvertures à l'opposé de l'entrée, une estrade à deux marches accueillait la chaire du maître, celle-ci dominant, de sa situation élevée, un tableau pivotant sur chacun de ses côtés et trois rangées de pupitres en chêne massif, au dessus incliné, brillant d'encaustique, qui lui faisaient face . Une armoire latérale complétait le mobilier et, sans son long tuyau de tôle noire qui traversait la classe près du plafond, on en aurait presque oublié l'inévitable poêle « Godin » qui dressait son haut cylindre derrière le vantail ouvert de la porte. Cet ensemble dégageait une atmosphère d'austérité studieuse malgré une moderne carte de France en relief de plastique qui ornait le mur du fond.

Je venais de faire un bond en arrière d'une dizaine d'années tant cette classe me rappelait celle de Georges, mon instituteur du Cours Moyen à l'école primaire de garçons du Champ de foire à Bellac. Peut-être même que rien n'avait changé ici depuis cinquante ans : les locaux comme leur robuste mobilier destiné à défier le temps. Mon tour était venu de reprendre le flambeau émancipateur du peuple, porté de génération en génération par les maîtres de l'école républicaine. Une légère crispation me noua les entrailles : allai-je me montrer à la hauteur de cette situation aux rôles inversés ?

Mon directeur m'indiqua que j'aurais le CE2-CM1, ce qui apparaissait comme une faveur en regard des trois niveaux Section Enfantine-CP-CE1 de notre collègue madame L..., et du CM2, Fin d'Etudes niveaux 1 et 2 qu'il se réservait pour lui-même.

Il nous restait à visiter le logement de fonction dans le grand bâtiment attenant aux salles de classe.

L'étage étant entièrement occupé par ma collègue , je pouvais, si je le souhaitais, disposer des quatre pièces du bas, séparées toutefois par un couloir central qui donnait accès à la cour, et par un escalier qui montait au premier étage. Je choisis d'utiliser la cuisine et la chambre opposée, de l'autre côté du corridor, la seule qui fût à peu près décente.

Les logements ne disposaient ni d'eau courante ni de toilettes mais tout le nécessaire se trouvait dans la cour : cabinets à la turque et pompe à eau munie d'un bac et d'un broc pour réamorcer la pompe à chaque usage.

Le jour suivant j'installai un lit, une chaise et une petite table dans la chambre ; deux chaises en formica, une table et un réchaud à gaz dans la cuisine. J'étais ainsi assuré d'un confort prometteur d'un séjour qui, sans être spartiate, n'aurait rien d'émollient...

Mon emménagement n'avait pas tardé à susciter l'intérêt des fourmis lesquelles étaient accourues en masse dans le paquet de sucre que j'avais imprudemment laissé dans le placard. Comme elles avaient également apprécié la confiture destinée au petit déjeuner, j'eus l'idée de placer le pot entamé dans l'escalier. La diversion réussit : elles désertèrent aussitôt la cuisine et j'eus tout loisir, à chaque passage dans le couloir, de voir les entrantes et les sortantes étirer leur longues files de déménageuses de cette manne sucrée qui nous assurait, à elles un labeur de plusieurs mois, et à moi une tranquillité d'une durée équivalente...

Il me fallait aussi songer à l'intendance. Les jours de classe je prendrais mon repas de midi à la cantine scolaire mais il était exclu, compte tenu de mon équipement et de mes capacités culinaires, que je me lançasse chaque soir dans la cuisine. Sur les conseils de Marcel, je me rendis donc chez Andrée qui tenait le restaurant près de la place et qui accepta d'assurer mon souper moyennant la somme de 4 francs, un prix que je jugeai raisonnable.

Ma fébrilité était grande en ce matin de rentrée de septembre malgré le port de ma blouse neuve de nylon bleu qui attestait un professionnalisme rassurant.

A l'entrée du couloir, deux rangées de frimousses récurées de frais me dévisageaient et il se dégageait du groupe une saine odeur de lessive, d'apprêt de tissu neuf et d'étoffe fraîchement repassée. Après avoir fait l'appel, installé à leur banc les CM - à droite - et les CE2 - à gauche -, distribué à chacun un cahier de brouillon et un crayon, je ne leur laissai pas le temps de souffler en faisant pivoter le tableau où apparaissait maintenant un texte de Paul Guth bien de circonstance. Après une lecture silencieuse du texte, chacun devait écrire sur son cahier un titre adapté à cette histoire simple :

....

Avec des craies de couleur, elle dessina au tableau noir un char de foin. Le foin était jaune, le char, bleu, les vaches, rouges. Elle demanda à ceux du premier rang :
Qu'est-ce que c'est ?

Ils s'étaient mis devant et semblaient connaître la dame. Je croyais qu'ils allaient répondre. Ils avaient l'air si malin !

Moi je savais que c'était un char de foin mais je ne voulais pas le dire. Est-ce qu'ils avaient besoin de savoir tous que je le savais ?

Il fallut guider la réflexion : Qui était cette dame ? Où se passait l'histoire ? A quel moment ? Quel pouvait-être l'âge de l'auteur ?

Quelques minutes de cet entretien avaient suffi pour éliminer tout stress : à l'évidence le courant passait bien . Nous allions ensemble faire du bon travail et je pris enfin le temps d' observer mes petits élèves, un à un, conscient du fait que cette classe n'était que la somme des vingt-cinq personnalités qui la composaient ; des individualités timides, à mettre en confiance, et d'autres, plus ardentes, qu'il y aurait lieu de réfréner...

A la récréation, Gédéon, le maire, monta pour faire connaissance. Bonne occasion pour solliciter l'intervention des agents communaux sur quelques dysfonctionnements des installations. C'était un brave homme, il promit tout ce qu'on lui demandait et se hâta ensuite de ne rien faire... Il passait pour un danger public lorsqu'il était au volant, ce que je vérifiai quelques jours plus tard au niveau du stop de la rue en pente de l'église.

Après avoir longuement regardé si la voie était libre, il desserra le frein à main ce qui eut pour effet de faire reculer son véhicule de plusieurs mètres. Embrayant alors la première tout en accélérant, il traversa, insouciant, en trombe la nationale, dans un grand bruit de moteur auréolé d'un nuage de fumée bleue ...

Andrée faisait de la cuisine familiale , exactement comme celle que j'ai toujours aimée : des produits simples et naturels, nourrissants, et en quantité suffisante...

Après la soupe, on me servait un boudin -purée ou un côtelettes de mouton-haricots-blancs ou encore un saucisses-lentilles roboratifs, appréciables pour quelqu'un qui avait déjeuné à midi d'un maigre menu de cantine scolaire ; le chou-fleurs-béchamel en particulier était un véritable délice. Il y avait ensuite du fromage et un dessert-maison : tarte, flan ou crème, le tout arrosé d'une chopine de vin rouge, seule et unique boisson jugée digne d'un travailleur. C'était la règle pour tous les clients du restaurant : un demi-litre par repas et par personne . Pour six convives, on posait donc sur la table trois litres de vin, de quoi « teinter les vitraux de la cathédrale » – selon la formule consacrée de maître Vallat, notre peintre bellachon – des vrais buveurs qui pouvaient, outre leur propre ration, consommer le surplus des abstinents…

L'heure des repas de l'auberge coïncidait avec celle de l'apéritif, ce qui me donna l'occasion de faire connaissance avec nombre de clients dont le trio artisanal habituel composé de « Vivi », le maçon, Jean, le pâtissier, et du tailleur, dit « le sautareu » (la sauterelle), à cause de ses jambes qu'il avait très inégales, ce qui lui donnait une démarche sautillante. A la débauche ils se retrouvaient tous les soirs pour déguster invariablement une chopine de vin rouge avant de se chamailler ensuite pour savoir qui devait régler, chacun prétendant avoir payé la consommation de la veille…

– Vous qui êtes instituteur, me dit un soir le pâtissier, *savez-vous comment on dit « une couade » en français ?*

Il faisait référence à cet objet ancien en bois d'un seul tenant, à la forme d'une louche au manche creux . Cet ustensile, fréquemment utilisé dans nos campagnes limousines, permettait de puiser l'eau du seau, de boire au bout de sa goulotte ou, une fois posé sur un support, de se laver les mains sous la queue qui débitait en son extrémité un mince filet d'eau. On en fabriquait maintenant de modernes en fer blanc ou en matière plastique.

Je ne m'étais jamais posé la question : chez nous une « couade » était une couade et tout le monde savait ce qu'on désignait sous ce mot d'ailleurs parfaitement adapté à l'objet, appellation qui avait, selon moi, pour origine le mot occitan « Couo » qui signifie « queue » ; la couade étant tout simplement l'ustensile à queue. Oui, mais cette explication ne nous donnait pas le terme français pour autant.

Cette grave question devait faire de nombreux soirs, pendant plusieurs mois, l'objet de nos commentaires jusqu'au jour où le pâtissier nous affranchit enfin. A la foire des Hérolles il avait posé la question à un quincaillier ambulant ; pour désigner la couade on avait le choix entre ces deux substantifs commerciaux : « godet » et « versoir ». Dans un cas comme dans l'autre, ces dénominations nous parurent très imparfaites. C'était quand même autrement expressif « la couade » ... et aussi plus harmonieux que la « cabosse » de nos voisins poitevins...

Le propriétaire du café-restaurant-hôtel exerçait aussi le métier de forgeron ce qui n'avait rien que de très commun pour sa profession car c'était la coutume à la campagne d'associer ces deux activités – lucratives – qui allaient de pair : pendant que l'artisan réparait ses outils de fer et d'acier, le paysan désœuvré pouvait tuer le temps devant une revigorante boisson servie par l'épouse de l'artisan, transformant ainsi une corvée en un moment de répit bienvenu dans une vie de perpétuel labeur .

Cela n'empêchait pas le forgeron, une fois son travail terminé, de venir assurer lui-même le service au bar. Chaussé de galoches, éternellement vêtu de son bleu de travail « Adolphe Lafont » et coiffé d'un béret aux larges auréoles satinées par le temps, Amédée était un homme trapu, corpulent et sanguin . Sans être médecin, on devinait qu'un régime strict n'aurait présenté que des avantages pour cet homme au teint violacé. Si ses « vingt- et- un » de tension artérielle étaient préoccupants, il ne s'en inquiétait pas outre mesure :

– *C'est normal pour un homme de ma corpulence !* affirmait-il avec conviction.

D'ailleurs il se montrait particulièrement sobre malgré les nombreuses sollicitations des clients surtout lorsque sa femme était présente.

– *Médée !* lui criait le pâtissier qui avait demandé un verre supplémentaire, *tu viens boire un coup avec nous ?*

– *Non, non !* répondait le forgeron, d'un ton ferme et définitif, depuis la cuisine, en même temps qu'il faisait, dans le dos de son épouse, d'une torsion du bras et du poignet, au pouce pointé vers le bas, un grand geste de remplissage...

Au fil des jours, je multipliais les connaissances dans la commune qui ne manquait pas de personnages hauts en couleurs.

Il y avait d'abord Maurice, le premier adjoint. Ce dernier, en l'absence du maire, passait signer, à la mairie, documents et courrier officiel préparés par le secrétaire : une bonne occasion pour ces deux personnes de se dire en face tout le mal qu'elles pensaient l'une de l'autre, et assez fort pour que les gens de passage sur la place pussent en profiter...car si Marcel était vif, l'autre n'avait pas bon caractère et possédait une logique bien à lui.

Maurice, qui était agriculteur, avait élevé un troupeau d'une bonne vingtaine de dindes, comptant bien les vendre à la noël à la foire de La Souterraine. Une fois sur la place avec ses volumineuses volailles, l'éleveur constata que les cours n'étaient pas ceux escomptés. Méprisant alors les lois du marché, il récupéra ses oiseaux qu'il ramena d'un bloc à sa ferme. C'est ainsi que la famille C... mangea de la dinde chaque dimanche et les quelques jours suivants – pensez-donc : des volailles de 7 à 8 kilos la pièce... –, transformant une bonne moitié de l'année en cours en un interminable réveillon festif...

Grâce au « Crédit agricole », se retrouvant à la tête de soixante hectares, l'une des plus grosses propriétés de la commune, Maurice s'avisa qu'il pouvait en tirer un revenu supplémentaire en louant toute la surface à des chasseurs de Limoges, ce qu'il fit. Et c'est sans honte qu'il alla ensuite réclamer au président de l'A.C.C.A. (Association Communale de Chasse Agréée), le permis de chasse qui lui permettrait le dimanche de parcourir, avec ses chiens et son fusil, la propriété... des autres. Le père L. n'était pas réputé pour sa patience et il sut trouver les arguments dissuasifs adaptés. Racontée le soir au bistrot, l'histoire de Maurice, mis à la porte avec perte et fracas, et s'éloignant avec précipitation sous les invectives du président des chasseurs qui le suivait dans la rue en brandissant sa fourche, fit s'esclaffer l'assistance des buveurs...Mais peu en importait à l'éconduit qui se souciait comme d'une guigne de l'opinion de l'entourage. Il l'avait déclaré bien haut à qui voulait l'entendre, sous forme d'une maxime moderniste à méditer : *« Je n'ai pas besoin de voisins, j'ai la télé ! »*...

Les élections du printemps amenèrent des changements dans l'équipe municipale. Abandonnant le secrétariat de mairie à sa femme, Marcel fut élu maire à la tête de la « liste d'Union de la Gauche pour la défense des intérêts communaux ». Et les élus les défendaient bien ces intérêts. J'en avais déjà fait l'expérience à mon arrivée dans la commune lorsque, en l'absence de tout équipement sportif nécessaire aux séances d'éducation physique, j'avais demandé un petit crédit pour acheter... un modeste ballon. Les fonds destinés aux fournitures scolaires étant consommés, toute rallonge était exclue : « *La commune n'est pas riche.* » Il fallut attendre l'arrivée de mon collègue Michel, de retour du service militaire, et qui prit la suite de madame L..., en congé de maternité, pour qu'à deux nous achetions, de nos deniers, un vrai ballon en cuir que nous nous remboursâmes, en partie seulement, avec la ristourne des photos scolaires.

De la même façon, je n'avais pu obtenir le passage à l'école de la bibliothèque départementale circulante, le « Bibliobus ». Il eût fallu cotiser à l'organisme, au prorata de la population, une dépense de quelques francs par habitants, insupportable par le budget de la commune, laquelle – j'avais une fâcheuse tendance à l'oublier – *« n'était pas riche ! »*

Beaucoup de mes collègues en ont fait la constatation : L'école n'est pas forcément mieux servie lorsque le directeur coiffe la casquette de maire et met un point d'honneur à ne rien solliciter pour son service. J'allai en faire plusieurs fois l'expérience.

Il y avait d'abord eu l'affaire de la cantine. Marcel m'avait proposé, à mon arrivée, de surveiller l'interclasse de midi à treize heures trente en échange de mon repas au prix... aligné sur celui des écoliers. Je payai donc mon repas 0,80 F jusqu'à la réunion suivante du Conseil municipal qui décida d'augmenter de 0,10 F. le tarif des enfants et le mien de 0,20. Moins d'un mois après, le Conseil, constatant la situation déficitaire du « restaurant » scolaire décidait d'une nouvelle majoration de 0,10 F et de... 0,20 F pour les instituteurs.

Si je n'en étais pas à 20 centimes près, je risquais toutefois, à la vitesse où allaient les choses, de voir ma dépense doublée dans un proche avenir. Cette réalité n'était pas ruineuse mais il y a aussi les principes dont celui qui veut que toute peine mérite salaire : mon collègue et ami Jean-Pierre, nommé à Saint-Denis –des-Murs, percevait, lui, une substantielle indemnité de surveillance pour un service équivalent au mien. Je fus assez stupide pour exiger seulement l'alignement de mon tarif de cantine sur celui des enfants que je surveillais gratuitement pendant une heure et demie.

Mais cette affaire allait rebondir plus tard alors que Marcel avait quitté l'école, remplacé par une nouvelle directrice laquelle assura désormais la surveillance de la cantine. Pour ma part j'assurai l'accueil des élèves qui attendaient à l'école le car de transport scolaire . Après avoir déposé les enfants en provenance du collège de Châteauponsac, le véhicule effectuait une première navette dans une partie de la commune avant de distribuer ensuite son deuxième contingent dans les autres villages. Critiqué sur la qualité de ma surveillance concernant certains élèves du collège lesquels, plutôt que d'attendre sagement à l'école l'arrivée du bus, s'étaient subrepticement égaillés dans le bourg, j'estimai que j'avais été jusqu'alors bien bon d'assurer bénévolement une tâche qui ne m'incombait pas, à fortiori celle concernant la surveillance des collégiens de retour de Châteauponsac.

Peut-être l'avez vous personnellement observé : tant qu'une personne assume une activité bénévole, du genre associatif, elle est soumise à la critique ; qu'elle vienne à renoncer, et elle devient indigne de toute considération quels que soient ses mérites passés. Ma décision de m'en tenir à mon seul travail fut très mal accueillie, on s'en doute, et ma directrice, au lieu de m'apporter son soutien solidaire alla en référer à l'Inspection Primaire à Bellac.

– Vous m'avez embêté avec vos surveillances ! me déclara l'inspecteur lorsque je le rencontrai, des mois après.

Comme je lui remontrai qu'aucun texte administratif ne m'imposait ce travail, à fortiori bénévole, l'un de ses assistants, à qui on ne demandait rien, ajouta :

– Je trouve que vous avez l'épiderme bien sensible !

Évidemment, n'étant pas concernés par l'affaire, l'un et l'autre – qui percevaient sans état d'âme leurs différentes indemnités – n'éprouvaient aucune démangeaison du côté de mon épiderme...

Et la malheureuse commune – qui n'était pas plus riche qu'avant – dut ajouter au salaire de la secrétaire de mairie et des cantonniers, aux indemnités du maire et de ses adjoints, la rémunération d'une surveillante scolaire...

***

Godets, versoirs ou « couades ? »

Silence, on tourne !

La pratique remontait sans doute au temps d'avant sa pauvreté puisque la commune rémunérait un intervenant d'éducation musicale en la personne de monsieur R. : un excellent appoint pour des instituteurs aussi peu compétents en musique que je l'étais moi-même. Chaque mardi matin l'homme de l'art arrivait dans ma classe, accompagné d'un élève de Fin d'études qui portait son violon. Les séances commençaient invariablement par une dictée de notes. Pendant que des « do », des « sol » ou des « ré » grinçaient sous l'archet, les enfants notaient sur leur ardoise les noms des notes qu'ils percevaient. Venaient ensuite des vocalises et l'étude ou la reprise d'un chant. Lorsque le maître de musique quittait la classe pour celle de ma collègue, c'était à qui se précipiterait le premier pour lui ouvrir la porte ou pour se charger de porter son chapeau.

Nous en étions à la troisième séance lorsque l'intervenant me demanda d'écrire au tableau les paroles du nouveau chant. C'est à cet instant seulement que je remarquai la fixité du regard de cet homme. J'aurais dû m'en rendre compte plus tôt : monsieur R. était aveugle… Je m'en ouvris à ma collègue qui m'avoua avoir été elle aussi trompée les premières fois tant l'infirme avait réussi à donner le change. C'est sa femme qui le conduisait dans les différentes écoles et c'est pour cela que les enfants se montraient si prévenants, lui portant ses affaires et le guidant d'une classe à l'autre. C'est même pour cette raison que le Conseil municipal, tenant compte de son infirmité, avait donné son accord pour rémunérer ses interventions…

Ma participation aux leçons de musique devint dès lors plus active. Discrètement, lors des dictées, j'inscrivais sur une feuille de papier le nom des notes que je croyais reconnaître, histoire de tester mon oreille musicale sans craindre la honte puisque j'étais assuré que le professeur n'en saurait rien. Et heureusement que le pauvre homme n'en sut jamais rien : sur dix notes j'en avais régulièrement deux ou trois de fausses…au point que j'abandonnai cet exercice sans perspective valorisante… Paradoxalement, c'est Alain qui réussissait le mieux de la classe alors qu'il chantait faux, mais alors faux comme il n'est pas permis.

Ma compétence dans ce domaine musical ne laissait pas d'être préoccupante car à la partie pratique du C.A.P. (Certificat d'Aptitude Pédagogique) figurait en bonne place la présentation – obligatoire – d'une leçon de chant. Lorsqu'en septembre je débutai ma deuxième année à Saint-Sornin, monsieur R. avait renoncé à ses heures dans notre localité au profit d'un allongement de son horaire à Bessines. Manque de chance pour moi car je comptais justement sur son aide pour mon C.A.P. Je m'enhardis à lui écrire afin de lui demander conseil. Il m'adressa alors un chant adapté au niveau de mes élèves, les vocalises correspondantes, et m'indiqua qu'il avait pris contact avec le directeur de l'école d'Arnac-la-Poste afin qu'il me prêtât un guide-chant pour l'accompagnement. Le brave homme me tirait une sacrée épine du pied.

Je m'en fus donc à Arnac, à vélomoteur, emprunter le guide-chant promis. C'était une véritable antiquité à soufflet manuel qu'il fallait actionner avec un bras en bois, au demeurant cassé. Mais à bricoleur rien d'impossible : je fixai au soufflet de cuir une épaisse ficelle, que je fis passer par un piton vissé au coffre de bois, et à l'extrémité de laquelle j'attachai un court segment de pousse de noisetier qui ferait office de poignée. En tirant à soi et en laissant revenir avec régularité cette poignée, on obtenait une soufflerie continue et un son aux tonalités parfaites si on appuyait sur les touches.

Je disposais de la partition, il n'y avait plus qu'à jouer l'air du « Petit Japonais », une chansonnette que j'avais moi-même fredonnée en sixième avec « Bémol », notre professeur de musique.

Se posa alors le redoutable problème de repérer les touches, ce qui prenait un certain temps pour chaque note figurant sur la partition, prolongeant indéfiniment l'exécution au point qu'on en perdait le sens global de la mélodie. J'avais résolu la partie technique, aucune raison ne s'opposait à ce que je vinsse aussi à bout de la partie artistique : d'abord j'inscrivis au crayon-feutre indélébile, les notes sur les touches d'ivoire, ensuite je décidai d'apprendre par cœur la partition. Et tous les soirs après la classe, pendant une bonne demi-heure et pour le plus grand agrément des oreilles de ma collègue qui travaillait dans la classe voisine, ma voix, accompagnée des notes graves du guide-chant résonnaient dans la grande salle vide. J'en connais toujours la partition :
« Sol, si, si, la, do, do
Le pe tit Ja po nais

Fa, la, la sol, si
Dans sa Kou rou ma

Sol, si, si, la, do,do
Con dui sant son po ney

Fa, la, la, la, sol
Va ca hin ca ha. »

Et je n'ai jamais douté l'ombre d'une seconde que le charme de ma voix – prêtée à cette répétitive mélopée, accompagnée des vibrations hésitantes mais harmonieuses du guide-chant – fût à l'origine de l' irrésistible attrait, exercé sur ma plus proche collègue, qui allait en faire la future grand-mère de mes petits-enfants…

L'heure du C.A.P. avait sonné. En ce matin automnal du 3 novembre, tout était fin prêt pour accueillir mes examinateurs : l'inspecteur flanqué des deux instituteurs réglementaires : le conseiller pédagogique de la circonscription et une collègue de l'école proche de Saint-Amand-Magnazeix. Le programme des réjouissances suivait l'emploi du temps : morale, calcul, français et je devais inclure dans ma prestation matinale la séquence musicale plus une séance d'éducation physique.

La leçon de « morale » avait pour thème les inégalités sociales à l'école, un texte de Edmond de Amicis servant de support à l'entretien.

Ensuite il me fallait « jongler » avec le temps pour conduire parallèlement la séquence de calcul au CM et celle du CE. Pendant que les premiers résolvaient des divisions à deux chiffres au diviseur (étudiées l'année précédente), je révisai avec les seconds les tables d'addition puis présentai la leçon du jour sur le « sens de la soustraction ». Ces derniers étant occupés ensuite à résoudre un problème d'application et des opérations, je reprenais en main les « grands » pour corriger les divisions et passer à l'étude du sens de l'addition portant sur les nombres entiers.

Il me restait un peu de temps, avant la récréation, pour faire sortir les élèves dans la cour et pratiquer quelques exercices d'éducation physique.

Je n'en menais pas large, à la fin de l'interclasse, lorsque je débutai les vocalises de la séquence musicale . C'est à ce moment, en voyant les trois paires d'yeux inquisiteurs des spectateurs adultes, braqués sur moi, que je me rendis compte combien l'accompagnement de l'instrument était un support rassurant . Rassurant et... absorbant, au point que j'en oubliais les intrus du fond de la classe et que je terminai, tout à fait détendu, ma stressante prestation : à l'évidence, c'était gagné ! Du moins sur ce point...

A l'emploi du temps figurait maintenant une dictée. L'exercice paraît simple, au point que tous les cinéastes, mettant en scène le travail dans une classe, nous présentent invariablement l'acteur, déguisé en instituteur, décrétant inopinément d'une dictée, au contenu orthographique à cent lieues des possibilités des écoliers. C'est exactement la même chose, je suppose, lorsqu'il s'agit de figurer, dans les films, le labeur de l'agriculteur qui, du bout de sa fourche, déplace sans raison apparente, de droite à gauche ou inversement des tas de paille, poussiéreux depuis des années, ou encore fend, à n'en plus finir, des tas de bûches de bois ; du médecin à l'air inspiré qui promène son stéthoscope sur le corps du patient ; du mécanicien allongé sous le capot de la voiture, au visage tartiné de cambouis, qui brandit une clef de douze ; et on pourrait continuer ainsi avec toutes les corporations, ce qui doit bien amuser les professionnels concernés...

D'abord il m'avait fallu trouver un texte – d'auteur confirmé ! – correspondant au programme suivi en grammaire, conjugaison et orthographe : en l'occurrence un passage comportant des verbes du premier groupe au présent. En consultant le stock de mes fiches, découpées dans notre hebdomadaire syndical « L'école libératrice », je trouvai un texte parfaitement adapté à mon programme et, ce qui ne gâtait rien, bien d'actualité saisonnière et donc motivant pour mes petits écoliers ruraux limousins : « Le passage des grues ». Seulement il y avait un problème : parmi tous les écrits consultés, ce dernier était le seul où ne figurât pas le nom de l'auteur et j'entendais déjà mon chef me reprocher de n'avoir pas fouillé parmi les écrivains « confirmés » ; un texte sans mention de l'auteur, c'eût été un peu comme un vin sans son A.O.C... A la guerre comme à la guerre ! En copiant à la craie, de mon écriture la plus soigneuse, le texte, j'ajoutai et soulignai, au bas du tableau noir pivotant : « J. de Pesquidoux », un nom du Sud-ouest, très « vieille France », aperçu au hasard dans la pile de mes fiches et susceptible d'assurer une paternité plausible à ces lignes, de toute façon d'une grande qualité littéraire.

Une préparation systématique du texte – lequel ne serait dicté effectivement que l'après-midi – permit la recherche des verbes et des sujets, l'observation de curiosités orthographiques, et, une fois le tableau retourné, l'écriture sur l'ardoise d'expressions relevées et étudiées dans la dictée : une activité habituelle, bien rodée par mes élèves et particulièrement par ceux qui étaient déjà dans ma classe l'année précédente.

Ma prestation cinématographique était maintenant terminée, il me restait à subir l'opinion du public. Seul l'inspecteur s'exprima.

Il commença, ce qui est bon signe, par ce qui n'allait pas bien. D'abord la morale : pour lui, le meilleur manuel de morale était… le journal, lequel permettait de puiser dans l'actualité quotidienne les exemples les plus profitables. Ensuite le calcul, avec des exercices trop conventionnels à son goût et la participation, jugée insuffisante, des CE :*« A votre place j'aurais fait manipuler ! »* affirma-t-il, en totale contradiction avec notre professeur de l'École normale de Limoges qui proposait d'abstraire le plus vite possible, et avec qui j'étais profondément d'accord. Mais ce n'était pas le meilleur moment pour débuter une polémique …

Je ne m'étais pas trompé, mon examinateur avait gardé le meilleur pour la fin. Il avait trouvé la leçon d'éducation-physique bien conduite, la séquence musicale parfaite, le texte de Joseph de Pesquidoux (dont j'appris ainsi le prénom…) particulièrement bien adapté, méthodiquement étudié avec une participation active des élèves qui témoignaient de *« qualités de méthode rares chez un jeune maître »*.

Je reçus quelques jours plus tard mon rapport d'inspection ; il était des plus favorables. Je venais de franchir le premier grand obstacle de l'existence : la maîtrise d'un métier.

Un moment propice pour réfléchir, une fois de plus, aux évènements importants de la vie. Devait-on les considérer comme une fin ou un début ? Avec ce C.A.P. en poche, venais-je d'en terminer enfin avec les études et les examens, auquel cas j'aurais dû pousser un « ouf » de soulagement, ou bien abordai-je un nouveau parcours, professionnel et semé d'embûches ?

J'optai pour la première vision des choses, résolument optimiste : il ne me restait plus qu'à accomplir mes obligations militaires, prendre une épouse, vivre enfin longtemps, heureux, et entouré de nombreux enfants…avec toutefois en mémoire cette citation dérangeante de Jean Jaurès : « *On fait sa communion pour en finir avec la religion. On passe son bac pour en finir avec les études. On se marie pour en finir avec l'amour…* »

Le petit Japonais

Le petit Japonais
Dans sa kourouma
Conduisant son poney
Va cahin-caha
Sur la route il trottine
Il a l'air si docile
Et s'en va vers la ville
De Yokohama.

Le petit négrillo
Dans son grand bateau
Descendant à vau-l'eau
Le fleuve Congo
Aperçoit des reptiles
Et de gros crocodiles
Il se fait de la bile
Le petit négro.

Grigory le moujik
Dans sa troïka
Joue un air fantastique
Sur l'ocarina
Le petit domestique

Lui donnant la réplique
A un air si comique
Qu'il rit aux éclats.

Le petit meccano
Dans son aéro
Parcourant le trajet
De Paris-Bordeaux
Enfermé dans sa cage
Au milieu des nuages
Il est plein de courage
Le fier meccano.

***

Les dents du fleuve

La saison des pluies tirait sur sa fin et les derniers voiles de pluie se déchiraient dans une tiédeur moite, dégageant le panorama sur la ville qui s'étalait à nos pieds. Vue du haut de la falaise de Koulouba, siège du palais du gouverneur devenu la résidence du président Modibo Keita, Bamako ressemblait à un vaste damier ocre et vert. Les constructions basses en pisé, au toit plat, paraissaient disséminées au milieu d'une flore luxuriante. Partout fromagers ou manguiers encadraient les habitations de leur volumineux feuillage, sans parvenir à masquer totalement un sol latéritique rougeâtre ; les doubles alignements des arbres laissant deviner les larges avenues qui sillonnent à l'équerre l'immense agglomération. Au loin, le Niger étirait d'ouest en est son fuyant miroir bleu et lumineux. On avait lancé en travers de son flot puissant un audacieux pont de béton, d'un kilomètre de long, qui, aperçu de notre position élevée, semblait une mince et dérisoire passerelle reliant la ville à ses faubourgs. Au delà du fleuve, cases, murets et enclos mimétiques terreux se rétrécissaient à l'horizon, émiettés dans une savane d'un jaune rouillé, à la végétation clairsemée.

Sur la colline ne nous parvenait que le murmure des bruits de la ville mais quelques centaines de mètres plus bas, dans les rues asphaltées, aux bas-côtés poussiéreux, c'était la trépidation. Les « Droudrounis », ces infatigables fourgonnettes Peugeot 403 ou 404 bâchées, en fait les taxis collectifs bamakois, se frayaient à grands coups de klaxon un passage parmi une foule innombrable, à la peau uniformément sombre mais aux visages d'un noir nuancé, allant de la teinte la plus foncée au coloris le plus clair. Car on avait là, dans la capitale malienne, un échantillonnage mêlé de l'ensemble des ethnies de l'Afrique occidentale : Bambara, Toucouleur, Sarakolé, Songhaï, Sénoufo, Ouolof, Peul, Maure, Touareg. Sur les places et dans les grandes artères de la cité déambulait une grouillante population : enfants à demi nus, sans chaussures, hommes longilignes en boubou, à la taille parfois impressionnante, femmes habillées de cotonnades bariolées. Ceintes de leurs longs pagnes, marchant lentement, le corps bien droit, elles portaient avec élégance leur lourdes charges sur la tête : une grosse calebasse, un pot en terre, une bassine de linge d'une lessive. Souvent un bébé endormi, plaqué par une bande de tissu au dos de sa mère, dodelinait de sa tête crépue au gré des mouvements du corps maternel. Et quel corps ! Sculptural. Les jeunes filles étaient particulièrement belles : silhouette élancée, long cou sur leurs minces épaules libres d'étoffe, hanches étroites, buste et jambes aux galbes parfaits laissant deviner, sous le tissu moulant, une musculature fine et nerveuse associée à une peau satinée qu'on imaginait douce ...

Sur les trottoirs, des marchands ambulants présentaient des cigarettes ; des réchauds à bois cuisaient des patates douces. Autour de ces étals de fortune, les clients se pressaient, particulièrement devant les petits chariots-coffres à deux roues au dessus amovible, où les petits revendeurs proposaient les bouteilles du soda local à base d'orange, le « crush », délicieuse boisson, maintenue fraîche dans la caisse par un éphémère pain de glace enveloppé d'une toile de jute. Il flottait dans l'air une odeur de terre humide chaude qui évaporait la dernière averse, des arômes de denrées étalées au sol, des relents de transpiration humaine, persistante dans la chaleur saturée d'humidité du climat tropical . Étonnant contraste avec les foules mornes, indifférentes et aseptisées de nos villes européennes. Ici, sous un ciel éternellement lumineux, la vie semblait jaillir, éclater à chaque pas. Il ne manquait à cette animation, abstraction faite de l'atmosphère oppressante et des mouches, qu'une musique d 'ambiance exotique pour se croire transporté dans un monde merveilleux de cinéma.

En demandant à effectuer mes obligations militaires au service de la Coopération, je ne m'attendais cependant pas à trouver dans notre ancienne colonie du Soudan une telle misère, ordinairement occultée par l'œil de la caméra. On la percevait d'abord aux haillons des porteurs de ballots, des pousseurs de charretons, des conducteurs d'attelages tirés par des chevaux ou des ânes faméliques. Elle se montrait encore à la maigreur de nombreux passants, au ventre ballonné des jeunes enfants nus. Mais le plus insoutenable était le spectacle des lépreux. Sur leurs membres déformés, ils se traînaient tant bien que mal sur le bitume crasseux. Parfois on en voyait un tenter de traverser la rue sur ses moignons de jambes. Les malheureux se plaçaient à la sortie des magasins, près de la grande poste, tendant leur main aux doigts rongés vers une aléatoire obole.

Nous fûmes logés, à quatre occupants par bungalow, dans le vaste secteur résidentiel de Badalabougou, étalé sur la rive droite du fleuve, qui s'animait seulement à la nuit tombée, moment favorable pour les résidants de quitter les habitations surchauffées et profiter d'une relative fraîcheur extérieure. Si l'éclairage public y était rare, il était en revanche complètement absent dans les quartiers populaires proches. Trouant l'obscurité çà et là, les flammes tremblotantes des lampes-tempête à pétrole des étals des petits revendeurs de cigarettes assuraient seules une lumière falote et irrégulière. Sur le seuil des maisons de pisé nous croisions des attroupements d'hommes, lancés dans d'interminables palabres. (« Palabres », mot spécifique réservé aux noirs d' Afrique, indiquant une conversation sans intérêt, et d'autant plus commode pour l'étranger de passage qu'il n'entend rien à la langue locale...)

Nous aimions, Fernand et moi, nous écarter de la foule et du bruit jusque sur la route qui gravissait la colline où se construisait le nouveau lycée. Dans le calme retrouvé, nous contemplions l'immense ciel africain, les étoiles paraissant ici encore plus hautes que sous nos latitudes européennes. En redescendant un soir, nous distinguâmes, en travers de la chaussée asphaltée, une longue branche sans feuilles. Je m'apprêtais à l'écarter d'un coup de pied machinal lorsque le végétal s'anima brusquement, d'une extrémité à l'autre, en inquiétantes ondulations latérales. Sans nous consulter, effectuant un brusque crochet, mon camarade et moi avions dévalé la route en une course éperdue, ne nous arrêtant qu'au croisement de l'artère éclairée du bas. Haletants, nous éclatâmes alors d'un rire nerveux, persuadés d'avoir échappé à un mortel danger. C'était peut-être le cas. Les espèces venimeuses vivaient nombreuses dans ces contrées et la morsure d'un serpent de un mètre cinquante, épais comme un manche de pioche, peut avoir des conséquences plus fâcheuses que celle d'une modeste vipère méditerranéenne. S'il était possible que nous n'eussions eu affaire qu'à un reptile inoffensif, on pouvait craindre aussi bien la présence, fréquente ici, d'un naja « cracheur » ; cette charmante créature ayant la propriété, entre autres, d'immobiliser sa victime en projetant dans ses yeux un jet de venin ce qui peut provoquer chez les humains une cécité longue, voire définitive. Prudemment nous limitâmes dorénavant nos promenades nocturnes à des parcours moins obscurs.

J'avais été affecté, en qualité d'instituteur, à l'école d'élite « Liberté B ». Plusieurs corps de bâtiments bas, couverts de tôle ondulée, cernaient une vaste cour terreuse rougeâtre, ombragée par de grands manguiers qui semblaient rafraîchir l'atmosphère brûlante tout en abritant un peuple de remuants « margouillats ». Souvent l'un de ces gros lézards colorés quittait le feuillage pour s'immobiliser au milieu du tronc, la tête dressée ; et on devinait, au battement de la gorge fragile, le mouvement du sang de l'animal oppressé par l'écrasante fournaise.

L'école « Liberté » devait son appellation à sa situation sur la place centrale du même nom de la capitale malienne. Au milieu de cette esplanade se dressait un monument colonial, manifestation de la Patrie reconnaissante à ses enfants morts pour la France. L'ancien Soudan français avait fourni ses contingents de tirailleurs d'A.O.F. lors des deux grandes guerres et ces enfants du soleil étaient allés mourir en grand nombre dans des sombres forêts de conifères ou des tranchées glacées du nord et de l'est de l'hexagone. Au moment de l'indépendance, la place prit le nom de « Liberté » et un écriteau fut apposé au pied du monument. Il portait la simple et suffisante inscription : « Aux martyrs du colonialisme ». Les nouveaux dirigeants auraient pu y ajouter la liste, innombrable, de toutes les victimes du « travail forcé », cette main d'œuvre autochtone gratuite et corvéable à merci, utilisée pour la construction des routes, des bâtiments administratifs et de la voie-ferrée Dakar-Niger. La « Civilisation » a aussi un prix !

Mes trajets à vélomoteur, de notre domicile de Badalabougou à mon lieu de travail, me faisaient, quatre fois par jour, traverser le fleuve.

Sur la carte de l'Afrique, le Niger est le grand fleuve de l'ouest. Né en Guinée, il coule à l'opposé de l'océan et, sorte de réplique occidentale du Nil, s'enfonce providentiellement dans le centre des terres arides subsahariennes. Avec le Bani, son affluent de la rive droite, il forma jadis une mer intérieure. Il en subsiste un delta avec une multitude de bras et de lacs dont les eaux se rassemblent pour poursuivre leur trajet en plein désert. Effectuant alors une grande boucle vers le sud, le fleuve rejoint le golfe de Guinée après un parcours de quatre mille deux cents kilomètres.

Les Bambara le désignent avec à propos sous le nom de *Djoliba* – prononcer Dioliba (de *Djoli* : le « fleuve » et de *Ba* qui signifie « grand ») autrement dit : « Le Grand fleuve ». C'est leur façon de marquer leur gratitude et le respect dus à ce second père nourricier dont l'omniprésence assure la prospérité des cultures le long de ses berges, irrigue les rizières, remplit les filets des pêcheurs Bozo et Somono du delta, éclaire les grandes cités de Bamako, Ségou, Mopti et Gao, achemine dans les pinasses, longues pirogues à fond plat à moteur, voyageurs et marchandises dans un sens et dans l'autre de son cours majestueux. A la fin du XIXème siècle, ce fut la voie de pénétration par excellence des colonisateurs français venus du Sénégal. Une canonnière, arrivée en pièces détachées à Saint-Louis, transportée jusqu'au fleuve puis reconstituée, permit, à partir de Bamako, de faire des reconnaissances, de monter des opérations militaires, de signer des traités avec les chefs riverains afin de vaincre la résistance acharnée du Guinéen Samori qui avait soulevé contre les Français les populations de tout l'ouest africain.

A Bamako, le cours d'eau a déjà un bon kilomètre de large. Sur son unique pont il y avait toujours une foule de badauds appuyés au parapet, occupés à contempler le spectacle sur l'eau et ses berges. De longues pirogues y circulaient ; des femmes, leur bébé plaqué dans le dos, lavaient le linge sur les rives ; d'athlétiques gaillards en extrayaient des montagnes de sable et, en permanence, des hommes nus y faisaient sans pudeur une toilette totale. Dans ce pays pratiquement dépourvu de distribution d'eau, le souci de propreté de la population est remarquable, souci il est vrai favorisé par une température propice aux ablutions...

Le débit du fleuve, selon la saison, est extrêmement variable. En période de fortes eaux, à la fin de la saison des pluies, on aperçut un jour un hippopotame qui s'ébattait près du pont, spectacle inhabituel au regard des centaines de personnes étonnées de voir là ce mammifère porcin, à des centaines de kilomètres de son habitat naturel. En revanche, au moment de l'étiage, on distinguait le lit caillouteux et il m'arriva d'admirer, dans l'onde claire, d'énormes poissons. Le plus gros mesurait entre deux et trois mètres : un « capitaine » sans doute, dont on m'assura que certains spécimens – à la chair exquise et sans arêtes – pouvaient peser jusqu'à cent cinquante kilos...

J'en parlai à Rom's, l'un de mes trois colocataires coopérants, fils d'agriculteurs champenois.

– *Et si on allait à la pêche ?* me dit-il.

Le temps ne nous manquait pas : Bakari, notre boy, assurait la cuisine et l'entretien de la maison, et notre emploi d'enseignant nous laissait de fréquentes disponibilités. Malheureusement nous n'étions pas équipés et sur le marché de la capitale malienne il ne fallait pas compter se fournir en matériel sophistiqué européen. Le gouvernement du pays pratiquait une sévère politique d'autarcie, n'important que le strict nécessaire ; se procurer du fil à pêche revenait au même que de prétendre acheter du camembert au Grand Marché de Bamako…

Il n'en fut donc plus question jusqu'au jour où mon camarade m'annonça qu'il avait reçu de France un petit colis de bobines de fil nylon, de bouchons, de plombs fendus et d'hameçons. Après avoir monté les lignes, il nous restait à confectionner des gaules. Nous dûmes nous contenter de longues pousses d'arbustes coupées au bord de l'eau. Ces cannes, d'une robustesse à toute épreuve, manquaient cependant de flexibilité sans parler de leur profil tordu qui leur conférait une esthétique douteuse. C'est sans doute ce qui dissuada les rares passants de les dérober car nous les laissions dans les rochers où nous les retrouvions sans problème lorsque s'imposait leur usage.

Nous allâmes tester notre rustique attirail près de la centrale électrique de Sotuba où l'eau s'étalait en de multiples bras autour de longues bandes rocheuses . Ayant imprudemment quitté mes sandales, je posai le pied sur la roche et ressentis aussitôt une véritable brûlure : chauffée à blanc, la pierre, demeurée sombre, s'était d'autant mieux transformée en radiateur à accumulation d'énergie qu'elle restituait généreusement. A défaut de vers, des morceaux de viande nous servirent d'appâts. Dès qu'elle était à l'eau, l'amorce était visitée par des centaines de minuscules poissons lesquels, sans se prendre à l'hameçon, dévoraient, en un rien de temps, la chair qui leur était offerte.

En lançant plus au large, nous parvînmes quand même à capturer quelques pièces qu'il était difficile d'identifier tant les espèces tropicales diffèrent des nôtres. Je classai arbitrairement dans les « perches » tout poisson à la nageoire dorsale épineuse. Mais d'autres nous laissèrent perplexes comme cette étrange créature que je réussis à ramener toute frétillante sur la berge.

Alors que je me penchai pour la décrocher, elle fit entendre une sorte de sifflement en même temps que son abdomen se gonflait jusqu'à former un globe volumineux. Rom's se précipita :

– Ne le touche pas, il est peut-être électrique !

Abandonné sur le sol en plein soleil, le poisson passa très vite de vie à trépas et se dégonfla progressivement. A la maison, notre boy reconnut un spécimen de l'espèce « Dodo » (rien à voir avec l'oiseau exotique aujourd'hui disparu), sans valeur culinaire. Son gonflement était un réflexe de défense qui lui permettait d'échapper à ses prédateurs, incapables d'ouvrir la bouche assez grand pour l'avaler dans cet état... Piqués au formol au moment de la capture, les plus gros dodos conservaient – paraît-il ... – leur format sphérique. En équipant leur intérieur évidé d'une ampoule électrique, on pouvait, comme avec leurs cousins tétrodons, obtenir une magnifique lampe d'ambiance à la lumière colorée. Je me promis de me munir ultérieurement d'une seringue et d'un flacon de formol et expédiai, en attendant, la potentielle œuvre d'art qui commençait à sentir, à la poubelle...

A notre seconde sortie, mon camarade eut une touche franche ; le fil se tendit et je compris qu'il venait de ferrer une lourde vie. Au bout de la ligne nous reconnûmes une tortue, une tortue d'eau à la carapace aplatie. Décidément cette eau révélait à chaque fois des surprises aux néophytes que nous étions . Nous ramenâmes notre capture, vivante, au domicile où d'un commun accord nous lui accordâmes l'asile dans le bac à lessive en ciment du jardin. Tout en refusant de s'alimenter, elle quitta fréquemment son récipient d'accueil préférant, sans raison évidente, la cuvette des W.C. à la turque où nous la retrouvions à chacune de ses fugues... Pris de pitié pour l'infortunée bestiole, je la ramenai un jour au fleuve, bien amaigrie.

Une route carrossable sableuse conduisait à Sotuba mais les passages des véhicules à quatre roues avaient transformé le sol de la piste en « tôle ondulée ». La solution, pour ne pas ressentir trop les secousses, consistait à rouler vite, ce que faisaient les Landrover et autres « Gaz », de fabrication soviétique, qui nous doublaient à vive allure. Nous étions maintenant en saison sèche et le vert du paysage avait progressivement disparu pour faire place à une désolante couleur uniforme de terre ocre assoiffée. Après sept mois sans pluie, le volume de poussière qui se dégageait à l'arrière des véhicules était tel qu'il fallait descendre de la mobylette, attendre ensuite plusieurs minutes que le nuage se dissipât pour poursuivre notre chemin. Mais déjà, bien avant sa vue, le fleuve manifestait sa proche présence par une sorte d' odeur aigre et tonique, véritable haleine marine. Et soudain, au détour de la piste, il était là, immense, semblable à un lac aux eaux immobiles, étalé jusqu'à la rive opposée dont la ligne lointaine, sinueuse et incertaine se diluait au regard sous les éblouissements du soleil.

En aval de la centrale hydroélectrique, nous nous retrouvions à notre emplacement accoutumé lorsque nous aperçûmes dans le courant un sillage à la suite de deux petits globes qui progressaient à la surface de l'eau en direction de la berge. A un jet de pierre de notre position, la bête émergea progressivement.

Nous nous regardâmes ébahis. Nous y avions pensé sans trop y croire : c'était bel et bien un crocodile... Sa taille était toutefois modeste, nous avions affaire à un très jeune animal. Le vieil instinct de prédateur désormais en éveil, la même idée nous traversa l'esprit : il fallait à tout prix capturer cette créature exotique.

Rom's prit aussitôt un fort nylon auquel il fixa le plus gros de nos hameçons. Insouciant, le saurien s'était allongé au soleil sur la roche, au pied d'une falaise de deux mètres de haut. Nous contournâmes discrètement le bras d'eau qui nous en séparait et nous retrouvâmes à l'aplomb de notre proie. C'était un petit caïman qui dépassait à peine le mètre. Allions-nous lui présenter un appât sous le « nez » ? Nous jugeâmes plus efficace de faire glisser l'hameçon le long de la paroi rocheuse jusqu'à toucher le corps de l'animal. De là, grâce à un brusque mouvement de traction, nous aurions l'opportunité de le ferrer et après, on verrait bien…

C'était tout vu. Malgré leur discrétion, nos conciliabules avaient dû éveiller la méfiance de la bête que nous vîmes avec consternation glisser sur la pierre chaude pour s'immerger lentement. Exit le trophée naturalisé de l'un ou le sac à main de l'autre… Mon ami prit alors l'initiative du désespoir : il saisit une énorme pierre, la souleva à bout de bras, à la manière d'Arnold Schwarzenegger, et la projeta rageusement sur le reptile. Pris de court je n'avais pas eu le temps d'intervenir pour éviter la bouillie qui allait résulter de son geste irréfléchi.

Une énorme gerbe de liquide jaillit du fleuve, l'onde de choc se propagea en ronds concentriques et des vaguelettes vinrent lécher la berge dans un fort clapotis.
Tandis que la surface de l'eau s'uniformisait peu à peu, trempés et ruisselants, nous distinguâmes au loin comme le périscope d'un submersible dont le sillage s'éloignait lentement mais régulièrement…

Nous avions manqué le safari de notre vie mais l'anecdote devait captiver bien des auditoires de jeunes élèves à qui je narrai l'histoire du crocodile du Niger. Le spectacle du maître et de son ami, trempés de la tête aux pieds, consternés par l'anéantissement de leurs projets maroquiniers, et regardant s'enfuir le caïman qui se foutait d'eux, les réjouissait sans retenue !…

De retour au domicile, nous contâmes à nos camarades notre aventure, les mettant en garde contre toute baignade inconsidérée en ces lieux où il leur était arrivé d'aller nager : les petits crocodiles ne pouvaient être engendrés que par des gros !

Fernand éclata de rire tandis que Michel tenait des propos ironiques : les histoires de pêcheurs, ils connaissaient, mais celle-ci surpassait en invraisemblance toutes les autres...

C'était navrant. Allez donc rendre service aux gens !

ÉPILOGUE :

Nos amis d'Aixe -sur- Vienne et nos enfants réunis à notre table le jour de noël, cela me faisait un public complaisant tout trouvé pour tester ces écrits. Ils eurent donc droit, en guise de supplément au dessert, à la lecture de l'épisode du crocodile du Niger.

J'espérais que Jean-Pierre, lui-même auteur de plusieurs recueils de poésie, apprécierait ces efforts littéraires. Lorsque j'eus terminé, personne ne réagit et ma belle-fille, exprimant probablement ce que, visiblement, les autres pensaient tout haut, me dit avec son air le plus candide :

– *Mais c'est vrai cette histoire ?*

– ! ...

C'était l'époque des vœux et j'en profitais pour faire part à Rom's du doute d'Angélique. Il décida de m'adresser, sur le champ, l'attestation qui suit et qui ne me satisfit pas pleinement.

Comme je ne lui avais pas adressé mon texte, mon camarade – en bon pêcheur qui se respecte – avait supposé, à tort ..., que j'avais exagéré la taille du crocodile et celle de la pierre qu'il avait lancée.

Je soutiens cependant que le caïman mesurait bien un bon mètre sinon plus, ce qui, du bout du museau à l'extrémité de la queue, n'est pas énorme.

Quant au volume du projectile et à son impact, je comprends l'attitude postérieure aux faits de mon ami. Ayant peine à admettre son acte inconsidéré, il oublie que, dans le feu de l'action, nos réactions ne sont pas les mêmes que celles qu'on peut prévoir, à tête reposée, devant sa table de travail.

Si je lui pardonne volontiers sa tendance à minimiser les faits, il ne faudrait tout de même pas que sa propension le conduise à affirmer finalement qu'il n'a lancé qu' un petit gravillon sur un modeste lézard gris des murailles !...

***

ATTESTATION

Je soussigné Jean-Pierre ROMAGNY
reconnais la véracité de l'histoire
du crocodile de Sotuba, MALI,
vécue par mon ami Jean LŒHR
et moi-même, en l'an 1967,
(Bien que le crocodile, la pierre,
la douche, étaient peut-être un
peu plus petits que dans l'histoire.)

Ceci pour valoir ce que de droit.

A Baudemont
le 31 décembre 2000

Ça peut toujours servir…

« Abondance de biens ne nuit pas. » Voire !

Le cousin Irénée – en fait le mari de la cousine de ma belle-mère … – était un personnage. Je fis sa connaissance lors d'une visite de présentation précédant mes fiançailles – C'était encore au temps où on se fiançait avant le mariage. La nouvelle génération a bien simplifié la procédure et les dépenses en faisant d'une pierre trois coups : l'abandon du mariage rendant naturellement caduques les fiançailles qui allaient avec, et le divorce attenant qui affecte maintenant un couple marié sur deux… En ajoutant, à cette dernière considération, ceux qui se séparent sans être mariés, ne serait-il pas judicieux de préparer notre jeunesse à l'avenir professionnel et familial qui l'attend désormais : terminés le même métier et le même partenaire – qui s'en plaindra ? – pour toute la vie ; l'heure est désormais à la diversité !…

Passons… Marie-Claude m'avait prévenu : Irénée était un farceur invétéré dont il fallait se méfier. Son grand plaisir consistait à surprendre l'assemblée des invités par des propos insolites ou des attitudes imprévisibles, au grand dam de son épouse qui se demandait, à chaque fois, ce qu'il n'allait pas encore inventer pour épater la galerie. N'avait-il pas, à la fin d'un repas de noël, décidé de s'asseoir sur le dessus du poêle brûlant ? L'odeur caractéristique qui se dégagea du début de combustion du tissu et l'auréole du drap cramé, apparue sur le fond du pantalon, témoigna de la détermination bien réelle de son occupant…

Ancien gendarme, Irénée était intarissable lorsqu'il évoquait ses souvenirs. De service à la caserne un dimanche, il avait invité sa future épouse à venir visiter les lieux. C'est alors que pour surprendre son amie il avait sorti une paire de menottes, avait fixé la première au poignet de sa promise et l'autre ...au pied de la table. Ce qui ne risquait pas d'arriver arriva pourtant, le facétieux, convoqué sur le champ dans le bureau du chef, quitta la pièce « *un instant seulement* », pour ne réapparaître qu'au bout d'une heure dans le local où la pauvre femme, par la force des choses, l'avait patiemment attendu, dans son acrobatique position, en compagnie du pied de la table ...

Son plus haut fait d'armes remontait à 1934. Il était justement de service en ce jour du 6 février, place de la Concorde, au moment de l'émeute factieuse qui regroupait les ligueurs royalistes de l' « Action française », ceux de la « Solidarité française », la « Fédération des contribuables(...) » et surtout les « Croix-de-Feu » du colonel de La Rocque – le « *roconel de la Loque* » ainsi que le qualifiait le « Canard enchaîné » ou encore le « *lieutenant-colonel de la rondelle aux flambeaux* » selon l'appellation de Jacques Prévert –, menaçant purement et simplement de jeter les députés dans la Seine. Pour empêcher l'accès du Palais Bourbon par le pont de la Concorde, les gardes mobiles durent faire usage de leurs armes. Sans doute Irénée apparaît-il sur les images filmées de l'époque montrant l'échauffourée, à la lueur des réverbères, entre les policiers et les manifestants : un combat qui fit tout de même douze morts et des dizaines de blessés, tant parmi les manifestants que parmi les forces de police . A la suite de ces sanglants évènements, le gouvernement, qui cherchait à déceler les complicités policières dont avaient bénéficié parfois les émeutiers, fit faire une enquête pour savoir qui, parmi les forces de l'ordre, avait obéi à l'ordre de tirer. Le cousin, qui avait effectivement tiré en l'air, parce qu'il considérait que ce n'était pas bien de faire feu sur d'autres Français, se garda donc de l'avouer. C'était une erreur car nombre de ses collègues qui, eux, n'avaient pas tiré, assurèrent hypocritement l'avoir fait et furent promus pour avoir ainsi sauvé la République. Cependant, à quelque chose malheur est bon, car, lorsque le réactionnaire État-français du maréchal Pétain succéda à la IIIème République, beaucoup de ces policiers furent révoqués... Cet exemple atteste qu'on ne saurait contenter à la fois son officier, Dieu, son père, le Gouvernement en place et... ceux à venir, tout en faisant son travail de policier...Et Irénée le faisait de son mieux. Pendant la guerre, il n'hésita pas l'ombre d'une seconde à dresser procès-verbal au maire de la commune, ancien député de la Haute-Vienne, qui, à la nuit tombée, circulait à vélo, sans lumière, sur le chemin de son domicile. L'auteur du délit, qui n'avait pas d'argent sur lui, dut s'adresser à la ferme la plus proche pour emprunter le montant de l'amende qu'il paya sans sourciller. Faut-il y voir la cause du non avancement de notre parent qui partit à la retraite avec un grade des plus modestes ?...

Je ne savais pas encore tout cela lorsqu'il m'accueillit chez lui pour la première fois en me proposant sa grande spécialité : des gaufres qu'il faisait lui-même. J'en avalai une première et, par politesse, acceptai une deuxième de ces pâtisseries un peu bourratives. Mal m'en prit car j'éprouvais les plus grandes peines à mastiquer la seconde.

– Elles ne sont pas bonnes mes gaufres ? demanda-t-il innocemment.

– Si, si ! répondis-je de mon air le plus naturel.

Mais qu'avait-il donc mis dans sa préparation ? Il me semblait qu'elle collait aux dents. Je trouvai alors le sourire insistant de mon hôte un peu suspect et me souvins de l'avertissement de Marie-Claude. Je retirai de ma bouche l'aliment de la consistance du papier buvard : j'avais réussi, tant bien que mal, à avaler la pâte mais pas la ficelle qui avait servi de liant à la gaufre... (Je mesurai en cet instant, l'invraisemblance d'un roman de San Antonio, lequel fait poliment consommer successivement à son héros, Berrurier, les deux chaussettes à la sauce au vin qui, avant le repas, séchaient à la chaleur de la cuisinière, au-dessus de la marmite, et tombées par inadvertance dans le civet de lapin… Exploit parfaitement irréalisable, je peux en témoigner…)

Nous devions par la suite rencontrer fréquemment ce cousin original qui en levant son verre n'oubliait jamais sa formule égocentrique de rigueur :

– A celle qui nous est chère à tous : la mienne !

avant d'entamer sa chansonnette favorite, à la rime riche :

– Moi j'aime bien les gâteaux secs

– Mais j'préfère la m… avec !

Il me donnait des conseils en jardinage, étant lui-même depuis toujours un jardinier assidu. Ces visites fréquentes me permirent de cerner sa personnalité. Ses jeunes années avaient été marquées par la Grande guerre. Dans son Nord natal, occupé par les Prussiens qui raflaient tout, sévissait une terrible famine. C'est ainsi qu' Il lui était arrivé de fouiller les détritus, à la recherche d' épluchures de pommes de terre en guise d'unique nourriture. Aussi, en souvenir de ces années de privation, ne jetait-il rien et amassait-il les moindres objets supposés servir un jour. Cette habitude le conduisait, par exemple, à conserver le moindre noyau de pêche, les graines du melon, les boîtes à camembert pour conserver ces graines et les cageots pour y placer les boîtes… Sa manie ne s'arrêtait pas à ses propres affaires : s'il apprenait qu'un parent ou un ami s'apprêtait à se débarrasser d'objets indésirables, le collectionneur se portait aussitôt preneur. On pouvait voir, entassés dans son jardin – car *« ça peut toujours servir »* – une pile de bidons de deux cents litres, l'ensemble volumineux des pièces métalliques démontées d'un wagon de tram et le tas impressionnant de toutes les solives vermoulues de récupération qui avaient supporté le plancher d'une école de Limoges – dont mon beau-père était le directeur et qui ne sut pas refuser la demande de son parent.

Afin d'améliorer le confort de sa maison, Irénée avait aménagé à l'avant de la porte d'entrée une vaste véranda et transformé une pièce du sous-sol en salle de bains, une salle de bains qu'il se gardait toutefois de faire visiter. Lorsqu'on arrivait chez lui, il fallait donc traverser la véranda, ce qui tint très vite du parcours du combattant tant il avait entassé de choses sous son abri vitré : une commode remplie d'outils, de l'outillage de jardin, des sacs d'engrais, des cageots, des planches, des plantes, tout un assortiment de récipients, de pots de fleurs et d'emballages, avec une prédilection pour les boîtes à camembert lesquelles accueillaient un monde de graines les plus diverses allant des melons aux courges en passant par les salades, le persil et le poireau sans oublier les inévitables noyaux de pêches de différentes variétés et de plusieurs générations...

En pénétrant un jour au rez-de-chaussée de sa bâtisse, je m'enhardis à pousser la porte de cette fameuse salle de bains laquelle, tout comme l'Arlésienne, suscitait les commentaires de la famille, mais que personne n'avait jamais vue. Ce n'était en fait qu'une succursale de la véranda, au contenu similaire et varié. La baignoire débordait d'une tour de cageots remplis de têtes d'ail, d'oignons et autres échalotes ; une baignoire à l'accès difficile à cause de tous les obstacles qui obstruaient le passage : arrosoirs, sacs, seaux, cartons et vieux journaux ; une baignoire détournée de sa destination première et en tout cas économique en consommation d'eau du robinet...

Jeune marié, j'avais commandé à Manufrance un assortiment d'outillage de première nécessité mais il me manquait une lime ronde pour des travaux de bricolage. Plutôt que de courir les quincailleries de Limoges à la recherche de l'outil adéquat, je m'avisai que je gagnerai du temps et de l'argent en l'empruntant au cousin Irénée qui possédait certainement cet objet dans son fourbi.

Il me conduisit sous la véranda, dégagea quelques sacs et cageots qui masquaient les portes de la vieille commode et commença à extraire du meuble des limes : il y en avait des longues et des courtes, avec ou sans manches, des plates, des triangulaires, des rondes. Lorsque je l'arrêtai, il continuait d'en retirer alors qu'il en avait déjà sorti ... soixante-huit ! J'en choisis plusieurs susceptibles de faire l'affaire en le remerciant vivement.

Quelques temps après, lors de la visite de mes beaux parents, je demandai des nouvelles d'Irénée.

– Justement on l'a vu en ville la semaine dernière chez Relier (une quincaillerie de Limoges). *Devine ce qu'il achetait ?*

Incroyable mais vrai : il achetait... une lime. Une de plus !

L'occasion allait m'être donnée de rencontrer, en la personne de Pierrot, un homme auprès de qui Irénée faisait modestement office d' enfant de chœur de l'accumulation des choses.

Cet ami avait commencé par la collection effective des postes de radio : ces volumineux appareils à lampes que les gens de ma génération ont connus dans leur enfance : des appareils encombrants et capricieux qui nécessitaient des mètres d'antenne en ressort à boudin pour une bonne réception des ondes de la T.S.F. (Télégraphie Sans Fil). Je me souviens avec attendrissement de notre vieux poste à voyant vert, plein de craquements et de sifflements, au grésillement parfois insupportable et qu'une bonne tape, appliquée avec fermeté sur son coffre de bois, ramenait à de meilleures dispositions acoustiques.

Dans son appentis, Pierrot en avait rangé exactement trente, tous vieux postes voués à la décharge et qu'il avait remis en état de fonctionner, ce qui avait nécessité la recherche d'une bonne centaine d'appareils car la plupart de ceux-ci étaient destinés au rôle de donneurs d'organes : pièces et surtout lampes – introuvables désormais sur le marché – dont le prélèvement assurait la survie des moins amochés...

Mais c'est la récupération d'outillage ancien et de machines de réforme, donc pas chers, qui mobilisait le plus son énergie possessive : enclumes, tours à bois, forge, ciseaux, gouges, scies, rabots et varlopes car mon ami était menuisier de profession.

Ayant bientôt rempli sa maison et ses petites dépendances de l'amoncellement de tous ces objets, au point de ne plus pouvoir garer sa voiture à l'abri du hangar envahi par les planches, Pierrot s'avisa de faire construire un garage au fond de son jardin. Il fit dresser les plans d'un garage à deux places et eut l'idée de surélever la construction d'un étage d'une surface équivalente qui s 'augmentait encore d'un espace sous la toiture destiné à accueillir les longues pièces de bois et les tiges métalliques allongées.

L'étage se trouvant au niveau du jardin, le nouveau propriétaire décida d'en faire son atelier qui rapidement s'entoura, du sol au plafond, de solides étagères lesquelles supportèrent sans tarder des couches de boîtes de vis, de pointes, de boulons et d'écrous rouillés, de ferrures de charrettes, de roulettes de tous diamètres, de marteaux de toutes grosseurs, de maillets,de ciseaux, de burins, de pointeroles, de râpes à bois et à fer, de limes, de tiers-points, de vilebrequins, de haches et de cognées. Les dizaines de scies anciennes, à tendeur de cordes, à la forme encombrante, qui n'avaient pu trouver place sur les étagères, pendaient au plafond avec les cercles de barriques, des rouleaux de fil de fer, des colliers de gros écrous et un énorme soufflet de forge au cuir percé. Avec l'établi de menuisier et le tour à bois, cet espace se révéla trop petit pour accueillir les productions du jardin et notamment les grosses et encombrantes citrouilles qu'il fallut loger dans le garage avec la récolte des épis de tournesol, entreposés pour la production d'huile, et celle du tombereau de pommes destinées au pressoir ...

De passage à Sissac pour porter du plant de tomate à mon ami, et comme je m'étonnai de trouver sa voiture garée à nouveau en compagnie des planches, sous le hangar, Pierrot me déclara qu'il envisageait maintenant l'achat de la grange qui faisait face à son garage, ce dernier local se révélant incapable d'accueillir tout ce que rapportait désormais son propriétaire de sa visite hebdomadaire à la décharge communale de Vacqueur.

C'était à peine croyable, affirmait mon interlocuteur, de voir tout ce que les gens évacuaient dans cette véritable mine à ciel ouvert : des postes de télévision, des fauteuils, des outils encore bons, des livres, du matériel de pêche, des ustensiles de cuisine, des sommiers métalliques intacts . Et dans le garage il me montra toute une collection de vélos rouillés dont le cadre débarrassé de ses roues et accessoires, pour peu qu'on y soudât un soc de fer, permettrait d'obtenir une charrue de jardin à pousser avec le guidon... Un énorme stock de toutes les anciennes chaises pliantes du kiosque à musique, que je reconnus à leur couleur verte et pour les avoir utilisées jadis lors des manifestations de plein air au parc de la Promenade, attendaient leur prochaine réparation : quelques barreaux de bois cassés à changer et elles seraient comme neuves !

Pierrot fit l'acquisition effective de la grange convoitée mais il ne me proposa jamais de la visiter car il prétendit vouloir d'abord y mettre de l'ordre. Je n'eus aucun mal à imaginer son contenu car j'avais pu voir, derrière la petite fenêtre donnant sur la ruelle, dépasser deux carcasses de tôle blanche émaillée, caractéristiques de machines à laver dont les moteurs, une fois démontés, pourraient probablement permettre d'actionner des meules, des scies circulaires et autres tours à bois...

Lorsque Pierrot m'apprit que le vaste hangar agricole du fond de la rue principale de son village était à vendre, je ne doutai pas un seul instant qu'il envisageât de l'acheter. Il m'expliqua que cela lui aurait permis de décongestionner sa grange et d'y remiser sa voiture ...et sans doute la collection sans fin de tous ces objets à venir, encore bons, victimes de l'ingratitude de leurs utilisateurs. Ils pourraient ainsi, sous un toit décent, attendre qu'on s'occupât d'eux avant de renaître à une nouvelle vie.

Mon ami ne put mener sa tâche à bien car la maladie chronique qui le minait depuis toujours finit par l'emporter. Je n'ai jamais osé demander aux membres de la famille de ce veuf comment ils s'étaient répartis son volumineux héritage...

Tous les premiers mardis du mois de collecte des encombrants, je ne peux m'empêcher de penser à Pierrot en voyant cette manne providentielle, épandue sur les trottoirs de Bellac, dont un cruel destin l'a privé prématurément.

Mais René et Pierrot ne sont pas les seuls récupérateurs amateurs que j'aie connus. Jean-Pierre n'était pas en reste . Lorsqu'il déménagea pour son nouveau domicile d'Aixe -sur-Vienne, il avait tant amassé d'objets les plus divers dans son petit grenier de Chapterie qu'il fallut en entasser provisoirement une grande partie dans son potager, ce qui fit dire au neveu Francis que son oncle était peut-être la seule personne de sa connaissance à disposer d'un jardin... meublé !

Je pense aussi à mon ami Michel, devenu un usager assidu de la toute récente décharge intercommunale de Nouic et qui, pour cinquante kilos évacués du sous-sol de sa maison, saturé d'encombrants, réussit à chacun de ses voyages à rapporter chez lui un volume double d'objets de récupération ... dans cette même décharge ! (Il a lui aussi commencé à délocaliser les surplus dans son jardin...)

J'aurai garde cependant de me moquer d'eux car je suis bien placé pour les comprendre.

Voilà plusieurs années que j'envisage sérieusement d'acheter un motoculteur et ce serait déjà fait si ce n'était la place qui manquait chez moi pour l'entreposer. Marie-Claude affirme que cet emplacement serait tout trouvé si je consentais enfin à évacuer le fourbi inutile, entassé peu à peu dans le garage. Alors chaque année, je m'attelle à la tâche, je sors sur la terrasse la voiture, la remorque, le barbecue, le bac du laurier rose, les deux vélos, la brouette, l'enrouleur du tuyau d'arrosage, la tondeuse à gazon, les escabeaux, les deux grandes poubelles et je retire, des étagères et des recoins, les pots de peinture entamés, les bidons remplis de terreau ou d'engrais, les rouleaux de fil de fer, les cageots pleins de boîtes, les caisses remplies de pots de fleurs ou de bocaux de verre, les petits appareils ménagers détraqués, des produits d'entretien qui ne servent jamais, les jeux d'ampoules et les radios de mes anciennes automobiles, et surtout les morceaux de bois : lames de lambris, liteaux de toute section de différentes longueurs, tasseaux, chevrons, piquets de clôture, baguettes, planches et planchettes. Et je trie, bien décidé à ne conserver que ce qui peut effectivement servir. Lorsque j'ai terminé, je constate avec satisfaction que tout est impeccablement rangé, et, sous le sourire narquois de mon épouse, je sors sur le trottoir un petit cageot de choses à jeter... Mais c'est normal ! Pourquoi, ce qui était estimé pouvoir encore servir l'année précédente, aurait-il perdu de son utilité entre temps ?

Des amis m'ont suggéré la construction d'un abri dans le jardin pour loger l'engin de labour. C'est une idée intéressante à laquelle je n'ai pas encore donné suite car je me sais capable de remplir aussi la cabane, de la même façon que j'ai garni le grenier, de choses tout aussi inutiles. Et serait-il raisonnable, je vous le demande , de dépenser quelques milliers d'euros pour abriter un nouveau tas de matériels d'une valeur dix fois moindre?

Alors, en attendant, je crois que je vais continuer à labourer mon terrain à la force du poignet. D'ailleurs la bêche n'a toujours présenté que des avantages. Outre sa facilité de rangement, connaissez-vous un outil plus économique à l'achat, en consommation de carburant, en entretien ? Avec cet instrument, jamais de panne, pas d'énervement au démarrage. Et au diable les mauvaises langues qui prétendraient que c'est un prétexte à refuser le modernisme... Je l'ai dit et redit : *C'est uniquement une question de place !*

***

Les yeux de la soupe

« Mange ta soupe ! » Nous l'a-t-on assez dit pour nous imposer le silence à table ou encore nous rappeler notre devoir d'enfant qui est essentiellement de grandir. A vrai dire, je ne me suis jamais beaucoup fait prier pour avaler ce mets spécifiquement français sans lequel un repas du soir ne serait pas digne de ce nom. Cependant la vraie soupe ne saurait se confondre avec les fades potages d'hôtel -restaurant où surnagent, au milieu d'un bouillon clair, trois morceaux de carotte et deux brins de poireaux qui ont traîné des jours au fond d'un cageot de supermarché. Ça me rappelle l'histoire de ces Hollandais qui avaient fait la plus grande soupe du monde en jetant deux poireaux dans la Mer du Nord...

Il m'arrive de la préparer moi-même et vous allez voir que ce n'est pas de la tisane. D'abord je descends au jardin chercher mes légumes – frais ! – : petits navets, rutabaga, pommes de terre, poireaux, carottes, ail, tomates, fèves et haricots demi-secs ainsi que quelques branches de céleri pour relever le goût. J'épluche tout cela, le coupe en petits dés et mets à bouillir dans l'eau salée au moins une heure. Je vous conseille, au passage, l'usage des pommes de terre « Duchesse ». Celles-ci ont la propriété de fondre lors de la cuisson, ce qui donne un liquide onctueux que vous pourrez encore améliorer, selon la tradition limousine, d'un petit morceau de lard avec sa couenne : le « bréjou ». (Des pattes de poulet écaillées font aussi l'affaire.) Utilisez de préférence un récipient en fonte – une « brasière » comme on dit chez nous – qui améliore, je vous le garantis, la qualité de ce bouillon aux petits yeux appétissants. (Ma voisine Louise n'hésite pas à allonger son bouillon des pâtes restantes du repas de midi ou de châtaignes, voire de cacahuètes – Je vous garantis que c'est vrai ! –, mais là je trouve qu'elle exagère...)

Maintenant que c'est cuit, ne vous précipitez pas. Prenez le temps de savourer : puisez sur les bords de l'assiette creuse, le bouillon le plus clair et soufflez bien sur la cuiller pour ne pas vous brûler la langue. Vous terminerez par les cuillérées les plus consistantes de liquide épais, avec les morceaux de légumes entiers : grains de haricots, dés de navets-blancs. Maintenant, juste avant de vider complètement votre écuelle, ajoutez généreusement une bonne rasade de vin rouge qui viendra « teinter les vitraux de la cathédrale ». Il n'y a pas d'autre mot : c'est divin ! Si vous avez bien respecté ce cérémonial, vous connaîtrez alors cette sensation d'avoir accompli un acte gratifiant qui vient récompenser le dur labeur d'une longue journée. Et n'est-ce pas là l'un de ces instants quotidiens de bonheur simple qui font que la vie vaut la peine d'être vécue ?

Joseph, mon beau-père, était un brave homme. Il le fallait pour avoir supporté sa femme – ma belle-mère – pendant soixante ans... Il était en tout cas, encore plus que moi, un grand amateur de soupe et lorsque son épouse posait sur la table la soupière, il y avait intérêt à se servir avant lui. S'il avait réussi, le premier, à saisir le manche de la louche, il puisait largement dans le récipient de faïence, garnissant à ras-bord son assiette et les autres n'avaient plus qu'à se partager le reste... Sans doute se souvenait-il du temps où, tout jeune, le béret sur la tête et une main dans la poche, attablé dans la cuisine de Saint-Hilaire, pleine de courants d'air glacés, la soupe était l'unique mets du repas du soir. Il en parlait souvent d'ailleurs de la soupe de jadis, avec ce talent de conteur des gens du Midi. Oui, je sais ! Saint-Hilaire ce n'est pas Marseille ; mais c'est déjà un peu le Sud du côté de Pierre-buffière. Je n'irai pas jusqu'à dire que les gens y sont plus menteurs qu'ailleurs, ni même qu'ils exagèrent mais ils savent prendre le temps de vivre et de dire les choses. En langue occitane, « Châlus » se dit « Tsêlu », en traînant un peu sur le « ê » à la façon d'un mouton qui bêle. Essayez de répéter « Tsêêêlu »... et vous comprendrez qu'il est hors de question de se presser dans ces régions méridionales de la Haute-Vienne... Et puisque nous aussi nous avons le temps, je vais vous raconter brièvement trois histoires – vraies – de Saint-Hilaire. Elles ne nous éloigneront de la soupe, objet de ce récit, que pour mieux y revenir .

La première c'est celle de deux habitants du bourg qui se levaient chaque jour de grand matin. Leurs voisins se gaussaient d'eux car ils avaient remarqué que chacun de ces individus, en sortant de son lit, s'empressait d'aller satisfaire un besoin naturel, longtemps contenu, contre le mur du jardin de son vis à vis. Ce qui devait arriver arriva : s'étant levés un jour à la même heure, ils se croisèrent au milieu de la rue du village, pressés qu'ils étaient d'aller assouvir leur pressante envie ... sur le mur d'en face...

La deuxième de ces histoires concerne l'oncle de ma femme. Louis avait trouvé dans le journal un article publicitaire sur « un moyen infaillible d'éliminer les punaises ». Cela ne pouvait pas mieux tomber car sa literie était envahie par ces déplaisantes bestioles dont il ne parvenait pas à se débarrasser. Comme la somme demandée était modique, le facteur livra sans tarder un colis postal. La boîte contenait un petit maillet de bois accompagnée de cette notice explicative succincte : « Visez bien et frappez fort ! »...

La troisième anecdote eut pour cadre une 2 CV Citroën-fourgonnette qui s'était retrouvée au fossé. Contrairement à ce que prétendaient les mauvaises langues, l'ivresse n'y était pour rien. Sorti indemne de la voiture accidentée, le chauffeur affirma que, s'il avait perdu le contrôle de son véhicule, c'était à cause de la truie qu'il transportait à l'arrière et qui l'avait soudainement mordu...à l'oreille... ! Racontée à table, cette histoire de bistrot nous fit bien rire et joseph crut bon d'observer :

_ *Oui, mais qu'est-ce qu'il voulait lui faire à la truie ?*

Le curé de Saint-Hilaire lui-même n'était pas moins réjouissant. Ses bons mots étaient courants et ses paroissiens ne furent pas étonnés de l'entendre un jour leur déclarer sur le ton du sermon :

– Il y a deux sortes de soupe : la maigre et la grasse ; c'est la grasse que je vous souhaite !

Son paroissien Léonard n'avait sans doute pas été touché par cette grâce-là car la pitance que lui proposait son employeuse était plutôt maigre : un comportement aussi mesquin méritait bien une petite publicité. Un soir d'été, après le dîner, alors que les habitants du bourg prenaient le frais sur le pas de leur porte, on vit le domestique agricole arpenter la rue principale du village, poussant lentement une brouette. Aux gens intrigués qui le regardaient passer, transportant uniquement un modeste bol au fond de son véhicule à bras disproportionné à cet usage, il déclara qu'il promenait la soupe préparée par sa patronne afin de lui montrer les alentours... Le potage était en effet tellement clair qu'on n'y distinguait pas un seul des yeux que procure ordinairement le bouillon gras. Et sans yeux, cette soupe était quasiment aveugle. C'est pour cela qu'il la promenait en lui commentant le paysage...

***

6

Ping-pong

Vous êtes-vous déjà demandé quel a été le plus beau jour de votre vie ? Comme tout le monde j'ai connu, dans l'océan de peines et de désagréments où nous surnageons tous tant bien que mal, quelques rares îlots de joie et de bonheur. Certains affirment que la cérémonie de la communion solennelle est le moment suprême d'une existence. D'autres prétendent que c'est le mariage. Bien à tort à mon avis si l'on tient compte de toutes les contraintes qui en découlent : invitations, toilettes, formalités de la mairie, passage à l'église, sourire de circonstance à la belle-mère et j'en passe. Cette cérémonie est en fait une véritable corvée et quelle paix quand c'est fini ! Pour moi, le plus beau jour de ma vie fut celui de la naissance de mon unique fils.

Voilà des mois que l'aspect physique de mon épouse se transformait et son tour de taille atteignait maintenant des proportions impressionnantes tandis que son appétit suivait une courbe en progression exponentielle. Devant la télé, il n'était pas rare de la voir ingurgiter un œuf dur ou une portion de camembert, même après un repas consistant. Peu de temps avant l'heureux événement, n'avait-elle pas manifesté une envie irrépressible de jambon cru ?

Instruit par Paulette, une amie du village qui s'y connaissait d'autant plus en matière de grossesse qu'elle-même n'avait pas eu d'enfant…, j'étais conscient du risque encouru par le bébé de porter, sur sa peau, la marque de l'envie insatisfaite de sa mère. A peine ma femme avait-elle donc exprimé ce souhait que je rapportais de chez monsieur Beige, le charcutier renommé de Saint-Sornin, une épaisse tranche de jambon fumé, à l'aspect alléchant, que je n'avais pas payé moins de 4 francs 80. Si j'en précise le prix, c'est pour vous dire qu'elle n'avait rien de la feuille de jambon à cigarette de supermarché, entourée de papier cellophane, puisque sa valeur correspondait à une fois et demie le montant du salaire horaire minimum de l'époque... Je servis au dîner cette charcuterie qui garnissait l'assiette et que Marie-Claude entama hardiment. En la regardant manger, j'avais espéré, jusqu'au dernier moment, – naïf que j'étais – qu'elle m'en proposerait un morceau, voire un tout petit morceau, ne serait-ce que pour en goûter. Mes espoirs, peu à peu diminués, furent engloutis avec la dernière bouchée... Racontée aux amis, cette anecdote me valut l'observation que je ne l'avais pas encore « digérée ». Remarque pour le moins paradoxale, vous en conviendrez...

Sans doute à cause de son état, l'évolution du comportement de mon épouse ne laissait pas d'être préoccupant, particulièrement lorsqu'il s'agissait de nourriture. Elle venait de poser sur la plaque électrique le récipient en « arcopal » garni de haricots blancs – mon régal – lorsqu'un craquement aigu se produisit et que volaient, dans toute la cuisine, les grains comestibles, mêlés aux morceaux de faïence du plat éclaté. Une fraction de seconde la principale intéressée contempla le désastre et, comme si de rien n'était, s'assit devant son couvert, entamant résolument les betteraves-rouges en vinaigrette de l'entrée du déjeuner. Tandis que je m'affairais à nettoyer la cuisinière et le sol – tout en faisant mon deuil des demi-secs appétissants –, je vis bien que ma compagne avait décidé de traiter la fâcheuse situation par... le mépris... A l'évidence elle ne se sentait plus concernée...

Peut-être ne connaissez-vous pas l'art de vous régaler d'un pot-au-feu limousin de corbeau. En voici la recette :

- Procurez-vous un corbeau tout ce qu'il y a de plus ordinaire, sans vous soucier de son âge. Inutile de le plumer.

- Dans une marmite d'eau salée et poivrée, plongez vos légumes : navets, carottes, rutabaga et poireaux.

- Ajoutez un bon morceau de jarret de veau.

- Mettez à bouillir sans oublier de couvrir.

- Placez enfin le volatile noir sur le couvercle du récipient en attendant que ce soit cuit...

Si je vous raconte ça, c'est qu'au moment de se mettre à table, Marie-Claude me demanda d'ouvrir la cocotte-minute où avait cuit le pot-au-feu afin d'en retirer le contenu. En soulevant le couvercle et tout en constatant que les légumes étaient cuits à point, je remarquai, avec une soudaine appréhension que, le liquide étant à ce point dépourvu des petits yeux caractéristiques du bouillon gras, j'aurais pu, à mon tour, le promener en brouette dans le bourg de Saint-Sornin pour lui commenter le paysage... La viande, demeurée dans le frigo, n'était même pas sur le couvercle !

Vous comprenez maintenant pourquoi, chez moi, les souvenirs de grossesse s'apparentent à un inaltérable sentiment de frustration lié à une sensation d'appétit contrarié...

Pour les futurs pères aussi, c'est dur !

La journée du onze décembre avait mal débuté suite aux contractions ressenties par Marie-Claude à quatre heures du matin. Il fallut, à six heures, rassembler le nécessaire prévu pour le séjour à la clinique, charger le tout dans la R-8 et prendre en toute hâte la route de Limoges par un temps couvert alors que de petits flocons de neige voletaient dans l'air froid.

A la clinique Bugeaud, le médecin-gynécologue refusa catégoriquement ma présence dans la salle d'accouchement : l'accompagnement de la parturiente était une tâche suffisamment prenante sans qu'il eût en plus à s'occuper des problèmes prévisibles qui assaillaient généralement les pères défaillants... Je m'installai donc dans la chambre réservée à ma famille prochainement agrandie, occupant mon temps à feuilleter d'inintéressantes revues et en va- et- vient dans la pièce avec un sentiment d'inutilité coupable. Dehors la neige s'était mise à tomber dru et je me félicitai de n'être pas sur la route en ce moment. Il était maintenant onze heures et demie et on se rapprochait insensiblement de midi, l'heure du déjeuner. Je m'avisai alors que ma situation de proche paternité n'était pas une raison suffisante au jeûne que j'allai m'imposer si je ne prenais pas, en la matière, une rapide initiative. J'enfilai ma grosse veste de cuir, pris mon chapeau et me rendis en hâte aux Nouvelles Galeries toutes proches de la clinique du Cours Bugeaud. Au rayon des plats cuisinés je me fis remplir une barquette de pommes de terre et de harengs en salade puis achetai une baguette et retournai dare-dare à la maternité. J'espérais égoïstement que le bébé attendrait mon retour car, dans le cas contraire, mon absence allait paraître tout à fait inconvenante. J'avais tort de me tracasser puisque je retrouvai la chambre aussi vide qu'à mon départ. Je m'installai donc à la table et me mis à déguster, avec une cuiller de récupération, mes pommes de terre et mes harengs huileux. Plusieurs fois j'allai boire au lavabo et la longue attente recommença.

Avez-vous jamais réfléchi à tout ce temps perdu consacré à l'attente ? A la gare, chez le médecin, au restaurant, en faisant la queue à la caisse du supermarché, devant le téléphone, à guetter le facteur ? Et le plus souvent dans la fébrilité ! Ce qui est le plus usant dans l'existence n'est pas le travail mais l'inaction forcée : oui, l'attente, ça me fatigue ! Pourtant nous passons inconsciemment notre vie à attendre : l'heure de la débauche, l'heure de la soupe, l'heure d'aller se coucher, l'heure du départ en vacances, l'heure de faire les comptes, l'heure de la retraite ; comme si nous étions pressés d'arriver au bout de chaque instant... Et nous viendrons ensuite nous plaindre que le temps passe trop vite... Mais le pire, c'est bien quand on ne sait pas ce qu'on attend, comme ces mobilisés de 39, l'arme au pied pendant des mois interminables, au cours de la « Drôle de guerre »...

Après ces pensées – hautement philosophiques ! – J'imaginais maintenant les pires difficultés qui auraient pu se produire dans la salle de travail pour que l'accouchement fût si long et éprouvai comme un poids sur l'estomac en me reprochant d'avoir avalé goulûment les harengs gras qui passaient mal...

Il était exactement treize heures vingt-cinq lorsque le docteur Guyot vint me remettre un « beau garçon », bien empaqueté dans ses langes, en me félicitant d'en être l'heureux père tandis que j'aperçus ma femme étendue sur le lit-roulant qu'on poussait vers la salle de surveillance. Elle était toute pâle et paraissait si fragile. Comme elle me sembla belle, en cet instant, la maman de mon petit !

Le gynécologue avait parlé d'un « beau garçon » mais en observant le bébé allongé dans le berceau métallique à barreaux, je fus soudain en proie à une vive inquiétude. Il m'était revenu en mémoire l'effroi de Paulette et son intervention pour dissuader Marie-Claude de regarder la tête de sanglier que venait de naturaliser son proche voisin. Si le petit être ne portait aucune marque du suidé, il avait cependant la face toute rouge et son crâne, qui montrait quelques poils clairs, était anormalement pointu, un peu comme celui de Giscard d'Estaing qu'Albert appelait irrévérencieusement « Crâne d'obus ». L'infirmière me rassura : cette déformation, due au passage difficile dans l'orifice de sortie, allait disparaître rapidement. J'observai dorénavant l'enfant avec des yeux neufs. Il portait un discret bracelet qui l'identifiait par le numéro « 508 » et ses doigts, minuscules, avaient exactement la même forme que les miens. Je ressentis alors un sentiment de fierté immense, extraordinaire, qui me fit venir les larmes aux yeux ; manifestation de faiblesse que je réprimai aussitôt. Je venais de prendre conscience de l'incomparable puissance de l' Homme, capable de donner la Vie, tel un dieu. Et à son tour, ce petit d'homme transmettrait un jour la vie à un nouvel être, maillon de cette longue chaîne qui, depuis la nuit des temps, perpétuait l'histoire humaine. Oui, en cet instant magique du onze décembre mil neuf cent soixante-huit, je vivais bien le plus beau jour de ma vie !

Ces nobles sentiments laissèrent rapidement place à des préoccupations plus matérielles. J'avais à régler cet après-midi deux tâches administratives essentielles : la « Déclaration de naissance » de Christian et l'envoi, à l'Inspection académique, du formulaire – à compléter – de « Prime à la naissance ». Je me rendis donc à la mairie de Limoges pour ces formalités courantes.

La secrétaire municipale enregistra les renseignements utiles au complément du « Livret de famille » mais se déclara incompétente pour le deuxième document auquel il manquait simplement un paraphe.

– *Ce certificat ne relève pas des services municipaux* !

– *Mais regardez,* insistai-je : « *Le présent document doit être certifié par LA MAIRIE du lieu de naissance ou un organisme de sécurité sociale » !*

– *OU un organisme de sécurité sociale,* reprit-elle au bond après moi, *c'est bien précisé.*

Il n'y avait visiblement rien à tirer de cette stupide créature et je pris donc la direction de la M.G.E.N.

Rue Armand Barbès une petite maison à un étage accueillait les bureaux de la Mutuelle Générale de l'Éducation Nationale. Je me présentai à la table de l'employée la plus proche. Celle-ci était occupée à tamponner des enveloppes vierges qui, en passant de la pile de droite à celle de gauche, recevaient le cachet officiel de la mutuelle. Le tas de gauche augmentait proportionnellement à la baisse de l'autre mais la femme manifestait à mon égard l'indifférence la plus complète.

– *Je viens pour ce papier à compléter* ! annonçai-je, au bout de quelques minutes, bien qu'on ne m'ait rien demandé.

Elle prit à regret, avec un air d'immense lassitude, la feuille que je lui tendais.

– *Ce n'est pas à nous de le faire* !

– *Comment ça ?*

Mon interlocutrice pointa le doigt sur une ligne du formulaire et je sus aussitôt ce qu'elle allait me répondre.

– *Regardez, c'est bien précisé : LA MAIRIE !*

– *Mais j'en viens de la mairie !*

– *Eh bien, ils auraient dû vous le faire* !

J'eus, à ce moment, comme l'impression d'être la balle dans cette partie de ping-pong qui opposait les services municipaux à ceux de la Mutuelle.

– Mais vous êtes bien « UN ORGANISME DE SÉCURITÉ SOCIALE » ?

– Oui, mais ordinairement, ce n'est pas nous qui nous occupons de ça. Voyez l'intendant de votre établissement !

– Parce que vous croyez qu'à l'école de Saint-Sornin-Leulac, où nous sommes trois instituteurs, il y a un intendant ?

Elle commençait à m'agacer, celle-là, avec son accent de Toulouse ou de Pampérigouste : « *Voyez l'ainetanedangue* ! »...

J'avais dû hausser le ton car une porte s'ouvrit au fond du bureau d'accueil, laissant apparaître monsieur Lagorce, le directeur.

– Que se passe-t-il ?

Je lui présentai mon papier en lui faisant un bref raccourci de la situation. Il apposa sa signature à l'emplacement approprié, tendit la feuille à sa subordonnée qui donna un coup de ce même tampon qu'elle tenait déjà à la main et qu'elle utilisait pour les enveloppes.

Après avoir remercié le directeur je quittai les lieux, non sans avoir jeté un regard de défi ironique à l'incompétente hôtesse d'accueil.

Si cette mijaurée, avec son ridicule accent, avait pensé gâcher le plus beau jour de ma vie, celui où je rayonnais dans toute la splendeur de ma paternité nouvelle, elle s'était fourré le doigt dans l'œil... jusqu'au coude !

Double miracle à Lourdes

Le chanoine Pény, curé de la paroisse des Saints-Anges à Limoges - celui qui nous a mariés -, exerça jadis son ministère à Bellac et fut un temps aumônier militaire. J'étais fort réticent à la cérémonie, mais il faut dire que l'homme bénéficiait à mes yeux d'un *a priori* très favorable : il fut en effet le premier à développer, entre les deux guerres, les « jardins-ouvriers » dans son quartier de Beaublanc, à Limoges. Raison de plus – entre jardiniers, proches de la classe-ouvrière au surplus, on est faits pour se comprendre… – d' adopter une attitude qui satisfît ma femme et le reste de la famille tout en affichant une avantageuse ouverture d'esprit… Le prêtre était aussi un bavard prodigue. Il avait toujours quelque histoire truculente à raconter ainsi qu'en témoigne l'anecdote suivante. Alors que ce brave homme venait d'offrir, en guise de reconnaissance pour le service accompli, un verre aux vidangeurs qui regagnaient ensuite leur véhicule, il entendit l'un d'eux déclarer à l'autre d'un ton dégoûté :

– *Ça sent pas bon la m… de curé !*

Son sang ne fit qu'un tour ; il ne put s'empêcher d'ouvrir la fenêtre et de crier son indignation aux ingrats :

– *Ça ne sent peut-être pas bon, mais le vin du curé, vous avez été bien content de le boire !*

Si ma présence aujourd'hui à Lourdes témoigne du même état d 'esprit que lors de mon mariage, j'avoue que la curiosité n'y est pas étrangère.

La ville pyrénéenne, envahie par la foule, rappelle la cohue qui se presse dans les ruelles du Mont-Saint-Michel et il faut vraiment jouer des coudes pour progresser parmi la multitude des pèlerins. Mon sujet de préoccupation est d'abord de trouver une auberge car, avec tous ces clients potentiels, je me demande s'il y aura, à midi, à manger pour tout ce monde. Inquiétude inutile car, en progressant vers le centre, nous rencontrons une succession rassurante d'hôtels-restaurants de toutes catégories affichant les menus les plus divers, à des tarifs d'ailleurs fort raisonnables. Nous voici maintenant dans la grand-rue qui conduit à la basilique. Ce n'est qu'une suite ininterrompue de boutiques et de magasins. Seulement, à la différence d'Andorre ou de Saint-Hélier, ici ce n'est pas des cigarettes ou des magnétoscopes détaxés que l'on vous propose mais des objets religieux. Le choix est éclectique et il y en a pour toutes les bourses et tous les goûts : du chapelet avec ses perles de nacre, au collier à grains de plastique ; de la statuette du Pape en ivoire, à son portrait de carton dans une boule transparente qui fait de la neige quand on la retourne... Des médailles, au kilo, garnissent les étals. Tout cela se vend bien car chaque visiteur se doit de rapporter, à sa parenté ou à ses amis, une image de la Sainte-Vierge ou un flacon d'eau miraculeuse, souvenir de piété qui, placé ensuite sur un meuble de la salle à manger ou rangé au fond d'un tiroir de la commode, distillera dans toute la demeure son effet bénéfique.

Nous avons quitté l'atmosphère étouffante de la cité mercantile et nous traversons le Gave de Pau, puissant torrent, qui roule des eaux tumultueuses d'un vert glacé, dispensant sur ses rives comme un souffle de fraîcheur. A l'arrière de l'esplanade de la statue de la Vierge couronnée et de la basilique, les hautes montagnes des Pyrénées ferment le paysage, composant comme un écrin de verdure, apaisant et majestueux, au sanctuaire.

On a heureusement réussi à maintenir les marchands à la porte du temple. En tout cas, quel contraste avec la ville affairiste ! Pourtant il y a du monde ici aussi : beaucoup d'ecclésiastiques, des cohortes de religieuses, des théories de scouts. La densité des paralytiques appuyés sur leurs béquilles ou en chaises roulantes est impressionnante. Malgré leur misère physique, ces gens ne paraissent pas tristes, tout comme ces pèlerins qui parlent et se hèlent dans les langues les plus diverses où domine cependant l'espagnol, proximité géographique oblige. Les Portugais forment également des contingents importants, tels ceux qui, devant nous, s'avancent maintenant en chantant, portant sur leurs épaules ce qui paraît être un tronc d'arbre. C'est en fait un cierge, un énorme cierge de trois à quatre mètres de long : de quoi éclairer toute une église pendant un bon mois...

Devant la grotte de Massabielle, où Bernadette a aperçu « la belle Dame », brûlent des centaines de chandelles que les fidèles remettent aux employés chargés de les placer ensuite sur les candélabres géants. Compte -tenu de la vitesse lente de leur combustion et de l'afflux – rapide – des apports, nul doute que la plupart des cierges offerts retournent, sans avoir été utilisés, à leur casier d'origine pour être rachetés par les visiteurs suivants. J'ai fait part de cette judicieuse observation à ma femme et à mes beaux-parents qui n'ont pas apprécié ce calcul inconvenant et bassement matériel. Ils ont tort de s'en offusquer car l'offrande de chacun finira de toute façon sur les bougeoirs ; ce n'est qu'une question de décalage dans le temps .On sait bien que c'est l'intention seule qui compte...

Nous avons fait une halte aux toilettes et j'ai cru spirituel d'énoncer la phrase des vidangeurs du père Pény :

– *Ça sent pas bon ... !*

On ne devrait pas blasphémer car, voilà qu'en sortant de ces lieux, je glisse sur le sol humide. Un mouvement de réflexe m'a permis, in extremis, de me raccrocher à une poignée de porte ce qui m'évite une chute brutale et ridicule parmi le flot des passants.

– *Un peu plus et j'allais me casser un bras ou une jambe ! Après ça, parlez-moi de Lourdes et de ses miracles !*

– *Justement,* me rétorque Joseph, avec une surprenante rhétorique de jésuite professionnel, *le miracle, c'est bien que tu ne te sois rien cassé !...*

Il nous reste à visiter les basiliques : l'ancienne, en surface, et la nouvelle, souterraine. Cette dernière, construite en 1958, aménagée sous l'esplanade, comme un vaste vaisseau de ciment en amande, peut abriter vingt mille personnes. Seule la technique du béton précontraint a permis de lancer des voûtes aussi surbaissées, sans appui intermédiaire : un « miracle » c'est le cas de le dire de l'architecture moderne.

Après un copieux repas nous regagnons l'automobile garée à l'entrée de l'agglomération. Nous traversons à nouveau les rues aux étals remplis de bondieuseries. J'ai remarqué, de loin, un grand cadre représentant l'effigie du Christ, la tête couverte de sa couronne d'épines acérées. En passant au droit de l'image j'ai eu comme un sursaut. Je suis sûr de n'avoir pas rêvé : le Christ m'a adressé un clin d'œil !

On prétend qu'à l'instant précédant la mort, celui qui va mourir voit défiler toutes les images marquantes de sa vie. Ça doit aller très vite et je n'en suis pas surpris car, en un infime laps de temps, le temps de ce signe ostensible, mon cerveau s'est emballé et j'ai imaginé la plus folle des hypothèses.

Si Jésus m'a adressé ce bref message du regard, c'est pour me signaler qu'il n'est pas dupe de tout l'affairisme qui règne ici. A l'évidence son nom n'est que prétexte, pour beaucoup, à remplir le tiroir-caisse. Mais pourquoi ce clin d'œil – à moi ? à moi qui ne suis qu'un mécréant ayant en poche la carte du Parti ? Car il y a comme une complicité dans cet imperceptible battement de paupière. C'est peut-être qu'entre nous le fossé n'est pas si grand que cela. Et puis, combattre l'insolence de la richesse des uns avec son corollaire de misère pour les autres, l'exploitation de l'homme par l'homme, la société productiviste, l'argent- roi, n'est-ce pas une motivation commune aux marxistes et aux chrétiens ? Lutter pour le droit à la dignité de tous les humains et la fin des exclusions, cela ne devrait-il pas être notre priorité la plus sacrée dans cette vallée de larmes qu'est devenu notre monde ici-bas ? En affirmant bien haut l'égalité et la fraternité du genre humain, le Christ ne fut-il pas à son époque esclavagiste, un formidable révolutionnaire ?

Oui, Camarade Jésus, je crois T'avoir bien compris !

Ces réflexions n'ont duré qu'une fraction de seconde. Surpris, je me suis arrêté et je suis revenu sur mes pas de façon à passer à nouveau devant l'effigie. On verra bien si j'ai droit à un nouveau clin d'œil. C'est effectivement ce qui se passe mais cette fois j'ai compris. Vu de l'arrière ou de l'avant, l'image montre un Christ à l'œil fermé alors que, regardé de face on aperçoit l'œil ouvert. En fait on se trouve en présence de deux représentations superposées, en relief, mais très légèrement différentes qui donnent une impression d'animation lorsqu'on change brusquement d'angle de vision. Qu'est-ce qu'on ne va pas imaginer quand même ! Et moi qui, l'espace d'un instant, avais cru à une connivence entre le Fils de Dieu et ma modeste personne…

J'ai souvent raconté cette curieuse anecdote qui a une explication des plus rationnelles mais je ne peux m'empêcher, parfois, pour me faire plaisir, de considérer que l'Un et l'autre, nous n'étions pas en si surprenante compagnie ; que cela Il le savait et que c'était sa façon à Lui de me l'annoncer.

C'est peut-être ça mon deuxième miracle de Lourdes…

***

Mystère sur le pré pelé

Le ciel est légèrement nuageux et le fond de l'air d'une agréable douceur. J'ai néanmoins gardé mon vieux blouson de toile fine dont j'apprécierai le confort dans les parties ombragées et fraîches du parcours. L'eau a pris une belle couleur ambrée et, même avec mes lunettes de soleil polarisantes, j'ai peine à distinguer le fond opaque de la petite rivière. C'est bon signe : quand on ne voit pas le poisson, ce dernier ne devine pas non plus la présence du pêcheur, à la condition pour celui-ci de veiller toujours à garder le soleil de face, en évitant ainsi toute projection d'ombre sur le miroir aux effets lumineux.

En amont du Pont de la Dame, la Bazine n'est qu'un petit ruisseau qui murmure sur les cailloux, formant cependant, çà et là, de petits remous creux en avant des gros blocs de granite gris et lisse qui obstruent le passage du courant. Je connais par cœur la moindre sinuosité du parcours, le plus petit trou d'eau qui abrite des bandes de gardèches, la coulée sableuse où se plaît le goujon mais, aujourd'hui, j'ai exceptionnellement décidé de taquiner la « mouchetée ».

Je viens à peine de poser la libellule bleue qui s'agite au bout de l'hameçon, formant des petits ronds en surface. L'attaque a été soudaine, le fil a plongé et j'ai senti, au bout du nylon tendu, une vie ardente. Un instant seulement... car un petit retard au ferrage et déjà le poisson a lâché prise. Je pousse un juron de déception, pour la forme, car cette touche est de bon augure : c'est la preuve qu'aujourd'hui « ça mord » ! Au-dessus de l'écluse, entre deux bandes latérales rocheuses surélevées, la rivière forme comme un canal au liquide dormant, profond d'un demi-mètre. J'ai lancé loin en amont, machinalement. Aussitôt la ligne a filé sur le côté, comme une flèche. Cette fois ma réaction est instantanée ; trop brusque même puisque la truite a volé dans les airs et s'est décrochée, achevant sa chute à mes pieds. J'ai lâché la canne et, de mes mains libérées, je serre ma capture qui se débat. C'est une belle fario à points rouges qui fait bien ses trente centimètres.

Le temps passe vite au bord de l'eau et ma prospection du cours supérieur du ruisseau est demeuré infructueuse. Il me reste encore l'espoir, au retour, de tenter à nouveau ma chance dans le trou qui abrite la locataire récalcitrante manquée en début d'après-midi. Au deuxième lancé, l'appât s'est posé exactement à l'emplacement souhaité et l'attaque a été tout aussi brusque qu'à ma première tentative. Mon cœur bat la chamade : cette fois je la tiens. Las ! l'adversaire retorse a encore réussi à se dégager de l'hameçon.

Il faut une fin à tout et nous allons en rester là pour aujourd'hui. L'air a fraîchi et je me félicite d'avoir gardé mon blouson. Je démonte ma ligne et plie ma canne. Un dernier regard à ma truite, à la robe colorée d'or, d'argent et de feu, allongée dans son écrin de fougères à la délicate ciselure, et je rabats le couvercle d'osier. Mon panier en bandoulière et ma gaule à la main, j'arpente maintenant à grands pas le sentier tracé par les passages des moutons à travers le pré.

Mon ombre s'allonge sur cette piste, en retrait de la berge, où avancent des branches basses de saules lorsqu'un rameau me fouette brusquement le visage, arrachant mes lunettes de soleil que je n'ai pas songé à quitter alors que l'astre du jour qui a baissé à l'horizon ne provoque plus aucun éblouissement. Je me frotte la figure, cherchant du regard, sur l'herbe rase, mes lunettes que je n'aperçois pas. A l'évidence mes « polaroïdes » ne reposent pas sur ce sol à la végétation pelée par les ovins. Mais alors où sont-elles ?

Ne nous énervons pas ! D'abord posons gaule et « benatte ». C'est plus qu'improbable mais est-ce qu'elles ne seraient pas tombées dans le panier , par la fente du couvercle que je soulève sans conviction ?... La truite est bien là, immobile sur ses dentelles de fougères, avec son œil fixe et inexpressif, mais seule.

Restons calme et réfléchissons. Si les lunettes ne sont pas par terre, c'est qu'elles ne sont pas retombées... Forcément ! Donc elles sont restées dans le feuillage où elles ont été projetées par le rameau élastique. J'en fouille du regard les branches, toutes les branches, à plusieurs mètres à la ronde, en aval puis en amont de l'accrochage. Ensuite je les secoue, une à une. Rien !!!

Il y a, dans l'existence, des situations où l'on se demande si le sort ne s'acharne pas à vous faire tourner en bourrique... Mais le sort me connaît mal. S'il se figure que ses facéties viendront à bout de ma raison, il se trompe. Lourdement... On va voir ce qu'on va voir ! D'abord tout reprendre à zéro, loin en amont. Commençons par la ramure, systématiquement, méthodiquement, arbre après arbre, arbuste après arbuste, rameau après rameau, ramille après ramille. C'est maintenant absolument certain, il n'y a rien en hauteur ! Mes lunettes sont donc sur le sol, obligatoirement, et je sais comment m'y prendre pour ratisser un territoire. Voilà longtemps que je pratique ainsi dans ma cour d'école où aucun objet n'a jamais résisté aux recherches. Sur la largeur de l'aire goudronnée, je dispose, à touche-touche, les élèves de toutes les classes qui, au signal, avancent sur un seul front, lentement, en scrutant uniquement l'avant de leurs pieds respectifs. C'est ainsi qu'ont toujours été retrouvées la boucle d'oreille, la barrette à cheveux ou la pièce de monnaie. J'en ai usé de même avec les convives d'un repas de famille où le communiant avait perdu la chevalière en or offerte par la marraine. Le procédé est infaillible et, même dans l'herbe déjà haute, la bague fugitive a bien dû s'incliner et regagner le doigt de son propriétaire étourdi. Oui, mais voilà, ici je n'ai ni invités ni élèves à ma disposition. Je vais donc considérer – à l'instar de Renaud – que je « suis une bande de jeunes à moi tout seul »... Je délimite, à la surface du pré, un quadrilatère aux dimensions débordant largement l'aire de chute possible. En me plaçant à un angle, je vais parcourir, pas à pas, toute une longueur puis exécuter un retour, en sens contraire, en décalant à chaque fois d'un petit mètre, mes lignes parallèles de progression. Impossible dans ces conditions, à ces sacrées lunettes, d'échapper à mes investigations... Or cette fois ça ne marche pas : rien, rien et RIEN !...

La force de l'adversité est parfois telle que la raison faiblit : cette situation – c'est sûr – tient du surnaturel car on n'a jamais vu des objets, durs et palpables, se volatiliser. Et pourtant !...

Ma grand-mère Agathe avait bien un truc pour retrouver les choses égarées : la prière à Saint Antoine... Et elle affirmait que ça marchait puisque, à chaque fois, réapparaissaient – au bout d'un temps plus ou moins long il est vrai et dans les endroits les plus imprévus – la clef de l'armoire, le porte-monnaie ou la paire de ciseaux. Bien que je l'aie accompagnée dans ses prières, je n'avais jamais vraiment cru au pouvoir du franciscain portugais. Ce n'est quand même pas à mon âge que j'allais implorer l'intervention magique du moine statufié dans l'église de Bellac...En attendant je demeure impuissant face à ce qu'il faut bien appeler un « mystère ».

De retour à la maison, il me faut annoncer à ma femme la disparition énigmatique, fait anodin en comparaison de la superbe prise que je rapporte et que je lui fais admirer avec force commentaires sur cette espèce sauvage. Elle admire le poisson et s'abstient de remarques sur les lunettes. Mais je la connais, elle est bien capable de sortir de l'oubli, des mois après, cette anecdote qui lui servira d'argument supplémentaire et de justificatif à l'énoncé de quelque reproche... A moins que, blasée, elle ait pris son parti de ma manie. Car ce n'est pas la première fois que j'ai cassé ou perdu des lunettes. (Et ce ne sera pas la dernière...)

Probablement êtes-vous comme moi et acceptez-vous d'user, de casser, de donner, de dépenser, voire de gaspiller ? Tout cela, d'accord ! Mais perdre ? Alors ça, je déteste ! Cela me cause un malaise diffus qui rend mon sommeil agité, jusqu'à me réveiller en plein milieu de la nuit. Tout est calme. Le souffle régulier de ma compagne qui dort auprès de moi trouble à peine le silence de la chambre. L'atmosphère est propice à la réflexion : la nuit porte conseil et combien de fois ai-je trouvé ainsi la solution – simple – à des situations apparemment complexes ? Réfléchissons encore une fois. Ces foutues lunettes ne sont pas par terre sinon je les aurais infailliblement trouvées. Elles ne peuvent être en hauteur puisque j'ai fouillé et secoué la moindre ramille. Compte-tenu de l'imparable loi de gravitation universelle – chère à Newton – elles sont donc retombées. Oui, mais où ? Eh bien dans le seul endroit entre ciel et terre où je n'ai pas regardé ! Il ne reste plus qu'à vérifier.

Tout doucement je me redresse sur le lit en écartant drap et couverture. Mes orteils fouillent la surface du tapis et se faufilent dans les pantoufles. La poignée de la porte de la chambre tourne sans bruit. Accompagné par le tic-tac régulier du balancier de l'horloge et la lumière blafarde de la lune qui filtre à travers les pavés de verre de la cage d'escalier, je descends pas à pas, sur la pointe des pieds, les marches qui conduisent dans l'entrée. Plus qu'une porte de placard à ouvrir et je vais avoir la révélation de la force de mon raisonnement et de son implacable logique. Un petit « clac » de la clef dans la serrure et je palpe le tissu lisse de mon blouson ; ma main atteint la poche intérieure et… Elles y sont ! Elles y sont en effet. La branche a agi comme un bras élastique, les arrachant de mon nez et les propulsant directement dans la poche intérieure béante de mon blouson ouvert sur le devant. Il y avait une probabilité sur un million pour que le scénario se déroulât de cette manière et c'est pourtant ainsi que cela s'était passé…

Mon épouse a émis comme un imperceptible grognement en se poussant pour me céder un peu de place dans le lit. Elle ignore en ce moment, l'innocente créature, qu'elle dort depuis des années près d'un mari génial. Mais est-ce elle qui murmure ou bien le sommeil me gagne-t-il déjà ? Il m'a semblé l' entendre chuchoter, comme Belmondo dans « Cent mille dollars au soleil », la phrase d'Audiard :

« Non seulement il est beau
Mais en plus c'est un cerveau ! »

***

Cinéma

Avertissement (également sans frais...) : malgré l'exactitude de tous les détails, ce récit se veut de pure fiction.

Si vous n'avez jamais été instituteur, vous ne pouvez pas savoir ce que c 'est les « exercices structuraux ». C'est la dernière lubie en date de nos penseurs en pédagogie. Comme on a constaté que les enfants parlaient mal, que, par exemple, ils n'employaient pas la forme négative, on a imaginé – sans doute par analogie au traitement des maladies endémiques qui sévissent dans le « Tiers-Monde » – d'éradiquer ce défaut une bonne fois pour toutes en administrant, à haute dose, aux ignares, des « batteries » d'exercices correctifs. Exemple : répondre à une question par la négative. Le maître interroge et l'élève enchaîne.

– Fait-il chaud ?
– Non il NE fait PAS chaud.
– As-tu bien dormi ?
– Non, je N'ai PAS bien dormi.
– Irons-nous au cinéma ce soir ?
– Non, nous N'irons PAS au cinéma ce soir.

En soumettant l'enfant fautif – celui qui vous a dit ou écrit « Il fait pas chaud. » – à une vingtaine de questions à un rythme de plus en plus accéléré, vous devez obtenir de lui la maîtrise définitive de la forme négative.

Pour illustrer l'efficacité du système, notre collègue Yves nous a raconté cette anecdote ayant pour cadre une petite école de campagne. Las de corriger la faute persistante du petit François qui terminait invariablement toutes ses rédactions par la formule « Après, j'ai parti. », le maître lui déclara un jour :

– J'en ai assez ! Malgré mes conseils répétés, tu t'obstines à écrire « j'ai parti ». Tu resteras ce soir en retenue et tu me copieras deux cents fois « Je **suis** *parti. » !*

A la fin des cours, demeuré seul dans la classe, le puni se met à son pensum : Je suis parti.
Je suis parti.
Je suis parti.
Je.............

Le jour baisse lorsqu'il termine enfin mais son instituteur a quitté la classe. Il ne reste plus qu'à attendre son retour. Les minutes passent. L'écolier doit prendre une initiative s'il ne veut pas être obligé de regagner son village, éloigné du bourg, à la nuit tombée. L'enfant pose sur le bureau son cahier de brouillon ouvert et, sous les lignes de la punition, il écrit à l'intention du maître :
« J'ai fini mais comme il était tard alors j'ai parti . »

J'ai terminé au tableau la préparation du compte-rendu d'« expression écrite ». Nous travaillerons collectivement à la correction de fautes caractéristiques relevées dans les devoirs et que je viens de recopier à la craie blanche. Je remettrai ensuite à chaque élève son cahier, annoté en rouge sur la page de gauche, et chacun recopiera sur la page de droite le texte corrigé et amélioré. A la rubrique « expression » figure, en bonne place au tableau, l'erreur du jour qui donnera lieu à la séquence d'exercices structuraux. Il s'agira d'utiliser le pronom « qui » pour éviter la répétition : « Mon frère a appelé le chien. Le chien s'est approché en frétillant de la queue. » deviendra « Mon frère a appelé le chien QUI s'est approché en frétillant de la queue. ».Il est neuf heures moins dix et, en sortant de la classe, qui vois-je déboucher dans la cour, à l'angle du bâtiment ?

– M... ! voilà Norbert !

Norbert, c'est l'inspecteur. Il se signale tous les deux-trois ans et je ne l'attendais pas sitôt. Pas d'affolement. La classe est prête : registres, fiches de préparation, tout est en ordre.

– *Mes respects, monsieur l'inspecteur. Je ne vous attendais pas aujourd'hui. Par quelle classe souhaitez-vous commencer ?*

– *Honneur au plus ancien !*

Je sais qu'il a coutume de s'installer au bureau du maître que je dégage en hâte. Je lui sors le cahier-journal, les fiches du jour, le registre d'appel. Il va pouvoir ainsi commencer à compléter ses feuillets de rapport d'inspection par les cases réservées aux effectifs.

– *Vous pratiquez la correspondance scolaire monsieur Lanonime ?*

Il a dû voir, en pénétrant dans la salle, la grande lettre des correspondants affichée sur le panneau mural. J'attendais sa question à laquelle j'avais toujours répondu jusqu'ici, et malgré son insistance, par la négative. Je vais pouvoir aujourd'hui lui en boucher un coin :

– *Oui monsieur l'inspecteur, avec une classe de Pondichéry* ! annoncé-je, avec une pointe de provocation dans la voix, car je compte bien qu'il va en rester baba.

C'est mon ami Jean, coopérant en poste au lycée français de notre ancien comptoir des Indes – Souvenez-vous : Karikal, Mahé, Yanaon, Pondichéry, Chandernagor...– qui m'a proposé cette relation épistolaire suivie entre élèves de nos deux classes. C'est pour cela que les « rickshaws », ces pousse-pousse asiatiques à pédales, font désormais partie de l'univers de mes petits ruraux tandis que les jeunes Tamouls n'ignorent plus rien de la préparation des châtaignes « blanchies » limousines .

– *Vous parlez de Pondichéry aux Indes ?*

– *Exactement !*

– *Et vous pensez rendre visite, un jour, à vos correspondants ?*

– *Ah ! ça, ce ne sera pas possible...*

– *Dans ces conditions, votre projet n'est pas valable !*

– *! ! !*

Si vous avez déjà reçu inopinément une douche glacée en plein mois de décembre sur la banquise, vous pouvez comprendre ce qui m'arrive...

Il est exactement neuf heures et, au coup de sifflet, les enfants se sont rangés en colonne par deux devant la porte d'entrée.

– *Faites avancer vos élèves ! J'ai remarqué aussi en entrant que vous éditiez un journal-scolaire ?*

Sur un deuxième panneau, des punaises fixent en effet les cinq premières pages qui, avec les autres à venir, nous permettront, en les reliant, d'obtenir notre petite publication trimestrielle à la couverture ornée d'un rossignol : « L'enchanteur ». Sur chaque feuillet de papier couleur figure un petit texte, choisi parmi d'autres, au moyen d'un vote des enfants. Il a été composé, lettre de plomb par lettre de plomb, ligne par ligne dans les « composteurs » de laiton ; assemblé ; encré à l'aide du rouleau d'imprimerie et la presse sur le papier a achevé le travail. Je suis assez fier de cette œuvre qui donne une touche un peu personnelle à ma pédagogie.

– *Vos textes ne présentent pas de fautes. Vous les avez corrigés ?* dit-il avec une pointe d'étonnement.

La question me surprend un peu mais j'ai la réponse :

– *Nous corrigeons et améliorons, en une séance collective, chaque texte choisi par la classe. C'est ce qui fait en grande partie l'intérêt de cet exercice.*

– *Oui, mais alors que devient la spontanéité de l'enfant là-dedans ?*

Aujourd'hui, soit il a mal dormi, soit il a juré de me saper le moral. Ça commence bien !

Après une brève séance d ' « entretien » – court moment quotidien consacré à laisser s'exprimer les écoliers sur les sujets immédiats qui leur tiennent à cœur –, j'ai débuté la leçon de français. Nous commençons par les fautes d'orthographe,relevées sur les cahiers, en nous attardant sur la différence entre le « ou » et le « où » qui donne lieu à un petit exercice oral de contrôle et à la copie du résumé de la règle, sur le carnet à spirales réservé à cet usage. Assis à mon bureau, Norbert prend des notes. Je ne l'avais pas encore remarqué : de chaque côté et à l'arrière de son crâne chauve dépassent ses mèches de cheveux, qu'il a maintenant bouclés et qu'il a fait teindre d'une couleur violette aux reflets fluorescents... Il a sa tête des mauvais jours mais j'espère bien qu'il va se dérider avec la séquence d' « exercices-structuraux », programmée pour la suite. C'est nouveau, tout à fait à la mode et il devra bien convenir de mes méritoires efforts innovants.

Ma prestation est terminée. J'ai distribué les cahiers et les élèves travaillent maintenant seuls, confrontés à l'amélioration individuelle de leur propre devoir. Vendredi, ceux du CM1 (C'est leur tour.) liront leur copie et l'ensemble de la classe choisira, au vote sur l'ardoise, le texte retenu que nous corrigerons collectivement au tableau et qui sera ensuite imprimé.

– *Vous pouvez me faire passer une série de l'ensemble des cahiers utilisés dans votre classe ?* me demande-t-il.

– *Laurent, remets-nous tous tes cahiers plus le carnet !*

Norbert feuillette à toute vitesse mais s'arrête brusquement au cahier de devoirs.

– *Je vois, monsieur Lanonime, que vous donnez toujours des devoirs...*

– *Ce sont des leçons et il n'y a que deux opérations quotidiennes à compter au brouillon...*

– *On dit ça et puis on ajoute un exercice de grammaire par-ci et un petit problème par- là ...*

– *Je vous assure...*

Il me coupe la parole.

– *Vous voulez faire sortir les enfants un instant ?*

Nous voilà seuls dans la classe et il reprend, l'un après l'autre, ses griefs sur la correspondance scolaire, sur le journal de classe. Et la leçon de français ? Elle ne trouve pas plus de grâce à ses yeux.

– Je ne nie pas l'efficacité de ce « compte-rendu de rédaction » mais en pratiquant cet exercice, vieux comme le monde, vous n'avez guère rénové votre enseignement !

Pas un mot sur les exercices structuraux. Il me quitte fraîchement pour se rendre dans la classe voisine.

A midi, avec mes collègues, encore sous le coup de l'émotion, je laisse éclater mon indignation.

– Qu'est-ce qu'il voudrait ? que je fasse de la correspondance avec l'école de Vaulry ou de Nouic ? D'une commune à l'autre, les enfants d'éleveurs de moutons auraient certainement des choses originales à se raconter tous les mois ... Le journal scolaire ? Se rend-il compte de l'énergie investie chaque semaine pour l'impression des textes ? Et faudra-t-il retenir des devoirs, au contenu indigent et bourré de fautes, qui circuleront ensuite dans les maisons ? – ce qui est contraire à toute rigueur pédagogique. Les devoirs ? Tout le monde en donne – et souvent plus que moi. Quand ils vont arriver en sixième, est-ce qu'on ne leur en donnera pas du travail le soir ?

Le rapport que je reçois, la semaine suivante, est conforme aux propos qu'il m'a tenus. La conclusion est en droite ligne du reste des commentaires : « En persistant à donner des devoirs le soir, monsieur Lanonime continue d'ignorer la loi du tant ; en conséquence sa note ne sera que .... »

Le pire, c'est que je vais devoir recopier cet infâme laïus et lui retourner l'exemplaire signé et daté.

– Je ne signerai pas cette ignominie ! ai-je annoncé à mon épouse qui, tout en m'exprimant sa compréhension, m'a énuméré les catastrophes qui allaient s'ensuivre : rapports exécrables avec l'administration, risque de sanction, contre-inspection etc...etc...

La tranquillité du ménage étant à ce prix, j'ai été lâche et j'ai signé.

Je vous sens curieux, ami lecteur, de savoir comment s'est déroulée, trois ans après, l'inspection suivante. Bien décidé cette fois à éconduire mon visiteur tout supérieur hiérarchique qu'il soit en cas de mauvaise foi caractérisée, je m'étonnai de le trouver dans les meilleures dispositions. Il apprécia beaucoup la séance de poésie et notamment « Le châtaignier », poème mis en musique par Jean Ferrat, et qu'une fillette tint à chanter en sa présence ; trouva parfaite la leçon de conjugaison ; me complimenta pour la tenue des cahiers.

Il me quitta en espérant que monsieur l'inspecteur d'académie donnerait son accord à ma note qui bondissait d'un seul coup de ... un point et demi !

La fée Norbert était passée par là et avait transformé, d'un coup de sa baguette magique, l'instituteur incompétent et vieillot que j'étais en un maître jugé « digne », avait-il dit, « d'intégrer l'équipe pédagogique de l'école des Mouchettes » – ce qui, venant de sa part, n'apparaissait pas pour eux comme un label de référence indiscutable... Car enfin, en quoi étais-je devenu soudain si « intégrable » ? Je continuais d'enseigner la conjugaison comme je l'avais toujours fait, mes cahiers avaient toujours le même contenu. Seuls la correspondance et le journal scolaire avaient été modifiés : j'y avais purement et simplement renoncé... et il ne l'avait même pas remarqué ! Quant à ma note, je me demandai bien pourquoi elle aurait fait tiquer le « Daca » – l'inspecteur d'académie – puisqu'à ancienneté égale, elle me maintenait encore loin en arrière des moyennes. Cinéma en vérité que tout ça ! Comme n'avait toujours été que cinéma et mise en scène le comportement de cet acteur qui adoptait, au gré de son humeur, des rôles changeants ; jouant au chat et à la souris avec les « seconds rôles » . Il décida de quitter le plateau de tournage en catimini ; à mon grand regret d'ailleurs car nous étions quelques uns à avoir préparé notre chèque de zéro franc dix, en participation à son cadeau d'adieu...

Je devais vous retrouver quelques années plus tard, monsieur l'inspecteur, à l'occasion du départ à la retraite de deux collègues qui vous avaient poliment invités. Vous paraissiez bien seul dans cette assemblée et c'est peut-être pour cela que vous n'étiez pas resté longtemps parmi nous. Il était loin le temps où vous paradiez, entouré de votre cour d'admirateurs et d'admiratrices. Maintenant qu'ils n'avaient plus besoin de vous, les flatteurs s'étaient évanouis...

Le dimanche précédent j'avais rencontré, près de la collégiale du Dorat, un jeune homme à la barbiche blonde, accompagné de son épouse et de deux belles adolescentes qui se ressemblaient comme deux gouttes d'eau. Je cherchais la raison de son regard insistant lorsque, s'adressant à ma femme, il avait demandé :

– Est-ce que vous me permettez de vous dire bonjour, monsieur et madame Lanonime ?

Ce regard, cette voix...

– Mais c'est Michel !

– Ça me fait drôlement plaisir de te retrouver ! Tu sais, c'est souvent que nous parlons de toi.

– A moi aussi, ça me fait plaisir. J'en étais tout tremblant tellement j'étais content de vous revoir ! Je vous présente ma compagne et mes deux filles jumelles.

Mon épouse évoqua le bijou que Michel lui avait offert à l'école de Saint-Martin- du-Lac. C'était une bague en matière plastique et le petit élève de CP, qu'il était alors, venait vérifier chaque matin que sa maîtresse la portait bien. Nous nous remémorâmes longuement bien des souvenirs et nous séparâmes à regret. Le petit Michel avait grandi mais la place de ses anciens maîtres, dans le cœur pur du petit écolier, était demeuré intacte.

Et ça, voyez-vous, monsieur l'inspecteur, ça ne risquait pas de vous arriver un jour !

***

Médecine douce

Depuis plusieurs jours je ressens comme une brûlure à l'omoplate gauche. La gêne est persistante et cette situation devient préoccupante. Quelques petits boutons sont apparus et, bien que je les aie consciencieusement pressés entre le pouce et l'index, d'autres ont éclos à côté, formant comme une traînée de petites vésicules le long de la zone douloureuse.

Cette vision a bien amusé le docteur Richard, à l'enthousiasme communicatif, qui m'a déclaré avec son grand sourire habituel , comme si j'avais gagné le Concours de beauté :

– *Monsieur Loehr, vous avez un zona magnifique qui présente toutes les caractéristiques des traités médicaux. C'est le cas d'espèce typique digne d'examen pour les étudiants en faculté de médecine.*

Au moins comme ça il est sûr de son diagnostic... Il m'a prescrit de l'Efferalgan- codéine, puissant analgésique, à prendre dans un verre d'eau trois fois par jour si nécessaire.

« Si nécessaire !... » a-t-il dit. Comme si cette maladie était bénigne et qu'il suffisait de la traiter par le mépris. Du stade des démangeaisons à celui de la douleur j'en suis très vite arrivé à celui de la sensation d'atroce brûlure persistante que les comprimés de codéine parviennent à soulager une à deux heures tout au plus. Ce n'est plus trois fois par jour « si nécessaire », c'est dix fois par tranche de vingt-quatre heures... Et voilà plusieurs jours que cela dure.

Madeleine et Claudette, mes collègues, ne cessent pourtant de me le répéter :

– Tu devrais aller voir Untel ou Unetelle qui fait passer le « feu ».

Mon épouse elle-même s'est jointe au concert :

– Qu'est-ce que tu risques à essayer ?

Non seulement il me faut souffrir mais en plus je dois endurer leurs lancinants conseils ; au point que ça en devient plus possible. Qu'est-ce qu'on ne ferait pas pour avoir la paix ?

C'est ainsi que je me retrouve à Labrousse, chez madame R..., spécialiste du zona et autres maux rebelles au traitement de la Faculté. Elle m'a demandé de me mettre torse-nu pendant qu'elle marmonne des sons incompréhensibles. Elle a terminé et elle souffle son haleine chaude sur mon omoplate. Ça chatouille et, malgré la douleur, j'ai envie de rire.

– Et maintenant vous vous sentez mieux ? me dit-elle sur un ton qui tient plus de la constatation que de la question.

Je voudrais bien lui faire plaisir, répondre par l'affirmative, mais l'effet du dernier comprimé commence à s'estomper et j'ai de plus en plus mal.

– je ne vois pas de différence... répliqué-je d'une voix qui se sent coupable.

La voilà qui reprend ses psalmodies confuses. Elle me souffle à nouveau son air chaud sur l'épaule et je me retiens pour ne pas éclater d'un rire nerveux.

– Maintenant ça va mieux ! observe la guérisseuse en me regardant d'un air soupçonneux, un peu comme si elle me suspectait de mauvaise volonté caractérisée. Mais je ne peux, à mon grand regret, que lui réitérer ma première réponse.

Elle est à l'évidence en présence d'un cas rebelle et, en désespoir de cause, la thaumaturge me fait écrire sur une feuille de carnet, trois espèces de tisane à se procurer en pharmacie.

– Combien vous dois-je ?

– Donnez-moi ce que vous voulez.

Je lui glisse dans la main un billet de cinquante francs, ce qui doit correspondre à peu près au tarif du médecin.

Ces tisanes prescrites n'auront qu'un seul effet – prévisible. Mais de toute façon, « pisser » n'a jamais fait de mal à personne… Et du moment que mon épouse et mes collègues sont contentes, n'est-ce pas là l'essentiel ?

Je me doutais bien que ça ne marcherait pas. Ma mère ne me l'avait-elle pas assez dit et répété, comme un reproche :

– *Forcément, tu ne crois à rien* !

Voilà ce que c'est que de ne pas croire…

Mais il y a peut-être une autre explication, celle que m'a fournie Pierrot. Ceci m'oblige à remonter vingt-cinq ans en arrière. J'étais alors moniteur de colonie de vacances au château d'Orgnac, dans la région de Saint-Léonard, et j'avais pris la fâcheuse habitude d'avoir constamment un bâton à la main. Cette trique me servait à guider mon équipe d'enfants, à indiquer de loin la direction à prendre, à battre les buissons pour chasser les reptiles et éventuellement à aiguillonner les traînards de la troupe… Le frottement du bois de noisetier sur la paume de la main avait provoqué une callosité qui, au fil du temps, se transforma en verrue. Celle-ci, comme la fleur de pissenlit du Petit-Larousse illustré, essaima autour d'elle et j'eus bientôt la main couverte d'excroissances qui, outre leur aspect inesthétique, saignaient au moindre heurt et se révélaient douloureuses. Je m'en ouvris à Pierrot qui me trouva bien bête de conserver ces tumeurs gênantes alors qu'il connaissait la personne susceptible de les faire disparaître sous quinze jours… et sans traitement ! Il se déclara prêt à m'accompagner chez cet homme providentiel à la première occasion.

Monsieur L… habitait une vieille maison dans le bourg de Saint-Junien-Les-Combes et il ne fut pas surpris de notre visite. Des cas comme le mien il en avait traité avec succès des centaines. Il me fit asseoir, sortit du tiroir de la commode une paire de ciseaux et un morceau de papier-journal.

– *Ne craignez rien, je vais seulement prélever une petite mèche de vos cheveux.*

Ce qu'il fit d'un léger coup de ciseaux. Il enveloppa les cheveux dans son papier et remit le tout dans le meuble.

– *Et voilà !* dit-il en nous offrant, à mon ami et à moi, un verre de vin que nous dégustâmes en bavardant.

Au moment du départ je le remerciai et lui demandai ce que je devais.

– *Vous ne me devez rien du tout. Dans quinze jours vos verrues auront disparu. A ce moment vous me donnerez ce que vous voudrez.*

Je quittai ce brave homme, ravi d'avoir fait sa connaissance mais mon scepticisme était grand quant au résultat de l'opération. Quel rapport pouvait-il y avoir entre mes cheveux, pliés dans le journal, au fond du tiroir de la commode ...et mes verrues ?

– *On voit bien que tu n'es pas convaincu. Tu as tort de t'inquiéter, dans quinze jours, tes verrues ne seront plus qu'un lointain souvenir* ! affirma avec conviction mon compagnon.

Chaque matin j'observai ma main et j'y trouvai mes protubérances plus florissantes que jamais. Les deux semaines étaient largement écoulées lorsque je rencontrai Pierrot qui s'enquit de l'état de ma main. Il fallait bien se rendre à l'évidence, le résultat de la consultation était nul.

– *Des fois ça ne réussit pas du premier coup, tu devrais y revenir*, suggéra mon ami. *Il n'y a pas de raison que ça ne marche pas avec toi puisque ça réussit avec tout le monde !*

Oui mais eux ils y croient. Ma mère avait sans doute raison : si je faisais un nouvel effort, peut-être ?...

Je suis revenu voir monsieur L... qui a procédé à la même cérémonie que la première fois, m'a offert un nouveau verre de vin et a déclaré que je paierais lorsque je serais débarrassé de mes verrues, c'est à dire dans quinze jours.

Voilà maintenant plus d'un mois que je guette la concrétisation de l'heureuse prédiction. Force est bien de constater qu'il n'en est rien.

Je vous vois venir : c'est parce que je ne crois à rien ?... Eh bien ! pas du tout. Pierrot m'a tout expliqué :

– *C'est parce que tu as le sang plus fort que le sien* !

Qui aurait pensé ça ?

En désespoir de cause, je me suis rendu à la pharmacie Pailler où l'on m'a conseillé du « Nitrol », liquide acide, à passer chaque jour sur mes tenaces tumeurs. Il n'a pas fallu moins de trois mois de traitement et cinq flacons de cette substance pour en venir à bout. Et pour parler franchement, je me suis demandé, jusqu'à l'obtention d'une main à la peau lisse et débarrassée de la moindre trace, si mon incroyance viscérale et la force de mon sang n'allaient pas parvenir à contrarier, irrémédiablement, l'action du produit pharmaceutique. Cependant...

Cependant il y a quand même des gens avec qui cette para-médecine fonctionne bien. Ce que Pierrot exprimait avec ses mots à lui : « *le sang plus fort* » devait correspondre à une réalité. On l'a dûment constaté : le rapport entre deux personnes peut induire l'ascendant de l'une sur la personnalité influençable de l'autre et modifier ainsi son comportement . Et pourquoi pas aussi ses réactions physiologiques ?

Encore un travail d'analyse intéressant pour les « psy » qui ont certainement la réponse. De toute façon je n'en croirai pas un mot à moins que... à moins qu'ils aient un sang plus fort que le mien ! Mais alors là, pour eux, ce n'est pas gagné d'avance...

***

Ruralité

Il a fallu batailler ferme pour que l'école soit dotée d'un téléphone. C'est que la commune n'est pas riche. (Une de plus). Pourtant presque toutes les familles disposent de cet appareil, ô combien utile de nos jours. Afin d'économiser les deniers publics, on a d'abord installé dans ma classe un poste relié à celui de la mairie. Lorsque Pierre, le secrétaire, quitte son local, il tourne la manette de l'inverseur et c'est désormais mon appareil qui prend le relais. Ainsi, la commune ne paye qu'un abonnement.

Le système serait judicieux si, d'une part, je ne recevais pas, directement dans la classe, des communications destinées à la mairie et si, d'autre part, Pierre pensait, avant de partir, d'inverser la liaison… Soyons juste : ça lui arrive parfois mais c'est quand même rare ! Ce brave homme connaît bien son métier et, comme on dit : quand il s'y met, il « avance » dans son travail. C'est ce qui explique qu'il s'octroie des pauses fréquentes. La tête bien calée dans ses bras croisés sur le bureau, il pratique l'art de la sieste avec méthode et régularité, ce que je devine en faisant les cent pas dans la cour de récréation, lorsque je n'aperçois plus, par la fenêtre du secrétariat, le sommet de son crâne chauve. Il arrive parfois, à l'un de mes collègues, ou à moi même, de trouver un prétexte pour aller frapper au bureau. Le « Entrez ! » se fait un peu attendre mais, en poussant la porte, nous trouvons Pierre en plein effort, triturant feuillets et paperasses qui passent, sans nécessité apparente, de la pile gauche à celle de droite et inversement… Il serait pourtant bien avisé de mettre un peu d'ordre dans ses documents.

– Paulette !
(Paulette, c'est notre cantinière, chargée également du ménage des classes et de la mairie.)

Pourquoi diable notre secrétaire hèle-t-il ainsi, par la fenêtre ouverte de son bureau, la femme de service occupée à préparer les repas dans le local de l'autre côté de la cour ?

– Paulette ! Tu n'aurais pas vu, des fois, le Registre d'état-civil ?

La porte de la cantine a gémi sur ses gonds, laissant apparaître Paulette, les mains sur les hanches, l'air indigné, qui hurle de sa voix aiguë :

– Je n'ai pas l'habitude de déplacer tes affaires ! Et qu'est-ce que j'en aurais fait, moi, du Registre d'état- civil ? Si c'est pas malheureux ?...

Elle s'apprête à poursuivre ses protestations mais les vantaux de la fenêtre du secrétariat ont claqué en se refermant, ce qui met un terme prématuré à ce dialogue qui promettait d'être intéressant et qui fait s'esclaffer les élèves de la classe. Rassurez-vous, on retrouvera, par hasard, quelques jours plus tard, le registre disparu, coincé derrière l'étagère où il avait glissé, entre deux rayonnages...

Si je n'ai toujours pas de poste fixe de téléphone dans ma classe, en revanche je dispose maintenant d'un ordinateur : envoi du Ministère de l'Education Nationale qui, sur décision de Laurent Fabius, a doté toutes les écoles de France pour l'initiation à l'informatique. Le « T.O. 7.70 » trône désormais au fond de la salle, juste à côté du poêle à bois au long tuyau noir, formant un étonnant contraste qui allie tradition et modernité. Il y a cependant, entre ces deux appareils, une complicité objective par temps de brouillard ou de neige. Dans ces conditions atmosphériques défavorables, le vieux calorifère ne veut rien savoir et sa fumée est refoulée dans la salle de classe ce qui nécessite une ventilation, par l'ouverture béante des portes et fenêtres, particulièrement inconfortable ; d'où une chute de la température ambiante. Et dans ce cas l'ordinateur joue les récalcitrants solidaires : quinze degrés minimum, sinon rien...

Les parents d'élèves, parmi lesquels figurent quelques conseillers municipaux, se sont émus de l'absence du téléphone à l'école et un poste fixe a enfin été installé dans ma classe. On peut désormais appeler directement l'instituteur en cas de besoin et je me demande si je n'ai pas cherché le bâton pour me faire battre. Il n'est pas huit heures que déjà ça commence :

– Allô ! Monsieur Loehr ? C'est madame Duchemin. Je vous téléphone au sujet de la leçon de conjugaison que Mickaël devait savoir pour aujourd'hui. Vous avez fait apprendre : « J'ai été, Tu as été, Il a été... » Mais à moi on a toujours enseigné qu'il fallait dire : « Je suis allée » !

– Oui, mais dans ce cas il s'agit du verbe « aller ». Or ce que nous venons d'étudier, c'est le verbe « être » au passé-composé.

– Vous êtes sûr ?...

– Certain ! Si, par exemple, hier vous avez été malade, vous n'allez pas dire : « Je suis allée malade. » mais bien « J'ai été malade, tu as été malade, il a été malade. » Vous êtes bien d'accord ?

– Si vous le dites...

Je sens bien, à sa voix, que ma démonstration n'a pas été convaincante... Mais voilà que ça sonne à nouveau. Qu'est-ce qu'ils ont tous ce matin ? Ah ! je l'ai voulu ce téléphone. Eh bien,il va falloir faire avec...

– Allô !

– Aô ! Mocheu Ouoeuh ?

... Qu'est-ce qu'elle veut encore celle-là ?...

– Ah ! Bonjour madame Blanchard !

– A bin çô olô, homment ous oez fait pou sovoi qu'c'était mô ?

...

A votre avis ?

Les enseignants se plaignent aujourd'hui – à juste titre – de l'attitude de certains parents à leur égard. Si le « père » Jude, le directeur de l'école et secrétaire de mairie pendant des décennies, a laissé dans la commune un souvenir impérissable, il n'en fut pas toujours de même. J'en veux pour preuve le comportement de ce père, cultivateur dans un village de la « montagne », victime de l'obligation scolaire qui frappait son fils, et qui, en lieu et place de sa signature sur le cahier de compositions mensuelles, portait cette mention manuscrite : *« J'emmerde la République et l'instituteur ! »* …

Il y avait foule aux obsèques de ce pauvre monsieur G. qui jouissait de l'estime générale de ses concitoyens. Pleine à craquer, l'église n'avait pu accueillir tous les participants et les gens se pressaient aussi nombreux à l'extérieur qu'à l'intérieur : les mécréants habituels, réfractaires aux sermons religieux, mais aussi tous ceux qui n'avaient pu, à leur grand regret, pénétrer dans la nef.

Isolés les uns des autres, les habitants des villages – la commune n'en compte pas moins de 72… – se rencontraient uniquement à l'occasion des rassemblements au chef-lieu et l'enterrement est une opportunité de se raconter les dernières nouvelles avant d'aller, au sortir du cimetière, vider, au bistrot du bourg, une ou deux chopines de vin, à la santé du défunt.

Monsieur le curé, qui avait commencé à officier dans le silence de l'assistance recueillie avait semblé agacé par le bruit des conversations extérieures dont l'intensité sonore avait tendance à croître au fur et à mesure qu'avançait le service funèbre. Puis les éclats de voix s'étaient multipliés, au point de couvrir parfois les paroles du prêtre. Mais lorsqu' au joyeux brouhaha extérieur s'ajoutèrent d'intempestives rigolades, alors l'officiant, n'y tenant plus, se rua vers la porte, l'ouvrit brusquement en grand vers la place et poussa ce qu'il faut bien appeler « un grand coup de gueule » . Il rappela à tous les présents que leur manifestation de sympathie à la famille du défunt, assurément des plus touchantes, gagnerait cependant à être plus discrète…

Depuis que le Conseil Municipal avait décidé de l'achat d'un tracteur, les cantonniers faisaient une collecte hebdomadaire des ordures des villages. C'est Philippe qui conduisait tandis que Roland vidait les poubelles dans la remorque munie, à l'arrière d'un marche-pied où se tenait l'agent communal, comme sur les camions-bennes des cités. De retour des Ramades et de La Dégaillerie, le conducteur avait rejoint la décharge de la route de Villerajouze. Mais là, surprise : son collègue n'était plus à l'arrière de la benne ! Le tracteur n'ayant fait aucun arrêt entre temps, il fallait bien se rendre à l'évidence : l'absent avait disparu dans la nature en cours de trajet... Philippe reprit aussitôt son parcours en sens inverse et retrouva son compagnon qui gisait, à moitié sonné, sur le bas-côté de la route. Le marche-pied avait cédé et c'est ainsi, qu'en application de la loi sur la gravitation universelle de Newton, le malheureux Roland avait violemment pris contact avec le macadam.

Des mauvaises langues prétendirent qu'il n'y avait rien là de surprenant – compte tenu du poids de la victime... – et Camille, le forgeron, fixa à la place de la fragile planche de bois, une épaisse plaque métallique à toute épreuve, y compris à la charge d'un homme de forte corpulence.

En quittant son pré, Bernard aperçut, garée un peu plus loin, la voiture de son père : cette vieille 2 CV Citroën bleue, utilisée seulement pour effectuer, dans les chemins cahoteux, la navette entre les champs et la tournée de surveillance des moutons. A l'évidence son propriétaire était occupé à fureter dans le taillis tout proche, à la recherche de quelques champignons : l'occasion rêvée, pour le fils, de jouer un bon tour au paternel, tout en s'évitant le retour à pied jusqu'au bourg.

La tête qu'il allait faire en sortant du bois, lorsqu'il constaterait la disparition du véhicule !

Et la tête que, sans doute, il fit ! Malheureusement il ne s'en contenta pas et fila dare-dare au hameau le plus proche pour téléphoner à la gendarmerie de Bellac.

On alerta aussitôt la patrouille qui se trouvait justement dans le secteur de Blond et il ne fallut pas longtemps pour retrouver l'automobile stationnée devant l'un des bars de la localité. La 2 CV était parfaitement identifiable mais un contrôle de gendarmerie est un contrôle . Les pandores ne furent pas longs à constater l'absence de la vignette-fiscale sur le pare-brise et, tant qu'ils y étaient, ils en profitèrent pour vérifier les papiers de cette brinquebalante antiquité car, même pour un usage réduit en campagne, tout conducteur d'engin doit être assuré – ce qui, en l'occurrence, n'était pas le cas...

Une double infraction relève de deux P.V. que ne manquèrent pas de dresser les représentants de la maréchaussée, à l'encontre du propriétaire.

Cette bonne blague fit bien rire tout le monde à Blond mais on ignore toujours si cette intelligente plaisanterie provoqua l'hilarité lors des retrouvailles du père et du fils...

A Blond comme ailleurs, les élections municipales des petites localités connaissent toujours une très forte participation car c'est l'occasion de choisir ses élus ; « choisir » étant bien ici le mot qui convient puisqu'on peut rayer des noms, en inscrire d'autres. Un électeur eut même la surprenante idée de noter, sur une feuille vierge, tous les couples illégitimes de la commune ; ce qui fit se gausser les scrutateurs mais ne manqua pas ensuite de créer de graves dissensions dans certains ménages car ce qui était de notoriété publique ne l'était pas forcément pour tous les conjoints. C'est bien connu : le cocu n'est pas toujours tenu au courant le premier...

Cette année-là, le maire-adjoint communiste lisait, un à un les bulletins, puisés dans l'urne, que lui tendait son collègue et l'opposition avait tout lieu de se réjouir de sa performance qui la plaçait provisoirement en tête, avec près de 80% des voix, lorsque l'élu annonça, sur un ton malicieux , en fixant ses adversaires :

– Et maintenant vous n'en faites plus !

Ce qui se passa effectivement : toutes les enveloppes restantes contenaient les listes du maire sortant qui l'emporta finalement haut la main devant la nombreuse assistance médusée par ce retournement de situation.

Trucage ? Impossible !

Vertus divinatoires ? stupide !

Le mystère persista longtemps et fit dire bien des paroles. L'explication en était pourtant des plus simples. En palpant, dans l'urne, une à une, les enveloppes, on pouvait se rendre compte, grosso-modo, de leur contenu, ce que rendait possible le papier épais des bulletins de l'opposition. Il avait suffi à l'adjoint de faire passer ceux-ci en premier, ce qui donnait la certitude que les listes restantes allaient lui être favorables.

Mais au scrutin municipal suivant, aurait-il pu identifier – grâce à l' épaisseur – ce qu'un scrutateur sortit de la petite enveloppe bleue. C'était un « bulletin » de papier brun lisse : du papier hygiénique ...authentique...et dont le contenu ne l'était pas moins !...

Cet acte répugnant provoqua la réaction indignée du public et le maire fit publier, dans les journaux locaux, un petit commentaire fustigeant l'électeur indélicat et qui se terminait ainsi : « Sans doute a-t-il mis là le meilleur de lui-même. »...

L'automne a versé sa pluie d'or sur la campagne limousine. C'est notre plus belle saison. Déjà tombent les premières châtaignes à la peau vernissée qui brille dans l'herbe des talus. En bordure des taillis s'inclinent les dentelles des fougères rouillées et, sous la futaie, pointent les dômes bruns des bolets au pied clair et charnu qui font l'émerveillement des chercheurs. On vient de loin dans les Monts de Blond pour la cueillette des champignons. C'est le cas de cet individu, remarqué ce matin au garage, avec un cabas de cuir râpé contenant deux vieux cèpes véreux. L'homme, à la barbe hirsute, est vêtu d'une tenue de pâtissier usagée, d'un vieux paletot élimé et ses bottes basses noires, à rustines rouges, trop grandes, ont manifestement été habitées longtemps par des pieds étrangers plus vastes. Selon la formule de mon vieil ami Rom's, c'est exactement le genre de type qui, croisé au coin d'un bois, vous dissuaderait de lui demander l'heure, même s'il tenait à la main une poignée de réveils...

– *D'où sort-il celui-là ?* ai-je demandé au garagiste.

– *Il prétend venir de Bordeaux, il voulait que je téléphone pour lui mais il n'a même pas un sou en poche. Il est vraiment bizarre.*

J'allais remonter dans ma voiture lorsque le prétendu Bordelais m'a interpellé :

– *Je suis bien embêté, monsieur, je suis perdu et je ne sais plus quoi faire.*

– *Perdu ? Mais d'où venez-vous ?*

– *Je suis de Bordeaux et je suis venu chercher les champignons.*

Je lui coupe la parole. Manifestement il me raconte des « salades » .

– *Vous êtes venu depuis Bordeaux, chercher les champignons, à pied ?*

– *Non ! C'est mon beau-frère qui m'a amené en voiture .*

– *Et il est venu de Bordeaux votre beau-frère ?*

– *Non ! Il habite à Limoges, lui.*

Le vagabond devine, à mon air dubitatif, que je n'en crois pas un mot.

– *Je vais tout vous expliquer. J'habite à Bordeaux où je suis cuisinier dans un collège. Je suis venu passer quelques jours chez mon beau-frère à Limoges. Ce matin il m'a proposé de l'accompagner, avec des amis, pour aller aux champignons. J'ai mis des vieux habits de travail que j'avais emportés pour bricoler, il m'a prêté un paletot ancien et des bottes, ce qui fait que je n'ai ni argent ni papiers qui sont restés dans ma veste. Nous sommes partis de bonne heure et je n'ai même pas eu le temps de me raser.*

Il a l'air sincère et je le trouve maintenant bien inoffensif.

– *Par quelle route êtes-vous arrivé ici ? Vous allez monter avec moi et on va la retrouver la voiture de votre beau-frère.*

– *Je ne sais plus. Nous sommes entrés dans un bois et, au bout d'un moment, je me suis retrouvé seul. J'ai appelé, crié mais ils n'ont pas entendu. J'ai tourné en rond longtemps avant de sortir sur une route mais ce n'était pas la même que celle où était garée le véhicule de mon beau-frère. Alors j'ai marché et je suis arrivé dans ce village. Je n'ai croisé personne sur mon chemin et je suis parvenu là par hasard.*

Si on doit parcourir toutes les routes qui longent chaque bois de la région, pour retrouver l'automobile du beau-frère, la journée n'y suffira pas. Autant chercher une aiguille dans une meule de foin.

– Vous avez l'adresse de votre beau-frère ou un numéro de téléphone ?

– Oui, mais c'est dans mon portefeuille...

La situation devient carrément surréaliste. Quel abruti ! Finalement je me demande s'il ne s'est pas échappé d'un asile. Il doit deviner que je reste circonspect.

– Mais je sais où il travaille !

– C'est déjà ça ! Et où travaille-t-il ?

– Il est tourneur à la SAVIEM !

La « SAVIEM », tout le monde connaît. C'est la plus grosse entreprise industrielle du département, la filiale « poids-lourds de Renault, où l'on fabrique les moteurs des camions dans les vastes ateliers aux toits de verre qui s'échelonnent en bord de Vienne entre Limoges et Le Palais.

Mais il est maintenant midi.

– Écoutez, monsieur, il faut que je rentre chez moi. A l'heure qu'il est, votre beau-frère doit être à votre recherche depuis un bon moment. Peut-être que vous allez le voir passer avec son auto si vous restez au carrefour. Je vais revenir ici vers treize heures trente et si d'ici-là on ne vous a pas récupéré, je m'occuperai de vous.

De retour au domicile, j'ai raconté à Marie-Claude cette invraisemblable histoire :

– Ce pauvre homme n'a quand même pas inventé la poudre à canon : il est venu passer des vacances chez sa sœur dont il ne connaît même pas l'adresse...

– Tu sais qu'aujourd'hui nous avons rendez-vous à quatorze heures à Mézières chez l'entrepreneur pour le devis ?

– Oui, mais ce pauvre malheureux me fait pitié. Voilà comment nous allons procéder, s'il est toujours là. En partant à une heure et demie, on a largement le temps d'aller à Mézières en faisant un crochet par Bellac. On va le charger au passage et de là je le conduis à la gendarmerie où ils feront le nécessaire.

Cela m'aurait arrangé si le beau-frère était passé avant moi mais, à treize heures trente, cet ahuri est toujours là, arpentant le trottoir, la tête basse, l'air de plus en plus abattu. Sait-il seulement s'il est au nord ou au sud, à vingt ou à cinquante kilomètres de Limoges ? Il n'a parlé que de son beau-frère, sans jamais citer sa sœur et on le comprend : Si elle est aussi abrutie que son frère…

Rue Saint-Exupéry, à Bellac, j'ai gravi le premier les marches de la gendarmerie et j'ai sonné. Le gendarme G…, une vieille connaissance, est venu ouvrir la porte et nous fait entrer. Tandis que je lui explique la situation, ce qui nécessite un long développement, le policier dévisage l'intrus d'un regard soupçonneux et sans aménité. Il l'apostrophe brusquement sur un ton autoritaire :

– Vous, je vous connais ! Je vous ai déjà vu quelque part !

– Ça m'étonnerait, je viens de Bordeaux, a dit l'autre d'une voix lamentable.

– Comment vous appelez-vous ?

– Dehès ! a répondu le malheureux, d'une voix encore plus lamentable.

A l'évidence cet accueil manque de chaleur. G… a fait asseoir l'indésirable en même temps qu'il appelait un collègue à la rescousse.

– Il faut que je parte, j'ai un rendez-vous à Mézières. Vous allez vous occuper de lui ? ai-je formulé avec une nuance d'incertitude, tellement les pandores me paraissaient mal disposés …

– Ne vous inquiétez pas, on s'occupe de lui !

– *Bon courage* ! ai-je dit à mon protégé, en lui serrant la main.

– *Quelle histoire ! Je ne suis pas près de revenir aux champignons en Limousin,* m'a-t-il rétorqué, de plus en plus abattu.

J'ai redescendu les marches, assez soucieux de son sort. « *On s'occupe de lui !* » m'avait -on répondu, à moi, mais j'ai bien senti que la réponse s'adressait à lui et que cette façon de s'en « occuper » ne présageait rien de bon pour le « sans-papiers » avant l'heure. La promesse sonnait un peu comme « A nous deux, mon gaillard ! ».

En sortant de chez l'entrepreneur je suis curieux de connaître la fin de l'odyssée du chercheur de champignons. A l'heure qu'il est, soit il a retrouvé sa famille, soit son imposture a été reconnue et il demeure en garde à vue à la gendarmerie où j'ai décidé de faire une deuxième halte.

G… me reçoit à nouveau. A la SAVIEM, on a confirmé l'existence de l'employé recherché et transmis ses coordonnées. Prévenu, le parent limougeaud a récupéré l'égaré qui a enfin pu regagner un lieu accueillant avec… son cher beau-frère !

« Dehès » ! Un nom que je ne suis pas près d'oublier.

***

IGOL

Trois bons petits diables

La finale départementale de cross U.S.E.P. (Union Sportive de l'École Primaire) a lieu cette année à Santrop sur les rives du lac de Saint-Pardoux où j'ai conduit les équipes sélectionnées de l'école Charles Silvestre de Bellac. Sur la plage qui grouille du millier d'enfants rassemblés, j'ai retrouvé mon jeune collègue Pascal qui débuta sa carrière à Blond.

– *Comment vas-tu ?*

Nous évoquons quelques personnages hauts en couleur de la commune : Paulette, la cantinière, originaire de la Vienne et à l'accent si particulier : « Apporrrte le balaille ! » (Apporte le balai !) ; Georges, le chauffeur du car, au flegme olympien et au retard récurrent ; Pierre, le secrétaire de mairie, à la recherche perpétuelle de ses documents administratifs. Mais Pascal demande aussi des nouvelles de ses anciens élèves.

– *Je vois que ton passage a l'école de Blond t'a marqué pour la vie…*

– *Il n'y a pas de danger que j'oublie cette classe de CP- CE où j'ai eu en même temps les trois frères Fayaud ! Tu te souviens quand l'un d'eux courait sur le toit de la cantine ?*

Si je m'en souviens !

De l'autre côté de la cantine et du préau, l'ancien jardin des instituteurs avait été aménagé en terrain de basket. Au moment des récréations, sur cette nouvelle aire ludique, réservée aux « grands », ceux-ci pouvaient jouer au ballon sans risque pour les plus petits.

Délaissant la partie de foot, et hors de la vue des enseignants, Clément avait escaladé le vieux clapier de l'ex potager, était monté sur le toit du préau et de là, ce n'était plus qu'un jeu de grimper carrément sur le bâtiment abritant la cantine. Les maîtres faisaient les cent pas en surveillant l'interclasse et, si le versant nord de cette toiture ne présentait aucune particularité, celui du sud, invisible depuis la grande cour, était le lieu d'une insoupçonnable animation. L'adepte en herbe de la varappe avait attiré à sa suite quelques comparses et la bande se livrait à de joyeuses galopades sur les fragiles et glissantes tuiles de terre cuite de la couverture en pente.

Je vous laisse imaginer, en cas d'accident, les titres des journaux... Fort heureusement je me rendis compte de la situation et, tout en expliquant à ces inconscients les dangers d'un tel comportement, je joignis à mes paroles l'argument dissuasif adapté de l'époque : une bonne série de calottes... Instituteurs débutants, n'oubliez jamais que votre attention doit s'exercer dans un univers en TROIS dimensions !

Son existence lui paraîtrait monotone si Clément ne la pimentait pas de divertissements toujours inédits. Il a rapporté de chez lui des petits granulés verts et a réussi à en faire ingurgiter une bonne poignée à la naïve Claire en lui signifiant – les « pastilles » une fois avalées – que c'était de l'anti- limaces...

Horrifiés en apprenant la nouvelle – le lendemain matin seulement –, les parents de la fillette se sont précipités à l'école. J'ai essayé de les rassurer en constatant que leur enfant ne présentait aucun des troubles digestifs ou des symptômes liés à l'empoisonnement et j'ai interpellé, à l'arrivée du car de transport scolaire, Clément, frais et dispos pour ses nouvelles frasques quotidiennes.

Il avait encore, dans son cartable, de ces fameux granulés verts et avoua avoir menti, ajoutant – au soulagement général – que ces aliments, destinés à la nourriture des lapins, étaient aussi inoffensifs que les croquettes pour chien ; et il s'y connaissait pour avoir testé, sans conséquence, les uns comme les autres...

En m'efforçant de garder mon sérieux, j'admonestai le farceur, digne disciple – sans le savoir – de Marcel Pagnol lequel avait fait avaler à son frère de la réglisse qui ne sortait pas d'une confiserie mais d'un lapin...

Ma femme l'a maintes fois répété à Denis, le deuxième des Fayaud et le plus turbulent :

– *Je devrais te battre soir et matin, avant de débuter la classe, pour toutes les bêtises que tu vas faire dans la journée !...*

Car Denis n'a peur de rien ni de personne : Il ne méprise pas le danger, il le provoque..

Un montreur d'animaux est passé à l'école. C'était en hiver, il faisait froid sous le préau et le professionnel ambulant a préféré exposer ses curieuses créatures dans ma classe. Les tables tirées contre le mur, les enfants disposés en deux larges cercles concentriques autour de la salle, le présentateur commente l'anatomie d'un varan de taille respectable. En cette saison, l'animal est plutôt engourdi alors que, dans son milieu naturel africain, il est particulièrement dangereux par ses coups de queue, capables de briser la jambe d'un homme. Les spectateurs du premier rang n'en mènent pas large d'autant plus que l'énorme lézard, amorphe au début, mais sensible à la chaleur du poêle qui ronfle à proximité, reprend quelque vigueur, commence à battre bruyamment, de sa queue massive, le parquet de chêne. Jean- Luc est blanc comme un linge mais Denis s'est rapproché, autant qu'il a pu, du reptile et, en détendant brusquement sa jambe, tente de donner quelques coups de pied à la bête : une manière comme une autre de tester ses réactions et de vérifier si ce animal peut vraiment lui casser un membre...

En accord avec l'Association des Parents d'Élèves, le voyage scolaire annuel a lieu au zoo de La Palmyre. Les trois Fayaud sont à surveiller comme le lait sur le feu mais je fais confiance aux parents – présents eux aussi à la visite – pour s'occuper de leur progéniture . En fait il n'y a pas grand danger. Quand les animaux ne sont pas séparés des curieux par une double rangée de grilles, des fossés remplis d'eau et bordés de hauts murs verticaux, assurent une totale sécurité pour le commun des visiteurs. C'est oublier qu'il y a des visiteurs moins communs que d' autres…

Nous longeons la fosse aux ours polaires, immergés dans l'eau, et qui guettent, au pied de la paroi de protection, un quignon de pain ou un quartier de fruit lancés par les gamins.

Je viens de me retourner pour vérifier si la troupe scolaire suit. A quelques centimètres de moi, à hauteur de mon épaule, Denis chemine, les bras écartés en équilibriste, sur l'étroit parapet. Un mouvement brusque de ma part aurait suffi à le déséquilibrer et à l'envoyer directement dans la gueule des plantigrades carnassiers.

Quand je dis « à surveiller comme le lait sur le feu », il s'agit naturellement d'un doux euphémisme…

Monsieur Ribardière, le photographe de Couzeix, effectue deux passages chaque année. A sa première visite, un peu avant noël, il prend les photos scolaires individuelles ou familiales. Juste avant les fêtes, les clichés se vendent bien et procurent un petit bénéfice à la coopérative scolaire.

En observant, sur le papier glacé de couleur, les minois souriants et angéliques des petits blondinets regroupés, on donnerait aux trois Fayaud le Bon Dieu sans confession..

C'est vrai qu'ils sont gentils, affectueux, vaillants, prompts à offrir leur service. On aimerait cependant que leur vitalité déborde un peu moins…

Je ne vous ai pas encore parlé de Frédéric, mais en sa qualité d'aîné de la fratrie, c'est bien lui qui doit plus ou moins diriger les activités du trio.

Avec le grand- père ils sont allés rendre visite à un ami à Vaulry. Assis dans la cuisine, occupés à bavarder, les deux hommes n'ont pas prêté attention à la cafetière électrique posée sur le buffet. C'est la maîtresse de maison qui, attirée par l'odeur caractéristique de bakélite brûlée, est intervenue soudainement dans la pièce en apostrophant son mari :

– Mon pauvre homme, tu deviens complètement gaga. Heureusement que je suis là. Décidément tu n'en rates aucune, voilà que tu as branché la machine en oubliant de mettre l'eau du café !

Sur le chemin du retour, le père P... a questionné ses petits enfants :

– Vous pouvez bien me le dire maintenant : C'est vous qui avez allumé la cafetière ?

Il avait posé la question, juste histoire de parler...

Avec la grand- mère ce n'est pas mieux. Cependant elle n'accepte de garder qu'un seul de ses petits- fils à la fois depuis que les trois agités ont allumé un pétillant feu de bois sur le lino – neuf – de sa cuisine...

Le jeu nouveau qu'ils ont imaginé est particulièrement drôle : l'un d'eux se glisse dans un tonneau ouvert sur le dessus, puis les autres couchent la barrique qu'ils font rouler ensuite dans la rue en pente du village.

Ce qui était prévisible se produit : le fût échappe aux pousseurs, prend de la vitesse et va finir, en un bruyant choc à la sonorité caverneuse, sa course folle contre le mur d'une grange. Il ne reste plus qu'à extraire de l'habitacle de bois son occupant – un peu sonné quand même !

Pour varier les distractions, les trois garnements ont décidé de disposer, en travers du chemin conduisant au village, les rondins de bois empilés sur le « communal ». Le tonton qui arrivait en tracteur leur a fermement ordonné de remettre en place les bûches en leur expliquant que l'obstruction d'une voie de passage était un délit.

Qu'à cela ne tienne ! Ils ont alors placé quelques quartiers de bois sur la route départementale, observant de leur cachette le comportement des automobilistes, obligés de s'arrêter pour dégager la chaussée.

Les trois écoliers – qui ne s'appellaient ni Frédéric, ni Denis, ni Clément et moins encore « Fayaud » ont grandi. Ils travaillent tous dans la région et l'un d'eux à Bellac même. Ils sont unanimement appréciés pour leur compétence et leur gentillesse. Lorsque nous les rencontrons, aucun d'eux ne manque de traverser la rue pour venir me saluer ou pour embrasser mon épouse.

De bons petits diables qui avaient besoin d'évacuer un trop plein d'énergie : une triple énergie condensée et que Pascal, comme leur grand- mère, aurait préférée fractionnée…

***

De tribunal en tribunaux

Notre logement de fonction est situé juste au-dessus de la salle de la mairie et du secrétariat. En bas, Pierre tape sur ses touches avec une vigueur qui fait vibrer le bureau et l'armoire métalliques. La sonnerie du téléphone a brusquement interrompu le crépitement de la machine à écrire et, par les fenêtres ouvertes, montent les éclats de voix du secrétaire.

– *Tu sais !* crie-t-il dans l'appareil, *on va vendre l'école de Belleix. Je te le dis à toi, mais surtout n'en parle à personne, c'est un SECRET !*

Il a pratiquement hurlé ce dernier mot. La confidentialité du message est telle que ma femme et moi avons éclaté de rire en même temps. A la place des agents des R.G., à l'affût des agissements sournois de la municipalité communiste, je me méfierais cependant. Clamée aussi haut, cette information est peut-être purement et simplement de l'intox...

S'il nous arrive de sourire de cette situation, ça ne nous fait plus rire du tout quand se prolonge le soir, le brouhaha des assemblées tardives, parfois houleuses, et que filtre dans notre « salon », par les trous de passage de la tuyauterie, la fumée des cigarettes de la bruyante assistance.

J'ai placé des guillemets à « salon » car cette dernière pièce, toute en longueur et en hauteur – comme toutes les autres –, sans dispositif de chauffage, n'a de « salon » que le nom. Notre chambre étroite est orientée au nord et sa fenêtre, qui ferme mal, laisse passer l'air frais qui vient caresser le nez du dormeur ; les volets « jointent » difficilement et quand Marie-

Claude doit les ouvrir, il lui faut le marteau pour décoincer le crochet. Heureusement, nous avons fait installer – à nos frais –, dans la pièce la plus vétuste, une cabine douche et un W.C. chimique qui nous procurent un peu de confort bien qu'en hiver nous ne nous attardions pas dans ce lieu sans chaleur. Le chauffe-eau électrique, à la capacité réduite, autorise à peine deux douches consécutives, à la condition d'économiser l'eau chaude et je comprends ma femme quand elle insiste pour passer la première...

Le paysage au sud, vers les Monts, serait joli si, en face de la baie vitrée de la cuisine ne dépassait pas le toit du bâtiment de la cantine et celui des cabinets à la turque, aux . portes basses ouvrant sur la cour de récréation. Le chauffage de l'appartement n'est pas facile. Notre cuisinière à mazout de la cuisine, réglée au ralenti, assure une température frôlant les trente degrés. Les degrés excédentaires ne se répandent pourtant pas, malgré la porte de communication, constamment ouverte, dans la pièce voisine qui reste glaciale en hiver. J'ai dû faire installer – à nos frais toujours – une ligne électrique qui permet de brancher un radiateur d'appoint. Le troisième appareil de chauffage consiste en un poêle à mazout placé dans la chambre de notre fils. Par la porte béante, il dispense quelques calories à notre propre chambre.

Si le conduit de la cheminée du « salon » n'était pas obstrué, cet appartement répondrait parfaitement aux normes d'habitabilité qui disposent que le directeur d'une école de deux à quatre classes a droit à une cuisine et à trois « pièces à feu ». C'est ce que dit – encore et toujours – la loi du 30 octobre 1886 qui n'a cure du fait que nous sommes en...1970.

Il va sans dire que l'occupation d'un tel logement n'est pas sans influence sur l'humeur de ses occupants. Après avoir mûrement réfléchi, nous sommes allés à la banque et, en nous endettant hardiment sur une période de vingt ans, avons souscrit un emprunt qui nous permettra de construire un pavillon à Bellac.

Au motif de la vétusté de l'appartement, monsieur l'inspecteur nous a accordé une dérogation de résidence car le directeur est tenu d'habiter dans l'école. Désormais il nous faudra utiliser la voiture pour gagner notre lieu de travail mais quel bonheur, chaque soir, de quitter l'horizon désolant de la rangée des portes basses des cabinets de la cour, qui claquent au vent, pour retrouver un espace propre, accueillant et chauffé !

Le temps passe vite et nous sommes déjà en 1983. Pierre Mauroy est premier ministre de François Mitterrand. Ses services opèrent par décret, à l'intérieur de la loi sur la « décentralisation », un toilettage des conditions de logement des instituteurs. Désormais les communes qui logent ou indemnisent leurs enseignants percevront une compensation financière de l'État . Dans la mesure où cela ne lui coûte rien, le maire de Blond a accepté de nous accorder l'indemnité. C'est compter sans les services de la préfecture qui considèrent qu'à la date de parution du décret, les Instituteurs de la commune n'étant ni logés, ni indemnisés, ceux-ci n'ont pas la qualité d' « ayant-droit »...

Pour caricaturer cette vision des choses, elle se résume à ceci :

1 - On vous loge déjà et vous continuez de bénéficier gratuitement du logement.

2 - On vous indemnise et vous percevez une indemnité – sérieusement réévaluée.

3 - Vous n'aviez que vos yeux pour pleurer ? Allez-vous faire voir !

Il y a là un système de « deux poids et deux mesures » insupportable dans une république qui se veut à la fois fraternelle et égalitaire.

Le texte du décret a bien précisé cependant que la commune devait un logement « convenable » et c'est sur ce mot que je vais jouer en attaquant, au Tribunal administratif, la décision du Commissaire de la République. Puisque la commune ne m'a pas attribué un appartement conforme aux normes, je réclame la compensation financière : demande rejetée (après deux ans de procédure) en raison de la nouvelle loi sur la décentralisation qui attribue à l'autorité communale le pouvoir de décision .

– *Il y aurait bien un moyen d'obtenir satisfaction,* m'a affirmé – sans rire – le secrétaire du S.N.I. (notre syndicat). *Mettez-vous d'accord avec un collègue dans le même cas que toi et, au prochain mouvement annuel des instituteurs, demandez le poste de l'autre. Étant nouvellement nommés, vous deviendrez ayant-droit et il vous suffira d'inverser vos demandes l'année suivante pour réintégrer votre poste initial en conservant l'indemnité !*

C'est simple sur le papier et j'ai bien compris que notre dirigeant syndical avait d'autres chats à fouetter que de s'occuper des laissés- pour- compte .

Le maire de Blond est un brave homme qui se sent comptable des deniers de la commune. S'il accorde l'indemnité et qu'il ne reçoit pas la compensation en retour – comme on le lui précise encore une fois à la préfecture – il va se trouver dans un bel embarras. La réponse à ma nouvelle demande est donc un « non » catégorique.

Il ne me reste plus qu'à entamer une nouvelle procédure au Tribunal administratif, dirigée cette fois contre la commune qui ne m'a pas fourni un logement conforme à la loi du 30 octobre puisqu'il y manquait – entre autres –, une « pièce à feu ».

[Je sens, ami lecteur, que votre patience s'émousse bien que j'aie condensé, en une page, une procédure de deux ans. Rassurez-vous, la suite est moins technique.]

La mémoire est comme un grenier. En fouillant vainement, en quête d'un objet désiré, vous allez en revanche découvrir le trésor caché, celui qui avait échappé à vos précédentes investigations, et dont la découverte imprévue fait oublier le but initial de vos recherches. C'est exactement le cas de cette image qui vient de remonter à mon esprit. Il y a trois ou quatre ans, Pierre avait sollicité mon avis sur l'attribution aux cantonniers, des logements de l'école inoccupés. Je lui avais conseillé de s'adresser à l'Inspection Académique en demandant la désaffectation de ces locaux désormais inutilisés puisque VÉTUSTES ! Les agents territoriaux occupant maintenant les lieux, il devait exister, quelque part, une lettre relative à cette demande. Si le document faisait état de la vétusté des logements, je tiendrais là une preuve écrite, irréfutable et décisive . Oui, mais voilà, ce n'est pas la mairie qui allait me fournir le bâton pour se faire battre... Il me restait à trouver le moyen de récupérer cette preuve, en supposant qu'elle existât...

Le silence est absolu. Le faisceau de ma torche électrique explore le grand placard métallique du secrétariat. Sur une étagère s'alignent les registres reliés de toile noire, des délibérations du conseil municipal. En feuilletant, l'un après l'autre, ceux des cinq dernières années, je vais immanquablement découvrir ce que je cherche. Ça y est, je la tiens ma preuve ! C'est écrit noir sur blanc. Mercredi je ferai une photocopie de la page concernée et, la nuit suivante, je remettrai le gros livre à sa place. C'est bien le diable si Pierre, dans son fouillis, remarque l'absence du volume... Brusquement les lumières de la mairie se sont toutes allumées en même temps. Des visages grimaçants s'agitent autour de moi. Il y a là le maire, le secrétaire, tous les conseillers municipaux, l'inspecteur, le Commissaire de la République, les parents d'élèves. Tous pointent leur doigt vers le voleur. Et le voleur... c'est moi ! Quelle honte !

Je me suis réveillé en nage, le cœur battant, mais soulagé : ce n'était qu'un mauvais rêve. Décidément cette affaire me perturbe et je devrais peut-être écouter ma femme qui me conseille, depuis le début, de renoncer à mon projet. Cependant mon idée est bonne, en creusant un peu...Mais bien sûr, voilà la solution ! En toute correspondance il y a un expéditeur et ...un destinataire. L'autorité de tutelle a dû enregistrer la délibération. Mercredi j'irai à la sous-préfecture de Bellac ; j'expliquerai mon cas et on me fera un double du document sollicité.

L'employée qui m'a reçu a écouté mon histoire.

– Hélas ! monsieur, nous ne conservons pas aussi longtemps les documents anciens. Adressez-vous aux Archives départementales. Leur adresse a changé, ils sont maintenant…

– Je sais ! Merci de m'avoir renseigné.

Le nouvel immeuble des Archives départementales de la route d'Isle est luxueux. A l'hôtesse d'accueil j'ai raconté, une fois de plus, ma longue quête, en précisant bien que c'était la sous-préfecture de Bellac qui m'adressait ici, ce qui m'a paru conférer à ma démarche un caractère officiel susceptible de déclencher le zèle du service.

– Il faudrait voir monsieur Untel que vous trouverez dans le bureau numéro tant.

– Mon pauvre monsieur, m'a déclaré Untel, *nous venons juste d'aménager dans nos nouveaux locaux et nous n'avons pas encore commencé à dépouiller les archives de moins de vingt ans.. ;*

– Et il va vous falloir longtemps ?

C'était moins une question qu'un constat désabusé, histoire de parler.

– Il y en a pour des années.

Ma femme avait raison. Mon acharnement à retrouver la copie d'une délibération – qui n'existait peut-être pas – prenait un caractère d'obstination sénile…

Entre temps, le député-maire-garagiste de Loudun, monsieur Monory, est devenu ministre de l'Éducation nationale et il s'est avisé de créer une nouvelle catégorie de directeurs d'école : les « maîtres-directeurs ».

C'est ainsi que je me retrouve au Rectorat – transformé en centre d'examen. Assurément nos chefs ne nous tiennent pas en grande estime. Ils auraient dû refuser de se prêter à cette mascarade de confrontation de cinq minutes au cours de laquelle un jury d'inspecteurs décidera si les candidats sont aptes à diriger une école élémentaire qu'on leur a inconsidérément confiée depuis des années – pas moins de quinze ans dans mon cas précis… En sortant de cet entretien aux questions débiles dont je vous fais grâce, je m'avisai que j'étais à deux pas des bureaux de l'Inspection académique . Eux aussi avaient dû recevoir, pour avis, le fameux document que je cherchais en vain depuis des semaines ! Je n'avais rien à perdre d'aller voir sur place ce qu'il en était.

Je prends le raccourci par la rue Baudelaire où je m'étonne de voir des maisons aux lumières rouges allumées. Nous sommes en mai et, par les fenêtres béantes du rez-de-chaussée, se montrent de bruyantes femmes à la tenue provocante, cherchant manifestement à attirer l'attention du chaland. Il ne manquerait plus que je retrouve ici quelque personne de ma connaissance car je viens de réaliser que je suis dans la rue la plus réputée ...des bordels de Limoges...

Proche de ce lieu de perdition, dans le grand bâtiment des services départementaux du Cours Gay-Lussac où règne un calme studieux, j'expose – une fois de plus – mon affaire de logement.

– Il faudrait voir avec monsieur M..., l'archiviste ; je vais l'appeler. Attendez-là, il ne va pas tarder.

Ce dernier fait semblant d'écouter mon résumé des faits.

– Je vais voir ce que je peux faire. Pouvez-vous repasser mercredi prochain ?

La semaine suivante l'employée a changé. Il me faut narrer encore les péripéties antérieures.

– asseyez-vous, j'appelle monsieur M...

Voici enfin la personne providentielle tant espérée, mon unique et dernière carte dans cette partie de poker administratif. Je n'y avais pas prêté attention la dernière fois : monsieur M. est âgé et manchot. C'est à se demander si on ne l'a pas, lui aussi, oublié sur les rayons des archives. Mais dans sa main unique, il tient une feuille de papier.

– J'ai votre document ! m'annonce-t-il en l'agitant en l'air de son bras valide.

Mon bonheur est total. Ma longue quête est enfin récompensée. Je tends la main vers la feuille mais il opère brusquement un mouvement de recul.

– Mais je n'ai pas le droit de vous révéler son contenu !

– ?!?!?!...

Ce n'est plus une douche froide sur la banquise mais carrément un coup de massue...

– Seule la préfecture, qui a sollicité l'avis de l'Inspecteur d'Académie, peut vous communiquer le document. Or, l'avis qui figure en marge, doit rester confidentiel. Je le regrette pour vous mais je ne peux rien faire de plus.

– Je comprends, dis-je d'un ton las, *mais, sans préciser l'avis de l'Inspection, pouvez-vous au moins me confirmer que c'est bien une demande de désaffectation des logements ainsi que sa date de 1983 ?*

– C'est exactement cela !

– Ton entretien s'est mal passé ? Tu as l'air épuisé ! m'a lancé Marie-Claude à mon retour.

Ma lassitude n'a rien à voir avec les rigolos du Rectorat et j'ai du mal ce soir- là à trouver le sommeil. Le film de mon expédition documentaire défile et redéfile sur l'écran noir de la nuit. Il doit bien exister quelque part, dissimulée dans cette muraille administrative, une brèche ou ne serait-ce qu'une fissure ! Et si l'employée de la sous-préfecture m'avait menti ? Après tout, la rédaction de mon papier ne remonte qu'à quelques petites années. Ne m'aurait-elle pas aiguillé sur les Archives départementales pour se dispenser des recherches ? Ça n'aurait pas été la première fois – j'en sais quelque chose – qu'un fonctionnaire paresseux « dégageait en touche », se débarrassant à la fois de l'importun et du petit supplément de travail qui en découlait . Il me fallait en avoir le cœur net.

– Bonjour madame, pourrais-je obtenir un rendez-vous avec le secrétaire de la sous-préfecture, monsieur S... ?

Apparemment, elle ne se souvient plus de moi. Tant mieux ! Inutile de lui préciser l'objet réel de ma démarche.

– Je suis monsieur Loehr, le directeur de l'école de Blond, j'ai un problème scolaire complexe à résoudre et je pense que monsieur S... pourrait m'aider.

Au téléphone, elle appelle son chef.

– Monsieur S… va vous recevoir. C'est la porte au fond du couloir.

Le secrétaire-général des services de la sous-préfecture me fait asseoir. C'est un homme jeune, ouvert. Il a une bonne tête, je m'enhardis et pour la énième fois j'explique le but de ma démarche :

– Je suis instituteur à Blond et, pour obtenir l'indemnité de logement qu'on me refuse, j'ai dû introduire un recours au Tribunal administratif. Pour constituer mon dossier, il me manque la pièce officielle qui prouve la vétusté de l'appartement proposé. Il s'agit d'un délibération du Conseil Municipal, établie en 1983, demandant la désaffectation de ces locaux. Pourriez-vous m'aider à la retrouver ?

Ainsi résumée, l'affaire est devenue extrêmement simple. Elle a l'avantage de ne pas lasser l'interlocuteur et de le mettre dans la position – valorisante – de défenseur de la veuve, de l'orphelin et accessoirement du petit instituteur victime d'une injustice.

– Je vais voir ce que je peux faire. Pouvez-vous repasser mercredi matin ?

– C'est parfait, je ne travaille pas ce jour-là. Je vous remercie de votre compréhension.

Cette fois c'est tout ou rien : s'il ne retrouve pas le document ou si son contenu ne fait pas état de la vétusté, il me faudra bien m'incliner. Qu'est-ce qu'il va me dire mercredi ?

Monsieur S… m'a prié de m'asseoir :

– Tenez ! me dit-il négligemment. *Vous pouvez conserver la feuille, c'est une copie. C'est bien ce que vous cherchiez ?*

Un rapide coup d'œil le confirme. Je suis déjà debout pour ne pas importuner d'avantage le second du sous-préfet. Si je croyais, je l'embrasserais, ce qui n'est pas le cas de l'employée de l'entrée à qui j'ai lancé un regard noir en sortant… sans lui dire au revoir.

Le texte de la délibération dépasse tous mes espoirs. J'y lis notamment :

« Des logements ne disposant d'aucun confort sont situés dans le bâtiment datant de 1880. » – l'un de ceux que j'occupais – « Cet immeuble de conception antique interdit tout projet d'aménagement sérieux. » (sic) Un peu plus loin encore : « le conseil municipal, après délibération, demande la désaffectation des logements des instituteurs ; s'engage à respecter les règles d'indemnisation des instituteurs. » Tout y est !

Il m'est alors revenu en mémoire l'émission chinoise de Radio-Bamako qui se terminait toujours ainsi :« Vive, vive et vive ! la pensée du président Mao, toujours victorieuse ! » Elle l'était une fois de plus car c'était écrit, noir sur blanc, dans le « Petit livre rouge » : « Il faut affronter la difficulté avec courage. » Si le « Grand-Timonier » avait demandé à ma modeste personne, mon très humble avis, je lui aurais fait ajouter « et persévérer » !

Je ne pouvais désormais plus perdre mon recours et le Tribunal administratif m'accordera enfin cette indemnité, trois ans et demi après le début de la procédure, mais sans effet rétroactif. Maigre résultat si l'on considère que l'année suivante je quitterais mon poste pour l'école Charles Silvestre à Bellac... C'était un peu comme si on m'avait accordé le « franc symbolique » – qui confirme la défaite de la partie adverse en reconnaissant le bon-droit du plaignant, à défaut de gonfler son porte-monnaie ...

Et la commune de Blond dans tout cela ? Eh bien elle percevra la compensation de l'État et il ne lui en coûtera pas un sou...

Moralité de cette affaire : lorsqu'il est question d'argent avec les services de l'État, méfiez-vous, ses agents interprètent toujours les textes de façon restrictive, exactement comme si l'argent devait sortir directement de leur poche...

Mais je n'en avais pas fini avec les tribunaux !

Le centre de Poitiers est un site historique exceptionnel. Maisons moyenâgeuses et hôtels particuliers de la Renaissance y abondent. Pas une seule pierre qui n'ait une longue histoire à raconter au passant. A deux pas de la cathédrale romane Notre-Dame- la- Grande, le château des comtes du Poitou a été aménagé en Palais de Justice. Pour passer le temps en attendant nos femmes, Christian m'a proposé de pénétrer dans la grande salle des pas perdus à la remarquable charpente d'époque.

– Puisqu'on a une minute, on va aller voir le Tribunal. Celui-là je ne te l'ai pas encore fait visiter ...

Il ne manque pas d'humour, le monstre !

Pour tout comprendre, prenons la machine à remonter le temps qui nous ramène en arrière d'une bonne vingtaine d'années.

Monsieur Pierre-Marie Carron est huissier à Bellac. C'est justement lui qui apparaît dans l'encadrement de la porte que je viens d'ouvrir au coup de sonnette. Je ne suis pas surpris par la visite de l'officier de justice qui me remet, en main propre, l' « exploit » qu'il vient de rédiger. Ce curieux terme de procédure désigne simplement une convocation au tribunal avec un rappel des faits.

En fait, le véritable exploit, c'est mon fils – en personne – qui l'a réalisé. Je l'ai appris de la bouche même du motard qui a dressé le procès-verbal : Christian circulait à cyclomoteur, la nuit, sans éclairage, au mépris des règles de sécurité les plus élémentaires.

Ma colère a été considérable. Il faut me comprendre car, ce que vous ignorez encore, c'est qu'il y a un an de cela, j'ai été confronté à la même situation : procès -verbal, exploit, séance au tribunal. Et à votre avis qui a payé l'amende ? ... Et pour quelle raison, je vous le donne en mille ? Pour DÉFAUT D'ÉCLAIRAGE... Oui, vous avez bien lu ! Aussi quand mon fils est rentré à la maison, l'orage a éclaté. Mon épouse prétend qu'on m'entendait crier jusqu'au fond de la rue...

– Ma parole, tu le fais exprès pour me contrarier ! Tu peux m'expliquer pourquoi la lumière du vélomoteur ne fonctionnait ENCORE pas… ?

Non seulement elle ne fonctionnait pas, mais le système d'éclairage lui-même était absent… Le prévenu passait son temps à démonter, remonter et trafiquer cette malheureuse mobylette – qui ne lui avait pourtant rien fait – et ce soir-là il n'avait pas eu le temps de remettre en place le phare. En revanche il avait eu assez de temps pour faire ses va- et- vient pétaradants dans les rues de la ville, à la nuit tombée… assez en tout cas pour que la maréchaussée s'intéressât à lui.

Cette fois c'en était trop. J'avais depuis longtemps annoncé – et répété – qu'un jour je saisirais cet engin de malheur et qu'au milieu de la rue, avec la masse, je réduirais la chose en un tas de ferraille informe et définitivement inutilisable. Si c'eût été excellent pour rétablir un équilibre nerveux déstabilisé, en revanche la réputation de ma santé mentale risquait d'en souffrir auprès du voisinage. Et seule cette dernière considération avait retenu mon élan naturel…

– Tu vas immédiatement dévisser les roues du cyclo et monter tout ça au grenier. Demain je résilie l'assurance et je ne veux plus jamais en entendre parler !

Ma décision est cette fois sans appel. Christian l'a bien compris puisque depuis quelques temps il a commencé à vendre le vélomoteur… en pièces détachées…, ce que j'apprendrai… bien plus tard… beaucoup plus tard !

Je suis d'une humeur exécrable lorsque je grimpe aujourd'hui – à nouveau … – les marches du tribunal de la place du Palais où, posé sur son piédestal, le tubercule de granit creusé qui fait office de fontaine, crachote une eau parcimonieuse. Tu parles d'une décoration ! Quand je pense qu'une municipalité a pu impunément démolir l'ancienne fontaine, détruisant ainsi un inestimable patrimoine, pour installer à sa place un parking !… Et qu'un autre maire a fait édifier ensuite cette horreur monumentale qui se prétend d'« art » contemporain…

En plus il m'a fallu obtenir une autorisation d'absence en ma qualité de père assistant d'enfant mineur alors que je m'étais toujours promis de ne solliciter aucune faveur de la part de mon inspecteur à qui je souhaitais ne jamais rien devoir. Il faut bien en convenir : c'est raté ! Et à cause de qui ?

– *Quand le juge va apprendre ta récidive, tu vas recevoir un de ces savons ! Et tu ne l'auras pas volé.*

Nous pénétrons dans la grande salle du Tribunal d'instance de Bellac. Je retrouve le vaste local, éclairé par des fenêtres haut placées, aux murs gris-sale complètement nus. Des rangées de banc à dossier de bois ciré font face à une estrade surélevée meublée de trois pupitres. Peu à peu quelques sièges ont reçu leurs occupants qui semblent perdus dans cet espace froid et dépouillé. Ici, plus qu'ailleurs, l'austérité de la Justice se veut une réalité.

Mais voici qu'entrent, par la grande porte, toute une classe d'adolescents conduits par leur professeur et qui s'installent sur les bancs vacants.

– *Tu les connais ?* ai - je demandé à Christian.

– *C'est des premières du lycée !*

Il ne manquait plus que cela. Si j'étais à sa place, la honte me submergerait…

– *Mesdames et messieurs, la Cour* !

Tout le monde s'est levé tandis que pénètrent dans la salle le juge, le procureur de la République en tenue civile, l'assesseur et le greffier, suivis des avocats en robe noire.

L'audience de ce jour est consacrée uniquement à des infractions routières. On évoque en premier lieu les affaires défendues par les avocats qui représentent des clients absents. Leur temps est précieux, les autres justiciables peuvent bien attendre… Après l'exposé des faits, le procureur requiert la peine : amende, retrait du permis ; puis intervient le défenseur. Son discours manque d'originalité. Les mêmes arguments émaillent les différentes demandes d'indulgence justifiées par l'inattention du conducteur due à ses soucis, la modicité de ses ressources, la nécessité pour le contrevenant de conserver l'usage de son véhicule, indispensable à la poursuite de son activité professionnelle. A la fin de la plaidoirie, le juge commente sa décision et rend son verdict, sentence consignée par le greffier.

Quand tous les avocats ont quitté les lieux, les autres prévenus répondent eux-mêmes afin de s'expliquer sur les faits qui leur sont reprochés.

La première personne, surprise à rouler à 140 kilomètres à l'heure sur la nationale 20, dans la descente de Charensannes, tente de persuader la cour :

– *Ma voiture était chargée et si j'ai pris de la vitesse dans la descente, c'était pour mieux monter ensuite la côte en face...*

Si cette raison originale laisse les magistrats apparemment insensibles, elle suscite en revanche bien des sourires et des ricanements parmi le public.

C'est au tour de monsieur M... qui, malgré la contravention précédente des gendarmes de Mézières, s'obstine à garer son véhicule au « stop » de la place de l'ancienne mairie. Cette fois il a de plus insulté les agents qui l'admonestaient ce qui lui vaut une nouvelle amende de deux cent quarante francs. Le malheureux a jusqu'ici écouté les griefs sans broncher mais il intervient brusquement avec des accents indignés :

– *C'est vrai, j'ai mal garé ma voiture mais je ne gênais personne. Les gendarmes de Mézières m'en veulent ; chaque dimanche ils me guettent pour m'obliger à me ranger ailleurs...*

Son argumentaire ne semble pas convaincre le procureur :

– *Les gendarmes de Mézières ont été bien patients avec vous. On vous a prévenu, verbalisé, et vous persistez. C'est à vous de vous plier aux règles et non le contraire ! Je propose de porter l'amende à quatre cents francs.*

– *Et allez donc !* s'est écrié le persécuté, comme si le monde entier s'était ligué contre lui.

– Calmez-vous monsieur M… Ce n'est pas le procureur qui fixe les peines. Je vous relaxe pour cette fois mais, à l'avenir, respectez le code et les représentants de la loi !

Le visage de M… s'est éclairé d'un large sourire. S'il a joué les plus idiots que nature, c'est réussi…

Mon fils et moi gravissons les marches à l'appel de son nom. Christian a de la chance, ce n'est pas le même juge que la dernière fois. L'assesseur a terminé l'énoncé des faits et le procureur demande une amende de deux cent quarante francs.

– Qu'avez-vous à dire ? ajoute le magistrat, à l'adresse de l'adolescent ?

Celui-ci est bon comédien. Jamais je ne lui ai vu une mine aussi humble et contrite.

– Dans l'après-midi j'ai démonté diverses pièces de mon vélomoteur, dont le phare avant. C'est en faisant des essais sur la route que la nuit m'a surpris avant que j'aie le temps de tout remettre en place. Je reconnais que j'ai été imprudent.

Je me suis permis d'intervenir :

– De toute façon il ne recommencera pas de sitôt car le cyclomoteur est au grenier depuis deux mois et il va y rester encore un bon moment !

– Je vous trouve bien sévère avec votre fils ! Ce n'est pas si grave que ça… m'a rétorqué le juge, avec un accent réprobateur.

Ma parole, mais pour un peu il m'engueulerait ? – comme si c'était moi le coupable . Il poursuit :

– Avez-vous quelque chose à ajouter ?

Je pense bien que j'ai quelque chose à ajouter :

– Oui ! Ce qui n'est pas juste dans cette affaire, c'est que le père doive payer pour les bêtises du fils !

– Et si je ramène l'amende à quatre-vingt francs, ça vous ira comme ça ?

Nous quittons cette enceinte de justice. Rayonnant, Christian adresse, au passage, quelques sourires aux lycéens de sa connaissance qui lui répondent par des clins d'œil de solidarité muette. Si j'ai bien compris le juge – et je l'ai bien compris –, dans cette affaire, le fautif – à l'origine des frasques du fils –, c'est moi, le père autoritaire... et pingre ! Décidément il était dit que je boirais la coupe... jusqu'à la lie !

Si l'on vous propose de visiter la grande salle du Tribunal de Poitiers, n'hésitez pas : la charpente de bois du plafond, en arcs de cercles, vaut vraiment le coup d'œil.

Et en plus c'est gratuit...

***

Chasse, pêche, nature… et tradition

Les coups s'abattant sur les coins d'acier résonnent comme un claquement. L'air en vibre et le bruit régulier se répercute en écho contre la haie en lisière du champ, interrompu seulement, l'espace d'un instant, par les longs craquements plaintifs de la fibre du bois qui se déchire. Les quartiers débités rejoignent la pile et le patient travail de la masse reprend. Parfois un « Han ! », poussé par le bûcheron, vient accentuer la vigueur du dernier coup porté à la bille qui cède enfin.

Quand son bois sera rentré sous le hangar, Albert consacrera des journées entières de temps de pluie à manier la scie à bûches dans les durs tronçons de chêne qu'il installe, un à un, sur sa « chèvre ».

– *Mon bois m'aura chauffé deux fois !* répond-il à ceux qui le complimentent pour l'assiduité de son effort car personne n'oublie que notre ami va sur ses quatre-vingts ans.

Ce n'est pas lui faire injure de dire d'Albert qu'il n'est pas moderne. Il a toujours travaillé la terre – à la façon de son père – et reste bien décidé à faire comme il a toujours fait. Lorsqu'il était jeune, son passage en Tunisie comme son séjour forcé en Allemagne, n'ont pas changé son optique des choses. Ne lui parlez pas de motoculteur et encore moins d'automobile. Sans sa femme Gisèle il se déplacerait uniquement à pied car il ignore aussi l'usage du vélo. C'est à son insu que son épouse a fait livrer, par la maison Mocoeur, un poste de télé-couleur. Mis devant le fait accompli, il a bien dû s'incliner mais on ne lui fera jamais signer un chèque et pour rien au monde il ne décrocherait le combiné du téléphone. Contre le progrès il était, contre tout changement technique il reste. Et ce n'est pas à son âge qu'il va abandonner ces convictions...

– *Tu devrais quand- même t'acheter une scie électrique ou une tronçonneuse !* lui ont suggéré ses amis.

Une tronçonneuse ? Vous n'y pensez pas ? Dans sa famille on a toujours utilisé le passe-partout et la masse et on ne s'en est pas plus mal porté ! Et puis, avec sa pile pour le cœur, le docteur lui a bien dit et répété qu'il ne fallait pas se servir de machines à moteur électrique ou d'engins qui vibrent...Ce n'est pas un prétexte, c'est une raison qui ne se discute pas. Il faudrait vraiment faire preuve de mauvaise foi pour affirmer que les violents coups portés par le têtu sur les coins d'acier provoquent aussi des vibrations dans les bras et jusque dans tout le corps...

Quand il a fait une bêtise, Albert se fait humble et ses récriminations à l'égard de sa femme s'estompent. Assis à la table de la cuisine, il ne bouge plus. C'est dans cette position, anormalement calme et posée, que mon épouse le trouve.

– *Mais qu'est-ce qui t'est arrivé Albert ?*

La figure du taciturne est toute balafrée ; au-dessus de l'œil droit tuméfié un énorme pansement au crâne dépasse sous la casquette.

– *Ce qu'il a fait, je vais te le dire, moi !* lance Gisèle avec humeur.

Et elle se met en devoir de raconter, par le détail, toute l'histoire. Depuis des décennies la famille louait un grand terrain jouxtant les bâtiments de la ferme et voilà que les héritiers s'étaient décidé à vendre cette terre tant convoitée. Malgré le prix élevé, nos amis s'étaient rendus chez le notaire et du statut de locataires ils étaient passés à celui de propriétaires. Jusqu'alors Albert s'était contenté d'entretenir cette pièce mais maintenant qu'il en était le maître, il allait la bichonner. Première étape des opérations : nettoyer le pré et élaguer les branches basses des chênes du pourtour. A l'aide d'une échelle, appuyée au tronc, il se mit donc à sectionner, une à une – à la scie à bûches, bien entendu – les rameaux gênants. Toutefois, si l'extrémité de certaines branches traînaient presque au sol, leur point d'attache était parfois assez haut et, même avec l'échelle de la barge, on ne pouvait l'atteindre. Qu'à cela ne tienne ! Notre ami fixa solidement, au bout d'un long manche, une égoïne aux dents bien affûtées et, perché sur les derniers barreaux, il parvenait à scier les ramifications récalcitrantes. Je vous laisse imaginer le travail avec cette scie ridicule, aux prises avec des « mares » parfois épais comme un tuyau de cuisinière, et maniée à bout de bras par un corps en équilibre aléatoire.

Si, en cette position inférieure, le bûcheron ne risquait pas de scier la branche sur laquelle il était assis, il s'exposait en revanche à recevoir la ramure qui le dominait. L'opération avait réussi des dizaines de fois mais ce qui devait arriver arriva . En se détachant de son support, une grosse branche décida de suivre une trajectoire fantaisiste, heurtant au passage la tête d'Albert et précipitant ce dernier au bas de l'échelle où il se retrouva à moitié sonné, la tête au milieu du feuillage… Le visage et le crâne ensanglantés, il rejoignit tant bien que mal son domicile où sa femme effrayée lui prodigua les soins adaptés, réservant ses griefs pour plus tard et de préférence lorsqu'elle aurait des témoins…

Le travail ne fait pas peur à Albert mais il faut bien, de temps en temps, se distraire. Son plaisir à lui c'est la pêche à la ligne. Il irait volontiers à la Gartempe mais, à pied, c'est loin ; aussi son épouse lui a-t-elle proposé de l'y conduire en voiture. Le matin elle dépose homme, matériel et casse-croûte au bord de l'eau, retourne à ses occupations et revient chercher le tout vers dix-huit heures. Et si, en cours de journée, la pluie se met de la partie ? Cela ne change rien à l'affaire : Gisèle a conseillé à son mari de prévoir un vêtement imperméable. Le retour est prévu pour dix-huit heures ; un point c'est tout ! Mais un compromis, cela fonctionne dans les deux sens. Aussi Albert n'a-t-il pas admis que sa femme n'ait pas respecté l'heure convenue. Bien sûr, quand le matériel est rangé et que le véhicule se fait attendre, on peut toujours flâner au bord de la rivière. On peut même commencer à faire une partie du chemin de retour à pied, en bottes, chargé des musettes,du fagot des gaules et de l'épuisette. Mais quand la nuit vous surprend et que la patience s 'étiole alors l'amertume cède la place à la colère. Car elle l'a, un soir, purement et simplement oublié… Le pêcheur abandonné ne lui a pas fait un seul reproche ; il ne lui a tenu aucun de ces propos violents auxquels on répond par des propos encore plus durs. Non ! Il ne lui a absolument rien dit, mais alors pas un seul mot, … pendant quinze jours quand-même !

Dorénavant il ira à la pêche avec son cousin Marcel. Ils aiment aller au moulin de Puy-Martin où il leur est arrivé de faire d'abondantes fritures. Voilà plusieurs fois que les lignes se sont accrochées à un engin métallique immergé dans la vase. Aussi ont-ils décidé de prendre le taureau par les cornes et de retirer cette épave dont ils seront débarrassés une fois pour toutes. Avec une corde ils ont peiné une bonne heure pour sortir un lourd cadre de mobylette qui gît désormais, boueux et dégoulinant, sur la berge broussailleuse de la Gartempe.

– *Ça mord ?* leur ont demandé deux pêcheurs qui passaient.

– Je pense bien ! Regardez ce qu'on vient de sortir de l'eau ! a répondu sérieusement Albert en désignant la ferraille.

Aucun des deux hommes n'a réagi mais Marcel a entendu le plus vieux qui, en s'éloignant, s'adressait au plus jeune :

– *Tu te rends compte ! Pour sortir ça de l'eau, il faut être « monté »drôlement gros.*

Et plus gros encore pour soulever leur naïveté…

Cependant la pêche n'est qu'un pis-aller pour Albert qui fut, en son jeune temps, un fougueux chasseur et, si les gardes de la propriété de monsieur de Tisseuil, qui lui cherchaient imprudemment des noises, revenaient, ce n'est pas eux qui diraient le contraire... Bien que notre ami ne chasse plus depuis longtemps, il continue d'accumuler les munitions dont le stock impressionnant permettrait – affirme-t-il – de faire sauter tout Saint-Sauveur. Ses nouvelles proies, ce sont désormais les rats qui pullulent autour du poulailler, du « toit » des lapins et de la volière des pigeons, attirés par le grain et les croûtons de pain sec . Chaque soir, armé de sa carabine, il guette la sortie des envahissants prédateurs et il est bien rare qu'une ou deux dépouilles de ces gros surmulots ne viennent s'ajouter au nombre des victimes des cartouches de « 22 ». La nuit, la traque à la lueur de la lampe électrique, quand les yeux des rongeurs brillent dans le noir, est encore plus captivante.

Albert nous raconte sa chasse de la veille. Il a fait feu entre les deux yeux phosphorescents aperçus dans l'obscurité. Foudroyé, l'animal s'est raidi sur place.

– *Et vous savez ce que c'était ? En m'approchant je me suis rendu compte que j'avais tué la mère-lapine !* dit-il en éclatant de rire.

– *Il y a bien de quoi rire de cet exploit !* ajoute Gisèle, avec colère. *Seulement ce qu'il ne vous dit pas, c'est qu'à onze heures il est monté me réveiller pour que je l'aide à dépouiller la pauvre bête...*

Sacré Albert, va !

Cela m'a rappelé l'histoire de ce tireur qui avait malencontreusement abattu l'âne de son voisin qui paissait derrière la haie.

Alors que le chasseur accablé revenait chez lui, il rencontra l'un de ses amis qui l'apostropha en dialecte limousin :

– Qu'as-tu tua, uei ? (– Qu'as-tu tué aujourd'hui ?
– Co sé sauro bé ! – Ça se saura bien !)

(Il existe une variante de cette « niorle » où l'âne est remplacé par ... un porc !)

***

La grève à l'envers

1964

La foule grossit de minute en minute sur le Champ de Juillet et nous sommes bien deux mille lorsque s'ébranle, en direction du Carrefour Tourny, le cortège des manifestants. Immédiatement à l'arrière de la grande banderole tendue **« C.G.T.- C.F.D.T. - F.E. N. – Tous unis pour la défense du pouvoir d'achat ! »** (Je sais, F.O. n'y figure pas mais ce n'est pas ma faute s'Ils ne font jamais rien en même temps que les autres...) s'avancent nos dirigeants syndicaux, suivis de la foule des grévistes, dans un joyeux brouhaha d'atmosphère bon-enfant. On y parle de tout et ça rigole ; exactement comme aux enterrements à Blond où, à la porte de l'église, pendant la messe funèbre, la chaleur communicative des retrouvailles estompe la gravité qui siérait aux raisons oubliées de la présence de tous ces gens en ce même lieu. De temps en temps fuse un mot d'ordre repris par de nombreux marcheurs, sur l'air des lampions :

« *Les patrons discussion ! Les patrons discussion ! les patrons ...* » et parfois transformé par d'autres : « *Les patrons du pognon ! Les patrons du pognon ! Les patrons...* » – slogan moins politique mais bien plus drôle – car nous sommes quand même là pour crier notre mécontentement. Si on se laissait dépouiller sans rien dire, tant par les pauvres employeurs du secteur privé que par l'État-patron, il y a belle lurette que les travailleurs de ce pays seraient tout nus...

Après une halte devant l'immeuble patronal de la Chambre de Commerce et d'Industrie où a été reçue une délégation, le défilé se dirige maintenant vers la Préfecture et je reprends le refrain, poussé en chœur par mes voisins, sur l'air de « Il était un petit navire » : «

Il était un petit ministre
Il était un petit ministre
Qui n'avait ja ja jamais travaillé
Qui n'avait ja ja jamais travaillé
Ohé ! Ohé !

Ohé ! Ohé ! Pompidou
Pompidou navigue sur nos sous !
Ohé ! Ohé ! Pompidou
Pompidou navigue sur nos sous ! »

Dans la « Tribune libre » de « L'École Syndicaliste », le bulletin trimestriel du S.N.I. (Syndicat National des Instituteurs), un adhérent donne son appréciation sur la grève, suivie comme d'habitude par plus de 90% de nos collègues. (Il est d'usage que les malades et donc comptés non-grévistes reversent leur journée de salaire au syndicat). Car dans notre corporation, pratiquement tout le monde est syndiqué et les promotions successives qui sortent des écoles normales d'Instituteurs ont toutes en poche la carte du S.N.I. qui rassemble les enseignants de maternelle, du primaire et les professeurs de collège. Si l'éditorialiste exprime sa satisfaction sur la participation, en revanche il déplore le comportement puéril et peu sérieux des chanteurs qui, à son avis, discréditent le mouvement. Si l'on suit bien le raisonnement du plumitif, il faudrait donc perdre sa journée de salaire, faire le déplacement à Limoges et en plus arborer un air sinistre parmi les marcheurs d'un cortège funèbre !... Quel programme alléchant et mobilisateur des énergies ! Mais je réentendrais cet argument à propos des chômeurs. Bien que ces personnes soient privées d'emploi et ne disposent que de maigres ressources de survie, n'en voit-on pas qui utilisent des portables, invitent les amis, rient, achètent à leurs enfants des jouets, alors qu'ils feraient mieux d'économiser cet argent pour joindre les deux bouts en fin de mois ? Quelle idée saugrenue que de vouloir, de temps en temps, faire comme tout le monde ! RMistes, je vous le dis : soyez humbles, vertueux, adoptez un visage lugubre, ruminez vos malheurs, éventuellement contractez un ulcère ! Vous aurez ainsi l'air de chien battu qui sied à votre condition sociale et les gens bien-pensants consentiront alors à vous plaindre. Généreusement ! Sinon, en quoi distinguerait-on, je vous le demande, un riche d'un pauvre ? A ceux qui prétendent que les chômeurs sont des oisifs, je réponds qu'il y a parmi eux, c'est vrai, des paresseux. Mais au sein de ceux qui ont un emploi, n'y a-t-il pas aussi des tire-au-flanc dans les mêmes proportions ? Et en plus bien payés ! Inutile je pense de vous citer des noms ; vous en connaissez autant que moi...

En cette époque des années soixante, je ne sais pas encore que les grèves, je vais en faire un certain nombre dans ma carrière. Les raisons ne manquent pas : les salaires, la laïcité, le manque de crédits pour l'enseignement public avec son corollaire de subventions à l' école privée, les violences policières, la défense de la Sécurité Sociale, les effectifs, les suppressions de postes. Il m'arrivera même de cesser le travail pour la titularisation des remplaçants alors que, dans mon école, ces mêmes remplaçants étaient à leur poste le jour de la grève... Je ne leur en veux pas car, les décideurs le savent bien : la grève est le luxe des gens qui ont un emploi assuré. Et pour un travailleur syndiqué, un mot d'ordre se respecte même lorsqu'on n'est pas d'accord. Si chacun se mettait à ignorer la discipline syndicale et l'union qui fait la force, quel moyen de pression nous resterait-il ?

Et puis, la grève, c'est comme la culture des pommes de terre et le bistrot : on constate l'insignifiance de la récolte en oubliant de faire le compte de tout ce qu'on aurait perdu en l'absence de réaction...

1968.

Le ronronnement saccadé des moteurs de tracteurs a progressivement remplacé, dans les rues du bourg, le cheminement grinçant des attelages avançant au pas lent et déhanché des bovins . Dans les vastes cuisines paysannes, près des gazinières de tôle blanche émaillée, la radio a fait place à l'écran lumineux de la télévision en noir et blanc qui, au moment des informations du soir, à travers la vitre, troue la nuit de ses éclairs alternatifs blafards. Tous signes attestant d'un irrésistible progrès en marche.

Pourtant on y vit toujours au rythme régulier des saisons qui conditionnent le travail de la terre et la vie des habitants de nos campagnes.

Sur chacune des quatre gravures colorées des « éditions Rossignol », les maîtresses de CP et de CE1 commentent les changements intervenus dans le paysage, la végétation et les activités humaines : l'automne aux teintes chatoyantes offrant généreusement ses fruits mûrs ; l'hiver endormi, recouvert d'une neige froide qui fait pourtant la joie des gamins ; le printemps déroulant le tapis vert de ses prairies renouvelées ; l'été enfin, écrasant sous sa chaleur l'or des blés mûrs.

C'est ce cycle figé de la vie rurale qui détermine la progression en vocabulaire et les sujets de « rédaction » aux thèmes récurrents : l'ouverture de la chasse, la quête des champignons, la préparation du cidre, la veillée, la mort du cochon, les cadeaux de noël, les jeux dans la neige, la foire, la fête au village, les travaux du jardin, l'orage, la préparation du repas, la noce, la pêche à la ligne, la fenaison, la batteuse…

Personne n'avait remarqué de ces signes avant-coureurs qui précèdent généralement les grandes secousses de l'histoire sociale et à Saint-Sornin on était à cent lieues des revendications étudiantes qui avaient fait tache d'huile dans les universités de province, dans les usines et les services administratifs. En ce mois de mai 1968, tout le monde ou presque se sentit soudain exploité et solidaire du grand mouvement de grève qui paralysait le pays.

Politologues et sociologues ont depuis produit les analyses les plus affinées de ce phénomène mais, pour ma part, je reste persuadé que l'élément catalyseur de cette grande pagaille fut... le persistant anti-cyclone des Açores, cause du temps printanier exceptionnellement beau et durable qui rend les gens euphoriques jusqu'à l'excès : le soleil a toujours été l'allié des révolutions. Car comment expliquer l'attitude de ces bourgeois dans l'âme qui, du jour au lendemain, se muèrent en révolutionnaires de l'impossible, expliquant sans complexe la marche à suivre pour réformer le vieux monde. Certains de mes collègues tinrent en cette période des propos surprenants : tel cet instituteur de campagne qui conseillait – aux autres ! – que le moment était venu de « descendre dans la rue » (mais quelle rue et pour quoi faire ?) ; tel celui-là qui affirmait qu'il suffisait d'occuper les ministères, prudemment désertés par leurs titulaires, pour prendre le pouvoir ; tel autre encore qui voulait que la gestion des écoles – y compris les bâtiments et le personnel – échappât aux communes pour être confiée aux enseignants...

Daniel lui-même, secrétaire fédéral du Parti communiste en resta ébahi lorsque, arrivant à la manifestation du Champ de Juillet à Limoges, il aperçut les élus socialistes, groupés derrière les étendards rouges de la S.F.I.O. (Section Française de l'« Internationale Ouvrière » – association internationale des syndicats ouvriers, la deuxième du nom, celle d'Amsterdam, qui avait échoué à empêcher la guerre de 14). Hormis pour l'enterrement d'un ancien militant, on n'avait plus ressorti, depuis des lustres, ces vieux drapeaux conservés dans la naphtaline. Et pour cause : il ne s'agissait pas d'effrayer le bourgeois de ce département qui votait volontiers « socialiste » pour empêcher l'élection d'un communiste. Oublié donc leur appel à de Gaulle, exactement dix ans auparavant ; oubliée la mobilisation, par Guy Mollet, du contingent en Algérie ; oublié leur soutien à la guerre d'Indochine ; oublié encore l'envoi des C.R.S. et de l'armée, par le ministre Jules Moch, contre les mineurs en grève. En fait de défense des ouvriers et d' internationalisme prolétarien on avait fait mieux... Pour ne pas être en reste, Daniel dut se précipiter au siège de sa fédération afin que le drapeau rouge de la S.F.I.C. (Section Française de l' « Internationale Communiste » – la troisième du nom, créée par Lénine, celle de Moscou, encore appelée « Komintern ». Elle n'était pas non plus sans reproche, puisque entièrement dévouée à Staline, ce qui devait entraîner la fondation, à Berlin, d'une « quatrième » internationale se réclamant des idées de Trotsky... –), afin donc, disé-je, que le drapeau rouge de la S.F.I.C. figurât aussi dans le cortège, mêlé aux noir des bannières anarchistes.

Mais la palme revint à un éminent fonctionnaire de l'Éducation Nationale d'une sous-préfecture du nord de la Haute-Vienne. Avant de proposer à l'Inspecteur d'Académie, l'année suivante, autant de suppressions de classes primaires dans sa seule circonscription qu'en prévoyaient dans les leurs ses quatre collègues réunis, il arborait sur sa voiture personnelle les deux fanions associés de la Révolution : le rouge et...le noir – Tant qu'à faire !

Le camarade Henri, ouvrier maçon de la seule entreprise de la commune, vint me trouver :

– Alors qu'est-ce qu'on fait ? (Il voulait parler de la grève.)

– C'est à vous de décider mais à votre place je resterais tranquille. Vous allez perdre des journées de salaire, inutilement vous mettre à dos le patron qui, de toute façon, sera obligé de vous appliquer les tarifs décidés au cours des négociations salariales.

Le Général qui avait disparu des écrans des radars réapparut soudain, regonflé à bloc, et je songeai qu'on avait bien fait de ne pas occuper les ministères... Le spectacle des débordements des extrémistes, plus ou moins étudiants, de la Sorbonne, dûment exploité par le gouvernement et habilement relayé par les médias, jeta le discrédit sur l'ensemble du mouvement et les élections remirent les choses à leur place. Effrayée par ses propres audaces et les incertitudes d'un pouvoir révolutionnaire qu'elle avait réclamée à cor et à cri, une grande partie de la foule des suivistes s'était ravisée, assurant une écrasante victoire à la droite.

Les révolutionnaires du verbe ont depuis fait leur chemin ; après qu'ils aient fait joujou, on devait les retrouver effectivement nombreux dans les ministères – qu'ils avaient donc fini par occuper ... – et la haute-administration, voire au sommet de l'État, mais ce n'était plus pour faire la Révolution – sinon ça se serait su... Je serais mauvaise langue si je prétendais qu'on a bien le droit de retourner sa veste quand c'est pour la bonne cause : en l'occurrence la sienne !... Edgar Faure, notre nouveau ministre de l'Éducation nationale l'avait affirmé depuis longtemps : « *Ce n'est pas la girouette qui change, c'est le vent qui tourne !* »

1974

Le président Pompidou – le même qui, quelques années auparavant, alors seulement premier ministre, « naviguait » allègrement « sur nos sous »... – venait de mourir des suites d'une longue maladie, ce qui désorienta notre petit Michel, alors élève de CP, et qui déclara, candidement, à ma femme : « *Il paraît que Pompidou est mort et après on l'a vu toute la journée à la télé !...* »

Mais depuis longtemps déjà, ses successeurs potentiels soignaient leur image de marque électorale. Le candidat à la magistrature suprême des « Républicains Indépendants » maniait inconsciemment le pléonasme car, avait-t-on jamais vu un parti se proclamer « Dépendant » ? Vous imaginez une formation politique s'intituler par exemple « Union pour une Majorité Dépendante » ou encore « Rassemblement Dépendant du Centre-Gauche » ?

Cela aurait pu, à la rigueur, se concevoir pour un prétendant à la mairie de Limoges et à la députation en Haute-Vienne, qui avouait consommer ses deux litres de Whisky par jour, et qui aurait pu effectivement noter sur son étiquette : « Union pour la Nouvelle République Dépendant » – en l'occurrence, de l'alcool... Soyons juste : ce montagnard chevronné (que le « Canard enchaîné » qualifiait de « Galopin des cimes...) devint par la suite un membre éminent de ... la Ligue anti-alcoolique ... C'est le même qui, après avoir pris sa veste aux élections municipales de Limoges, annonça, dans un tract rancunier destiné aux Limougeauds, qu'ils avaient choisi « la nuit ». Et ce sont encore ses proches amis politiques qui, par dépit, allèrent briser du matériel à la Maison du Peuple après l'annonce des résultats . Cela ne l'empêcha pas notre lumineux candidat de couronner sa vertueuse carrière en siégeant dans la plus haute assemblée de la République, le Conseil Constitutionnel, tandis que le soleil – insensible à ses prévisions pessimistes – continuait d'honorer de sa présence le ciel Limousin. Que voulez-vous, personne n'est à l'abri des errements de jeunesse...

Pour en revenir à nos moutons, notre « Républicain Indépendant » se distinguait du lot de ses concurrents par ses habitudes de simplicité. Ne l'avait-on pas vu – en sa qualité de ministre des finances – accorder – quelle audace ! – une interview télévisée en pull-over ? Pour gagner son ministère, n'avait-il pas été jusqu'à emprunter, comme tout un chacun, le métro ? – comportement qui avait fait la une de tous les médias, afin que le bon peuple n'en ignorât rien. Mais là où il faisait le plus fort, c'est quand il se mettait à jouer de l'accordéon – instrument de musique populaire s'il en est !

Il aurait peut-être pu s'éviter ces contraintes à répétition en regroupant, en une seule fois, ses actions à caractère médiatique. Il lui aurait pour cela suffi de revêtir son fameux pull de laine à col roulé, de se munir de son instrument et de descendre jouer du piano à bretelles dans les couloirs du métro... Or, vous aurez compris, à travers ce simple exemple, que la politique est un art tout en nuances...

Nous étions donc au printemps de 1974. (Grâce à l'accordéon ?) une courte majorité d 'électeurs venait de porter à la présidence de la République un jeune homme plein d'avenir qui promettait « le changement sans le risque » et prédisait aux Français d'étonnantes transformations de la société dès les premiers cent jours de son mandat avant de s'inviter à dîner, l'élection passée, dans de modestes familles où l'on se bousculait pour lui servir son plat préféré : des cuisses de grenouilles... La longue tête pointue, à la calvitie naissante, et sa façon de parler, les lèvres en avant, de Valéry Giscard d'Estaing faisaient se gausser les dessinateurs et les éditorialistes satiriques. Souvenez-vous : *« Bonchoir madame, bonchoir mademoigelle, bonchoir monchieur ! »*. Mon ami Albert l'appelait irrévérencieusement « Crâne d'obus » tandis que mon collègue Claude ne l'évoquait que sous le nom de « Suce-nèfles »...

Toujours est-il que, pour fêter dignement son avènement, le nouveau locataire de l'Elysée accorda une demi-journée – Les Auvergnats ont toujours été des gens économes ... – de congé aux écoliers, le jour de son investiture. Amers et mauvais perdants, nos dirigeants syndicalistes et laïques – qui avaient soutenu le candidat Mitterrand, pur produit de l'enseignement des Frères maristes... – y virent une mesure démagogique et enjoignirent aux adhérents de boycotter le dérisoire cadeau offert et donc de travailler, comme si de rien n'était, toute la journée.

C'était bien la première fois que je me trouvais placé dans un tel cas de figure. D'ordinaire nous manifestions notre mécontentement en cessant le travail et voilà que soudain nous allions exprimer notre mauvaise humeur... en travaillant un peu plus, situation pour le moins insolite ! Mais la discipline faisant la force des armées – on obéit et on discute après...– je remis le soir-même un mot à nos élèves en précisant bien que le lendemain, jour ouvrable, l'école de Blond fonctionnerait normalement du matin au soir. En ce temps-là les parents avaient encore un peu de respect pour les maîtres et au moment de la cérémonie d'investiture il n'y avait pas un seul absent dans l'ensemble des classes.

La semaine suivante avait lieu au collège de Bellac une réunion pédagogique de secteur et j'y retrouvai tous les collègues. Il n'était question, dans les conversations, que de la fameuse demi-journée.

– Tu as travaillé l'après-midi, toi ?

– Ça va pas ?

A entendre les uns, puis les autres, AUCUN n'avait travaillé... Le représentant local du S.N.I. – futur secrétaire départemental de l'organisation –, lui-même, prétextant l'absence du chauffeur du car de transport scolaire, n'avait pas suivi la consigne qu'il avait transmise aux autres. Dans toute la circonscription, seules les écoles de Blond et de Montrol-Sénard avaient eu classe toute la journée...

J'en conçus une amertume tenace mais, avec le temps, je me félicitai d'être l'un des rares parmi les rares à avoir pratiqué l'art peu courant de la grève...à l'envers... J'étais à l'époque jeune, bête et discipliné. A partir de cet instant j'eus la perception dialectique que moins je devenais jeune, plus je devenais indiscipliné.

Oui ! Je sais ce que vous allez me dire...

***

Bertrand sait faire du bon café.

Bertrand est professeur au collège où il enseigne la littérature française. S'il est bardé de diplômes, il n'a en revanche aucun sens des réalités. Sait-il seulement ce qu'il est en train de manger en ce moment précis où, assis à votre table, il pérore ? A-t-il même conscience de l'heure des repas quand, chez lui, il grignote en guise de souper, quelques gâteaux secs parce qu'il vient d'éprouver, à onze heures du soir, une petite faim ?

Mon collègue et ami Jean (mon inspirateur de la correspondance scolaire de Pondichéry...) revient de Djibouti. Il s'est arrêté à Bellac lors de son séjour annuel en France. Nous avons dîné ensemble et la conversation, qui roule sur nos pérégrinations africaines communes, se prolonge devant une eau de vie à la prune lorsqu'un coup de sonnette retentit à la porte. Il est près de minuit ; qui peut bien se manifester à une heure aussi tardive ? Je descends ouvrir. Bertrand est là, tout sourire, un panier d'osier tressé à la main.

– *En passant, j'ai vu de la lumière, alors j'ai sonné. Je t'apportais quelques cerises.*

Il vient maintenant chez moi... à minuit... pour m'apporter des cerises !... A vrai dire, seul le but de sa visite m'étonne, habitué que je suis à le voir débarquer à la maison aux heures les plus invraisemblables.

– *Puisque tu es là, tu vas bien boire quelque chose avec nous ?*

En dégustant à petites gorgées notre alcool, nous croquons, une à une les cerises nocturnes, ne nous arrêtant que lorsque le panier est vide.

– *Il est sympa ton copain…*, me dit Jean après le départ du visiteur imprévu, *mais il n'est pas un peu bizarre ?*

Vous avez dit « bizarre » ? Je lui dresse le portrait du personnage.

C'est un membre actif du Parti mais il a une façon très personnelle de militer. Il n'a pas son pareil pour récolter de l'argent. S'annonçant très tard chez les gens, il se lance alors dans des explications sans fin avant de proposer ses bons de souscription ou un billet de loterie. Pour abréger les discours, goûter une tranquillité méritée et parce que c'est un type charmant, les visités n'ont plus qu'à s'exécuter en payant, pour se débarrasser de l'intrus.

Si vous n'avez jamais été membre du Parti, je vous explique, en mon ex qualité de trésorier de la section, comment ça fonctionne. Tout adhérent reçoit, en début d'année, sa carte. Il aura ensuite à garnir chacune des douze cases mensuelles d'une vignette de cotisation proportionnelle à ses revenus. Bertrand est trésorier de sa cellule, ce qui nous vaut de fréquents contacts ; occasion pour moi, de lui donner les timbres nécessaires et pour lui, de me remettre les sommes collectées, ventilées comme suit : un quart à la cellule, un quart à la section, un quart à la fédération et un quart au Comité-Central.

– *Je t'ai donné cinquante timbres à dix francs Bertrand ; tu m'en règles trente-six et tu m'en rends seulement quatre…*

– *Tiens, comment ça se fait ? Ah ! oui, mais j'en ai donné deux à Georges à la place de quatre à « cinq francs ».*

– *Dans ce cas il devrait te rester des « cinq francs »…*

Il fourrage dans ses papiers et retrouve un timbre à « cinq francs ».

– *Cherche bien, tu dois en avoir d'autres…*

Bertrand secoue son porte-feuille d'où il tombe plusieurs timbres à « dix francs ». Et ce n'est pas fini car il reste à régler les « quinze francs » et les « vingt francs »…

Je me demande comment je fais pour garder mon calme. Peut-être parce que je le trouve gentil et que je plains son manque d'autorité qui, au collège, en a fait la tête de Turc de tous ses élèves.

Volontairement bousculé, dans les escaliers de l'établissement, par un grand garnement, ce dernier a osé déclarer :

– *Excusez-vous monsieur !*

– *Laisse-moi passer !*

– *Quand vous vous serez excusé !*

– *Bon, bon ! ça va, pardon, pardon !*

– *Non ! Mieux que ça !*

Et pour passer, le pauvre professeur s'est excusé « mieux que ça ».

Les « quatrièmes » ont proposé un matin à Bertrand de faire cours avec une perruque sur la tête.

– *Si vous mettez la perruque, on vous jure qu'on sera sages aujourd'hui !*

Le malheureux a fait son cours avec la moumoute sur la tête ...et le chahut habituel en plus.

Depuis des semaines Bertrand ne se déplace plus qu'à vélo.

– *Tu as décidé de faire des économies ?*

– *Non ! C'est pour la forme. Dans notre profession, ça manque un peu d'exercice.*

Prétexte ! Sa voiture, je la vois passer tous les jours devant la maison. Jean-Claude, l'un de ses amis, a loué tout récemment, un jardin près de chez moi et c'est à l'évidence la Peugeot du professeur qui assure les va-et-vient quotidiens. En fait l'automobile est prêtée car le nouveau jardinier en a bien plus besoin que son trop bon propriétaire qui a en outre payé le carburant. C'est sûr, l'emprunteur en use et en abuse...

En passant dans le bourg, nous avons croisé notre ami.

– *Tiens, mais c'est Bertrand ? Tu vas te perdre à Peyrat !*

– *Voilà un mois que j'habite ici. J'ai loué la maison aux volets verts. J'ai même un potager et je vais y planter de la salade qu'André m'a donnée. Mais vous avez bien une minute pour prendre un café ?*

Je serais curieux de le voir au jardin avec une bêche – spectacle sans doute comparable à celui d'une poule qui a trouvé un couteau… Mais il n'a pas menti car, dans un cageot, en plein soleil devant l'entrée, ces végétaux ratatinés pourraient bien avoir été du plant de salade…

– *Entrez ! Ne faites pas attention au bazar…*

Vous avez dit « bazar » ?

Dans la pièce principale il y a de tout : habits négligemment jetés sur une chaise, chaussures, vaisselle disparate sur l'évier, des boîtes et des livres, surtout des livres, des livres partout. C'est peut-être normal chez un professeur de français mais, ce qui l'est moins, c'est que dans la bibliothèque aux portes vitrées on aperçoit aussi des assiettes et des verres…

– *Asseyez-vous !* dit-il en débarrassant deux chaises dépareillées, des vêtements qu'il déplace sur un troisième siège. *Voilà déjà une tasse !* poursuit-il en remuant des objets de faïence sur l'étagère d'un placard.

– *Où diable ai-je rangé les autres ? Je n'ai pas encore eu le temps de m'organiser. Ça ne vous dérange pas si je vous donne des verres à la place ?*

– *Ne t'inquiète pas, ce sera très bien ainsi !*

Les fouilles se poursuivent maintenant à la recherche de petites cuillers. Il n'y en a qu'une…

– *Je vous en donne une pour deux…*

Une casserole vide – laquelle a manifestement servi bien des fois depuis qu'elle a rencontré la lavette à vaisselle – lui tend la queue sur la plaque du gaz. Il la remplit d'eau et met à chauffer.

– *Où est-ce que j'ai bien pu fourrer le sucre ?* se murmure-t-il à lui même, en grattant à nouveau dans le placard, pendant que mon épouse me fait un discret clin d'œil.

– *Suis-je bête !…*

Je n'ai pas le temps de le détromper.

– … J'ai terminé le paquet de café hier matin. J'ai oublié d'en racheter et ce matin je me suis contenté de biscottes… Vraiment je suis confus…

Coup double et bien joué de sa part car, en constatant l'absence de café, il n'a plus besoin de sucre ! Je le voyais mal nous offrir le sucre sans le café qui allait avec… à moins qu'il ne nous ait demandé de « faire le beau »… Tant mieux pour Marie-Claude –qui déteste le café – et qui n'avait accepté que par politesse.

– Mais je dois avoir du sirop…

Il en a probablement peut-être car la phrase relève plutôt de la supposition que de la certitude. Mais déjà nous nous sommes levés.

– Écoute, Bertrand, nous passons souvent ici en nous promenant et nous te ferons une petite visite quand tu auras eu le temps de t'installer. A un de ces jours !

Ma grand-mère Agathe – qui n'était pas riche – achetait de la chicorée pour faire… du café. Ce breuvage et le « café » de Bertrand avaient ceci en commun : en buvant le premier ou en évoquant le second, le consommateur ne risquait pas l'insomnie…

***

Le standard est saturé.

Mais quelle mouche m'a donc piqué, lors du mouvement départemental des instituteurs, de demander Bellac ? C'est certain, l'idée de quitter l'école de Blond où j'exerce depuis exactement 20 ans, trouble mon équilibre mental. Au lieu de dormir – selon mon habitude – du sommeil du juste devant les désinformations télévisuelles, voilà que le cauchemar s'installe : Elles ne sont pas moins de 13 à jacasser autour de moi : Josiane, Marie-Line, Nicole, l'autre Nicole, Michèle, Monique – mes futures collègues . Mais il y a encore Françoise – la psychologue scolaire –, Josiane – la secrétaire de l'Inspection –, Christiane – la secrétaire de la C.C.P.E. –, Irène – l'agent municipal chargé du ménage des classes –, les deux institutrices remplaçantes et... l'Inspectrice ! Aussi, lorsque Saint Pierre, muni de son impressionnant trousseau de clefs, m'a ouvert la porte et que Dieu le Père m'a prié de me placer immédiatement à sa droite, je n'ai pas été surpris.

– Asseyez-vous, monsieur Loehr ; supporter vos seize femmes méritait bien cet honneur !

– Seize femmes ? Mais cela n'en fait que – si j'ose dire – treize !

– Vous oubliez votre propre épouse et votre belle-mère, qui compte double pour le moins... !

– Effectivement, vu comme çà...

La brusque poussée de l'intensité sonore des séquences de publicité m'a fait sursauter et me ramène à la douce réalité des choses. Un peu plus et j'allais me retrouver dans la situation de ce pauvre Mohamed V, le roi du Maroc, exilé par l'administration française, à Madagascar, en compagnie de son harem de... 55 femmes. Et, comme le faisait remarquer avec à propos notre professeur d'histoire de 3ème (Pépé !)

– Pé, *Vous riez, mais n'oubliez pas, pé, que 55 femmes, ça fait aussi, pé, 55 belles-mères !...*

Ouf !

En tout cas je me doutais bien que le poste de direction de l'école Charles Silvestre n'allait pas être une sinécure. Et je peux maintenant vous dire que ce n'en est pas une. Loin s'en faut ! Effectifs à répartir, circulaires, réunions, projets, travaux, fournitures scolaires, entretien des locaux, parents d'élèves, discipline, mairie, gymnase, piscine, transport scolaire, visites médicales, récriminations, dossiers, stages, collègues malades, remplaçants, surveillances, ménage, assurances, bibliothèque, voyage de fin d'année, spectacles, enfants en difficulté, tests, évaluations, changements de classe, prévention routière, fête scolaire, collectes, intervenants, rencontres sportives, cantine, humeur des uns, humeur des autres – et j'en passe – grignotent progressivement, au fil de la journée et des jours qui se suivent, une énergie réservée en principe aux écoliers de ma classe. Car le directeur est en premier lieu instituteur. Aussi l'ai-je décrété : priorité absolue à mes vingt-cinq - trente élèves. En étalant le travail de direction en soirée et pendant les jours de congés, je pourrais y parvenir s'il n'y avait pas le... TÉLÉPHONE... Afin que vous le sachiez, j'affirme que tout directeur d'école est d'abord – et avant tout – une standardiste !

Quand la première sonnerie éclate vers sept heures quarante-cinq, attendez-vous à une journée de téléphonie aiguë.

– Allô ! Monsieur Loehr ? Je suis madame Truc. Mon fils a la grippe, le docteur va passer dans la matinée, pourriez-vous prévenir sa maîtresse, madame Untel, pour qu 'elle fasse suivre les devoirs. Il faudrait les remettre à ...

Je note parce que, des appels comme celui-ci, il va y en avoir au moins dix dans la matinée. Imaginez le nombre en cas d'épidémie...

– Allô ! Monsieur le directeur ? Serait-il possible d'obtenir un certificat de scolarité pour ma fille…

– Allô ! C'est la mairie. Il nous faudrait la liste…

– Allô ! Je suis le représentant des éditions Machin…

– Allô ! Ce serait pour faire une commission à ma femme. Ce matin elle a oublié…

– Allô ! Je n'arrive pas à joindre la psychologue scolaire…

– Allô ! …

– Allô ! … Allô ! … Allô ! … Allez! …

– Allez! … au diable … ai-je envie de leur dire à tous quand certains jours cela tourne à la persécution.

Essayez donc de construire votre leçon de calcul quand la sonnerie vient interrompre, pour la troisième fois, vos explications.

– Où en étais-je ? Ah ! oui…

Même à la maison, le téléphone me poursuit :

– Allô ! Monsieur Loehr, je suis bien embêtée, Emeline ne veut pas manger et je ne sais plus ce qu'il faut faire ! me signale, désespérée – à midi vingt-cinq – madame C…, la grand-mère de la fillette.

J'aurai décidément tout entendu…

– Ne vous inquiétez pas madame C…, elle mangera mieux ce soir ! Un enfant ne se laisse jamais mourir de faim.

La gamine est dodue comme un petit cochon et une petite diète ne peut pas lui faire de mal…

– Est-ce que tu sais ce que tu es en train de manger ? remarque mon épouse qui s'inquiète de mon air absent.

Ce qui me préoccupe, c'est l'affaire de mon petit élève Rémy, à l'assiduité de plus en plus irrégulière. Lorsque sa mère, qui élevait seule son enfant, a changé d'ami, la fréquentation scolaire de son fils est devenue occasionnelle. Il y a toujours de bonnes raisons de santé : rhume, angine, toux, fièvre, fatigue ; au point que j'ai demandé de justifier dorénavant les absences par un certificat médical. Le docteur X… s 'en est offusqué, arguant que le temps précieux qu'il gaspillait à rédiger ces justificatifs aurait été plus utile à ses autres malades. Il m'a fallu l'appeler au téléphone pour lui expliquer la cause de mon exigence et lui signifier, au passage, que certains certificats, établis par quelques uns de ses collègues médecins, relevaient plus de la complaisance que de la réalité de l'état de santé de l'écolier… Mon temps à moi n' était pas non plus extensible et j'aurais préféré l'utiliser à des activités plus scolaires…

Après avoir convoqué – plusieurs fois – la maman – en vain –, j'ai attendu, à la sortie de l'école, qu'elle vienne récupérer Rémy et il a bien fallu qu'elle m'écoute. Elle a bien compris que l'avenir de son enfant était en jeu, a reconnu son laisser-aller, a promis que tout allait rentrer dans l'ordre et dès le lendemain matin, son fils brillait…par son absence.

Il me restait la possibilité d'intervenir auprès des services sociaux. Mademoiselle F…, la nouvelle assistante sociale du secteur concerné, avait apparemment, elle aussi, une assiduité fantaisiste… et elle ne fut pas facile à joindre. Tantôt elle n'était pas encore arrivée à son bureau, tantôt elle en était déjà repartie ; une semaine elle était en congé, une autre fois elle était en stage. A force de persévérance, je parvins cependant à la contacter et lui exposai le problème.

Il s'était écoulé un long mois lorsque je rappelai mademoiselle F… pour lui préciser, qu'en désespoir de cause, j'avais avisé l'Inspection Primaire des absences de plus en plus fréquentes de Rémy. L'assistante me répondit qu'elle s'était rendue plusieurs fois au domicile de la famille sans jamais rencontrer personne. Quant à mon inspectrice, elle m'informa qu'elle avait prévenu … les services sociaux… En somme on se trouvait là dans une version courante, mais encore inédite, du serpent qui se mord la queue…

Or, un matin, un appel téléphonique a ramené l'affaire en surface. J'avais au bout du fil monsieur J…, éducateur auprès des services du Juge des enfants, à Limoges.

– Je vous téléphone au sujet de votre élève R… B… Selon nos informations, l'enfant est quasiment livré à lui-même. On le voit

errer, en pleine nuit, dans les rues du lotissement et son comportement est devenu tel qu'il met sa vie en danger. Comment se fait-il que son cas n'ait pas été signalé plus tôt ?

Je lui ai fait le résumé de la situation scolaire et le compte-rendu de mes démarches auprès de la mère, de ma hiérarchie et de l'assistante sociale, avec le résultat que l'on sait...

– *Vous allez dire, de ma part, à mademoiselle F...*

Alors là, la moutarde m'est montée au nez.

– *Je ne dirai rien du tout à Mlle F... Si vous avez des observations à lui faire, vous allez les lui signifier vous-même. Vous m'apprenez que cet enfant met sa vie en danger et au lieu d'intervenir, ce que vous auriez dû faire depuis longtemps déjà, c'est à moi que vous téléphonez ? Parce-que vous pensez peut-être que je vais régler ces problèmes, en plus de tous ceux qui sont les miens ? L'éducateur c'est vous !*

Et je lui ai raccroché au nez.

– *Allô ! ...*

– ....

– *Bonjour monsieur D... !*

– ....

– *Non, non ! Vous ne me dérangez pas...*

Monsieur D... c'est le propriétaire du jardin en contre-bas du plateau de sport de l'école. Mardi dernier (désormais jour de décharge du directeur) il a voulu intervenir pour que cessent les jets de morceaux de tuiles cassées dont les élèves de ma classe bombardaient son potager. Mais le plaignant a dû précipitamment battre en retraite alors que sifflaient à ses oreilles les projectiles de terre cuite... Les artilleurs s'en sont alors pris au hangar qui abritait le motoculteur, sans toutefois parvenir à occasionner des dégâts à l'engin...

Ainsi donc, pendant que leur maître (mon remplaçant), le derrière posé dans l'herbe tendre, maniait le chronomètre de la course, les inoccupés s'exerçaient au lancer – non homologué – de tout ce qui leur tombait sous la main. Et le plus fort, c'est que le distrait n'avait rien remarqué !

J'ai raccroché le combiné, bien décidé à régler l'affaire sur le champ. Mes soupçons se sont aussitôt portés sur l'une de mes principales fortes têtes mais il faut éviter l'attaque frontale, souvent inefficace :

– Dis-moi, Gaëtan, mardi dernier, tu as lancé dans le jardin du voisin beaucoup de morceaux de tuiles cassées ou seulement un tout petit peu ?

Le soupçonné a rougi .Plutôt que de nier les faits, il a jugé préférable de se placer dans le second cas de figure qui le range, selon toutes les apparences de la question, dans la catégorie des lanceurs anodins.

– Et qui d'autre en a lancé ?

– Il y avait Maxence et Jérémy.

– Oui, mais il n'y avait pas que nous. Il y avait aussi…

C'est toujours comme ça, en accumulant le nombre de fautifs, on pense ainsi diluer sa propre responsabilité…Ils ne sont pas moins de huit à avoir participé aux réjouissances. Je réunis la troupe et, à la récréation, nous nous rendons chez notre victime. Sommés de s'excuser et de ramasser en hâte le moindre des morceaux éparpillés sur le sol, les coupables s'exécutent avec célérité. Les prévisions météorologiques orageuses, annoncées en cas de récidive, ont été dissuasives et l'incident ne se renouvellera pas.

Décidément il y a des coups de pieds au … derrière qui se perdent ! Vous avez dit « décharge » ?

– Allô ! Jean ?

– Salut Chantal ! ai-je répondu à ma collègue directrice de l'école des Rochettes.

– J'ai vu le secrétaire-général de la mairie au sujet de l'achat pour l'école d'un « portable ». Il m'a répondu que s'il me donnait satisfaction, les autres écoles allaient à leur tour en réclamer un. Alors j'ai pensé que nous pourrions peut-être faire une lettre commune au maire…

– Pour ce qui me concerne, tu peux rassurer le secrétaire. Si tu obtiens satisfaction, il n'y a pas de danger qu'il reçoive une demande similaire de ma part...

Un portable ? Il ne manquerait plus que cela ; un appareil branché en permanence et qui vous suit partout : dans la cour de récréation, au milieu de la conversation, en réunion, dans les toilettes, dans la sacoche de mon vélo quand je rentre chez moi. Une vraie calamité ! Je ne suis quand même pas masochiste à ce point...et j'ai prévenu mes collègues :

– Si vous tenez absolument à me faire un cadeau pour mon départ à la retraite, pas de « portable ». Surtout pas !

***

Pamphlet

Ces êtres se distinguent par la taille : « petits », « grands » ou « gros ». L'âge ne fait rien à l'affaire car ils peuvent tout autant être « jeunes » que « vieux » ; ces derniers étant probablement les plus atteints et, de toute façon, irrécupérables. C'est à peine mieux quand ils sont « pauvres » mais préférable aux « sales » auquel cas il faut s'attendre de leur part aux pires avanies.

Il en est de remarquables, au point d'être semblables à un « bol » voire carrément à une « pile » de cette vaisselle de faïence, sans oublier ceux qu'on assimile à notre satellite naturel dont la lueur unique n'est pas d'intelligence. Cette liste est loin d'être exhaustive et je me suis même laissé dire – par quelqu'un qui me lira peut-être – que, « si on les mettait sur orbite, je n'aurais pas fini de tourner » !...

Ils sont légion parmi nos voisins, nos collègues de travail, parfois dans notre propre famille ; on en trouve encore au Conseil Municipal et jusqu'au sein du Gouvernement. Mais vous-même, sans le savoir, en faites vous peut-être partie ?

J'avais, quant à moi, espéré me distinguer du lot mais, ce jeudi-là, alors que je faisais rentrer en classe mes petits élèves de CE1, Wilfried me ramena à la dure réalité des choses, en me déclarant, avec un sourire candide de satisfaction :

– Tu sais, Maître, je t'ai vu hier matin !

– Ah ! bon ?

– Oui, on te suivait en voiture dans la rue Thiers et tu n'allais pas vite. Ma maman elle a dit : « Qui c'est ce c... avec son vélo ? »

C'était là une belle manifestation de racisme ! Le seul fait d'être à vélo me classait irrémédiablement dans la catégorie énoncée ci-dessus. Si j'allai très certainement me retrouver en nombreuse compagnie, il me sembla que mon classement dans cet ensemble relevait d'une sélection des plus arbitraires. Je vous le dis : cyclistes de France, de Navarre et de tous les pays, faisons comme les prolétaires de Lénine, « Unissons-nous ! » contre l'injustice qui nous frappe : pas de place pour nous sur la chaussée et encore moins sur les trottoirs. Pourtant, si tout le monde nous imitait, que d'accidents, de morts et de pollution en moins ... et de convivialité en plus ! Quand les ressources pétrolières de la Terre seront épuisées, quand le trou béant de la couche protectrice d'ozone sera aussi large que le mépris des paresseux bipèdes à quatre roues, alors on reconnaîtra enfin notre modernité... mais il sera trop tard !

Cependant l' « homo- automobilis » n'en a cure. En ces années 90, une nouvelle mode fait désormais fureur : le 4X4. Juché en hauteur dans sa caisse à la tôle renforcée, avec une assise sur pneus de camion, le conducteur éprouve une volupté suprême à descendre la rue du Coq, à remonter la Gazotte ou à se rendre à sa séance d'équitation au Villard. Et avec ses quatre roues motrices, il ne risque plus de s'embourber sur le parking goudronné de l'Intermarché. Si le moteur – qui dévore allègrement ses 15 litres de carburant aux 100 kilomètres – participe encore un peu plus au réchauffement de la planète, son propriétaire peut toujours se dire que c'est pour une noble cause économique : un peu plus de pneumologues, d'O.R.L. et autres spécialistes des allergies ne peut que favoriser la création d'emplois ! Aussi l'on comprend que, le réchauffement s'accélérant, nous allons bientôt voir nos routes, grandes et petites, envahies par la faune des savanes tropicales : gazelles, félins et pachydermes. D'où la présence – judicieuse – à l'avant de ces véhicules de l'avenir, et à l'instar des locomotives de western, du « pare-buffles » à la fois élément de protection et de loisir, en prévision des prochains safaris métropolitains... Tagada, tagada, voilà les Dalt..., pardon ! les Buffalo-Bill du « quatre-quatre »...

Vous qui passez dans la rue Thiers – dans cette artère qui continue scandaleusement de porter le nom de l'opposant le plus farouche à l'instruction publique pour tous, du bradeur de l'Alsace-Lorraine après la guerre de « Soixante-dix » et le patronyme du fusilleur de la « Commune » –, essayez un peu de vous mettre à la place du malheureux cycliste confronté au sens interdit de la place de la République, obligé d'emprunter le trottoir, sa bicyclette à la main. Au piéton venant en face, vous serez obligé de céder la place mais en obstruant, sur le macadam, le passage des voitures. Je vous l'assure, ce trajet s'apparente, certains jours, au « parcours du combattant ».

La circulation dans cette rue tient d'ailleurs du poème. Si vous êtes amateur de photos humoristiques, munissez-vous de votre appareil et placez-vous à quelques mètres précédant le panneau « sens interdit », aux environs de midi. Vous aurez alors l'occasion de faire un cliché savoureux qui honore les décideurs bellachons ainsi que les spécialistes de la D.D.E. Le tirage laissera apparaître deux théories d'automobiles ininterrompues sur toute la longueur du bitume ; les unes garées sur la file de droite, les autres roulant à touche-touche sur ce qu'il reste de voie libre. Mais, me direz-vous, qu'y a-t-il là de remarquable ? Rien, si ce n'est que sur la partie droite de la photo vous pourrez distinctement lire, sur le panneau* placé à l'entrée de l'artère : « ZONE PIÉTONNE ». Car, à Bellac, on a inventé les rues piétonnes dans un sens...et pas dans l'autre ! C'est là ce qui fait une partie de notre subtile originalité locale...

(* Rédigé il y a une dizaine d'années de cela, mon texte de protestation a sans doute porté ses fruits puisque le panneau incriminé a tout récemment été retiré... Mais qui remplacera un jour la plaque de rue portant le nom de l'un des plus infâmes personnages de l'Histoire de France , le sinistre « monsieur » Thiers ?)

***

CON

L'habit ne fait pas le moine...

C'est décidé : pour nos vacances de cette année nous louerons dans les Pyrénées. Afin de procéder à un choix géographique judicieux, j'ai écrit à Jean-Pierre, mon vieux copain du temps de Bamako, et qui a conservé l'accent chantant de son Ariège natale, berceau de toute sa famille. Il m'a conseillé la plus belle vallée pyrénéenne : celle qui s'étend de Saint-Girons à Sentein (prononcer « Sintein ») en remontant le torrent du Lez – la sienne évidemment. Il m'a indiqué, au passage, la localité la plus pittoresque : Engomer – son village naturellement. Et moi qui me croyais chauvin...

Les longs voyages ne posent pas de problème à notre fils de huit ans. Dès le départ il s'allonge sur la banquette arrière de la Simca-1100 – que nous avons pris soin de libérer de tout bagage – et au bout de trois kilomètres il dort profondément. Inutile ensuite de le questionner sur la diversité des paysages traversés. Au sud de Toulouse, sur la place centrale de Martre-Tolosane , une petite cité languedocienne aux rues concentriques bordées de maisons basses aux toits de tuiles ocre, nous nous sommes garés pour une pose casse-croûte et j'ai sorti, pour les aérer, nos serins qui sont du voyage. Affolés, les volatiles se sont mis à piailler comme des possédés et nous avons dû chasser le gros matou tigré qui avait aplati sa grosse tête contre les barreaux de la cage.

Nous suivons à présent la route qui longe l'affluent principal de la rive gauche du Salat : le Lez. A la sortie de Saint-

Girons, après l'usine de fabrication de papier-journal et ses volumineux tas de grumes de sapins et de hêtres, l'automobile traverse de petites localités aux constructions typiques du pays avec leurs murs de pierre foncée et leur toits pentus couverts d'ardoises épaisses : Moulis, Luzenac, Engomer – où il n'y avait pas de location disponible… –, Castillon en Couserans – le chef-lieu de canton –, Les Bordes- sur - Lez. Au fur et à mesure que la route s'élève, elle se rétrécit tandis que la vallée devient de plus en plus étroite et encaissée. Mon épouse s'inquiète en me suspectant d'avoir déniché un lieu de séjour perdu sur cet itinéraire de bout du monde. Mais voici Bonac, le terme de notre voyage et je fais remarquer à mes passagers la modestie d'une altitude de 702 mètres alors que la route continue à grimper encore et qu'en conséquence ce pourrait être bien pire…

Le propriétaire, monsieur Omer Cau, nous attend sur le perron de la petite habitation et nous fait visiter.

– *Il y a eu des travaux récemment ?* dis-je à notre hôte en désignant l'amoncellement de moellons et de gravats, à l'avant de la demeure.

– *La maison qui se trouvait devant la nôtre s'est écroulée pendant l'hiver et toutes les pierres n'ont pas encore été dégagées.*

Dans sa réponse à la question contenue dans ma lettre : « paysage visible des fenêtres ? », Omer avait écrit : « la montagne ». Sans cet effondrement providentiel, il aurait fallu drôlement se tordre le cou pour apercevoir, de la croisée de notre logement estival, ladite montagne…

Le propriétaire nous indique que nous allons occuper le logis hérité de ses beaux-parents, lui-même résidant au hameau supérieur de Balacet (qu'il prononce « Balacette »). Je veux bien le croire car, depuis la disparition des anciens, rien n'a changé dans la demeure : fenêtres et volets qui ferment avec des croisillons de bois, poutres noircies au plafond, cheminée dont l'âtre noire dégage encore une forte odeur de suie, machine à coudre « Singer » à pédale, lit de coin et édredon de duvet dans la seconde chambre à l'étage. Tout est terne et sombre si l'on excepte les contrevents extérieurs repeints d'un vert éclatant. Nous venons en somme de changer à la fois de région...et d'époque !

Mais le village n'est pas désagréable. Situé sur le versant nord de la vallée, il est bien ensoleillé et domine le cours du torrent assagi par un barrage hydroélectrique. L'eau est partout présente en abondance et coule, en permanence, dans les bacs en ciment du lavoir proche et dans la petite fontaine sur la place en contre-bas, troublant le silence de la nuit de son murmure perpétuel. Il y a même une épicerie – pour l'alimentation de base uniquement. On peut y trouver du sucre, des pâtes, du riz, du chocolat, des gâteaux-secs, du sel, des allumettes ainsi que des sardines à l'huile. Le boulanger et le boucher-charcutier assurent des tournées fréquentes. Pour les produits plus sophistiqués il faut « descendre » à Castillon mais ce n'est pas un problème en été.

Chaque matin, Marie-Claude va faire sa lessive au lavoir. Je crois que ça l'amuse car elle y retrouve les femmes du village qui commentent les évènements locaux et leurs projets pour la journée. C'est ainsi qu'elle a appris que notre plus proche voisine, Noëlla, allait tuer pour « son » midi un petit « lapeingue ».

La population de la vallée est vieille mais toujours active. En cette fin des années soixante-dix, on y vit encore au rythme des saisons et des travaux traditionnels des champs. Sur ces terrains en forte déclivité nous sommes surpris de rencontrer des paysans, une corde attachée à la taille et reliée à un arbre, occupés à couper à la faux les derniers bouts d'arpents d'herbe bordant le précipice. Le foin sera ensuite rassemblé sur de vastes toiles de jute dont les coins, une fois noués, forment des ballots impressionnants qu'on fait glisser sur la pente des prés avant des les charger sur les dos des mulets ou sur les chariots à quatre roues tirés par un cheval. On est loin de l'agriculture moderne performante... Encore que... Car on voit mal, dans ces conditions extrêmes et défavorables, dues au relief, ces tâches – indispensables à l'entretien de la montagne – effectuées à l'aide de machines.

Nous sommes en Ariège, un département à forte émigration et nous nous étonnons à peine de traverser des hameaux où ne vivent plus que des vétérans, passant leur après-midi à papoter sur un banc. Il faut le reconnaître, ici on n'est pas pressé et il n'y a pas que les vieux. Voilà des années que notre voisin a entrepris de terminer lui-même sa maison à la construction inachevée. Quand le temps le permet, sa femme repasse le linge dehors et la baignoire attend, à l'extérieur, depuis des mois, d'aller rejoindre son emplacement définitif dans la salle de bains. Les travaux étant actuellement au point mort, D... a expliqué qu'ayant consulté sa voyante habituelle, cette dernière lui avait déconseillé d'entreprendre quoi que ce soit en cette période à la conjoncture astrale particulièrement défavorable : une raison plus que suffisante pour suspendre son pénible labeur et le conforter dans son attitude de prudente expectative. Il exerce la profession d'enseignant et comme ce sera ensuite la rentrée des classes, sa femme n'est pas près d'utiliser la baignoire... Les autres autochtones ne s'affolent pas plus et Jean-Pierre a été offusqué de la déclaration matinale de l'un de ses voisins à son adresse :

– Bonjour monsieur S..., alors vous vous préparez à ne rien faire ?

Il n'y a qu'un domaine où les Ariégeois font preuve de célérité, malheureusement pour les visiteurs, c'est celui de la circulation routière. Sur leurs routes invraisemblablement étroites et tordues, ils foncent ! Aussi lorsque je croise les autochtones, lancés sur leur avare asphalte et pressés d'entamer leur travail avec lenteur, je me gare prudemment le plus près possible de la paroi rocheuse ou du parapet bordant le ravin...quand il y a un parapet...

Manque de chance, ce mois de juillet est pluvieux mais nous aurons quand même quelques journées propices à la randonnée. Aujourd'hui nous avons décidé d'une ballade dans les alentours immédiats. Nous rejoignons Irazein, petit village en surplomb de Bonac, où, comme ailleurs, vieux et vieilles, vêtus de noir ou de gris, à l'ombre de l'église se prélassent sur des bancs de bois. La vue sur la vallée se dégage à mesure que le chemin s'élève dans les pâturages. Une halte nous permet de grignoter un carré de chocolat et nous sommes bientôt entourés de toute une bande de chèvres montagnardes aux longues cornes torsadées auxquelles Christian a inconsidérément lancé un quignon de pain. Elles ont entrepris de me lécher les mollets et voilà maintenant que tout le troupeau me suit dans le but de passer sa langue sur ma peau au goût délicieusement salé . Il m'a fallu brandir mon bâton et lancer quelques invectives pour que la gent caprine renonçât à me témoigner son envahissante sollicitude...

La carte du Couserans – au cinquante millième – étalée sur l'herbe, j'ai repéré le sentier qui s'enfonce dans la forêt de hêtres et de résineux que nous suivons depuis un bon moment. En obliquant sur la gauche, nous devrions redescendre sur Sentein et revenir à Bonac par la route goudronnée, ce qui constituerait un périple suffisant pour les petites jambes du gamin. Mais le plan n'a pas prévu que les bûcherons allaient passer par là avant nous... Les abattis d'arbres nous ont contraint à un long détour et si l'itinéraire, en noir sur la carte, est net, sur le terrain il ne l'est plus. Le plus simple serait de suivre la pente en droite ligne pour rejoindre le fond de la vallée mais les à-pics ou les barres rocheuses, nombreuses dans le secteur, pourraient bien rendre le parcours dangereux Continuons donc vers l'ouest pour sortir de la forêt. Une fois dans les prés nous nous orienterons plus facilement. En voilà justement un et il y a même une vache ariégeoise à la robe grise. Si le propriétaire l'a conduite ici, il existe certainement une voie d'accès qu'il nous suffira de parcourir à l'envers. Mais à peine sommes-nous entrés dans l'enclos que la bête s'est élancée vers nous au pas de charge et il nous a fallu précipitamment enjamber la clôture en sens inverse, le temps d'apercevoir le veau, à l'existence insoupçonnée, et que sa mère tenait à protéger des intrus. Un peu plus bas, un toit d'ardoises grossières a attiré mon regard. Nous nous dirigeons vers le buron, cette grange caractéristique de montagne qui permet d'abriter occasionnellement les troupeaux sur l'estive, le foin et du matériel agricole. Des nuages descendent peu à peu des sommets et dans moins d'une heure, nous allons être cernés par le brouillard. Heureusement l'abri est accessible, fermé seulement par une barrière à claire-voie derrière laquelle s 'ébattent quelques lapins domestiques et des poules naines. En cas de nécessité nous pourrions toujours passer la nuit dans ce refuge providentiel. Mais nous descendons plus vite que la brume et j'ai aperçu des maisons au loin : Cap sur le hameau ! Au bas du pré il y a même un chemin pierreux qui y conduit .

– Pardon madame, pourriez-vous nous indiquer le nom de ce village ?

– Vous j' êtes j'a Anetrrache ! m'a répliqué la vieille en noir, avec son dentier. Brave femme ! D'Antras, il nous reste huit bons kilomètres à parcourir pour regagner Bonac. Mais nous ne sommes plus perdus ...

Voilà cinq heures que nous crapahutons et pas une seconde le fiston ne s'est plaint. Cependant on voit bien qu'il est fatigué. Pour le distraire, sa mère lui a proposé la collecte des escargots qui abondent sur les murets que nous longeons. La récolte est telle qu'ils ne logent plus dans le mouchoir.

– Et si on les mettait dans le chapeau de papa ?

Mon fidèle couvre -chef de paille fine tressée, à la solidité à toute épreuve, et qui suivait depuis des années mes pérégrinations estivales, ne se remettra jamais de son contenu baveux...

Nous atteignons le domicile juste à temps pour héler la camionnette du boulanger qui s'apprête à poursuivre sa tournée. Marie-Claude a pris carrément deux tourtes de ce délicieux pain ariégeois à la croûte craquante et, pour faire bonne mesure, a fait ajouter une « fougasse », pain de pays filiforme en forme de huit, que nous dégusterons avec du beurre au petit-déjeuner.

Après toutes ces émotions, on avait bien mérité une consistante collation. L'aventure montagnarde, elle n'est pas qu'en haut des sommets escarpés ! ...

Oui mais on y monterait bien quand même sur ces sommets escarpés ! ...

Jean-Pierre nous a proposé, en avant-première à nos escalades, la montée – facile – aux étangs qui baignent le pied du Mont-Valier : altitude 2215 mètres. Cependant Christian pourra-t-il nous suivre ? Le départ est fixé à six heures et, par malchance, le fiston a été malade toute la nuit : colique et vomissements. Nous sommes néanmoins au rendez-vous de six heures, au terminus de la voie carrossable qui s'achève avant le pont de bois qui franchit le Ribérot – que notre ami prononce « Ribérotte ». Au fond de la vallée, le sentier longe le torrent parmi les éboulis qui atteignent par endroits des volumes considérables. Nous nous sommes arrêtés aux « trous souffleurs ». A travers l'empilement des blocs de rochers monte un souffle puissant analogue à celui que produirait une chaudière à air pulsé mais là, c'est un courant d'air froid qui nous fouette de la tête aux pieds.. La montagne est pleine de cours d'eau de fonte des neiges au parcours souterrain et, au contact du liquide glacé, l'air réfrigéré remonte en surface, les interstices entre les pierres formant comme une cheminée d'aspiration. C'est vraiment un phénomène rare et étonnant.

Le sentier zigzague maintenant à flanc de paroi rocheuse où le torrent jaillit parfois en cascades impressionnantes. Les deux étangs s'étagent l'un sous l'autre et, pour les distinguer, les Ariégeois ne sont pas allés chercher midi à quatorze heures. Le premier s'appelle « l'étang rond » et le second « l'étang long » : dénomination nettement corroborée par l'observation de la carte I.G.N.

J'ai retiré brodequins et chaussettes pour rafraîchir mes pieds endoloris dans l'eau du lac de montagne le plus haut . Elle doit être à la température de la glace fondante : ce que confirment aussitôt mes orteils. Brrr ! L'onde est d'une limpidité incomparable, et ce jusqu'à plusieurs mètres de profondeur. On y distingue même des poissons ; sans doute des truites qui viennent jusqu'en surface happer d'invisibles insectes. Il est près de midi et le soleil de juillet darde ses rayons bienfaisants sur la cuvette. Mais à cette altitude on se croirait au sortir de l'hiver car des plaques blanches subsistent partout sur les hauteurs. Sur l'herbe rase mais piquante nous avons choisi un emplacement propice au pique-nique et nous déballons pain, jambon cru, camembert et saucisse de foie – spécialité locale. Quel calme ! Le malade de la nuit mange de bon appétit ; il n'a pas émis une seule protestation au cours des quatre heures d'ascension. C'est une bonne nature qui assurément tient de son père… (Opinion évidemment révisable selon les circonstances…)

Le soleil n'est pas encore à son zénith lorsque nous amorçons la descente. En montagne on ne s'attarde jamais sur les hauteurs. En une demi-heure le temps peut changer du tout au tout et la progression, sans visibilité dans les nuages, devenir un calvaire. Mais nous avons de la chance et le ciel va demeurer parfaitement clair jusqu'au soir. Dans ce sens de progression on a une superbe vue plongeante. Au milieu de cet immense paysage minéral aux grandioses parois, le torrent qui cascade a creusé la roche, formant çà et là comme des vasques claires et bleutées avant de poursuivre son cours écumeux argenté qui, par endroits, réfracte la lumière en teintes d'arc en ciel : puissant et sauvage Ribérot aux eaux de turquoise qui prennent, quand on s'approche, la transparence du cristal ! Jamais, autant qu'ici (à l'exception de la « Grotte d'azur » de Capri), je n'éprouverai cette sensation de parfaite osmose avec une nature restée à l'état d'une absolue pureté originelle. Puissent les Ariégeois sauvegarder leur belle vallée ! Oui, Jean-Pierre avait raison : la perle des Pyrénées c'est ici…

Nous aurons fait ce jour-là l'une de nos rares grandes randonnées car en cette année mille neuf cent soixante-dix-sept, l'été est « pourri ». Il pleut presque chaque jour et la dernière averse, reçue à Saint-Girons, tenait plus du déluge tropical bamakois que de la pluie de nos zones à climat soi-disant tempéré. Les températures ont chuté et il a même neigé sur les hauteurs au quatorze de juilliette – comme dit Omer…

– *Et si on faisait du feu dans la cheminée ?* a suggéré ma femme.

Ce n'est pas le bois qui manque dans la région et j'ai repéré quelque arbre mort à l'entrée du village. Avec la hache à bûches, trouvée dans notre cave, j'ai débité les grosses branches et nous avons rapporté des brindilles ramassées dans la forêt. Au retour de nos excursions nous allumons un grand feu dont la chaleur agrémente nos soirées qui, sans cela, auraient été bien tristes dans notre sombre location. Christian en profite pour rédiger chaque soir un « texte-libre » dont la collection alimentera pendant plusieurs semaines, les devoirs à remettre l'année scolaire suivante.

Quand les journées sont vraiment maussades, nous consacrons aux excursions car l'Ariège, département minier par excellence, est aussi une mine touristique : rivières souterraines navigables ; grottes préhistoriques de Mas d 'Azil et de Niaux ; château de Foix, forteresse cathare de Montségur, etc…

Près de Tarascon sur Ariège, à la lueur des torches électriques, nous visitons la grotte de Niaux, célèbre pour ses peintures rupestres : instant de grande émotion, émerveillement devant ces authentiques dessins vieux de plus de dix mille ans.

Et puis il y a l'Espagne toute proche. Toute proche à vol d'oiseau, un peu moins à pied. Jean-Pierre m'a raconté les traversées de sa jeunesse, par le port d'Orle, pour aller chercher un gigot de contrebande de l'autre côté de la frontière : quatorze heures de marche aller-retour… Si bien que, finalement, par la route on met moins de temps en voiture. Cependant la localité la plus proche : Bossost, oblige à un détour de plus de cent kilomètres par le Val d'Aran.

J'avais emporté mon lancer et j'ai voulu tester l'appât local : la crème de gruyère... Il paraît que les truites raffolent des boulettes de « Vache qui rit » collée à l'hameçon mais on m'a prévenu : pour que la pâte adhère bien au fer, il faut utiliser un fromage à 40 % maximum de matière grasse. Ça marche puisque j'ai réussi à capturer une « mouchetée » au pied du barrage de Bonac. Comme il n'y en avait qu'une, nous l'avons fricassée pour le fiston. A-t-il été suffisamment sensible à la faveur qui lui était faite ? En tout cas nous l'avons vu, avec consternation, « éplucher » le malheureux poisson, fouiller sa chair pour en retirer le plus petit soupçon d'arête et mastiquer ce qu'il restait de comestible avec une telle appréhension que c'en était à se demander s'il n'aurait pas préféré avaler une purge.. Sacrifiez-vous donc pour vos enfants !...

Christian a en revanche manifesté beaucoup d'enthousiasme à l'achat d'une paire de sabots de Bethmale. C'est une production spécifique du Couserans, probablement héritée de la période d'occupation arabe, qui a l'originalité de présenter un « nez » très relevé, un peu comme celui des babouches de Perse des « Mille et une nuits » mais bien plus allongé encore.

L'enfant s'est aussi trouvé un copain dans le village, ce qui nous vaut l'occasion de rencontrer le père célibataire, un homme volubile qui ne tarde pas à nous raconter sa vie de gardien de prison à Montpellier ; narration encore prolongée par le fait que monsieur Tartier est bègue.

Il a prévu de participer à l'inauguration du nouveau refuge de l'étang d'Araing – « *A deu-eux mi-ille mètres en em-emportant le sau-au-cisson* » – mais sans sa nouvelle compagne.

– Il fau-aut da-a, d'abord que je-e la-a teste ! a-t-il très sérieusement déclaré.

Souci louable en soi avant d'exposer, sans entraînement, la faible créature aux violents efforts de l'escalade.

– On-on va co-ommencer par le-e vélo en-entre Bo-onac et Ca Castillon.

Je n'ai pas vu le rapport entre la randonnée pyrénéenne et la pratique de la petite- reine mais il n'a pas menti. Le lundi suivant, en descendant en voiture faire nos courses au chef-lieu de canton, nous avons doublé la famille au grand complet : le père à bicyclette, suivi du fils, à vélo également, et la future – une petite femme rondelette – qui courait derrière, en baskets, à quelques encablures…

C'était à l'évidence un excellent test d'endurance car si la malheureuse avait parcouru, à ce rythme soutenu, avec pour point de mire les vélos de ses entraîneurs, l'aller-retour Bonac-Castillon, nul doute qu'elle était mûre pour la pire des ascensions !…

Mais avec notre voisin d'occasion je n'étais pas au bout de mon étonnement car un beau matin, Tartier me déclara, avec un petit air malicieux :

– Me-moi, je-e sais ce ce que vous-ous fai-faites dan-ans la vie !

– Ah ! oui ?

– On-on ve-voit bien que-e vous-ous ê-êtes Cé Cé C.R.S. !

Il m'avait fait cette déclaration sur le ton du secret partagé et avec une pointe d'amicale complicité professionnelle. Peut-être ma chemise bleue et mes cheveux en brosse expliquaient-ils cette surprenante perspicacité… Par délicatesse, je me gardais bien de le détromper ; après tout, ne participais-je pas moi aussi, à ma manière, sinon au maintien de l'ordre, du moins à celui de la discipline ? …

***

A

Les soirs au coin du feu

Dans Les Pyrénées, en rentrant de promenade nous faisions un feu de cheminée. Les flammes bleues, rouges, orange et jaunes dansaint dans la cheminée. Les bûches sèches que nous allions chercher près du lavoir flarabaient bien. La flamomes éclairait la crémaillère noire de suie et le bois crépitait. Peu à peu le feu baissait et venait le moment où les braises rouges étaient la seule lumière à survivre dans la pièce. Alors nous allions nous coucher.

Ton texte est plein de poésie , élève Christian.

Le piano de Mouloudji

« Vive L'ÉCHO du CENTRE !
le journal des travailleurs de la ville et des champs »

C'est la simple et suffisante inscription qui orne la banderole d'accueil à l'entrée du pré de monsieur Baudry. La formule n'est pas sans rappeler, dans sa concision, le marteau croisé à la faucille qui se détachent sur fond rouge : l'emblème international des communistes. Un jour la force des ouvriers des usines, unie à celle de leurs frères de misère des campagnes, sera victorieuse, assurant au genre humain un bonheur universel. Un jour...

Le quotidien limousin est né à la Libération grâce à la rotative confisquée du « Courrier du Centre », discrédité par quatre années de positions maréchalistes – pour ne pas dire « collaborationnistes » . Une époque de conquêtes sociales sans précédent et qui avait suscité un formidable espoir parmi les petites gens, permettant à l'enthousiaste camarade Paul de déclarer que « *La démocrati* (sic) était *générale partout !* »...

La diffusion du nouveau journal est une bagarre constante car s'abonner revient à afficher sa couleur politique, ce qui n'est pas forcément bien vu de son patron. Pour maintenir à flot la trésorerie, il faut sans cesse faire appel à la « souscription » et l'organisation des nombreuses fêtes de l'été répond à ce même souci financier que « l'argent de Moscou » – présent uniquement dans la tête des détracteurs – n'a pas réussi à faire disparaître...

Mais que ferions-nous sans notre « Écho », présent sur tous les terrains de la lutte sociale, de la bataille politique contre les « sales guerres » coloniales : celle d'Indochine d'abord et maintenant celle d'Algérie qui s'éternise depuis quatre ans ?

Entre Bazine et Vincou, face à l'usine à gaz, sur l'herbe du pré, les stands de toile accueillent une foule bon-enfant. Sur la scène s' agitent les clowns Pirouli et Bambino qui déclenchent les rires en cascades des enfants. Le jeu de massacre bat des records d'affluence : six balles de sable pour déquiller les cinq têtes caricaturées du Général, d'Antoine Pinay, de Jacques Soustelle, de Michel Debré – l'amer Michel... – et de Guy Mollet. Chacun tient à commencer par le leader de la S.F.I.O., le social-démocrate devenu le « social-traître » qui, à l'instar d' André, le maire socialiste de Bellac, a jeté tout son poids dans la balance pour obtenir le retour de De Gaulle aux affaires, après le putsch d'Alger du 13 mai. « Il faut voter "non" au référendum de septembre ; NON ! à l'instauration d'une cinquième république à caractère présidentialiste ; NON ! au pouvoir personnel ! » ; c'est ce que soulignera dans son discours, au moment de la partie meeting, l'un des deux députés du Parti en Haute-Vienne : Alphonse Denis. Accompagné de Daniel Baudeneau, l'ancien secrétaire de la section de Bellac, l'élu a un mot pour chacun et je ne suis pas peu fier, à quatorze ans, de serrer la main d'Alphonse.

C'est la première fois que je participe – activement – à la fête, en aidant Roger qui tient la buvette. Pour éviter les manipulations inutiles, nous proposons des canettes de bière, de limonade, de soda et des « fillettes » de vin rouge qui rafraîchissent dans l'eau, garnie de glaçons, des lessiveuses de tôle galvanisée .

– Tu sais Roger, c'est pas qu'il est mauvais ton vin, mais il mousse ! déclare, surpris et en s'excusant presque, un consommateur.

– Il mousse ?

Et c'est vrai qu'il mousse... J'éclaircis bien vite le mystère : l'eau du baquet a dilué la colle des étiquettes et nous venons de lui servir, par erreur, ...une bière brune.

Ce camarade ne nous en tiendra pas rigueur car il règne ici comme une vraie fraternité parmi ce public, des ouvriers essentiellement, au modeste salaire, mais qui ne regardent pas à la dépense aujourd'hui . L'argent destiné à leur journal c'est un investissement à leur dignité, le refus de leur condition programmée d'éternels exploités. Cette résistance qui entretient l'espoir aide aussi à vivre. Les historiens parleront plus tard de la « Foi du siècle » (du vingtième) ; un peu comme si le suivant marquait sans doute la fin des illusions pour la classe ouvrière...

Vingt-cinq ans ont passé, le journal a traversé bien des tourments et il est toujours présent sur le front des luttes. Si son existence garantit la pluralité de l'information écrite régionale, ses problèmes financiers n'en demeurent pas moins. Ma longue expérience a fait de moi l'un des principaux responsables de la fête et il m'incombe, entre autres, d'organiser le spectacle qui a lieu désormais chez nos amis Albert et Gisèle, à Saint-Sauveur.

En bas du pré en pente, deux grues de maçon soutiennent le toit de la scène surélevée, couverte de nylon agricole noir, et de chaque côté de celle-ci s'alignent les rangées de stands aux bâches bleues, qui abritent les attractions : loterie, chamboule-tout, tir à la carabine, librairie, volailles, expositions... Dans quelques heures, les premiers visiteurs pénètreront dans la prairie inclinée et qui forme comme un amphithéâtre face à la scène, avec, en arrière plan, la rive abrupte de la vallée du Vincou, le bocage limousin et, au loin, fermant l'horizon, les croupes bleutées des Monts de Blond. Le cadre est somptueux et je reconnais éprouver quelque fierté d'avoir participé à cette réalisation annuelle qui a mobilisé par dizaines les bénévoles. Et pourtant...

Je l'ai encore répété cette fois-ci :

– J'en ai marre ! C'est bien la dernière année que je m'occupe de cette fête. Trop c'est trop !

Notre manifestation a lieu le deuxième dimanche de juillet et nous avons, comme de coutume, à cette date précise, la concurrence de la « journée artisanale » du Dorat. Or, samedi matin, en consultant « L'Écho », que vois-je ? En première page et en grosses lettres s'il vous plaît ?... « Demain, la grande journée artisanale du Dorat accueillera... »

Tous les responsables d'organisations le savent bien, le principal obstacle à vaincre ne vient pas de l'adversaire mais de ses proches partisans. (« Protégez moi de mes amis, mes ennemis je m'en charge »...) J'ai toujours été admiratif pour les hommes politiques de premier plan en pensant à toutes les avanies subies de leur propre camp . Pour en arriver là, ces gens doivent avoir une carapace à la place de l'épiderme ...

Cette année, la vedette du spectacle est Marcel Mouloudji. Il est un peu passé de mode mais qui pourrait oublier « Comme un p'tit coquelicot », « Le déserteur », « Le galérien » ou encore « La complainte de la butte », « Le roi a fait battre tambour » ? Les contrats signés, je me croyais tranquille lorsque son imprésario m'a demandé de prévoir un piano, accordé à « 441 » a-t-il précisé. (Je ne l'apprendrai que plus tard : « 441 », c'est le nombre de vibrations / seconde souhaitées pour le « la ». Ordinairement le réglage se fait à 440.) Je n'y connais rien en musique et où vais-je dégoter cet instrument encombrant ? En supposant que j'en trouve un, comment allons- nous le transporter et qui sera assez fou pour le laisser sur une scène en plein air ?... Voilà bien un nouveau casse-tête !

Eh bien – Qui l'eût cru ? –, il existe, à Limoges, une société de prêts d'instruments ! Et ils disposent d'un « Caveau » qu'ils nous livreront la veille du spectacle, à charge pour nous de le protéger des intempéries et des voleurs.

– L'imprésario a précisé qu'il souhaitait que le piano soit accordé à « 441 ».

– Pas de problème. Seulement il risque de se désaccorder pendant le transport...Il faudra ensuite vérifier.

J'aurais dû me douter que la mariée était trop belle... Peut-être qu'au bureau du « Festival de Bellac » on pourrait me renseigner? J'avais frappé à la bonne porte. Il ne me restait plus qu'à contacter monsieur S..., accordeur en retraite, retiré au village de La Guyonnerie sur la commune de Nouic.

– Allô ! Monsieur S... ?

Je lui expose l'affaire. Nous aurons le piano samedi soir ; s'il pouvait venir dimanche matin...

– Ce serait avec plaisir monsieur, mais je ne conduis pas car je suis aveugle.

Voilà bien autre chose...

– Et si j'allais vous chercher et que je vous ramène ensuite ?

– Dans ces conditions vous pouvez compter sur moi.

J'ai cinquante détails à régler le dimanche matin et notamment recompter la recette du bal de la veille ainsi que préparer les fonds de caisse pour les différents stands. Mais priorité au piano ; il ne manquerait plus que Mouloudji, privé de son instrument mal accordé, nous laisse en rade en plein spectacle. Avec les artistes, il faut s'attendre à tout...

J'aide monsieur S... à grimper sur la scène et défais les couvertures qui protègent le meuble à musique. L'accordeur palpe le bois.

– Mais... Je le connais cet instrument ! C'est le Caveau des M... de Limoges. Il est hors de question que je touche à ça ! Ce sont des gens pas intéressants. Telle année ils m'ont fait ci, telle année ils m'ont fait ça...

Aïe ! voilà que tout se complique à nouveau. Il est onze heures, je ne trouverai jamais un autre accordeur d'ici quinze heures... un dimanche ! « Il faut affronter la difficulté avec courage ! » aurait dit Mao Zé Dong. Oui, mais là ce n'est plus de la difficulté, cette affaire de piano, c'est un sac d'embrouilles ! Il me faut amadouer mon interlocuteur à tout prix :

– Je vous comprends. A votre place je réagirais de la même façon...

Il est furieux et attend visiblement que je le ramène chez lui.

– Pourriez-vous au moins le tester ?

Ses doigts ont couru sur quelques touches.

– Il ne s'est pas désaccordé. Ce sera parfait pour Mouloudji.

Quand notre vedette s'est installée au piano, j'ai senti se nouer mes entrailles. Qu'allait-il se passer ? Les premières notes ont volé dans l'air comme si tout était naturel et les autres ont suivi. Ouf !… Marcel semble tout à fait détendu et les applaudissements ont redoublé lorsqu'il a entonné le « Turlututu », le chant populaire national du Limousin. L'artiste a pris quelque liberté avec les paroles mais qui en voudrait à cet enfant de père Kabyle et de mère Bretonne, de mal maîtriser la langue occitane ? J'apprendrai plus tard que c'est la chansonnette limousine, poussée dans une rue de Paris, qui lui permit d'être remarqué et d'intégrer la troupe théâtrale du « groupe Octobre » en qualité de comédien-chanteur, devenant ainsi la mascotte de la « bande à Prévert » .

Son tour de chant terminé, l'artiste est descendu de la scène.

– J'ai souffert et l'heure m'a paru longue ! m'a-t-il déclaré avec humeur.

– Le piano était mal accordé ?

– Ce n'est pas ça, c'est la sono ! Je n'avais aucun retour de son…

– Excusez-nous, il n'y a parmi nous aucun spécialiste et nous pensions que notre « sonorisateur » avait fait le nécessaire. Je suis vraiment désolé.

G…, l'électricien de Nantiat, s'était bien gardé de dire qu'il ne disposait pas du matériel professionnel nécessaire à une telle prestation. Si je l'avais su, mon trac aurait été double…

La nuit tombe lorsque, ayant récupéré l'argent des caisses des stands, je remonte, épuisé, le pré maintenant déserté. Dans la grange d'Albert, assis à la longue table de batteuse, Roger tient Mouloudji par le cou et lui déclare d'une voix pâteuse :

– Merci Mouloudji… merci… merci encore… merci du fond du cœur !

Il y a bien de quoi le remercier alors que je viens de lui remettre un chèque de deux millions de centimes... Mais à en juger par ce qui reste au fond de la bouteille de Ricard, je trouve soudain une raison objective à cette expansive amitié qui unit étonnamment les deux compères, dorénavant copains comme cochons...

Avec le recul, aujourd'hui je peux bien vous le déclarer moi aussi : « Merci monsieur Mouloudji ! » car je n'en dirais pas autant à un certain de vos confrères du show-business, toujours vivant. Avec le « play-back » on ne risque pas d'avoir des embarras de piano désaccordé, ni des problèmes de retour de sono. H... L... fut le dernier des chanteurs accueilli aux fêtes de l'Écho à Saint-Sauveur.

– *Quelle voix* ! s'exclamaient les spectateurs.

Mais les techniciens du son – des professionnels cette fois – me mirent dans la confidence : Si H... avait bien ouvert la bouche, il n'en était sorti aucun son...La technique avait seule fait le reste... Le simulateur de la chanson avait reçu son chèque quand je l'appris...

Il me restait cependant une formalité à accomplir. Nos amis Albert et Gisèle méritaient bien un petit remerciement pour le prêt de leur terrain, la mise à disposition de leur téléphone, de leur outillage et d'avoir supporté nos va-et-vient avec une inépuisable patience.

Tout le monde a été d'accord pour leur offrir, aux frais de la caisse de l'association, un petit cadeau bien mérité.

– *Est-ce qu'un tableau d'Aimé Vallat vous ferait plaisir ? Nous avons pensé à une toile représentant votre ferme.*

Albert et Gisèle n'ont émis qu'une faible protestation, une expression d'agréable surprise a brusquement illuminé leur visage et j'ai senti que nous avions touché juste.

– *Je vais en parler à Vallat qui prendra rendez-vous avant de venir planter son chevalet dans votre cour.*

Dans la rue Thiers, coiffé de son éternel béret cassé sur le devant, muni d'un vieux cabas en cuir, Aimé sortait de sa boutique pour faire ses courses personnelles car il s'occupait d'ordinaire lui-même de la collation qui accompagnait son échappée champêtre consacrée à la réalisation d'une œuvre nouvelle.

– *Bonjour maître !*

– *Bonchour monsieur, bonchour monsieur, bonchour Monsieur !*

– *Je suis le trésorier de l'association des « Amis de l' Écho du Centre » dont la fête de plein air se tient, comme vous le savez, depuis des années chez monsieur et madame L... à Saint-Sauveur. Nous aurions aimé les récompenser pour leur accueil en leur offrant le tableau représentant leur ferme . Nous souhaiterions vous confier ce travail mais notre budget est limité . Pourriez-vous faire quelque chose pour la somme de cinq cents francs ?*

– *Che ne suis pas un homme d'archent, ch'y monterai un de ces chours. Comptez sur moi.*

Un bon mois a passé sans que nos amis aient reçu la visite du peintre.

– *Bonjour maître ! Est-ce que vous pensez toujours à nous ?*

– *Che n'ai qu'une parole, che vous ferai ça dès que possible.*

Voilà maintenant trois mois que la fête est terminée et l'artiste ne s'est toujours pas manifesté à Saint-Sauveur.

On le croise pourtant fréquemment en ville où il ne passe pas inaperçu, vêtu, été comme hiver, de sa grande blouse blanche maculée de couleurs. Mon épouse, qui n'est pas originaire de Bellac, avait fait la connaissance du personnage à la boucherie :

– *Qu'est-ce que vous me proposez auchourd'hui pour mon casse-croûte ?*

– *Que diriez-vous d'un petit pâté de viande, maître ?*

– *Un PETIT pâté de viande ? Vous voulez rire monsieur B... ? A la rigueur, che prendrai un GROS pâté* !

Ma femme ignorait encore, ce que tout le monde savait dans la cité : même si Maître Vallat était un ancien séminariste, il n'était pas homme à se contenter de nourritures spirituelles... Elle en eut, quelques temps plus tard, une éclatante confirmation à la pharmacie Pailler.

Le préparateur expliquait consciencieusement le mode d'administration des cachets qu'il venait de remettre au peintre lorsque celui-ci coupa court :

– Che les prendrai avec une bouteille de bon vin, ça teintera les vitraux de la cathédrale !

Un mois supplémentaire avait passé lorsque j'interpellai à nouveau l'homme de l'art pour lui rappeler sa promesse mais en ajoutant, de façon anodine, à mon propos :

– Vous savez, Maître, Albert et Gisèle sont des gens hospitaliers. Avec eux vous avez le casse-croûte assuré !

Quelques jours après, j'appelai Gisèle au téléphone pour lui annoncer le passage prochain d'Aimé.

– Mais il est déjà venu ! me dit-elle *; il a mangé avec nous et il doit repasser très prochainement pour terminer la toile parce qu'il pense que ça ferait plus vivant d'ajouter quelques poules dans le décor.*

Mon dernier argument avait été décisif et il faut croire que la table était bonne puisque le maître avait trouvé le prétexte d'y faire une deuxième halte...

Sacré Aimé !

***

Situation - évènement - réaction

L'art de rédiger s'enseigne. Voilà plusieurs semaines qu'avec ma classe de CE2 nous travaillons sur « le récit ».

Exemple simple.

« P'tit Louis est au volant de son camion. » C'est la SITUATION donnée. Imaginons maintenant une suite. « Soudain un chien surgit au milieu de la route. » Il s'est produit un ÉVÈNEMENT. Que va-t-il alors se passer ? Le chauffeur peut donner un grand coup de volant pour éviter la bête ou encore freiner brusquement. C'est ce qu'on appelle la RÉACTION.

Autre exemple.

SITUATION :« Dans le calme de mon bureau je rédige un nouveau chapitre de « Histoires inextraordinaires ». Je pourrais en rester là mais vous conviendrez que l'information serait plus intéressante avec une suite…

« – *Jean* ! me crie ma femme depuis la cuisine, *tu veux bien aller me chercher un bouquet de persil et un brin de thym au jardin ?* »

Voilà l'ÉVÈNEMENT – habituel pour ce qui me concerne… Si je n'étais pas là, Marie-Claude serait bien obligée de se débrouiller seule. Comment faisait-elle quand je travaillais ? Poursuivons :

« – *Je suis occupé ! Cesse de me déranger pour un oui ou pour un non . Téléphone aux Renseignements si tu ne sais plus où se trouve le potager et laisse-moi tranquille…* »

La fin de l'histoire peut évidemment être tout à fait différente :

« *Tout de suite, Chérie ! Tant que j'y suis, veux-tu que je te monte encore autre chose ?* »

Dans un cas comme dans l'autre – la réalité, vous le devinez, se situant plutôt... dans l'autre, si l'on veut faire court – c'est la RÉACTION.

Bien entendu, les exercices scolaires doivent conduire à étoffer les phrases, à les multiplier, à choisir le vocabulaire adéquat, à organiser le texte de façon à obtenir un récit correct et complet.

Ce long travail étant accompli, il s'agit maintenant d'évaluer l'acquis au moyen d'un « contrôle », ce que nous appelions naguère une « composition », et qui est devenu une « évaluation ». Quel sujet vais-je pouvoir proposer à mes petits élèves de huit-neuf ans ? Et si je retenais le thème de la « féodalité», époque que nous venons de disséquer – en long,en large et en travers – en histoire ? j'ai développé récemment la vie du seigneur dans sa forteresse alors que, parallèlement, en lecture-préparée et en vocabulaire l'étude a porté sur les éléments d'architecture du château-fort : le « donjon », le « pont-levis », les « meurtrières », etc... ainsi que sur l'attaque et la défense de la fortification. Voilà qui devrait les inspirer pour le premier sujet :

« Peu à peu le brouillard du matin se dissipe. Du haut du donjon, le guetteur observe l'horizon. Continue l'histoire. »

Pour ceux qui seraient insensibles aux exploits guerriers, il y a un deuxième thème :

« La nuit tombe tandis qu'il commence à pleuvoir. Dans la rue déserte je regagne ma maison. Imagine la suite. »

Après avoir commenté ces propositions, rappelé les trois parties indispensables à tout « récit », j'ai invité les enfants à travailler préalablement au brouillon – à me présenter avant la mise au net sur le cahier d'évaluations.

– Maintenant au travail et n'oubliez pas de faire des phrases correctes avec des points et des majuscules !

Les premiers m'ont déjà apporté leur ébauche alors que Benoît, le nez en l'air, n'a pas écrit un seul mot.

– Enfin Benoît, si tu étais à la place de la sentinelle, que pourrais-tu apercevoir ? Que ferais-tu alors ? Rappelle-toi de tout ce que nous avons dit en classe sur le château-fort !

Il s'est mis à écrire mais cela n'a pas duré. Je me suis approché de lui et j'observe sa copie. Dans son texte il y a bien les deux éléments complémentaires du récit .
ÉVÈNEMENT : « Le château se casse. »
Vous avez bien lu et, comme vous le constatez, c'est extrêmement original… Mais la suite me laisse pantois. Jugez-en par vous-même.
RÉACTION : « Les pompiers arrivent. »

Dans cette profession il y a parfois des instants de profond abattement. Naïvement j'avais espéré voir et entendre dans la plaine l'arrivée d'une armée nombreuse, oriflammes déployées au vent ; la trompe du guetteur ; le cliquetis des épées et des lances des défenseurs courant aux créneaux ; le tumulte et l'attaque fougueuse des assaillants, le glaive à la main, dressant leurs échelles, enfonçant le portail à coups de bélier sous une pluie de flèches et de projectiles lancée par la garnison. Et le résultat, en lieu et place de la mêlée furieuse, le voici :
« Le château se casse. Les pompiers arrivent. »

Si, en cet instant précis, un auteur de B.D. traduisait mes sentiments refoulés, je suppose qu'il dessinerait, à l'intérieur de la bulle de mes pensées, un drapeau de pirate à tête de mort, un hachoir à viande, un Bolchevik au couteau entre les dents ou encore une bombe sphérique noire, à la mèche allumée… Mais qu'ai-je donc fait au Bon-Dieu pour mériter une telle déconvenue ?

Surtout restons calme. Et je suis presque surpris de m'entendre dire, sur un ton badin :

– Je vois bien que cette histoire ne t'inspire pas. Prends donc l'autre sujet !

L'heure de la récréation a sonné et Benoît vient seulement de m'apporter son brouillon. Il y aura mis le temps ! Voyons ce

qui lui est arrivé au cours de ce retour nocturne dans la rue déserte.
« Je rentre chez moi. Je me mets en pyjama et je me couche. »
Ni plus, ni moins !

Les phrases sont correctes : sujet, verbe, complément ; la ponctuation est respectée et il n'a pas oublié les majuscules. Selon mon système de notation, il a quand même droit à deux points...

A midi, je n'ai pas encore décoléré et, en me nourrissant sans savoir ce que je mange, je commente à ma femme l'œuvre littéraire de Benoît.

– *Tu te rends compte, depuis le temps qu'on est sur ce thème. C'est exactement comme si j'avais p... dans un violon !*

– *Bien sûr,* me répond-elle, *mais pense un instant à ce pauvre petit que tu as placé dans cette invraisemblable situation. Qu'est-ce qu'il irait faire, à son âge, à une heure pareille, dans une rue déserte ? Ce ne serait pas raisonnable. Bien au chaud dans son lit, il ne pouvait plus rien lui arriver !*

– *Certes ! Je me demande d'ailleurs si, au lieu de faire mes leçons, je n'aurais pas mieux fait de rentrer chez moi, de me mettre en pyjama et de me coucher...moi aussi !*

***

Somnolence

Voilà des mois que je souffre de troubles digestifs. On a d'abord incriminé les crudités puis les liquides corrosifs : alcool, vinaigre, sauce-tomate. Fadaises que toutes ces hypothèses. Moi je sais exactement ce qui ne me convient pas. La cause de tous ces maux c'est... la CONTRARIÉTÉ ! N'avez-vous jamais éprouvé ce sentiment que parfois tout se ligue contre vous, s'acharne à vous rendre la vie difficile : le stress professionnel, l'appareillage électroménager qui se détraque, votre automobile qui refuse de démarrer, les remarques de vos collègues, les agissements de votre voisin, sans oublier les habituelles récriminations conjugales, les fredaines de vos enfants et les commentaires de la belle-mère ... Le docteur l'a bien compris.

– Vous allez prendre, avant chacun des trois repas, un comprimé de « Motilium » pour la digestion, et le soir un demi-comprimé de « Témesta » pour vous aider à passer une bonne nuit. Revenez me voir dans un mois, si nécessaire, mais je pense que vous devriez vous sentir mieux d'ici- là.

– Si on allait aux champignons cet après-midi ? a suggéré ma femme.

– Bonne idée ! Il fait beau ; on va faire une sortie dans les monts de Blond pour nous changer les idées.

J'ai garé la voiture sous les sapins, dans la côte de Montmèzerie. Après avoir chaussé nos bottes, pris nos bâtons et un panier, nous escaladons le talus sur notre droite. Sous les châtaigniers, des espaces d'humus noir et fin alternent avec les plaques vertes moussues.

– En voilà un !

En me penchant j'en vois un second et encore deux autres un peu plus loin. De la main, je dégage la jambe pâle, charnue et bombée, avant de séparer, avec précaution, le cèpe entier de son support filandreux. A l'aide de mon couteau de poche, j'épluche la base renflée du pied, de façon a obtenir un bolet bien toiletté. Il est superbe avec son chapeau brun, lisse et satiné, à la face inférieure claire et ferme : un spécimen tout en rondeurs, pesant et sans défaut, merveille de la nature, que je caresse des yeux avec cette satisfaction du chercheur qui vient de rencontrer la perfection faite champignon. J'ai appelé Marie-Claude pour lui faire admirer ma découverte et lui laisser le plaisir de participer à la cueillette. Parvenus au sommet du taillis, nous obliquons sur la gauche et retrouvons le chemin creux qui s'enfonce dans les bois, en direction de Montrocher.

– Tu n'as pas chaud ?

– Ça va ! m'a répondu ma compagne.

J'ai néanmoins défait ma veste de toile verte dont j'ai noué les manches autour de la taille. Nous prospectons les abords du sous-bois au sol dur et sec sous les feuillages où jouent les ombres et la lumière. La terre est chaude mais elle a manqué de pluie pour assurer une bonne pousse.

Délaissant le village, au nom musical de « Chantecoudert », sur notre droite, nous nous sommes enfoncés dans la châtaigneraie pentue qui descend, à flanc de bute, jusqu'à l'étang des Mouillères. Quelques cèpes maigres et isolés, rencontrés ça et là, ont rejoint leurs frères plus élégants mais n'ont guère augmenté le contenu du panier qui pourtant me pèse sur le bras.

– Tu ne trouves pas qu'il fait de plus en plus chaud ? On va regagner la route goudronnée. Ce n'est pas aujourd'hui que nous ferons la cueillette du siècle ! ai-je lancé à ma femme qui trotte allègrement à l'avant alors que d'habitude elle me reproche de courir et de ne pas l'attendre. On voit bien que ce n'est pas elle qui porte la récolte dont le poids me tire maintenant sur l'épaule.

Du fond de la combe, en bordure du pré marécageux, nous remontons le sentier le long du ruisseau aux eaux rouillées qui alimente l'étang. Dans ce pays des monts de Blond qui semble prendre un malin plaisir à dissimuler ses trésors, il faut savoir surprendre, au détour du sentier, le ruisseau qui murmure, la source discrète dans son écrin moussu, la sculpture fantasque d'un rocher torturé par le temps . Et quelle surprise lorsque, entre les arbres et les haies, une brusque échappée dégage la vue sur le vaste espace ! Car la piste escarpée et caillouteuse a rejoint les énormes blocs de granit gris- pâle qui forment comme un promontoire rocheux à l'avant du hameau de Peyrelade, dominant une végétation sauvage d'ajoncs, de bruyère violacée, de fougères ocres, de ronces enchevêtrées, piquée ça et là de chênes malingres aux feuilles poudrées de poussière blanche. Je me suis assis sur la pierre chaude. Le temps est clair. Un panorama lumineux s'étend, à perte de vue, jusqu'aux croupes bleues des monts de Châlus où pointe l'antenne du relais des Cars. A l'opposé, loin à l'est, on devine le sommet conique du mont-Gargan. Je laisse mon regard errer sur cette immensité où alternent les couleurs contrastées du bocage aux vallonnements alanguis. Il s'en dégage comme une douceur mélancolique qui fait le charme si particulier de nos paysages limousins.

– On y va ?

Qu'est-ce qu'elle a aujourd'hui ? On était pourtant bien ici. Je me suis redressé péniblement pour gagner la voie goudronnée. Il me semble que mes bottes pèsent des tonnes et la suite, c'est mon épouse qui me l'a racontée.

« Quand je me suis retournée, je t'ai vu entrer dans un bois alors je t'ai attendu. Je commençais à m'inquiéter lorsque tu es enfin ressorti. Tu te traînais sur la route et je t'ai soudain trouvé tout bizarre. A la voiture, il t'a fallu cinq bonnes minutes pour quitter tes bottes et ensuite tu as sorti ton couteau pour éplucher une pomme que tu as mâchée avec une lenteur exaspérante. Ça a duré...Ça a duré... Installé au volant de la « 205 », tu ne parlais plus. C'est après Mortemart que je me suis aperçue que l'automobile zigzaguait sur la nationale et que je t'ai prié de t'arrêter :

– Qu'est-ce qui t'arrive ? Tu n'es pas dans ton état normal. Tu vas me passer le volant !

– Ah ! Parce...que ... tu crois... peut-être... que tu... vas ... faire ... mieux que ... moi... ? m'as-tu déclaré d'une voix pâteuse.

A peine étions-nous repartis que tu t'es endormi sur ton siège. »

En arrivant à la maison, j'ai gravi péniblement les marches, bien conscient cette fois que quelque chose en moi ne tournait pas rond. C'est en ouvrant la porte de la cuisine et à la vue des boîtes, bien en évidence sur le buffet, que j'ai tout compris.

En lieu et place du « Motilium » prescrit – avant chacun des trois repas –, j'avais ouvert la boîte de « Témesta » et en avais avalé un des comprimés – entier ! De quoi passer une bonne journée de sommeil en oubliant mes soucis...

***

De Charybde en Scylla ...

Voilà trois mois que nous avons adressé notre commande de fournitures scolaires à la Librairie D... de Limoges. Et depuis, silence radio sur toute la ligne : nous n'avons plus entendu parler de rien. Jusqu'au jour de la pré-rentrée, au moment où j'ai saisi le combiné de la mairie de Blond pour avoir des nouvelles de la livraison.

Ces bons à rien n'en étaient pas à leur premier essai et j'en ai profité pour rappeler le précédent de la commande égarée alors que ma femme et moi avions passé, dans le magasin de la rue Jean Jaurès, plus de deux heures à établir la liste du matériel nécessaire ; liste qu'il fallut dresser une deuxième fois, comme si nous n'avions que cela à faire !

Quelle raison allaient-ils me donner aujourd'hui pour justifier leur inscription aux abonnés absents ? J'insistai pour parler au directeur en personne.

Celui-ci le prit de haut et me spécifia qu'il ne disposait pas directement des articles figurant sur ma liste, lesquels faisaient l'objet de commande chez de nombreux et différents fournisseurs. Qu'est-ce que je croyais, qu'il suffisait de taper dans ses mains pour être servi immédiatement ?

– Vous disposez de cette commande depuis plus de trois mois et nous sommes à la veille de la rentrée ; vous pensez peut-être nous fournir le matériel nécessaire à noël ? Comment je fais, moi, pour fonctionner en attendant ? Allez-vous prétendre que vous n'avez pas en stock des crayons, des stylos à bille, des gommes et des cahiers d'écoliers ? Êtes-vous une librairie ou un marchand de courants d'air ? La vérité c'est que vous vous moquez du monde – une fois de plus mais une fois de trop ! – Je vous préviens que si nous n'avons pas d'ici demain la livraison de notre commande, vous pouvez faire une croix sur notre clientèle !

Et je lui raccrochai au nez en faisant claquer le combiné qui vibra de plusieurs tintements métalliques sur son support . Près de moi, la remplaçante du secrétaire de mairie n'en menait pas large, se faisant toute petite, car j'avais pratiquement hurlé ma menace au téléphone...

Il n'était pas encore midi lorsque cette dernière vint me chercher dans la classe. Elle en demeurait ébahie : devant la mairie, le livreur de « 87 Express » m' attendait pour savoir où il devait décharger les colis...L'employée, qui n'en revenait pas, me considérait avec une mimique des lèvres en avant, mélange de crainte et d'admiration ; l'expression de son visage, parlant pour elle, semblait me dire : *« Chapeau pour le résultat mais je ne voudrais, pour rien au monde, être dans ta classe. »...*

Les relations avec la librairie se firent meilleures grâce à son nouveau et sympathique démarcheur. Roland était marié à une ancienne collègue institutrice de mon beau-père et il connaissait bien Marie-Claude pour avoir habité le même immeuble de fonction que ses parents, à la caserne de Saint-Yrieix.

Sa fonction lui allait comme un gant et s'il avait pu, il aurait promis sa chemise pour satisfaire le client.

Homme jovial, naturellement affable, il n'avait pas besoin d'en rajouter pour séduire . C'est d 'ailleurs bien pour cela que nous étions restés fidèles à sa maison qui persistait pourtant dans ses mauvaises habitudes de gestion.

Les articles manquants et notés en mémoire n'étaient jamais livrés ; la quantité fournie ne correspondait pas au nombre commandé, et souvent la qualité n'était pas au rendez-vous : celle du papier machine notamment – au demeurant facturé fort cher. Celui-ci, agissant comme le papier buvard, délayait les caractères des textes lors de son passage à la machine à manivelle de la polycopieuse à alcool.

J'en avais fait part à Roland lors de son passage annuel, en lui précisant qu'en l'absence de fourniture de papier correct, et malgré nos amicales relations, je changerais de fournisseur sans état d'âme : certes le représentant était sympathique mais ce n'est pas lui qui pataugeait ensuite dans les difficultés...

Promis, juré ! Il annota la commande, s'engagea personnellement à me fournir du papier 80 grammes de qualité extra-supérieure...

Ce dernier matériau se montra effectivement très différent du précédent : non seulement il absorbait l'alcool à merveille, délayait à plaisir l'encre du stencyl, mais en plus il se déchirait, si bien qu'on obtenait, à chaque tour de manivelle une sortie de la feuille en charpie... Je dus me procurer du papier auprès d'un autre fournisseur, mis de côté les ramettes défectueuses et les arguments désobligeants qui les accompagnaient, réservés au représentant lors de son prochain passage. Il allait, c'est sûr, ressortir de la classe, ses ramettes de torchon sur les bras, avec pertes et fracas. Et plus la date de sa visite approchait, plus j'accumulais les griefs à l'encontre de cette maison faite d'incompétents et de voleurs... car si la qualité était inférieure, les prix ne l'étaient pas...Ah ! il allait m'entendre...

Ouvrant avec délectation l'enveloppe de la librairie qui m'annonçait en principe la prochaine visite de son agent commercial, je fus tout à fait déçu : Roland avait pris sa retraite et c'est son remplaçant, monsieur B..., qui était annoncé...

Le malheureux se présenta un matin en compagnie de son directeur en personne venu faire les présentations. Il tombait bien celui-là. A l'instar de la mule du pape qui avait gardé sept ans son coup de pied vengeur et me souciant peu de savoir si la fumée serait visible jusqu'à Pampérigouste, je lui assénai en vrac tous les griefs, accumulés pendant des années, contre son organisation déplorable et ses fournitures de pacotille à des tarifs prohibitifs. Je ne regrettai qu'une chose : ne pas avoir envoyé au diable plus tôt sa maison et les représentants qui allaient avec...

A court d'arguments, sous l'avalanche de reproches, il argua du fait que mon attitude, si elle était généralisée, provoquerait la faillite de l'entreprise limousine, le chômage de son personnel y compris celui de son accompagnateur, un père de famille qui avait deux enfants à nourrir...

M'adressant alors à ce dernier, je lui suggérai de se chercher un autre employeur dans les meilleurs délais et de quitter au plus tôt cette librairie vouée, à toute proche échéance, à un dépôt de bilan inéluctable du fait de ses vices congénitaux...

L'objectivité de cette prophétie devait malheureusement se vérifier dans les faits quelques mois plus tard : la patience des autres clients avait ses vertus mais elle avait aussi, tout comme la mienne, ses limites.

Désormais les « Presses du Massif-Central » se chargèrent de fournir l'école de Blond par l'intermédiaire de Raymond à qui j'avais jadis acheté une automobile et qui avait troqué son métier de garagiste contre celui de représentant en matériel scolaire pour la société coopérative de Guéret. C'est cette même personne que je retrouvai lors de ma mutation à l'école Charles Silvestre à Bellac.

Vous dire que tout « baignait » serait excessif mais le fait que Raymond habitât Bellac aplanissait les difficultés : un coup de fil et le démarcheur faisait un détour par l'école, récupérait les fournitures défectueuses qu'il remplaçait à son retour de Guéret.

Connaissant bien tous les problèmes qui allaient surgir au moment de la rentrée des classes de septembre, et jugeant inutile d'y ajouter encore celui des fournitures scolaires, le directeur d'école avisé que j'étais, avait pris l'habitude de préparer la commande dès le mois de mars. Car ce n'était pas une mince affaire.

Première chose : obtenir du fournisseur les catalogues. Bien sûr « on » allait me les envoyer dès leur impression, malheureusement toujours en cours au moment de ma demande. Et bien sûr « on » avait ensuite oublié de le faire, mais « on » s'en occupait immédiatement. Si je m'inquiétai après de ne pas les avoir reçus, j'avais tort car « on » venait tout justement de les mettre au courrier. Quand je rappelai enfin pour préciser que j'en avais reçu seulement deux à la place des six prévus, c'était une regrettable erreur et « on » allait faire le nécessaire sur le champ. « On », « on », et« on »... Bien pratiques ces "on" ! Avec ce système, la responsabilité se dilue et quand les choses vont de travers, ce n'est jamais la faute de personne. Comme le disait avec à propos mon vieil ami Rom's : *« On » c'est un c... qui n'a pas de matricule ! »*

Deuxième chose : distribuer les catalogues aux collègues en leur précisant bien de ne pas dépasser le budget prévu, de compter et recompter, ligne par ligne, le total dépensé pour chaque article. Rappeler ensuite aux oublieux que les délais de remise de leur liste étaient passés.

Troisième chose : tout vérifier, classe par classe, ligne par ligne, avant de transmettre le dossier à la mairie pour adjudication. A ce niveau, les erreurs fleurissaient. Il apparaissait par exemple que le total des 25 stylos-bille « Bic orange » était le résultat de la multiplication erronée du prix unitaire de la ligne du dessous des stylos-bille « Reynolds ». Mais c'était bien pire avec les protège-cahiers carton – avec ou sans rabats –, transparents ou nylon – aux douze nuances et aux cinq ou six formats... L'expérience m'avait appris à réserver ce travail pour la maison, après le repas du soir, dans le calme de la salle à manger, à la cadence d'un seul et unique catalogue par soirée.

Ensuite il n'y avait plus qu'à attendre la livraison, prévue au plus tard pour début juin et qui finissait par arriver, après maintes réclamations téléphoniques, ... le jour de la sortie, ce qui finalement m'arrangeait, en mettant un terme prématuré au concert des lamentations de mes collègues qui, telles les vagues de la mer, venaient s'échouer inévitablement sur la plage de mon bureau : l'une avait reçu des cahiers de 30 pages en lieu et place de ceux de 50 commandés, l'autre, des cahiers à réglure syéiès bien qu'elle ait noté des cahiers de CP à grosses lignes ; la suivante n'avait pas ses pots de colle lesquels n'étaient pas non plus pris en note pour une livraison ultérieure ; pour une autre encore c'était une carte de géographie écornée par le transport... Imperturbable sous les jérémiades je notai erreurs et oublis que je transmettrais en bloc au fournisseur.

Je n'en avais pas usé différemment cette année-là. Il manquait comme d'habitude quelques articles mais aussi, ce qui est plus rare, une série de livres pour le CP : le premier livret de « Boule et Bill », un manuel de lecture à partir de la bande dessinée du même nom aux personnages pittoresques de Boule, le jeune garçon, et de Bill, son petit cocker aux vastes oreilles tombantes.

L'article manquant était pris en note pour faire l'objet d'un tout prochain envoi ; envoi dont je m'enquis à mon retour de vacances fin juillet.

Ma correspondante au téléphone vérifia la liste des expéditions mais ne put me renseigner. C'était la période des congés et ma commande était suivie par sa collègue. Inutile de rappeler, elle se chargeait de faire le nécessaire dès le retour de celle-ci.

« Comme on connaît ses saints, on les honore ! » et la semaine suivante j'avais à nouveau, au bout du fil, « les Presses » en la personne d'un homme cette fois. Je lui rappelai l'affaire en lui demandant où en était l'expédition. Il me rassura : mes livres faisaient partie d'un tout prochain et important départ groupé pour une livraison sous huit jours maximum.

La semaine suivante je passai régulièrement à l'école chaque matin, au retour des commissions, inutilement : il y avait dans le couloir autant de colis que de beurre en calèche.

Si la librairie de Guéret avait pensé m'avoir au souffle, elle s'était lourdement trompée. Je voulais ces livres AVANT la rentrée et je les aurais, dussé-je téléphoner tous les jours pour manifester la persistance de mon attente.

Lorsque je décrochai le combiné à nouveau, mon ton n'était pas aimable. L'employée me certifia que les colis étaient partis : s'il y avait un retard à la livraison, c'était la faute du transporteur. Ce n'était pas impossible après-tout, mais nous étions maintenant à moins de deux semaines de la rentrée.

Je décidai de contacter le transporteur de Limoges. Aux « Messageries Bernis » on m'assura formellement que toutes les expéditions des « Presses » avaient bien été livrées.

Il n'y avait plus qu'une semaine lorsque, excédé de n'avoir toujours rien reçu, je rappelai à nouveau. Cette fois je demandai à parler à un responsable auquel je refis l'historique de l'affaire, en essayant de maîtriser le ton et la nature de mes paroles.

– Ne vous inquiétez pas, on s'est occupé spécialement de vos livres. Ils sont justement dans mon bureau . Je les ai sous les yeux et je m'occupe personnellement de vous les expédier aujourd'hui-même ! »

Je raccrochai après l'avoir chaleureusement remercié. Mais sans ma persévérance, l'affaire n'était pas gagnée pour la rentrée. Enfin, tout était bien qui finissait bien.

C'est du moins ce que – innocemment – je croyais.

Car deux jours avant la date fatidique, je n'avais toujours rien reçu.

Ma main tremblait en tapant – une fois de plus et sans consulter le numéro désormais inscrit dans ma mémoire – les chiffres de la librairie de Guéret.

J'avais au bout du fil une femme et, une fois de plus je retraçai les péripéties de la livraison manquée, non sans rappeler la dernière promesse de mon correspondant qui s'était engagé personnellement à m'adresser les manuels en dépôt dans son bureau.

Je reçus la réponse de mon interlocutrice comme une douche froide.

– Comment aurait-il pu les avoir dans son bureau puisque ces manuels sont en rupture de stock et en cours de réédition à la maison Magnard ?

J'oubliai résolument mes sentiments concernant le bonimenteur pour m'enquérir des nouveaux délais. Il ne manquait plus que cela, comment ma collègue allait-elle se débrouiller, sans manuel dans son CP et qui plus est, le premier livret ? On ne pouvait en outre me donner aucune date certaine. Découragé, je raccrochai le combiné : quelle poisse ! Et ces nuls qui avaient attendu le dernier moment pour m'avertir. Où allai-je trouver maintenant ces indispensables livres de lecture ?

Pliant sous le fardeau de l'adversité, je venais à peine de refermer la porte de mon bureau à clef lorsque – mon expérience de la sous-préfecture aidant –, un éclair de lucidité me traversa l'esprit : et s'ils m'avaient, une fois de plus, mené en bateau ? Quand on a menti quatre fois, pourquoi ne mentirait-on pas cinq fois ? Cette affaire d'éditeur, à coup sûr c'était du bidon. Et j'allai tout de suite en avoir le cœur net !

– Allô ! Les éditions Magnard de Chéniers ? Bonjour madame, je suis le directeur de l'école Charles Silvestre à Bellac. J'ai commandé aux « Presses du Massif Central » une série de manuels de lecture « Boule et Bill ». Pourriez-vous me dire à quelle date ils seront disponibles ?

– Ne quittez pas, je vérifie sur mon ordinateur... Il n'y a aucun problème pour votre approvisionnement, nous en avons 2.500 en stock !

Qui peut le plus peut le moins ; s'il y en avait 2.500, on pouvait m'en fournir 25 !...

– Vous en êtes certaine ?

– Absolument monsieur !

Ma jubilation était grande mais j'avais trop parlé : la maison Magnard ne pouvait pas décemment court-circuiter son client des « Presses » en m'adressant directement les 25 exemplaires nécessaires. C'était à se taper la tête contre les murs !

Ainsi pendant deux mois, tous mes correspondants de Guéret – sans exception ! – s'étaient moqués de moi. Comparée à la duplicité des « Presses », la librairie D... de Limoges faisait preuve, dans la catégorie des menteurs patentés, d'apprenti en la matière.

Mon passage d'une librairie à l'autre me rappela le périlleux exercice de ces marins de l'antiquité, sur le point de franchir le détroit de Messine, et qui, pour échapper au tourbillon mortel du repère de la fille de Poséidon allaient fracasser leur embarcation sur le rocher fatal en face du gouffre . De la rue Jean Jaurès de Limoges à la place Bonnyaud de Guéret je n'avais fait que tomber de Charybde en Scylla...

Raymond, l'agent commercial de Bellac, se préparait à quitter son domicile lorsque son épouse lui passa le combiné. Il n'eut pas le loisir de placer une parole sous l'avalanche de mes doléances matinales lesquelles n'étaient pas tendres pour ses employeurs et leur personnel. Je lui notifiai, en guise de conclusion, qu'en l'absence des livres attendus le jour de la pré-rentrée, je me chargeais personnellement de la publicité de cette librairie d'incapables et de menteurs ainsi que du choix d'un nouveau fournisseur par la mairie.

Le soir-même, 25 « Boule et Bill » à la couverture glacée s'entassaient en une pile sympathique sur mon bureau. Raymond était allé spécialement les chercher directement à la maison mère, à quelques dizaines de kilomètres de Guéret. Je devais apprendre, beaucoup plus tard, la raison du dysfonctionnement : les « Presses » devaient de l'argent aux éditions Magnard – comme à tous ses autres fournisseurs –, lesquelles, naturellement, se faisaient tirer l'oreille avant de traiter avec la société débitrice . Cette dernière devait sombrer l'année suivante, juste après le départ à la retraite de Raymond. L'annonce du dépôt de bilan de la coopérative qui avait fait la réputation de la préfecture creusoise fit grand bruit dans la région. Vous étonnerai-je si je vous avoue que je n'en fus pas étonné ?...

Dans la salle des enseignants, en présence de mes cinq collègues et des deux remplaçants rattachés à l'école, je débutai la réunion de pré-rentrée par le point sur les fournitures scolaires.

– J'ail les « Boule et Bill » à ta disposition sur mon bureau, annonçai-je à Marie-Line.

– Tu vois, tu avais tort de t'inquiéter, ils ne sont pas si mauvais que ça aux « Presses » ! observa-t-elle avec cette touchante candeur des innocents aux mains vides.

– Puisque tu le dis...

C'est vrai, finalement, pourquoi s'inquiéter, je vous le demande ? Car après tout, ils avaient bien été livrés dans les délais, ces fameux livres !...

***

Au voleur !

Un calme soudain s'est abattu sur la cour de récréation désertée. Le silence succède à l'agitation et aux cris des derniers élèves qu'emporte le car de transport scolaire. C'est comme si l'ensemble de mon être se décontractait, se relâchait d'un coup de la tension accumulée tout au long de la journée. Je viens de copier au tableau le texte de la dictée qui servira de support à la leçon de conjugaison : les lignes sont bien espacées, les caractères réguliers, la lisibilité parfaite. Il me faut cependant prendre du recul pour relire car il m'arrive de sauter un mot, d'oublier une lettre ou un « s » ; ce qui donne, le lendemain matin, des dialogues de ce genre :

– Maître, tu t'es trompé, tu as écrit « Pochinelle » au lieu de « Polichinelle » !

– C'est bien de l'avoir remarqué Maxime ! Je me demandais lequel d'entre vous allait voir la faute le premier !

Un maître, ça ne peut pas se tromper…

Il me reste à donner un dernier coup d'œil au « cahier-journal » – où j'ai déjà rédigé le plan de travail du jour suivant –, à sortir des dossiers, les fiches de préparation des leçons prévues ainsi que les liasses d'exercices photocopiés qui les accompagnent.

La porte de communication de la classe a claqué derrière moi et je m'installe à présent à mon bureau de direction car la journée n'est pas finie. Place maintenant aux tâches administratives : d'abord vérifier, une dernière fois, l'état de prévisions d'effectifs pour la prochaine année scolaire. Le document est prêt depuis longtemps mais j'attends toujours le dernier délai pour signer et cacheter, précaution oblige depuis ma dernière mésaventure. Est-ce nécessité ou méfiance, toujours est-il que, pour contrôler l'exécution des directives, les autorités académiques ont pris l'habitude d'exiger un rapport pour tout et pour rien. Il en est ainsi pour les réunions de Conseil d'école qui nécessitent, pour le directeur, un travail en trois temps : 1- préparation, organisation, convocations ; 2 - assemblée, discussion, décisions ; 3 - compte-rendu écrit à la hiérarchie. Les thèmes abordés au cours de ces réunions étant toujours les mêmes : les poux, la cantine, le voyage scolaire..., j'avais pris l'habitude, pour cette dernière étape, d'adresser un document standard à l'Inspection Primaire : une modification de la liste des présents, des dates et le tour était joué. Tellement bien joué qu'il m'arriva d'expédier le résumé de la soirée, déjà rédigé et en attente sur le bureau, trois jours avant la réunion effective... Si mon chef avait lu attentivement la relation du débat qui allait avoir lieu la semaine suivante, il avait dû être étonné de ma vision prémonitoire des choses...

Je relis, à tête reposée les notes de service de l'Inspection académique que j'ai parcourues en diagonale ce matin et où le pédantisme et la cuistrerie du rédacteur éclatent à chaque ligne : « Les fiches seront renseignées avec la plus grande précision... ». En temps ordinaire on « renseignait » les personnes ; le progrès aidant, voilà qu'on « renseigne » dorénavant les feuilles de papier... J'ai encore à ranger les circulaires, transmises aux collègues pour information, et de retour de leur périple dans les classes. Le temps a passé : la pendule marque dix-huit heures. Déjà ! A chaque jour suffit sa peine, on verra le reste demain.

Je viens d'enfiler ma parka et je tâte machinalement la grande poche de l'habit. J'aurais pourtant juré y avoir mis mon porte-monnaie ce matin...ce que j'ai dû faire effectivement, comme tous les matins, puisque j'ai payé le pain. L'aurais-je alors posé distraitement à la maison, à midi ? C'est probablement ce qui s'est passé, me dis-je, en enfourchant mon vélo pour regagner le domicile. En arrivant, j'ai immédiatement vérifié le contenu de ma pochette où je range ordinairement de petites affaires personnelles : argent, clefs, agenda, canif, stylo-bille. En vain. Puis mes investigations se sont étendues à toutes les étagères du placard, à la boîte à gants de la voiture, aux tiroirs de mon bureau, à tous les meubles de la cuisine, à la petite table du salon et à celle, plus grande, de la salle à manger, aux tables de nuit des chambres, à l'établi du garage ; j'ai vidé et retourné les sacoches de la bicyclette. Sans résultat ! C'est sûr : Le porte-monnaie n'est pas chez moi ! D'ordinaire, cette bourse ne contient qu'un peu de monnaie pour de petits achats et c'est justement aujourd'hui que j' y avais glissé deux billets de cent francs. C'est décidé : je retourne à l'école ; la soupe attendra.

Il est près de dix-neuf heures ; pourquoi la porte n'est-elle pas fermée à clef alors que les femmes de service ont d'habitude quitté les lieux à cette heure ? C'est que ma collègue Nicole, que je viens d'apercevoir dans la cour, est toujours là. Sa conscience professionnelle l'honore mais je ne peux m'empêcher de penser que son temps serait mieux employé à préparer le dîner de son mari qu'à traîner le soir à l'école... Cette considération machiste ne m'empêche pas de fouiller, un à un, les tiroirs, de vérifier le contenu des armoires avec le même succès qu'à la maison. Il y a ici autant de porte-monnaie que de beurre au balcon...

A mon deuxième retour au foyer familial, j'ai informé Marie-Claude : si ce n'est pas une disparition, cela ressemble de plus en plus à une perte...

J'étais sur le point de m'assoupir devant le petit écran lumineux qui diffusait la « carte du temps » lorsque la sonnerie du téléphone m'a fait sursauter.

– Allô ! Jean ? Ici c'est Nicole !

C'est étonnant comme le cerveau humain peut réagir vite quand il reçoit le petit déclic qui lui manquait.

– Je sais pourquoi tu m'appelles ! On t'a pris quelque chose !

Je venais de découvrir la raison de sa présence dans la cour à dix-neuf heures ; à l'évidence la même que la mienne... Probablement qu'en me voyant à ce moment, elle avait eu cette réflexion réciproque : « Qu'est-ce qu'il fiche ici, ce vieux maniaque ? Il ne peut décidément pas se passer de son école ! »

– Je suis bien embêtée ! Avant de partir je me suis aperçue qu'il me manquait mon sac à main...

– Ne cherche plus. C'est la même chose pour mon porte-monnaie. Les voleurs sont passés par là !

Elle m'apprend qu'elle a porté plainte à la gendarmerie car son sac contenait une bonne somme d'argent, son chéquier et... tous ses papiers...

L'homme est égoïste. En même temps que je m'apitoyais sur son sort, j'ai ressenti comme un soulagement : d'abord mon préjudice était moindre et ensuite cette perte n'était pas liée à un instant d'égarement de ma raison. Je jugeai inutile de prévenir, à mon tour, la gendarmerie ; il serait bien temps d' informer les gens de la police lors de l'enquête qu'ils n'allaient pas manquer de mener à l'école. En attendant, j'imaginai le scénario du vol. La réussite de ce « doublé » au caractère professionnel écartait la responsabilité des élèves. Le larcin avait dû avoir lieu au moment de l'interclasse de midi, alors que l'aire de récréation était déserte et pendant que ma collègue et moi avions quitté nos locaux pour nous rendre dans la salle du photocopieur. Sans doute le voleur avait-il un complice : tandis que l'un pénétrait dans la classe, l'autre visitait mon bureau. Cette méthode supposait que les malfrats aient été à l'affût de nos faits et gestes afin de profiter de l'occasion favorable. Il leur aurait suffi, pour cela, de s'introduire dans le couloir qui donne accès aux bureaux situés au premier étage et, par les grandes baies vitrées donnant sur la cour, de guetter les allées et venues des instituteurs sous le préau. A l'idée de me savoir observé, je ressentis comme un sentiment de malaise : ce n'était peut-être pas la première fois que cela arrivait ; seule l'opportunité avait manqué aux voyous. Cette hypothèse inquiétante m'amènerait dorénavant à maintenir fermée à clef la porte du couloir et celle du bureau.

Les jours ont passé et je me demande bien pourquoi la police ne se manifeste pas. Or, un matin, Nicole m'annonce qu'elle a reçu une communication des gendarmes . Le sac à main a été retrouvé par leurs collègues de Montreuil-Bellay, dans le département du Maine et Loire, sur les lieux d'un cambriolage. Elle est invitée à venir récupérer ses affaires à la brigade locale.

– *Heureusement que tu avais fait une déclaration de vol sinon tu devenais la première personne suspecte de cette affaire !...* lui dis-je en plaisantant.

– *Oui, mais moi ça ne m'amuse pas car Montreuil-Bellay, ce n'est pas la porte à côté. J'ai regardé sur la carte, cela fait plus de trois cents kilomètres aller-retour et, avec les formalités, tout mon mercredi va y passer.*

– *Mais ils ne peuvent pas te faire suivre tes biens ?*

– *C'est effectivement ce que j'ai proposé mais c'est impossible. Ils ont besoin de ma déposition, de l'identification de mes objets personnels qu'on ne peut me remettre qu'en mains propres.*

– *Si, par un heureux hasard, mon porte-monnaie de cuir couleur bordeaux figurait parmi tes affaires, pourrais-tu le récupérer sans préciser qu'il est à moi ? D'une part, je ne tiens pas à faire trois cents kilomètres pour cet objet sans valeur, et d'autre part, tu ne vois pas qu'ils me soupçonnent du cambriolage car moi, je n'ai pas fait de déclaration de vol...*

Le jeudi matin, Nicole m'informe qu'elle avait retrouvé sa sacoche qui contenait heureusement tous ses papiers. Seul l'argent manquait à l'appel.

– *Et mon porte-monnaie ?*

– *Le voici ! Il était dans mon sac mais vide, naturellement...*

A la récréation suivante, j'ai résumé, à mes collègues rassemblées, l'épisode de la disparition de mon escarcelle. A la lumière du dénouement de l'affaire, il apparaissait clairement que, dans un premier temps, Nicole avait dérobé la bourse – puisqu'on l'avait retrouvé dans ses affaires – ; que, dans un second temps, les voleurs avaient fait main basse sur le sac ; la police récupérant le tout en fin de parcours…

– *Si dorénavant il vous manque quelque chose, avant de vous lancer dans des recherches hasardeuses, vérifiez donc le contenu du sac à main de Nicole !* ai-je déclaré aux institutrices qui ont éclaté de rire.

***

A l'assassin !

En provenance directe de la cité Jolibois, le car de transport scolaire vient de déposer son contingent qui a fait irruption en hurlant, tel un troupeau affolé, dans la cour de l'école. Quand ils sont énervés depuis le matin, ça promet pour le reste de la journée... L'entrée en classe n'a pas calmé mes CE1 et les plus excités d'entre eux sont venus me trouver au bureau ;

– Tu sais maître, il y a un kidnappeur d'enfants à Jolibois !

– Qu'est-ce que vous me racontez là ?

– Oui, c'est un type qui a essayé de faire monter Lydie dans sa voiture.

– D'abord allez vous asseoir et calmez-vous ! Ensuite Lydie va tout nous raconter.

– C'est en attendant le car. Un monsieur en voiture s'est arrêté. Il voulait me faire monter mais je suis partie en courant prévenir ma tata. Alors elle est descendue avec des voisines et elles sont restées avec moi jusqu'à l'arrivée du car.

– Cet automobiliste voulait peut-être simplement te demander un renseignement ?...

– Oh non ! D'ailleurs après il est repassé en vélo dans l'avenue.

– Même qu'il avait un V.T.T. jaune ! a surenchéri Anthony. *On l'a bien reconnu !*

Cette histoire n'est pas claire mais j'ai perdu assez de temps.

– Maintenant il n'y a plus de risque. Votre camarade a eu un réflexe de prudence et c'est aussi bien ainsi. Sortez vos cahiers de français, on va corriger l'exercice d'orthographe.

L'heure de la récréation a sonné et la cour est anormalement bruyante. C'est certain, il y a de la tempête dans l'air ou une vague de pluie en perspective. En saison hivernale, j'opterais pour l'arrivée de la neige. Les écoliers sont un bon baromètre : leur excitation grandit en proportion inverse de la pression atmosphérique. Mes collègues affirment que si on suivait mon raisonnement à contrario, ce serait le déluge perpétuel... Certes, nos élèves actuels ne sont plus les enfants calmes et timides des classes de jadis mais je soutiens que les changements de temps ont une influence certaine sur le comportement des humains, d'autant plus pressants qu'ils s'exercent sur des personnes fragiles ou très jeunes. Mais qu'ont-ils tous à s'agglutiner dans les toilettes des garçons malgré mes coups de sifflet répétés ?

– Qu'est-ce que vous faites ici à hurler comme des possédés ?

– On l'a vu maître, il est là, derrière le buisson du passage !

– Mais qui est derrière la haie ?

J'écoute les excités au nez collé aux vitres de la fenêtre des toilettes qui ouvre sur le passage bordé en partie par quelques longs troènes échevelés.

– Le tueur ! Il est passé tout à l'heure avec son V.T.T. jaune !

Manifestement la situation de ce matin a évolué car maintenant, le kidnappeur potentiel est devenu ... un tueur...

– Je ne veux plus vous voir ici ! Tout le monde dans la cour et arrêtez votre cinéma ! Il n'y a personne derrière ces arbustes et moins encore de tueur à V.T.T. !

En faisant les cent pas dans la cour, les maîtresses évoquent l'affaire qui a fait le tour des classes.

– Il faudrait peut-être prévenir la gendarmerie ?...

– C'est l'affaire des familles qui l'ont probablement fait.

On a frappé à la porte de la classe, au beau milieu de la leçon de calcul et j'ai levé, une fois de plus, les yeux au ciel comme quelqu'un qui porte sur ses épaules le fardeau inévitable de tous les importuns de la terre. Mais ma parole, ils sont trois et leur mine ne me dit rien qui vaille ! Ne serais-je pas à mon tour victime du syndrome du « tueur » ? J'ai ouvert la porte et le visage patibulaire et pas rasé du premier des visiteurs n'est pas fait pour me rassurer.

– Nous sommes des parents d'élèves du quartier de Jolibois et on s'inquiète pour la sécurité de nos enfants parce que ce matin…

– Ils m'en ont déjà parlé. Avec mes collègues nous avons décidé de ne pas laisser sortir seuls les enfants des salles de classe. Pour ce qui est de l'attente du car de midi, vous savez qu'il y a un policier municipal à la porte de l'école. S'il y a un déséquilibré dans la nature, il est peu probable qu'il vienne ici. Ce sont des gens qui font leur coup en douce avec des enfants isolés… De votre côté vous pouvez assurer une surveillance à l'arrivée ou au départ du bus dans votre quartier.

Ils sont repartis. Ce matin je ne croyais pas un mot de cette histoire à dormir debout et voilà que je me surprends à céder, moi aussi, à l'irrationalité ambiante…

La rumeur court vite et elle n'a pas besoin d'aller bien loin pour atteindre les bureaux de l'Inspection primaire, situés dans notre immeuble. Sylviane a sans doute obtenu plus de précisions que moi et la description qu'on lui a faite du kidnappeur lui a étrangement rappelé celle de Charles. Charles c'est l'instituteur stagiaire qu'elle a récemment accueilli dans son service à la suite d'une grave dépression nerveuse. Ses réactions, parfois imprévisibles, en font un suspect potentiel tout désigné, d'autant plus qu'il a fait un remplacement à l'école maternelle du quartier concerné… Tout bien pesé, ce ne peut être que lui !

A midi je raconte toute l'affaire à ma femme. Le scénario en est d'une simplicité limpide. A l'abribus bien en vue, au pied des immeubles, face à la multitude des fenêtres des H.L.M. ouvrant sur l'avenue, Charles – puisque c'est de lui qu'il s'agit – a mijoté son coup. De l'intérieur de sa voiture, il hèle la fillette qui attend innocemment le car et lui propose d'aller faire un tour avec lui. Surpris par la réaction imprévue de l'enfant, il décide de troquer l'automobile compromettante contre un V.T.T. jaune et il repasse ostensiblement sur les lieux du forfait manqué pour narguer ceux qui ne manqueront pas de le reconnaître. Conformément à ce qu'il espérait, ceux qui ne l'ont jamais vu le reconnaissent maintenant mais contrairement à son attente, aucun de ceux-ci ne se lance à sa poursuite. C'est alors qu'il a l'idée de se rendre à l'école et de se faufiler dans les troènes afin de manifester sa présence pour le cas où on viendrait à l'oublier. Ce n'est même pas stupide, c'est carrément surréaliste. Il faut que je tire cela au clair.

A l'interclasse je questionne la « victime », à l'origine de toute l'affaire.

– *Ecoute Lydie, si tu me dis toute la vérité, cela restera entre nous, ce qui évitera aux gendarmes de t'interroger. Le monsieur qui était en voiture et qui s'est arrêté près de l'abribus, tu n'as pas compris ce qu'il t'a dit. Simplement tu as eu peur parce que tu as pensé à un rapt d'enfant comme ceux qu'on voit parfois à la télé et c'est bien normal.*

– *Oui !* a-t-elle reconnu bien humblement.

Comme je la connais, elle est bien capable d'avoir tout inventé, y compris l'existence de l'automobilo-vététiste…

Cependant la tension du matin ne s'est pas atténuée dans l'après-midi et, au moment de la sortie, je prends la relève du policier jusqu'au départ du dernier car de ramassage.

Mais une rumeur, c'est comme une pierre qu'on a lancée dans l'eau : l'onde de choc se propage autour du point d'impact, inexorablement, jusqu'à ce que les derniers ronds meurent dans l'élément au calme retrouvé.

Il est dix-neuf heures. Monsieur N…, parent d'élève et maire-adjoint, est au bout du fil.

– Que s'est-il passé à l'école aujourd'hui ? Ma fille m'affirme qu'il y a eu une tentative de rapt…

Pour René, mon collègue directeur et ami, qui m'appelle peu après, de Magnac, ce n'est plus une tentative.

– Allô ! Jean ? Je viens d'apprendre qu'il y avait eu un rapt d'enfant dans ton école ?…

Ainsi la rumeur de Jolibois, perceptible jusqu'à Magnac-Laval – distante de vingt kilomètres –, a mis dix heures pour se diffuser jusque là, soit une vitesse moyenne de propagation de deux kilomètres à l'heure … ce qui n'est pas si mal pour une nouvelle sans relais médiatique…

Tout un chacun vous le confirmera : « La vérité sort de la bouche des enfants. » !

***

ECOL

Chats alors !

Jean-Pierre et Nicole, nos amis d'Ariège, étaient tous deux enseignants à Paris où ils habitaient, dans le douzième, un modeste trois-pièces-cuisine. Ils s'étaient accommodés de cet appartement où ils se considéraient uniquement de passage, habitués qu'ils étaient, au moindre congé scolaire, à quitter les lieux, dès la sortie des classes du soir, pour filer sur la nationale 20 en direction des vastes espaces de leurs Pyrénées natales.

Aussi nous avaient-ils proposé, en leur absence, de profiter du logement inoccupé pour visiter la capitale. Nous saisîmes l'opportunité des vacances de noël 1999 et d'un Paris, exceptionnellement illuminé à l'occasion du passage au troisième millénaire, pour un court séjour dans la métropole. Nous devions retrouver nos amis chez eux, à midi. Ils nous remettraient alors les clefs au cours d'un rapide déjeuner commun car ils travaillaient encore l'après-midi. Ce qui fut fait. Restés seuls dans l'appartement, Marie-Claude et moi décidâmes, sans plus attendre, d'aller faire le tour du quartier. Nous venions de quitter l'ascenseur lorsque je m'avisai de l'oubli de mon parapluie. Pendant que ma femme m'attendait en bas, je grimpai précipitamment, quatre à quatre, les marches jusqu'au palier du cinquième. Je fis tourner la clef dans la serrure, poussai la porte, cherchai un moment dans nos bagages et finis par retrouver le parapluie posé près des portemanteaux de l'entrée. Nous avions à peine fait quelques pas dans la rue que je fus saisi d'une brusque inquiétude : la porte, restée ouverte deux minutes pendant ma quête du parapluie, n'aurait-elle pas permis à Isis, le chat de Nicole, de s'enfuir de l'appartement où on le tenait cloîtré en permanence ?

C'était peu probable mais suffisant pour perturber, par le malaise persistant du doute, tout mon après-midi. C'est qu' Isis n'était pas un chat ordinaire. C'était un pur « Abyssin », une espèce au poil fauve, au museau fin et au corps svelte, qui avait été primé aux concours de la race, qu'on conduisait au vétérinaire pour un oui, pour un non ; bref, un animal de valeur au surplus chéri de Nicole. Si le chouchou à sa mémère venait à disparaître par ma faute, on courait tout droit à l'incident diplomatique et à la détérioration certaine du séjour parisien...

Dédaignant l'ascenseur, je me retrouvai donc de retour dans l'escalier, à l'assaut des cinq étages, pour le cas où l'animal viendrait à s'y trouver. J'entrebâillai la porte, me faufilai dans l'appartement de façon à empêcher la bête sournoise de filer sur le palier – si ce n'était déjà fait... Il me restait à prospecter les pièces une par une afin de localiser ce sacré chat qui ne répondait pas à mes appels. Rien dans la cuisine, rien dans la première chambre, rien dans la petite buanderie. Tous mes espoirs reposaient maintenant sur l'inspection de la dernière pièce . Mais derrière l'armoire, sur l'armoire, sous le lit : rien, rien et rien ! Sans doute avais-je mal regardé et je recommençai ma fouille minutieuse, pièce par pièce. C'était maintenant certain, cette foutue bête était bel et bien sortie pendant que je cherchais mon parapluie. Où pouvait-elle alors se trouver ? Je décidai de procéder de façon méthodique. Si le chat avait quitté l'appartement, il se trouvait inévitablement dans les parties communes de l'immeuble. Je montai donc aux étages supérieurs, scrutai le moindre recoin des couloirs. Puis je redescendis, en pratiquant de même, jusqu'au rez-de-chaussée. J'inspectai également le local aux poubelles . En vain. Et si un locataire l'avait récupéré devant sa porte ou dans l'escalier ? Allai-je devoir sonner à toutes les portes de l'immeuble ?

Je connaissais pourtant bien cette chatte ; pourquoi ne m'étais-je pas méfié de cet animal, dénué de toute intuition, qui essayait de vous griffer alors que vous approchiez la main pour le caresser. Quand je pense que Nicole l'avait conduit chez le vétérinaire parce qu'il était déprimé...qu'elle avait dépensé une fortune pour acquérir ce spécimen racé, incapable de se débrouiller seul, au Q.I. inférieur à celui du plus ordinaire des chats de gouttière ! Une année même, l'animal avait disparu de leur domicile pyrénéen au moment de la rentrée des classes et ses maîtres, la mort dans l'âme, avaient regagné Paris sans lui. Alerté par une voisine du retour de son chat, Nicole avait dû prendre l'avion, qui la déposa à Toulouse, puis le taxi pour récupérer son précieux minou. En tout cas il avait réussi une fois de plus à filer et à me placer dans de beaux draps.

Et si je m'en ouvrais au concierge de l'immeuble ? Il aurait peut-être une idée, lui ? J'eus la chance de le trouver dans sa loge où je lui fis le résumé de la situation.

Prenant en compte mon désarroi et laissant là les affaires courantes, le brave homme, qui n'en était probablement pas au premier des incidents de ce genre, accepta de m'accompagner à l'appartement afin de vérifier d'abord que l'animal domestique l'avait bien quitté. A deux nous passâmes au peigne fin chaque pièce, jusqu'à la dernière chambre. Je me penchai à nouveau sous le lit et... miracle !, il me sembla percevoir, à l'autre extrémité du sommier, une ombre discrète. Mon accompagnateur, qui avait pris soin de se munir d'une lampe électrique, pointa le faisceau lumineux dans la direction de l'ombre. Recroquevillé entre le pied du lit et le mur, Isis nous fixait d'un regard anxieux, prêt à détaler au moindre de nos gestes d'approche.

S'il y a, dans l'existence, des moments où l'on se sent stupide, celui-ci en était un. Confus, je demandai au concierge de bien vouloir m'excuser pour ce déplacement inutile. J'aurais pourtant juré que l'animal n'était pas sous le lit lors de mes premières investigations. La seule explication plausible était que cette bête peureuse avait dû changer de place constamment au fur et à mesure de la progression de mes fouilles ; ce qu'elle n'aurait pu faire sans être remarquée en présence de deux personnes occupées à la traquer.

Brusquement soulagé, je me reprochai aussitôt mes sentiments injustes à l'égard de la pauvre créature qui n'avait rien demandé à personne...Une fâcheuse attitude colérique que vous connaissez sans doute et qui consiste, lorsque les choses vont de travers, à faire retomber sur les autres vos propres fautes ; par exemple maudire son fils pour sa détestable manie d'utiliser vos outils sans les remettre à leur place, et justement celui qui vous fait besoin, alors que, – pour une fois ! –, ce n'était pas le cas...

Je jugeai enfin préférable de relater l'aventure à nos amis avant qu'ils ne l'apprennent de la bouche gardien de l'immeuble.

– Il faut que je vous dise qu'on a bien failli perdre le chat...

A la pâleur apparue instantanément sur le visage de Jean-Pierre et sur celui de Nicole, je mesurai l'ampleur de la tragédie à laquelle je venais d'échapper...

Bien entendu, le concierge ne se priva pas, au retour des congés, d'informer nos amis de ma mésaventure.

Et à chacun de ses passages suivants à la maison, Jean-Pierre ne manqua pas de me transmettre les amitiés du gardien :

– Avant notre départ, le concierge nous a demandé de donner le bonjour de sa part à nos amis de la Haute-Vienne. Il garde un très bon souvenir de toi !

Bien sûr il ne l'avait pas formulé ainsi mais ce « bon » souvenir devait probablement ressembler à celui d'un benêt, sinon à celui... d'une andouille. Voilà comment se forge parfois une réputation... Et tout ça à cause d'un chat racé !

Ce qui m'amène, dans le même ordre d'idée, à vous narrer une seconde mésaventure aux étonnantes similitudes avec la précédente.

Les parents de notre belle-fille nous avaient invités à Lyon pour les fêtes de noël. Leur habitation ne disposant pas de chambres en quantité suffisante, nous devions coucher chez les voisins, absents pendant ces congés. Nous disposerions ainsi, en guise de logement, de toute leur maison où ils avaient toutefois laissé... leur chat !

Au sortir du réveillon, alors que je venais d'éteindre la lampe de chevet, la porte de la chambre, que j'avais pourtant fermée, s'entrebâilla et nous sentîmes passer sur nos jambes, nos corps et notre figure une masse poilue et ronronnante. J'avais oublié la présence du gros matou angora qui venait sans complexe de s'inviter à notre sommeil. L'ayant mis dehors sans ménagement et refermé la porte – à clef –, nous passâmes une nuit relativement calme malgré les lourdeurs digestives dues au réveillon.

Lorsqu'au soir du jour de noël je regagnai la chambre, j'avais l'estomac barbouillé : deux journées consécutives de libations, pour un homme de mon âge, ce n'était guère raisonnable. Après avoir avalé deux comprimés de « citrate de bétaïne » je tentai de dormir quand je sentis un besoin pressant de me rendre aux toilettes. Une envie urgente qui se renouvela ensuite, avec régularité, toutes les demi-heures. C'était bien le temps et le lieu d'être malade avec les quatre cents kilomètres du retour qui nous attendaient le lendemain matin !

Comme nous étions seuls dans la maison, hormis le chat qui emboîtait mon pas à chacune de mes apparitions dans le couloir..., je m'enhardis à descendre au rez-de-chaussée et à chercher dans le cabinet de toilette – lieu habituel de son emplacement –, une armoire à pharmacie. Il y en avait une effectivement. Pendant que le félin se frottait à mes jambes, je déplaçai flacons, tubes et boîtes à la recherche d'un médicament adapté à ma situation intestinale. J'étais sur le point de renoncer lorsque je découvris exactement le remède qu'il me fallait : « Imossel » – *Effet immédiat dans la demi-heure qui suit l'absorption du premier comprimé . Renouveler la prise une fois si nécessaire. En cas de persistance des symptômes,* etc...etc...

J'avalai sur le champ un cachet et, comme le plus parfait des sans-gêne, en pliai trois autres dans un papier pour parer à toute éventualité pendant le voyage. Après être allé une ultime fois aux toilettes, je me couchai enfin, épuisé par mes navettes alors que le réveil marquait trois heures du matin.

J'avais sans doute dormi peu de temps lorsque des coups résonnèrent à l'étage, un peu comme si on frappait sur une cloison. Décidément il était dit que je ne fermerais pas l'œil de la nuit alors que mon épouse dormait à poings fermés, insensible à tous mes aléas. Je fis le tour des pièces : le bruit avait cessé, tout paraissait bizarrement normal...

A peine avais-je regagné le lit que les heurts recommencèrent, réguliers . Mais, une fois de plus ils cessèrent comme par magie dès que j'allumai la lampe du couloir. Cette fois j'en aurais le cœur net : j'enfilai une veste, bien décidé à faire le tour de toute la maison. J'avais ouvert les portes de toutes les chambres de l'étage lorsque je me rendis compte que celle des toilettes était bloquée. Impossible de l'ouvrir alors que son fonctionnement avait été parfait jusque là, je pouvais en attester, au motif de mes fréquents passages...

Et si le chat, qui ne se manifestait plus, puisque enfermé dans les cabinets, était à l'origine de tous ces bruits ? Remettant à plus tard ma réflexion sur la raison de sa présence insolite en ces lieux, j'examinai le système de fermeture de la porte. Outre la poignée, on distinguait sur la plaque un orifice correspondant au verrou intérieur mais accessible, de l'extérieur, par un écrou fendu qu'on pouvait faire pivoter à l'aide d'un tournevis. Il ne restait plus qu'à trouver le tournevis. J'en avais un dans ma voiture mais j'allais devoir sortir dans la rue, ouvrir et fermer la portière, éventuellement provoquer les aboiements des chiens du voisinage et réveiller tout le quartier. J'avais fouillé l'armoire à toilette, au point où j'en étais, je pouvais bien poursuivre mes investigations dans les tiroirs de la table et du buffet de la cuisine... Je n'y trouvai pas l'outil espéré mais je m'avisai qu'un couteau à huîtres, à la lame épaisse et rigide ferait l'affaire. D'une lente rotation vers la droite, je fis tourner l'écrou et poussai la porte.

J'avais vu juste. Le battant à peine ouvert, le matou me passa entre les jambes sans demander son reste. C'est seulement à ce moment que je pris conscience que mon estomac allait mieux et je profitai de cet instant favorable pour me féliciter de ce double triomphe sur l'adversité…

Mais comment le félin avait-il procédé pour « se fermer » dans ces cabinets ? C'est en de tels instants que se révèle le génie humain, capable de reconstituer par le pur raisonnement, le seul scénario possible de cette situation, digne d'une intrigue policière et que j'ai démêlée ci-dessous, à l'intention du lecteur.

L'animal, qui me suivait partout, avait dû pénétrer, à mon insu et en même temps que moi, dans le cabinet où je l'avais enfermé ensuite par inadvertance.

Or je venais de remarquer, à l'instant, qu'en manœuvrant la porte j'avais déplacé un petit banc, un siège donc accolé à la face intérieure de l'huis avant son ouverture, et poussé là, forcément par l'animal. C'est donc à partir du banc qu'il essayait d'atteindre, en sautant, la poignée susceptible, en basculant, de libérer l'ouverture. Les bruits entendus s'expliquaient par ses nombreux bonds en vaines tentatives. Et je savais qu'il était capable d'ouvrir une porte puisqu'il avait procédé ainsi la veille pour s'introduire dans notre chambre. Alors pourquoi n'avait-il pas réussi cette fois ? C'est qu' il avait joué de malchance , ses pattes heurtant, en retombant, la petite poignée du verrou intérieur qui avait tourné, bloquant ainsi la porte. Chapeau quand même, monsieur le chat ! Dans le monde des vivants, il en est des chats comme des humains, les uns et les autres ont leur quota de génies et d' idiots…

Doublement soulagé et après avoir remis en place le couteau à huîtres, je pus enfin sombrer dans un sommeil réparateur, bien que largement écourté, près de mon épouse qui n'avait rien perçu de tout ce remue-ménage.

– *Alors, avez-vous bien dormi ?* questionna notre hôte lorsque nous nous présentâmes au petit-déjeuner.

– *Très bien !* affirma, sans songer le moins du monde à me consulter, Marie-Claude.

J'entrevis alors la clairvoyance du cinéaste André Cayatte, le réalisateur de « La vie conjugale », film en deux volets distincts : le premier racontant l'histoire du couple vue par le mari, le deuxième relatant la vision de la femme (ou inversement) ; points de vue très différents, cela va sans dire.

Je venais en l'occurrence de l'expérimenter moi-même à la réserve près que, dans la situation qui était la mienne, personne n'avait pensé à solliciter ma vision personnelle des choses ...

Et ma version de cette nuit ne valait-elle pas d'être exposée elle aussi ? En somme un beau conte de noël qui finit bien pour tout le monde... Avec l'authenticité en plus !

***

Trouvez l'intrus !

Nommé au poste de directeur de l'école Charles Silvestre à Bellac, je fais probablement partie des « huiles » de la ville puisqu'en cette qualité toute fraîche de chef de service, j'aurai droit, chaque année, au carton d'invitation à la cérémonie des vœux de la mairie et parfois même à celui de la Sous-préfecture.

J'ai d'abord affirmé bien haut qu'il était hors de question pour moi d'aller faire des ronds de jambes avec les officiels de la cité. Ma fibre populaire et démocratique s'est toujours révoltée à l'idée que certains, du seul fait de leur statut social, étaient plus méritants et plus dignes de considération que d'autres. Ce n'était pas maintenant que j'allais changer d'avis : on invite tout le monde ou on n'invite personne. Par conséquent je n'irai pas !

Oui mais il y a ce que l'on dit et il y a ce que l'on fait… surtout quand on est pour la paix dans le ménage. Quand les arguments répétitifs viennent, à la longue, culpabiliser votre comportement jugé tantôt indélicat, tantôt malhabile, tantôt égocentrique – quand ce n'est pas les trois à la fois… – alors le doute s'installe…

– Bon, bon, puisque c'est ainsi, je ferai comme les autres ! J'irai y faire un tour, juste le temps nécessaire pour qu'on ait remarqué ma présence, uniquement par politesse…

J'aurais eu bien tort de m'abstenir car je rencontrai dans le cadre luxueux de la salle des mariages de l'ancien hôtel des Montbas, nombre de personnes,connues ou non, dont la conversation, à bâtons rompus, était des plus agréables et puis il y avait … le buffet. Et quel buffet !

A des années lumière des vins d'honneur de la mairie de Blond avec leur éternel blanc-cassis-cacahuètes grillées.

Il y avait d'abord le « salé » : des toasts beurrés recouverts d'œufs de poissons, de saumon fumé, d'olives farcies, de jambon, de saucisson, de fromage de chèvre, de crème d'anchois.

Des employées municipales passaient parmi le public, présentant ces plateaux de mets délicats aux couleurs alléchantes pendant que d'autres remplissaient les verres de Champagne, de Whisky ou de jus d'orange selon la préférence de chacun.

La boisson ayant délié les langues, la salle résonna bientôt d'un formidable brouhaha des conversations qui allaient bon train et je ne songeai qu'épisodiquement à ma résolution initiale surtout lorsque s'annonça la suite. Car il y avait une suite : le « chaud » !

Le « chaud », c'était, comme son nom l'indique, des amuse-gueule se dégustant à la température de leur sortie du four : petits pâtés de viande, escargots en croûte, pâtisseries fourrées aux anchois, pizzas et autres quiches lesquels me firent définitivement oublier tout sentiment de collaboration de classe…et l'annonce ferme à mon épouse : « *le temps de serrer quelques mains et je serai de retour à la maison pour l'heure habituelle de la soupe.* »

Oublié le serment d'avant-boire ! D'autant plus oublié que la réception était loin d'être terminée ; les habitués le savaient : après le « salé » et le « chaud », venait le …« sucré ».

Alors là, sur les plateaux, c'était somptueux. Comment résister à ces petits-fours à la crème ou aux fruits, aux pâtisseries luisantes de sucre-glace rose ou vert, aux éclairs au café, aux religieuses, aux pavés de chocolat ?

Et les verres donc ? remplis à nouveau avant d' être vidés !

C'est seulement en rentrant à la maison que je me rendis compte de l'heure. Mon épouse, qui avait dîné depuis longtemps, me précisa, pour le cas – improbable – où je souhaiterais manger ma soupe, qu'il me suffirait de la faire réchauffer dans la casserole qui attendait sur le gaz. Ce fut son unique commentaire. Et bien lui en prit ; après tout c'était bien elle qui m'avait envoyé là-bas...

Les années passant, je devins un habitué des vœux à la mairie – toujours par politesse uniquement... – alors que je m'abstins avec constance d'honorer de ma présence la réception à la sous-préfecture où pourtant, selon l'un de mes collègues, les buffets de la mairie faisaient figure d'agapes de pays sous-développés auprès de ceux de l'hôtel d'État de la rue Lamartine.

La classe avait repris après les vacances de noël lorsque madame B..., l'agent d'entretien de l'école, vint m'annoncer un soir de janvier qu'elle quitterait son travail plus tôt pour assurer le service à la cérémonie des vœux à la mairie. Mince alors ! J'avais complètement oublié la date, persuadé que c'était la semaine suivante. Le temps de faire une courte halte à la maison pour changer de tenue et mettre une cravate et j'étais présent à la mairie dans les délais. Même un peu avant d'ailleurs car je n'aime pas être en retard.

Je devais être sans doute bien en avance puisque, à part le personnel de service qui s'affairait, il n'y avait encore aucun invité. Je décidai d'attendre dans le parc en maudissant, une fois de plus, la détestable habitude du « quart d'heure limousin » qui fait que les participants, ignorant délibérément l'horaire prévu, font tout leur possible pour arriver en retard à la réunion... C'est pour cette raison que je prévoyais toujours l'assemblée des Parents d'élèves à vingt heures quinze. En procédant ainsi, on pouvait espérer commencer à... vingt heures quarante. C'était, somme toute, appliqué à l'horaire des réunions, le système utilisé pour les soldes de Janvier : on augmente d'abord les prix de 100%, ce qui permet ensuite de les diminuer, sans préjudice, et de réduire le prix initial de la moitié de son double... Et je n'ai pas été surpris plus que cela, d'apprendre que nos proches voisins connaissaient, eux aussi, qui le « quart d'heure périgourdin », qui le « quart d'heure charentais »... Il est probable que si on convoquait les gens, même une heure plus tard, certains trouveraient encore le bon motif pour grignoter leur petit quart d'heure de circonstance.

Cela me rappela le temps du collège où, la veille du vendredi, jour de remise des dissertations de philo, on assistait au défilé des cinq habitués. Passant entre les deux rangées des lits, munis d'un stylo et de copies de papier, ils allaient, à l'heure de l'extinction des feux, rédiger leur devoir bi-mensuel à la lueur de la seule lampe restée allumée dans l'unique toilette du dortoir. Et on entendait ensuite les habituelles altercations entre les usagers qui se présentaient, victimes d'un besoin urgent, et les occupants studieux, assis par terre, à touche-touche, le dos appuyé au mur, dérangés dans leurs cogitations philosophiques, qu'il n'était désormais pas possible de reporter plus longtemps, insensibles à leur inconfortable position, au désolant décor de travail et à... ses odeurs. Nul doute que si le professeur avait différé la remise des devoirs, ils auraient d'autant décalé leur présence dans ces mêmes lieux inhospitaliers mais éclairés...

J'en étais là de mes réflexions tandis qu' entre temps, plusieurs personnes avaient rejoint la salle de réception. Lorsque j'y pénétrai à mon tour, je m'étonnai de rencontrer là plusieurs agents des services techniques alors qu'arrivaient, les uns après les autres, les conseillers municipaux, me saluant et me présentant leurs vœux au passage.

Peu à peu la salle se remplit sans que je distinguasse les personnalités habituelles. Il y avait ce soir quelque chose d'étrange que je n'arrivai pas à définir. J'allai présenter mes hommages à madame D..., notre bibliothécaire, que je n'avais jusqu'alors jamais aperçue à cette soirée.

Était-il possible que je me sois trompé de date ? Je rejetai aussitôt cette idée saugrenue, à la vue de Georges, mon collègue directeur de l'école des Rochettes, accompagné de sa femme. La présence de celle-ci attestait que la mairie avait dû élargir, cette année, le cercle des invitations et expliquait la présence inaccoutumée des autres personnes. Je venais de plus de croiser le secrétaire général qui m'avait, en me serrant la main, gratifié d'un sourire spontané et n'avait manifesté aucun étonnement de me trouver là.

Quand-même le petit sentiment de malaise ne me quittait pas, impression encore accrue par la vision de la table du buffet beaucoup moins somptueux que d'ordinaire : vin mousseux, Ricard, petits gâteaux salés... pour un peu on se serait cru à la mairie de Blond... Lorsque pénétrèrent en masse dans la salle tous les employés de l'abattoir municipal, mon doute se transforma en certitude : ce n'était visiblement pas la bonne soirée... Mais impossible maintenant de faire machine arrière d'autant que j'étais au premier rang quand monsieur L..., le secrétaire général de la mairie, entama la rétrospective des travaux et tâches accomplies l'an passé par l 'ensemble du personnel communal qu'il ne manqua pas de remercier avant d'annoncer la distribution des décorations.

Je demeurai très digne et applaudis chaleureusement la remise, par le maire, de la médaille à l'épouse de mon collègue, secrétaire de mairie au service de la comptabilité – ce qui expliquait la présence de son mari ...

Le départ de l'employée de service, la présence de mon collègue, tout avait concouru à ma persistance dans l'erreur. Et les invités qui m'avaient salué chaleureusement en se demandant probablement ce que je fichais là !

J'ignore si la cérémonie des vœux de la semaine suivante fut plus fastueuse car cette année -là j'y brillai par mon absence et fus ainsi totalement privé de buffet, m'étant éclipsé à la première occasion de la réception destinée aux employés communaux...

J'en tirai cependant deux enseignements . Le premier c'est qu'on ne mélange pas les torchons et les serviettes pour la composition de l'apéritif... Le deuxième concerne ceux qui voudraient jouer les pique-assiettes : n'hésitez pas ; dès lors que votre profil vestimentaire est correct, servez-vous car, dans ces circonstances-là, quand il y en a pour deux, il y en a bien pour quatre !...

***

Témoins à charge

J'étais occupé à sarcler mes carottes lorsque je les ai vu arriver tous les trois – deux femmes et un homme – dans l'allée du jardin.

– *Bonjour monsieur, nous vous avons aperçu de loin et nous nous sommes permis de venir jusqu'à vous.*

Ils n'avaient pas l'attitude des représentants habituels, bonimenteurs et arrogants.

– *Nous venons vous apporter ceci,* dit l'homme en me tendant un petit livret dont la couverture représentait une lumière dorée stylisée sur fond bleu. *Nous faisons une tournée du quartier pour faire connaître notre communauté. Je suis moi-même de Bellac et je repasserai vous voir afin de savoir ce que vous pensez de notre petit livre.*

Je les remerciai, allai poser le livre et retournai à mes carottes.

Au terme de mes occupations potagères, je jetai un coup d'œil au livret. Comment n'y avais-je pas pensé plus tôt ? Les trois visiteurs étaient bien sûr des « Témoins de X.. ».

La consultation du fascicule m'apprit que « X… » était un synonyme de « Jahvé », autre mot de la Bible pour désigner Dieu. L'originalité de ces chrétiens était d'interpréter les textes sacrés au plus près de leur sens littéral.

Ce procédé leur permettait d'affirmer que l'humanité était en pleine décadence et sur le point de disparaître à brève échéance. Ils n'en voulaient pour preuve que la longévité de plus en plus réduite de l'homme, laquelle était passée, en quelques petits millénaires seulement, de plusieurs centaines à quelques dizaines d'années de vie. C'est ainsi qu'Adam qui engendra Seth, « un fils à sa ressemblance », à l'âge – respectable – de cent trente ans... ne vécut pas moins de ... neuf cent trente ans ! Mais Noé avait fait mieux puisqu'il engendra lui-même Sem, Cham et Japhet à ... cinq cents ans ! Il était peut-être lui-même déjà décadent puisque son grand-père Mathusalem avait atteint l'âge record, inégalé depuis, de neuf cent soixante-neuf ans !... (Fort heureusement, il n'y avait pas, en ces temps reculés, de Sécurité Sociale car on imagine, dans les conditions d'alors, le casse-tête pour les gestionnaires de la Caisse de retraite...)

Ainsi présenté, il fallait bien en convenir : nos ancêtres étaient autrement plus performants que les misérables loques que nous étions devenues... Il ne fallait pas s'étonner, dès lors, qu'on nous annonçât une fin du monde imminente, comme en 1960...

L'Église officielle avait bien son explication : par « ans », il fallait entendre « lunaisons ». En remplaçant « ans » par « mois », cinq cents ans devenant cinq cents mois, Noé avait pu faire un père encore décent à l'âge de 500 : 12 = 41 ans et quelques mois...

Mais c'est justement ce qui faisait la différence entre les « Témoins » et les autres Chrétiens. Eux n'interprétaient rien et entendaient s'en tenir au texte initial.

Je vis aussitôt la faille de ce raisonnement : Quelle authenticité pouvait-on accorder à ce récit, lui même issu de traductions de traductions, à supposer encore qu'il existât un seul et authentique original au départ ? La vérité c'est que j'avais affaire à une secte de gens bornés que j'allais éconduire à leur prochain passage et, en attendant, j'affûtai mes arguments.

Un an après, les obstinés « Témoins » étaient de retour.

– J'ai consulté votre livret avec lequel je ne suis d'accord sur rien. On y lit notamment que les hommes meurent de plus en plus

jeunes alors que les statistiques démontrent le contraire, j'en veux pour preuve le nombre croissant des centenaires.

– Tout démontre pourtant que la société humaine se dérègle. Il n'est que d'observer la recrudescence des guerres, des violences, des famines, du relâchement des mœurs ... Dans la Bible...

– Je n'ai pas la Bible et...

– Si vous voulez, et afin que vous vous fassiez une opinion par vous-même, je peux vous procurer ce livre de 2000 pages au prix de 20 francs, un tarif défiant toute concurrence.

Je m'étais promis d'en acheter un jour un exemplaire. Au diable les « Témoins » de Dieu, mais va pour le volume ; à 20 francs c'était l'occasion à ne pas manquer...

Les années avaient passé lorsqu'à l'école de Blond je reçus un soir la visite d'un représentant de la secte. Il faisait chaud, les élèves jouaient dans la cour en attendant le car de transport scolaire du deuxième tour ; toutes conditions réunies pour passer le temps en écoutant le boniment du visiteur mais que j'interrompis rapidement.

– Ce n'est pas vous qui aviez annoncé la fin du monde ? Vous venez peut-être me proposer un hébergement au sommet du Mont-Blanc pour la deuxième « fin du monde », ... en attendant les suivantes ?

Surpris, il expliqua que les calculs, comme tout calcul, pouvaient présenter des marges d'incertitude mais que les signes avant-coureurs de la Fin prochaine étaient tous réunis : les guerres, les violences, les famines, le ...

– On m'a déjà dit tout cela, mais expliquez-moi donc pourquoi vous tentez de racoler de plus en plus d'adeptes dans votre communauté alors que le nombre de personnes sauvées lors du jugement dernier est fixé, selon vos propres indications, au nombre très précis de 144.000 ! Le problème pour vous serait plutôt d'éliminer le surnombre...

Il ne s'attendait pas à celle-là. Voilà ce que c'est que de donner aux gens le bâton pour se faire battre...

– Où avez-vous vu ça ?

– Mais dans votre livre, un livret bleu, remis par l'un de vos coreligionnaires !

Comment allait-il s'en tirer ?

Je vois… On ne vous a pas donné le document qui vous convient !

Ben voyons !

– Je vois moi aussi et je ne crois que ce que je vois !

Mais j'avais le temps et il en profita.

– Vous croyez pourtant à l'électricité, or vous ne l'avez jamais vue. Vous constatez les effets du courant : la lumière, la chaleur, mais l'électricité elle-même n'est qu'une théorie scientifique. C'est la même chose pour Dieu : vous ne le voyez pas mais vous pouvez en constater la présence par tout ce qui nous entoure et qu'il a créé !

Allez- donc répondre à çà ! Il n'empêche, son Dieu parcimonieux ayant à choisir les 144.000 qui seraient sauvés, je lui spécifiai qu'à sa place je ne serais pas sûr de faire partie du lot, d'autant plus qu'en accroissant le nombre de fidèles, il ne ferait que compliquer la tâche du Sauveur, sans oublier qu'il lui serait encore tenu compte de son harcèlement des honnêtes gens qui ne demandaient rien à personne, en plus d'inquiéter inutilement des populations…

Il faut cependant croire que le prosélytisme des démarcheurs était payant.

J'avais dans ma classe un élève dont le comportement était parfois curieux. Enfant très débrouillard, habile, il manifestait pourtant comme une hésitation à certaines activités.

C'est ainsi qu 'au moment du cross scolaire, après avoir accompli à la course et fort honorablement un premier tour de terrain, il interrompait son effort, se contentant de faire les cinq circuits suivants en traînant les pieds ou en marchant.

Lors des séances d'athlétisme : course de vitesse, relais, saut en hauteur, il reproduisait les mêmes réactions, se donnant à fond dans les premiers instants de l'exercice et relâchant ensuite son effort, comme si l'activité ne l'intéressait plus.

A mes questions sur son étrange attitude il répondait de façon évasive, invoquant la fatigue ou un léger problème de santé ; en fait des prétextes .

Le plus étonnant c'était sa réticence à toute occupation artistique, dessin ou peinture. J'en pris pleinement conscience au moment de noël.

Maniant compas, double-décimètres et ciseaux, l'ensemble de la classe était fort occupé à tracer et à découper les éléments des étoiles et autres boules de couleur en carton qui viendraient décorer le sapin familial. Sauf Michel qui se contentait de regarder travailler les autres.

Son attitude n'était pourtant pas arrogante ; il avait l'air plutôt désolé de ne pas participer à l'ambiance joyeuse de cette veille de vacances.

Mais le plus surprenant restait à venir. Au moment de la distribution des friandises qui accompagnaient cette soirée de détente il refusa obstinément mandarine, gâteaux et bonbons en chocolat.

Cet enfant, qui présentait par ailleurs quelques problèmes dysorthographiques, avait fait l'objet d'un signalement auprès de la psychologue scolaire. Le jour précédant l'entretien prévu avec la spécialiste Je m'ouvris auprès d'elle, des troubles de mon élève.

– Mais tu n'étais pas au courant ?Il y a dans sa famille des « Témoins de X… !

– Et alors ?

– Alors chez ces gens, on ne pratique pas de sport et à fortiori la compétition. Tout comme on ne se distrait pas. Et tout comme on ne pèche pas par gourmandise !…

Ainsi donc tout s'expliquait : la course, le dessin, la consommation de chocolat, toutes activités inutiles, nuisibles, contraires aux Écritures. Exactement comme le refus de transfusion sanguine au motif que dans la Bible on lit « Tu ne mangeras pas de sang »… – toujours cette désolante lecture, au premier degré, des textes sacrés.

Pauvre gamin dont le réflexe naturel et immédiat conduisait à se lancer joyeusement dans la dépense physique que réclamaient instinctivement toutes les fibres de son corps, mais qui, ayant ensuite réfléchi, se bloquait face aux interdits familiaux et divins...

Le petit Michel venait de réintégrer la classe après sa séance d'évaluation avec la psychologue. Cette dernière vint me trouver quelques minutes après, au moment de la récréation.

– Nous avons bien parlé avec Michel. Il était content car son père venait de rentrer des vendanges et qu'il avait rapporté des bouteilles de jus de raisin et de Pineau. Et regarde ce qu'il m'a dessiné.

Le dessin était on ne peut plus clair et point n'était besoin d'être psychologue pour deviner les désirs cachés de son auteur.

Sur la page de papier blanc apparaissait, sur toute la surface, un rectangle qui représentait à l'évidence une table, une table couverte, ou plutôt encombrée, tellement il y en avait, d'assiettes, de plats garnis, de verres et de bouteilles aux contenus colorés : de quoi manger et boire à satiété et jusqu'à s'en faire péter la panse... Chassez le naturel et il revient au galop.

En revanche, si vous tenez vraiment à vous gâcher l'existence tout en luttant contre l'obésité , alors une seule adresse : celle des « Témoins de X. » !...

***

A la santé de Louis XVI

Nous nous sommes mariés un vingt-sept décembre, il y a exactement trente-deux ans jour pour jour : une occasion d'arroser l'anniversaire en invitant à l'apéritif nos amis-voisins Jacky, Annie et leurs deux filles.

Tout occupés à bavarder devant notre boisson, c'est à peine si nous avons prêté attention au vent qui vient de se lever et qui secoue les arbres du parc de l'ancienne usine Denis. Il faut dire qu'il prend bien sur notre bute de Maison-Neuve, dominant un méandre de la rivière, et lancée comme une proue au-dessus de la vallée du Vincou, à l'ouest de la ville. Les bourrasques semblent pourtant s'intensifier au point qu'à plusieurs reprises nous nous sommes levés pour observer la chaussée où s'accumulent des morceaux d'écorce et de bois mort arrachés aux ramures. Brusquement les lampadaires se sont éteints et un souffle de plein sud, puissant et continu a commencé à balayer la rue. J'ai prêté une lampe électrique à nos invités qui ont précipitamment regagné leur domicile tandis que je fermais prudemment les volets afin de protéger les vitres des projectiles que dispersent les rafales.

Et puis la maison s'est mise à gémir. Quoique bloquées, les persiennes claquent ; la rampe du balcon résonne des coups des grosses tiges du rosier grimpant qui vient cogner la ferraille creuse ; la charpente craque et les tuiles battent une sorte de cadence en se soulevant et en retombant avec un bruit sec de coquilles de noix qu'on brasse à poignées.

Marie-Claude a téléphoné à Poitiers. Là-bas c'est comme à Bellac et notre belle-fille qui débauche tard n'est toujours pas rentrée.

Dehors la tempête redouble. Un hurlement persistant s'est installé et des giclées de grosses gouttes d'eau fouettent les volets de bois. On dirait à présent que toute la toiture se soulève, aspirée par des tourbillons ascendants, avant de choir bruyamment et tout d'un bloc sur ses supports. En ouvrant la trappe qui donne accès au grenier par l'escalier escamotable, c'est comme si j'avais fait soudain irruption dans un univers de fureur et de cris où se démultiplient les plaintes du vent. Plusieurs tuiles ont glissé sur leur pan incliné au nord, laissant place à un orifice béant qui laisse s'engouffrer des remous d'air frais. A l'aide de quelques tuiles mécaniques de réserve, poussiéreuses, empilées dans un coin, je colmate les espaces découverts.

Pendant ce temps, ma femme a rappelé Poitiers. Angélique a réussi à rentrer en faisant un large détour pour éviter les arbres abattus qui barraient le passage sur la route de Béruges. Maintenant que nous savons nos enfants en sécurité, les rugissements des éléments déchaînés comme les baisses préoccupantes de la tension électrique apparaissent d'une grande relativité.

Alors que j'inspectais à nouveau la toiture, le téléphone a sonné.

– *Madame R… a appelé. . Malgré l'aide de son petit-fils, elle ne parvient pas à fermer la porte-fenêtre de sa chambre. Elle voudrait que tu ailles voir. J'ai dit que tu étais au grenier. Il vaudrait peut-être mieux que tu ne t'aventures pas dehors avec ce temps…*

Cette fois la lumière a flanché pour de bon et toute la maison est dans le noir. Les bougies étaient prêtes . Il a suffi à Marie-Claude de craquer une allumette pour que la flamme vacillante du lumignon diffuse sa clarté avare en projetant sur les murs de grandes ombres brusques.

– Rappelle notre voisine. Préviens-la que j'arrive et demande lui d'ouvrir son entrée.

La porte a claqué derrière moi. Dans cette nuit d'encre, à peine trouée par le rond lumineux de la lampe électrique sur le sol, c'est comme si j'étais happé par la tourmente qui semble s'acharner à dévier ma trajectoire. Dans un grondement d'enfer, mêlé de sifflements et de craquements, j'ai réussi à traverser la rue.

– *C'est terrible monsieur Loehr ! Si nous ne parvenons pas à fermer la porte-fenêtre du balcon, tout mon plancher va être inondé…*

Au premier, je retrouve Nicolas, arc-bouté à la poignée de la baie. En tentant de la fermer, il a cassé un carreau au verre maintenant rafistolé de larges bandes adhésives marron. La puissance du vent est telle que, malgré le volet-roulant baissé, nous avons peiné, à deux, à repousser le vantail mobile de la croisée. Mais la crémone est bloquée au bas de l'ouverture. En temps ordinaire, l'attache du haut suffit, mais aujourd'hui n'est pas un temps ordinaire… J'aurais besoin d'un tournevis pour défaire la bague inférieure qui masque le trou d'introduction de la tringle dans le plancher.

– *Auriez-vous un tournevis ?*

En voyant revenir la maîtresse des lieux avec son outil inadapté, j'ai su ce qu'il me restait à faire. A nouveau dans la rue, tête baissée, suivant au sol le dérisoire disque de lumière de la torche, je progresse par à-coups dans la bourrasque aux sifflements inquiétants, ponctués par les éclats de choses qui tombent sur le bitume en se brisant.

Le temps de prendre, sur mon établi, le nécessaire à la réparation et me voilà reparti pour une troisième traversée aussi mouvementée.

Dans la pièce de l'étage, j'ai réussi, malgré des bourrasques soudaines qui nous repoussaient, à dévisser la bague de maintien de la tringle qui masquait le trou d'attache où j'ai introduit verticalement l'extrémité d'un ciseau à bois, à la lame épaisse. Avec un tel butoir, pas de danger que la fixation cède.

– Je laisse l'outil en place pour la nuit. De cette façon le vantail est bloqué et ne risque plus de s'ouvrir. Essayez de vous reposer... si vous pouvez... !

J'ai refermé avec difficulté ma porte d'entrée . Une dernière inspection à la toiture qui semble résister et cette fois je vais me coucher, advienne que pourra. Dans une nuit qui n'est plus que hurlements, grincements, fracas et fureur, nous nous sommes endormis.

Il fait déjà jour lorsque j'ouvre un œil dans l'air refroidi de la chambre. Un regard sur la pelouse m'a suffi pour mesurer l'ampleur des dégâts : ces morceaux de tuiles de rive « Redland » ne peuvent provenir que de mon toit. Il n'y a plus de courant, ce qui n'est pas étonnant compte-tenu du spectacle de désolation qu'offre la rue. Arrachés aux poteaux par la chute de plusieurs sapins du parc dont le feuillage épineux obstrue le passage vers la ville, les câbles électriques traînent au sol. Mais je ne suis pas au bout de mes surprises. Le toit de mon petit bûcher, sur le côté de la maison, a été déporté d'un mètre à peine, mais soulevé d'un seul tenant, comme une crêpe. L'assemblage est resté solidaire : les plaques de plastique ondulé n'ont pas été séparées des chevrons, eux-mêmes bien encastrés dans le béton. La rupture s'est produite plus bas, au niveau des parpaings. Un peu de colle sur les murs latéraux, séparés en leur milieu ; une douzaine d'hommes forts pour remettre en place le tout, et on n'y connaîtrait plus rien...

Première chose à faire : allumer un bon feu de bois dans la cheminée de la salle de séjour ; nous aurons ainsi un peu de chaleur au moins dans une pièce. Deuxième chose : avertir le couvreur, à la condition de pouvoir passer dans l'impasse obstruée. Mais déjà les tronçonneuses au moteur pétaradant du vétérinaire et du garde-chasse sont entrées en action tandis que d'autres riverains dégagent les branches larges des résineux : un efficace travail d'équipe que les agents municipaux ont observé de loin, un court instant, avant de disparaître, jugeant inutile leur présence ici... Devant le cabinet des « kinés », la tête décapitée d'un gros sapin a carrément cassé, dans sa chute, le poteau d'E.D.F.

Je me doutais bien, qu'à neuf heures, je n'allais pas être le premier chez « Boissoux », la plus grosse entreprise de plomberie-couverture de Bellac. Ils ont inscrit mon nom à la ... quarante-septième place, en me promettant de passer dès qu'ils pourraient. Considérant que leur visite allait demander un certain délai – sinon un délai certain –, j'ai demandé la fourniture des rives qui me manquaient . Il n'y en avait plus depuis longtemps et il n'était même pas sûr qu'on en fabriquât encore...Mais j'avais là-dessus mon idée pour m'en procurer, et je me suis contenté d'acheter deux tuiles de faîtage et le « chapeau » terminal qui allait avec .

Au retour, j'ai pris le temps d'examiner l'étendue de la catastrophe. Il fallait être bien inconscient pour avoir, cette nuit, traversé quatre fois la rue où traînaient par terre des ardoises coupantes par dizaines, des tôles ondulées métalliques entières, à l'arête tranchante comme un rasoir , des morceaux de terre cuite de mitres de conduit de fumée , des fragments de lourdes plaques de béton descellées du sommet des cheminées, des câbles de cuivre des lignes électriques et des bandeaux de zinc...

Les couvertures avaient particulièrement souffert du côté du passage entre les maisons individuelles. Il avait dû se créer, dans ces couloirs, une sorte de tourbillon ascendant particulièrement dévastateur ; une dépression agissant comme un aspirateur et qui expliquait l'arrachement, d'un seul tenant, du toit de mon bûcher.

Le lendemain matin, je me suis joint à l'équipe de monsieur G..., nouvel occupant de la rue, ancien agent d'E.D.F., et qui avait eu la bonne idée de prendre sa pré-retraite quelques semaines auparavant. Le transformateur, implanté en bordure du parc, avait été enseveli sous les branchages de l'arbre tombé à proximité mais n'avait pas trop souffert. Si nous parvenions à fixer les fils électriques à hauteur suffisante sur les poteaux, le courant pourrait immédiatement être rétabli dans la partie haute de l'impasse. En élaguant les branches gênantes, en poussant, en tirant ; l'un fournissant une échelle, l'autre sa tronçonneuse, un autre encore des cordes, l'ex- professionnel providentiel est parvenu à arrimer assez haut les câbles de cuivre. A midi, après une coupure de trente-six heures, l'électricité est revenue ; la chaudière s'est remise en route et le congélateur a ronronné de nouveau. J'ai offert le « Ricard » à la troupe des bénévoles et chacun est retourné à ses occupations personnelles. Les miennes étaient toutes tracées.

Au cours de mes nombreuses promenades pédestres j'avais remarqué – et ce depuis des années – des piles de tuiles usagées et parfois neuves, sur l'ancien dépôt de l'entreprise de couverture Giraud, aux Épanours. Elles y étaient probablement encore. Sur le terrain, retourné à l'état sauvage, les ronces avaient poussé. A grands coups de bâton, je me suis frayé un passage dans cette végétation épineuse où j'ai trouvé exactement ce qu'il me fallait : six rives neuves « Redland » couvrant à gauche.

Une chose avait été de les récupérer mais une autre chose serait de les poser. Car il était hors de question, pour une personne comme moi, sujette au vertige, de grimper sur le pan glissant du toit. Je me suis alors avisé que les pièces manquantes se trouvaient au-dessus de la mansarde. En glissant une longue planche sur son plafond plat, il m'était possible, en prenant appui sur celle-ci, et en enjambant les chevrons, de progresser jusqu'à l'avant-toit. J'ai donc découvert, tuile par tuile, un passage parallèle à la ligne de faîtage et ce n'est plus qu'un jeu d'enfant de poser les rives et de tout remettre en place. Sauf pour la tuile qui a glissé, à l'aplomb de la souche de cheminée, et inaccessible de l'intérieur. Pour celle-ci, j'ai dû faire appel à Joël qui s'est allongé, la tête dans la pente, alors que je le retenais par les pieds, et qui a réussi à l'encastrer en son emplacement initial.

Cette journée hivernale, exceptionnellement douce et ensoleillée était propice à ce travail en hauteur, somme toute agréable. De ma position dominante, j'aperçois en même temps les jardins, la rue, la campagne, les toits de la ville, le ruban de la route avec ses camions réduits aux dimensions de jouets. Au loin se déploie un abîme de parcelles en damier, de villages aux maisons serrées, de bocage où pointent les tours des châteaux d'eau. Le regard porte distinctement jusqu'au hameau de Vacqueur et aux clochetons du manoir de Bagnac : tout un espace invisible quelques mètres au-dessous. En bas, des personnages aux dimensions réduites semblent s'agiter de façon dérisoire. Joël a dû, comme moi, éprouver cette sensation confuse de puissance que procure notre position élevée et nous sommes restés un instant, sans rien nous dire, savourant la volupté de l'instant.

La réfection du bûcher ne sera qu'une question de temps. Travailler sur « le plancher des vaches » ne me pose pas de problème.

La tempête a fait dire bien des paroles et tout le monde a bien pris conscience – pour combien de temps ? – de l'insignifiance de nos gesticulations humaines confrontées à la force des éléments. S'il y a une seule chose à retenir de l' évènement, c'est bien celle d'avoir reçu une sévère leçon d'humilité... L'Homme – dit « moderne » –, avait un peu trop vite oublié qu'il ne commandait à la nature qu'à la condition d'obéir à ses lois !

Ces considérations n'ont pas effacé le spectacle des habitants de l'impasse, mobilisés comme un seul homme, dans un bel élan de solidarité, pour supprimer les traces de la tourmente. Ce sentiment, Jacky l'avait aussi ressenti lorsqu'il m'a déclaré, en parlant des riverains de notre rue :

– On devrait tous se retrouver, aux beaux jours, pour organiser un repas en commun en souvenir de notre belle action collective au lendemain de la tempête.

– Ce serait une bonne idée mais si tu veux t'en occuper, je te souhaite bien du plaisir !

Le cataclysme passé, chacun allait se trouver, ce jour-là, mille choses urgentes à faire et autant de raisons de décliner l'offre...

La semaine suivante à Poitiers, en compagnie de nos enfants, nous avons évoqué, une fois de plus, la tempête et ses séquelles tandis que j'ai remis à Christian une bouteille à déboucher avant le repas. Il a émis un sifflement admiratif en lisant, sur l'étiquette, l'année de la récolte. Le Bordeaux n'était pas jeune et sa couleur, aux reflets de rubis, promettait, à nos papilles délicates, les plus agréables sensations.

– C'est madame R ... qui me l'a apportée, en remerciement pour mon intervention nocturne et nous allons la boire à la santé de Louis XVI.

– Louis XVI ? ?

– C'est étonnant mais, le lendemain, quand j'ai vu tous les débris coupants qui jonchaient la chaussée, je n'ai pu m'empêcher de penser qu'il aurait pu m'arriver, en traversant inconsidérément, quatre fois la rue, dans cette nuit d'encre du 27 décembre 1999, la même chose qu'au malheureux monarque, guillotiné par les révolutionnaires. Il aurait suffi d'une seule ardoise tranchante pour hâter ma fin. Une triste fin... et qui n'aurait sûrement pas figuré dans les manuels d'histoire...

Allez ! levons notre verre en souvenir de ce pauvre Louis XVI et – comme le disait si bien le cousin Irénée – : « A celle qui nous est chère à tous , LA MIENNE ! »

***

TUILE
GUILLOTINE

Qu'elle était verte ma forêt !

J'aime bien les salles de l'aile sud du collège. Par leurs larges baies vitrées, le moindre rayon de soleil illumine les austères rangées de pupitres de bois, le tableau noir pâli par la poussière de craie et le vieux poêle de tôle « Godin » du fond de la classe. Même la couleur défraîchie de nos blouses uniformément grises semble se raviver dans cette luminosité ambiante.

Dans le local de cinquième, j'ai choisi ma place près de la fenêtre du fond et quand le cours devient monotone, je laisse ma pensée vagabonder dans la campagne. Il faut dire qu'on domine d'ici un paysage sublime. En contre-bas du jardin potager de l'établissement, les constructions de la rue du docteur Vételay alignent leurs façades arrière ternes, percées de petites ouvertures, et leurs vastes couvertures de tuiles courbes ocres où pointent des cheminées laissant échapper leur incertain filet de fumée qui se dilue dans l'air frais. Et on sent battre le cœur de la ville sous la forêt des toits rouges serrés autour du clocher carré de la vieille église dont les pendules égrènent, de leur ton grave et sonore, les heures et les demi-heures. Mais la vue porte bien au-delà : de l'autre côté de la vallée du Vincou où s'étagent les maisons du faubourg de Chapterie, vers les landes de Vacqueur ou les terres de La Gasne, et jusqu'aux Monts de Blond dont la lointaine ligne ondulée, douce et bleutée, semble se fondre dans l'azur et éloigner sans fin l'horizon.

La voix de Roger, notre professeur d'histoire s'estompe et, par le sentier sinueux qui s'enfonce sous la futaie, je fais la leçon buissonnière. Le mois d'avril approche et je me vois déjà, avec

Agathe, ma grand-mère, parcourir la forêt, à la recherche des fines clochettes blanches du muguet. C'est ainsi tous les ans : instants voluptueux vécus dans cet espace de silence et de liberté, troublé seulement par le chant du coucou ou par le glissement furtif de la couleuvre sous le couvert végétal. Délicieux instants d'émerveillement lorsque le soleil perce la voûte de cathédrale des grands chênes pour éclairer comme un vitrail le sous-bois où l'ombre joue avec la lumière. Loin de la trépidante circulation et de l'agitation humaine, nous nous y retrouverons encore à l'automne pour surprendre, dans son écrin de mousse, le cèpe à la tête brune et au pied clair et charnu, apparu soudain, comme par magie, au regard du promeneur. Les passionnés le savent : on ne trouve pas le champignon facétieux, c'est lui qui décide ou non de se manifester à nos yeux.

A une petite heure de marche de Bellac, les Bois du Roy sont le poumon de la ville . Ils font partie intégrante de notre cadre de vie. Quel vieux Bellachon pourrait un instant imaginer la cité sans ses ruelles, sans ses jardins, sans ses rivières et sans...sa forêt ? La forêt c'est, depuis toujours, notre océan à nous, vaste étendue de rêve et de liberté. Admettre qu'on lui porte atteinte serait comme cracher dans la soupe, pisser dans la source, enduire de marée noire le sable doré de la plage.

Pauvre forêt ! On lui a fait bien des affronts depuis que je la connais. On l' a quadrillée de larges voies forestières ; on a abattu ses chênes et ses hêtres centenaires, on l'a reboisée en alignements serrés de sombres conifères. Mais jamais jusqu'alors on n' avait envisagé de la détruire, de programmer sa fin en lui substituant ... un gigantesque tas d'ordures qui viendra grossir, année après année, jusqu'à la dévorer un jour complètement .

Et il m'a fallu dépasser les cinquante ans, cinquante années de fidélité, pour apprendre, par la radio, que les technocrates des déchets de Limoges n'avaient rien trouvé de mieux que de faire des bois sacrés le centre de dépôt des résidus de tout le département.

Mais j'étais confiant , jamais nos élus locaux ne laisseraient commettre une telle abomination : le site était classé « zone protégée » ; on n'allait quand même pas détruire la seule forêt semi-domaniale du nord de la Haute-Vienne au moment même où on reboisait partout, où il n'était question que d'écologie et de sauvegarde des espaces naturels ; au moment où se mobilisaient les défenseurs de la nature du monde entier pour sauver la sylve amazonienne ?

Las ! Conseillers généraux, conseillers municipaux, députés et sénateurs locaux, toutes tendances confondues allant du blanc au rouge, en passant par le bleu, le rose et même… le vert ; tous ou presque, disé-je approuvèrent, les uns par soulagement d'avoir réglé le problème du stockage dont personne ne voulait, les autres lâchement pour ne pas contrarier leurs amis politiques, d' autres encore y voyant une source de revenus pour la commune et une mine d'emplois pour l'économie locale.

Heureusement quelques Bellachons, regroupés dans l'association « A.R.B.R.E. » (Association pour le Respect des Bois du Roy et leur Environnement), sauvèrent l'honneur de la cité en menant la bataille procédurière contre ce projet qui était une atteinte au bon-sens. Lors de l'enquête d'utilité publique, sur le cahier d'observation, je résumai la situation à ma façon :

Sauvons les Bois du Roy en danger.

Les responsables du SYDED ont cherché
Dans quelle campagne reculée
On allait bien pouvoir installer
Les détritus des zones urbanisées.

Ni chez monsieur F…, ni chez monsieur R…**
*Et encore moins chez monsieur P…**
Qui auraient, vous vous en doutez,
Poussé de grands cris indignés.

Aussi n'ont-ils rien de mieux trouvé
Que de refiler l'encombrant bébé
A Bellac et à sa municipalité
Même si c'est sur un espace protégé.

Dans toute la Haute-Vienne ils ont prospecté
Sans paraît-il jamais en trouver
Des espaces en friches, des terrains désolés.
Seule faisait l'affaire, une de nos rares forêts.

C'est, ont-ils fortement affirmé
Le meilleur lieu, le plus approprié
Puisque sans étude ils avaient rejeté
Les autres sites par eux-mêmes désignés.

On leur a pourtant bien fait remarquer
Qu'on ne détruisait pas sans retombée
La flore, la faune, le biotope des forêts
Si nécessaires à l'homme moderne stressé.

Cependant rien n'y a fait.
Ainsi que des gamins butés
Sur leur premier et unique projet
Ils persistent à s'entêter.

Depuis, la tempête est passée ;
Sur son passage elle a beaucoup dévasté
Mais nos décideurs, décidément décidés,
Ne renoncent pas à encore plus saccager.

Pour eux rien n'est sacré.
Aux portes de la pittoresque cité
Ils sont toujours prêts à entasser
Leurs immenses tas de déchets.

Parce que c'est une affaire de raison et d'équité
Nous disons OUI à notre forêt,
NON à son saccage organisé
Et ZUT à leur mauvaise foi avérée.

* élus au nom en « é » favorables au projet

Rien n'y fit. Le choix arbitraire du site – un site protégé –, le non-respect des conditions – énoncées par les décideurs eux-mêmes –, l'extension du dépôt aux déchets industriels, la proximité de la ville – sous les vents dominants –, l'existence de nouveaux procédés d'élimination des déchets, tout cela n'entrait pas en ligne de compte. La société, chargée de l'étude des sols, laquelle n'hésitait pas à affirmer –dans le même rapport... –, qu'il n'y avait pas d'eau susceptible d'être polluée dans ces bois, en trouvait toutefois une quantité suffisante et nécessaire à la dilution des lixiviats (« jus » résultant de la décomposition des déchets) ...

La municipalité, qui s'était ressaisie, organisa un référendum : la population se prononça massivement, par plus de 94%, contre la création de la décharge.

Mais quand on a décidé de tuer son chien...On le savait déjà, les Tartuffe ne se contentent pas de fréquenter la comédie de Molière !

Si la procédure de l'Association ne fut pas victorieuse, elle avait cependant procuré un sursis de plusieurs années à notre forêt et je m'apprêtai, peut-être pour la dernière année, en octobre 2005, à y faire ma petite promenade saisonnière agrémentée de la prospection des champignons.

Après avoir garé la voiture à l'entrée du « Grand Layon » et fait quelques pas sur le large chemin forestier qui traverse de part en part la forêt, j'entendis derrière moi une voix forte et autoritaire : « *Hep, monsieur ! monsieur !* » A l'évidence l'interpellation m'était destinée.

– Vous savez que vous êtes ici sur une propriété privée et que vous êtes passible d'une amende de quinze cents euros ? me déclara d'un ton peu amène un grand gaillard en uniforme de garde-chasse qui sortit de sa poche un carnet afin de relever mon identité.

– Voilà plus de cinquante ans que je viens dans ces bois et c'est bien la première fois qu'on me fait cette remarque !

– C'est ce qu'ils me disent tous. Vous n'avez pas vu le panneau ?

– Il y a effectivement un panneau « chasse-gardée ».

– Ça signifie que vous n'avez pas le droit de pénétrer sur cette propriété !

– J'étais persuadé qu'il concernait uniquement les chasseurs…

– Eh bien vous avez tort et puisque vous discutez, je vais verbaliser ! ajouta-t-il en me précisant qu'il avait relevé le numéro de mon véhicule et en me demandant mon nom et mon adresse. Il avait l'air sûr de lui et je m'exécutai à regret.

– Je pensai, en toute bonne foi, être dans mon droit.

– Les seules personnes autorisées à venir ici ont payé très cher leur droit de chasse sur cette propriété privée et vous dérangez le gibier. Qu'est-ce que vous diriez si les gens allaient se promener chez vous, dans votre cuisine ?

Cette comparaison me parut tirée par les cheveux et quant à l'argument spécieux de « déranger le gibier », je pensai que si on leur avait demandé leur avis, les hôtes de ces bois auraient cent fois préféré les allées et venues des paisibles promeneurs et des cueilleurs de muguet ou de champignons, à l'aboyante et explosive présence exterminatrice de ces chasseurs fortunés du dimanche… Mais il était inutile de discuter avec cet individu borné, rétribué pour imposer la loi du plus fort, et je me promis de tirer au clair cette affaire.

Les documents ci-après relatent ma démarche et les réponses qui y furent apportées.

Jean Loehr
Instituteur à la retraite
20 B rue de Maisons Neuves
87300 Bellac

Bellac, le 20 septembre 2006

à monsieur le président du S.Y.D.E.D

Monsieur,

J'ai l'honneur de porter à votre connaissance les faits suivants qui remontent au mois d'octobre 2005.

Alors que je venais de faire quelques pas à l'entrée du « Grand Layon », sur ce large chemin forestier qui traverse de part en part la forêt des Bois du Roy, je fus interpellé, de façon peu amène, par un garde-chasse privé.

Ce dernier releva mon identité en me spécifiant que j'étais passible d'une amende de 1500 euros pour intrusion sur une propriété privée. Comme je lui remontrai qu'aucune signalisation n'interdisait l'accès du lieu – une forêt que j'avais jusqu'ici parcourue librement depuis cinquante ans...–, il me déclara que le panneau « chasse interdite » était suffisamment explicite en me conseillant fermement de quitter les lieux. Il ajouta qu'il était mandaté par une association de chasseurs de Limoges qui louaient – très cher – la jouissance des bois, me précisa que ma présence « dérangeait » le gibier, me demanda enfin si j'apprécierais que des intrus viennent se promener dans ma cuisine...

Quelques jours plus tard, une floraison de panneaux rouges, espacés de quelques dizaines de mètres et disposés à toutes les entrées de la forêt précisaient « propriété privée- entrée interdite. On y a ajouté, cette année, « cueillette des champignons interdite ».

Persuadé que ce garde outrepassait ses droits, je me rendis au service du cadastre de Bellac où on me confirma ce que je savais déjà, à savoir que le nouveau propriétaire du « Grand Layon » était bien de S.Y.D.E.D. (Syndicat DEPARTEMENTAL d'Élimination des Déchets).

Voici donc, monsieur le Président du S.D.Y.D.E.D. ce qui me chiffonne dans cette affaire.

Dans notre département de la Haute-Vienne, il n'y a pratiquement aucune forêt domaniale. Le seul espace boisé semi-

public qui demeurât encore était justement la forêt des Bois du Roy. Non seulement une grande partie de cette surface va être progressivement détruite par l'installation d'une décharge d'ordures mais en plus on a loué le tout à une association de chasseurs de Limoges – lesquels, bien entendu, contrairement aux promeneurs, ne dérangeront pas le gibier…

Les habitants de Bellac et de la région sont ainsi, dans cette affaire, doublement pénalisés.

Vous me permettrez donc, monsieur le Président du S.Y.D.E.D., dépositaire en l'occurrence de la propriété des Bois du Roy, c'est à dire du bien commun de l'ensemble des habitants de ce département, de m'étonner que vous aliéniez ce bien public à une petite catégorie fortunée d'utilisateurs, au détriment de l'ensemble de la population, par ailleurs constitué de contribuables départementaux à part entière.

Pour résumer clairement mon propos, la forêt, qui appartient en principe à la collectivité, c'est à dire à tout le monde, est désormais réservée à quelques privilégiés nantis. Il serait intéressant de connaître le prix de la location consentie et son incidence, en pourcentage, dans les finances départementales.

Cette pratique qui pourrait, à la rigueur, se concevoir dans un département dirigé par des formations politiques conservatrices, est absolument injustifiable en Haute-Vienne, de la part d'élus qui se réclament des traditions de justice sociale et de démocratie.

Je me permets aussi d'adresser une copie de la présente à madame la Présidente du Conseil Général, à messieurs les conseillers généraux de Bellac et Magnac-Laval – lesquels sont directement concernés et ont bien un avis sur la question – ainsi qu'aux correspondants locaux de L'Écho du Centre et du Populaire du Centre.

Dans l'espoir d'une réponse de votre part, recevez, monsieur le Président, l'expression de mes sentiments respectueux et démocratiques.

Signature

Sous la signature du président du S.Y.D.E.D.,je reçus, en date du 17 octobre 2006, la réponse suivante, dont copie était transmise à la Présidente du Conseil Général et à l'Association de Chasse des Bois du Roi.

Monsieur,

Dans le cadre de l'implantation de son projet alvéol, le SYDED a été amené à faire l'acquisition de parcelles qui étaient auparavant propriété de la Caisse des Dépôts et Consignation. Ces parcelles, ainsi, me semble-t-il, que la totalité des terrains appartenant à la Caisse des Dépôts, faisaient l'objet d'un bail qui autorisait, moyennant le prix d'une location annuelle, la chasse à l'Association de chasse des Bois du Roi.

Après l'acquisition des parcelles, le SYDED a accepté de maintenir les droits et usages déjà établi sur ces parcelles. Ainsi, ce bail de chasse qui liait auparavant l'Association de chasse et la Caisse des Dépôts a été reconduit avec le SYDED en 2003. Cette association chasse depuis 1930 sur ces terrains.

Après recherche, nous pouvons vous informer que la mise en place des panneaux d'interdiction de cueillette des champignons est l'œuvre de celle-ci et qu'elle ne nous en a pas informé. Mais cette mise en place se veut avant tout chose sécuritaire du fait de leur pratique de chasse par tir à l'approche avec balle. Les deux gardes assermentés n'ont jusqu'alors, à ma connaissance, jamais verbalisé qui que ce soit.

Je me permets de vous faire remarquer que ce n'est pas parce qu'un terrain a été acquis par une collectivité territoriale que ce terrain est du domaine public et « appartient à tout le monde » : il est de droit privé et un usager ne peut en avoir la jouissance pour faire ce que bon lui semble. Cette chasse est une pratique autorisée après demande auprès du SYDED et s'exerce uniquement dans les bois pour les gibiers recherchés.

La cueillette des champignons devrait en toute légalité, faire une demande d'accord du propriétaire pour le prélèvement. Mais il est d'usage de laisser les gens pénétrer sur ces parcelles sans autorisation et le SYDED n'a jamais, de quelque façon que ce soit, souhaité modifier cet état de fait et il fait preuve d'une tolérance qui n'a pas lieu d'être érigée en règle ou obligation.

Je vous remercie une nouvelle fois de l'intérêt que vous semblez porter au sujet de l'usage de ces bois.

Je vous prie d'agréer…

Ma lettre ayant également été transmise à la presse locale, « L'Écho » publia l'article suivant :

BOIS du ROY : retour à la légalité

Depuis quelques temps, la rumeur enflait en ville : « On n'a plus le droit d'aller aux champignons aux Bois du Roy ni même de s'y promener. On se fait expulser par des garde-chasse avec des menaces d'amendes ».

Un citoyen a donc pris sa plume pour interroger le propriétaire des lieux, le SYDED (qui veut y installer ALVEOL, le stockage des poubelles départementales, et qui a autorisation par le tribunal administratif de prélever les beaux arbres) et sa missive, comme il le disait à madame Reix, directrice, était envoyée aux journalistes locaux.

D'où notre coup de fil au SYDED, qui nous a affirmé l'illégalité des pancartes « propriété privée » et « champignons interdits », la chasse étant bien privée, faisant suite à un contrat signé avec l'Association de Chasse des Bois du Roy.

Coup de fil au président de ce groupe d'une vingtaine de chasseurs tous bien placés dans la société limougeaude, qui nous a donné des explications tournant autour de la sécurité des promeneurs puisque 4 à 5 jours par semaine, il y avait tir de gros gibier à balle.

Les tenants de l'affaire (SYDED et Association de chasse privée) s'inquiétant de l'intérêt de la presse qui n'était que le relais des citoyens et le vérificateur de la légalité, se sont rencontrés la semaine du 25 au 30 septembre et tout est rentré dans l'ordre, uniquement sur la partie appartenant au SYDED, le reste des Bois du Roy appartenant à la Caisse des Dépôts et Consignations, étant désormais orné de panneaux interdisant la cueillette des champignons…

La rédaction du premier document émanant du Syded et qui faisait suite à l'article de presse paru dans « L'Écho » n'était pas sympathique, c'est le moins qu'on puisse dire. Relisez-le et vous verrez que ses termes revenaient quasiment à dire ceci :

Monsieur l'empêcheur de tourner en rond,

Vous avez mis en cause, à tort, le comportement des chasseurs de Limoges, association philanthropique s'il en est, à la préoccupation uniquement sécuritaire.

Vous auriez pu remercier les gardes, des gens compétents puisqu' « assermentés » et à ce point gentils qu'ils n'ont verbalisé personne !

Je n'en dirai pas autant des cueilleurs de champignons, des gens du commun, qui effectuent des prélèvements sans avoir levé le doigt pour demander la permission.

Je vous rappelle que si notre syndicat « tolère » leur présence, cette pratique ne saurait constituer une « règle ou une obligation ».

Ceci dit, bien que j'aie autre chose à faire, je ne vous tiens pas rigueur de m'avoir dérangé pour ces peccadilles puisque vous « semblez » – car ce n'est pas certain – porter un intérêt à l'usage de « ces bois »…

« Ces bois ». Ces deux mots exprimaient à eux seuls tout le dédain de l'auteur de la lettre pour notre forêt, assimilée à un espace sans valeur, au point de le transformer en décharge d'ordures.

On notera encore l'absence de toute réprobation de l'attitude du garde et des chasseurs lesquels pouvaient ainsi impunément et en toute illégalité – comme au temps des seigneurs – poser sur le domaine public des panneaux d'interdiction et éconduire les promeneurs.

Que penser enfin de la part de fonctionnaires, rétribués par nos impôts, du mépris à l'égard des citoyens qualifiés de « les gens » ?

Pour terminer j'observerai l'absence de réponse à ma question portant sur le prix de la location. De quoi je m'occupe ? On ne va quand même pas communiquer des informations confidentielles à n'importe qui !

Mais, comme vous allez vous en rendre compte, l'affaire n'en resta pas là et je reçus, quelques jours plus tard, le 31 octobre, la réponse de Marie-Françoise PEROL-DUMONT, la Présidente du Conseil Général.

Monsieur,

Comme suite à notre échange de correspondance de fin septembre au sujet du Bois du Roy, Monsieur le président du SYDED m'a rendu destinataire d'une copie de la lettre qu'il vous a adressée en réponse le 17 octobre.

La teneur de cette réponse ne me paraissant pas pleinement répondre aux questions que vous souleviez, je m'en suis entretenue directement avec lui.

Monsieur Marcel Raynaud, par courrier du 23 octobre, vient de m'apporter des précisions complémentaires sur le dossier qui nous préoccupe et pour votre complète information, je vous en adresse, ci-joint, photocopie.

En espérant que les dispositions prises seront de nature à permettre une jouissance apaisée du Bois du Roy et restant à votre écoute, je vous prie ...

Copie émanant du SYDED, sous la signature de son président, jointe à la précédente :

Madame la Présidente,

J'ai bien reçu votre courrier susvisé qui a retenu toute mon attention.

Les services du SYDED vous ont envoyé une copie de la lettre adressée à Monsieur Jean LŒHR.

Je peux vous apporter les compléments d'information suivants :

Après réception de la lettre de M. LŒHR et vérification des faits, un agent du SYDED est allé retirer les panneaux « cueillette de champignons interdite » sur le territoire du SYDED dès le 28 septembre.

L'installation de ces panneaux par la « Société de Chasse des Bois du ROY », à l'insu du SYDED, a suscité une polémique dont nous nous serions bien passés.

Le bail de chasse avait été signé par le SYDED lors de l'acquisition des parcelles afin de maintenir les droits et usages existants lorsque les bois appartenaient à la Caisse des Dépôts et Consignation. Cette reprise était une des solutions pour aplanir les difficultés rencontrées avec la CDC lors des négociations d'achat.

Cependant, afin d'éviter toute polémique nouvelle, je vais proposer en premier lieu aux membres du Bureau le 20 octobre puis aux élus du Comité Syndical du 14 novembre prochain de ne pas reconduire ce bail de chasse à l'issue de la 2ème période de 3 ans soit en mars 2008.

Dès que le périmètre nécessaire au projet ALVEOL aura été clôturé, le SYDED engagera un plan d'aménagement des sentiers qui pourront être laissés à la disposition des promeneurs.

Je vous prie…

Si le ton du Syded avait changé du tout au tout, c'est que la Présidente du Conseil Général était passée par là. L'élue avait, elle, parfaitement saisi, le motif – au fond politique – de mon indignation.

Bonne occasion pour mesurer un des aspects positifs de notre démocratie : contrairement aux employées de bureau des services administratifs, les élus, eux, sont soumis aux aléas du suffrage universel… Car, entre nous, si le Président du Syded avait malencontreusement signé la réponse, on voit bien que ce n'est pas lui qui l'avait rédigée… Il suffit pour s'en convaincre de relire son deuxième texte du 23 octobre…

J'ajouterai un mot sur l'article paru dans « L'Echo », où il est question de madame R…, la directrice du Syded, à qui ma missive aurait été destinée, pour rectifier l'erreur. Ma lettre était adressée, non à la directrice, mais au Président. Cependant, à quelque chose malheur est bon, puisque cela me permit de connaître – ce dont je me doutais – l'identité de l'auteur de l'aimable réponse. Je relevai en outre, dans le même article que les chasseurs prétendaient tirer le gros gibier, à balle, 4 à 5 jours par semaine… Voilà décidément des gens qui avaient bien de la chance de pouvoir se livrer – cinq jours sur sept ! –, à leur passe-temps favori, à moins que tout simplement ils soient un peu menteurs… En tout cas, le jour où je fus expulsé, il n'y avait pas l'ombre d'un chasseur sur les lieux.

Si « Le Populaire » n'avait pas daigné faire état de ma lettre, il avait en revanche publié nombre d'articles sur le SYDED avec force photos ce qui me permit de mettre un visage sur mes correspondants épistolaires . On y lisait notamment, selon les paroles de la directrice qu'*« on apprend les gens* (sic) *à trier »* et *« qu' aussi bien le personnel du Syded que les élus* (resic) *s'impliquent dans l'environnement »*. C'est bien le moins pour des personnes justement rémunérées pour cela…

On le savait déjà : ce sont essentiellement les forêts qui transforment le carbone gazeux, ce catalyseur de « l'effet de serre », en carbone solide sous la forme du bois. Et voilà maintenant que de très sérieuses études – conduites à la faculté de Limoges ! – démontrent que l'écorce des arbres est un véritable piège à métaux lourds présents dans l'air pollué : un seul kilo d'écorce de châtaignier, par exemple, pouvant fixer jusqu' à 34 grammes de plomb. Je ne sais pourquoi, lorsque j'évoque cette affaire, je ressens des démangeaisons analogues à celles que provoque l'urticaire…

Je me remettais de mes émotions sylvestres lorsque la presse nous informa d'un projet ferroviaire de L.G.V. (Ligne à Grande Vitesse) entre Limoges et Poitiers.

Le tracé le plus direct et le moins cher passait tout près de Bellac et lui aussi en partie dans les Bois du Roy.

On s'apprête ainsi à dépenser la bagatelle d' 1,30 milliard d'euros (estimés...), à défigurer le paysage par une gigantesque tranchée de 120 kilomètres représentant le saccage de plusieurs centaines d'hectares de végétation et le déplacement de quelque trois millions de mètres cubes de terres et de rochers . Et tout cela pour grignoter une poignée de minutes par rapport au projet abandonné du P.O.L.T. (Ligne rapide Paris-Orléans-Limoges-Toulouse sur le tracé actuel).

Autoroutes, lignes à grande vitesse, stockage des ordures en lieu et place de leur élimination par des procédés innovants (thermolyse, biolyse, tri par extrusion), ces réalisations ont un point commun. Toutes participent de la défiguration de notre terre. Quand tout notre espace aura été bitumé, bétonné, irrémédiablement pollué, dans quel univers vivront nos petits enfants ? Y aura-t-il encore des forêts pour se ressourcer, des prés au bord des rivières pour pique-niquer, des chemins de terre dans la campagne pour se promener, des plages de sable pour se dorer au soleil, des alpages pour respirer ?

Qu'à cela ne tienne, nos descendants qui se déplaceront uniquement de leur lieu de travail à leur domicile A.G.V. (à grande vitesse) pourront alors, de retour à leur appartement, s'adonner en toute quiétude, sur leur ordinateur, à des promenades dans des forêts virtuelles, peuplées de loups et d'ours plus vrais que nature, à des parties de pêche imaginaires – mais parfaitement reconstituées – au saumon de fontaine en carton bouilli –, à des excursions – comme si on y était – dans des montagnes en trois dimensions, et tout cela dans un univers totalement virtuel et calfeutré. (Lisez les derniers écrits de Jacques Machin – ancien conseiller présidentiel, et parfait spécialiste de la prospective dans le marc de café – et vous verrez que cette évocation – sans rire… – est l'exacte prévision de ce qui caractérisera le mode de vie de la « classe moyenne », apte à disposer de l'outil informatique et à en maîtriser son usage ; la classe inférieure, inopérante en la matière, étant vouée uniquement au travail pénible, et la seule caste supérieure – par la richesse –, en tout petit nombre, se réservant les très rares espaces restés naturels comme quelques îles perdues au milieu du pacifique…Une vision originale de ce génie humain, qui n'entrevoie, du haut de sa suffisance, d'autre sort pour des milliards de ses semblables que celui de leur fonction future d' abrutis résignés.

Mais probablement n'ai-je rien compris à la modernité – puisque opposé à la L.G.V. – et entré-je dans la catégorie de ces Limousins antitout « *figés*, selon un lecteur du « Populaire », *dans un fantasme passéiste où il était de bon ton d'aller faire les foins avec des sabots en chantant le « Turlututu »* (sic)…

Peut-être cet honorable correspondant fait-il partie de la nouvelle génération moderniste, adepte de cette « durabilité » qu'on met désormais à toutes les sauces et qui consiste, pour se rassurer, à remplacer l'éphémère réalité de toute chose, par la magie des mots. Désormais tout se doit d'être « durable » : en premier lieu le « développement », mais aussi l'énergie, l'aménagement de l'habitat, les activités culturelles et jusqu'à une catégorie de livrets de la Caisse d'Épargne … Alors, avant de chausser mes sabots pour me rendre au jardin tout en regrettant de ne pouvoir faire les foins, mais en chantant le « Turlututu » – cela va de soi… –, je voudrais déclarer à tous ces saccageurs, de la façon la plus solennelle : s'il y a une seule chose DURABLE en ce bas-monde, pas seulement sur le papier, encore plus que la vaisselle… et éternellement, c'est bien la … * humaine !

* Je vous laisse le soin, ami lecteur, amie lectrice, de compléter la phrase par l'un de ces noms à choisir dans la liste : *bêtise, stupidité, sottise,* …à moins qu'il vous vienne à l'esprit un terme encore plus approprié…

Le bonnet d'âne

Parmi tous les services administratifs qui nous entourent, certains nous donnent plus ou moins satisfaction. Parfois moins que plus, à l'exemple du S.Y.D.E.D. que je n'ai plus besoin de vous présenter, et auquel j'avais décidé, à titre personnel, d'attribuer le « bonnet d'âne ». Je n'aurais fait que m'inspirer, en l'occurrence, de la pratique de certains syndicats agricoles du Sud-ouest lesquels, au moment de la clôture de leur congrès annuel, ne manquent pas de décerner le diplôme de « l'ours » au chef départemental de l'administration la plus méritante en matière d'incompétence et de mauvaise volonté à l'égard de la profession.

Cependant, au vu de ma toute récente mésaventure, force m'est de constater que la palme en ce domaine revient de droit à « La Poste » et je vais dire pourquoi.

Mes tous premiers griefs remontent au temps où j'exerçais à S... C'était encore l'époque du téléphone public et rares étaient les personnes disposant d'appareils particuliers. En cas de besoin, les villageois devaient donc s'adresser au téléphone public de leur hameau ou à la poste du bourg. Il m'arrivait ainsi, à la sortie de l'école de 16 heures 30, de me rendre au bureau des P.T.T. afin de transmettre un urgent message, de vive voix. Le temps nécessaire à la conduite des écoliers au départ du car de transport scolaire, ajouté à celui du trajet, faisait qu'il était 16 heures 40 à mon arrivée à la poste. Or le postier débauchait à 17 heures précises.

Après avoir composé le numéro sollicité, monsieur X. m'indiquait du doigt la cabine, non sans avoir jeté ostensiblement un coup d'œil à sa montre, d'un air mécontent. Un mécontentement de plus en plus expressif à mesure que s'allongeait l'entretien téléphonique, et qui se transformait carrément en mauvaise humeur au moment de régler au guichet . Je ne me souviens pourtant pas avoir jamais atteint les 17 heures lorsque je quittai le bureau, ni avoir mis en retard le receveur qui, pour gagner du temps, avait déjà ôté sa blouse grise au cours de la communication alors qu'il habitait sur place...

Dans une autre commune – que je ne citerai pas – il m'arrivait de recevoir des lettres non-affranchies.

– Elle n'est pas affranchie. Souhaitez-vous la conserver ?

Ce courrier pouvait peut-être avoir de l'importance .

– Laissez-la moi.

– Dans ce cas vous devez me régler le timbre de taxe.

En y réfléchissant, beaucoup plus tard, je me rendis compte que ce phénomène s'était produit une fois l'an, avec une régularité de métronome. Et à chaque fois le contenu de l'enveloppe se révélait être une quelconque publicité sans rapport avec l'école. J'eus même un jour la stupéfaction de constater que l'enveloppe était carrément vide de tout contenu, ce qui me mit la puce à l'oreille et fit que je refusai tout net le pli suivant non timbré. Et, comme par enchantement, ce phénomène au caractère récurrent cessa définitivement... Je m'en ouvris alors à une postière retraitée laquelle m'indiqua que chaque bureau postal recevait un quota de timbres de taxe à écouler impérativement.

Sans commentaire !

A la suite de l'entrée en service du nouveau lycée de Bellac, l'ancien bâtiment du 9 de la rue Chanzy fut entièrement réaffecté. Au sous-sol se trouvait la cantine scolaire ; les locaux donnant sur l'entrée principale furent attribués à l'Inspection départementale de l'Education nationale ; les anciennes classes accueillirent l'école primaire Charles Silvestre alors qu'à l'étage s'installaient les bureaux du C.M.P.P. (Centre Médico Psycho Pédagogique), du C.I.O. (Centre d'Information et d'Orientation) et de la « Mégisserie Lainière » ; sans oublier le logement de fonction du directeur des installation sportives municipales. On décida de placer, dans le hall d'entrée de l'école la série des boîtes aux lettres correspondant à chaque occupant des locaux. Ainsi, chaque jour, le préposé – qui disposait d'une clef d'accès du hall – répartissait le courrier.

Disons plutôt qu'il s'en débarrassait. Combien de fois trouvai-je dans la boîte de l'école des plis destinés aux autres services. Si la formulation du nom du destinataire était imprécise, j'étais sûr de retrouver le courrier dans ma boîte. Étant censé connaître tout le monde dans le bâtiment, je n'avais qu'à ensuite me débrouiller avec ce courrier. Cette fâcheuse habitude m'obligeait à trier missives et documents dans mon bureau et à effectuer les navettes pour retourner dans le hall et réparer l'erreur.

J'en avais fait part au téléphone, à maintes reprises, au receveur de la poste. Toujours en pure perte . Estimant que ma gentillesse avait des limites, j'adressai à madame le receveur une lettre rédigée en termes sans équivoque. La persistance de la fâcheuse habitude se réduisait en fait à deux alternatives : soit le facteur se moquait du monde, soit il ne savait pas lire. En tenant compte de l'improbabilité de la deuxième proposition, je laissai à la chef le soin de tirer elle-même les conclusions qui s'imposaient...

Or, en arrivant à l'école un jeudi matin, je constatai qu'un gros paquet, entouré d'un élastique, débordait largement de la boîte aux lettres de l'école. Je n'attendais aucun colis ; peut-être s'agissait-il de réclame. L'élastique une fois retiré laissa apparaître l'ensemble du courrier du mercredi adressé au 9 de la rue Chanzy pour tous les services du bâtiment ! Je placardai aussitôt sur ma boîte une note invitant le préposé à passer absolument à mon bureau lors de sa prochaine distribution du matin. Ce qu'il fit. A ma question de savoir qui avait fait la tournée de la veille, il m'affirma que ce n'était pas lui et se montra incapable de me nommer son remplaçant.

J'empoignai alors le téléphone, demandai à parler de toute urgence à madame le receveur. Je lui rappelai mes nombreuses communications antérieures et mon courrier récent, lui signifiai, pour le cas où elle en douterait encore, que je ne faisais partie, ni de près, ni de loin, du personnel de la Poste, que par conséquent je n'étais pas chargé d'en faire le travail et que dorénavant, tout courrier non destiné à l'école et trouvé dans ma boîte terminerai son parcours ... à la poubelle !

– Ah ! surtout monsieur, ne faites pas cela !

– Cela ne dépend que de vous ! Au-revoir madame.

Il dut y avoir du savon dans l'air et la situation s'améliora un peu. Mais alors vraiment un tout petit peu...

Il y a de cela quelques années, j'adressai par courrier un premier chèque urgent à mon fils, alors étudiant à Poitiers. La lettre mit quatre jours pour parvenir à destination. Il faut dire que de Bellac à Poitiers, même s' il y a près de quatre-vingt kilomètres, cela ne faisait qu' une petite moyenne de vingt kilomètres par jour... Du temps de la malle-poste le délai n'aurait pas excédé deux jours mais reconnaissons que le monde a bien changé en un siècle et demi et que les choses ne sont plus ce qu'elles étaient.... d'est en ouest ! Car dans le sens contraire on peut espérer un délai d'une seule journée alors que dans cette direction la route s'élève du fait de notre altitude supérieure. Je ne vois donc qu'une seule explication objective à ce paradoxe : le vent ! Un vent en provenance de l'Océan, qui exerce son influence favorable ou contrariante sur les flux postaux...

Le second chèque sous pli, adressé quelques années plus tard, a dû affronter des vents contraires particulièrement coriaces puisque, à l'heure où j'écris ces lignes, il n'est toujours pas parvenu à destination...

Évidemment, nous sommes allés demander des explications au bureau expéditeur.

– Vous auriez dû, par précaution, choisir l'envoi en recommandé, a déclaré le receveur que ma femme avait demandé à voir en personne.

– Est-ce que vous êtes en train de me dire que seuls les plis en recommandé sont censés arriver à destination ?

– Ce n'est pas ce que je voulais dire…

C'est en tout cas ce qu'il avait dit. Il fallut donc faire opposition au chèque disparu dans le vaste univers postal… Le postier se montra néanmoins bon prince en ne nous facturant pas, sur le compte-chèques, l'opération d'annulation pour laquelle mon épouse avait par ailleurs contracté une assurance… Merci La Poste !

Ce qui m'amène insensiblement à la dernière affaire plus récente.

Ma belle-fille travaillant chez un dentiste réputé de Poitiers, j'avais trouvé tout naturel de confier à ce cabinet la réalisation d'un appareil dentaire. Ce dernier nécessitant une intervention à des fins de réparation, je confectionnai un paquet protecteur et me présentai mardi matin 27 février à la poste de Bellac pour enregistrer l'envoi à Poitiers.

– C'est pour un envoi en colis « suivi ».

J'acquittai la somme d'environ cinq euros et quittai le bureau, satisfait d'avoir avancé dans le règlement d'une situation désagréable : deux jours pour arriver à destination – à cause des vents contraires –, deux jours pour la réparation, un seul jour pour le retour – grâce à la brise océane – ; je pouvais ainsi espérer récupérer mon bien en début de semaine suivante. Car mâcher sans les molaires, ça va bien un moment, mais un moment seulement…

Or voilà que jeudi mon épouse reçut un coup de fil du dentiste pour l'aviser du déplacement de son rendez-vous. Elle en profita pour demander si mon appareil était arrivé à bon port. Les vents contraires avaient dû être particulièrement violents puisqu'au cabinet on n'avait rien reçu. Sur la même réponse négative pour la journée de vendredi, l'affaire devenait préoccupante. Non seulement mon acrobatique mastication était appelée à se prolonger mais la perspective de perte du dentier avec son éventuel remplacement relevait d'un désastre financier pour notre modeste budget : trois mille euros – au moins !

Ma femme – qui avait ses entrées à la poste depuis l'affaire du chèque disparu – téléphona directement au centre de tri de la rue de la Liberté. Son interlocutrice interrogea l'ordinateur – hors l'ordinateur, point de salut – : le numéro d'enregistrement de l'envoi apparaissait bien sur l'écran mais c'était tout. Or un pli « suivi » étant fait – comme son nom l'indique – pour être « suivi », on aurait dû retrouver sa trace au centre de tri de Bègles (près de Bordeaux) puis à celui de Poitiers. Rendez-vous fut donc pris pour le lendemain avec le collègue de l'employée pour le cas où la situation aurait évolué dans la soirée.

Samedi matin, bureau d'accueil de la clientèle du centre de tri de Bellac.

– Nous avons téléphoné à votre collègue hier soir pour obtenir des renseignements sur l'acheminement d'un colis « suivi » non parvenu à destination. Voici le récépissé d'envoi.

L'homme pianote sur le clavier de l'ordinateur, l'air de plus en plus perplexe. C'est mauvais signe puisqu' il insiste et je sais déjà ce qu'il va me dire : la même chose que sa collègue.

– Il est bien parti d'ici mais il n'y a aucune trace de son passage ailleurs.

– Vous êtes certain qu'il est bien « PARTI » ? Une chose est de l'avoir enregistré à Bellac mais a-t-il bien quitté le dépôt ?

J'ai inconsciemment élevé la voix. Il m'assure, indigné qu'on puisse mettre en doute son affirmation, que le paquet n'est plus là ; mais sa bonté ne va pas jusqu'à vérifier ses casiers.

– Et qu'est-ce que vous comptez faire ?

Rien ! Il ne compte rien faire, c'est évident . Mais sa réponse me mets hors de moi.

– Ça arrive parfois ! Vous auriez dû l'envoyer en recommandé !

C'est exactement comme au jeu de l'oie : nous venons de tomber sur le fatidique « retournez à la case départ » et il nous ressert exactement le plat réchauffé du chèque disparu.

– Expliquez-moi la différence d'acheminement entre un « suivi » et un « recommandé » ? N'utilisez-vous pas les mêmes casiers ?

– Oui, mais avec le « recommandé » vous aviez l'assurance du remboursement de 400 euros !

– Je me fiche de votre remboursement ! Avec 400 euros j'aurais de quoi me payer UNE dent de mon appareil !

En somme si la poste a égaré mon colis, c'est moi le responsable. Et il n'a pas tort car mon comportement relève de l'infantilisme. Pourquoi s'entêter à faire confiance à un service aux dysfonctionnements récurrents. Car, outre l'affaire du chèque, il y a les péripéties du colis de charcuterie de Jean-Pierre, adressé à son fils pour les fêtes de noël, et livré – par quel mystérieux cheminement ? –, un mois plus tard, avec son contenu avarié, chez l'expéditeur, en l'occurrence Jean-Pierre lui-même...Il y a encore ce carton de foie-gras, expédié par sa belle-mère à mon ami Jacquot, parvenu à destination mais éventré et vide de tout contenu...

Au moment où je tapais ces lignes, je ne désespérai pas que mon envoi arrivât un jour et reportai la conclusion de ce chapitre à plus tard.

Entre temps, Jacquot m'avait rapporté deux anecdotes dont il venait d'être le témoin, à trois semaines d'intervalle, à la poste de Bellac.

Il s'agit d'une personne qui vient chercher, au bureau du centre-ville, un pli en recommandé . Absente de son domicile le matin, elle présente l'avis de passage du facteur qui l'enjoint de récupérer sa lettre au bureau distributeur après 15 heures.

– *Désolée,* dit la postière, après avoir retourné tout le contenu de son chariot, *elle n'est pas là ! Sans doute est-elle au Dorat ?* Pourquoi au Dorat ? Mystère ! La cliente n'en saura pas plus.

– C'est bien embêtant ! dit la dame. *Repassez demain matin, je pense que nous l'aurons.*

Et la dame est repartie en promettant de repasser le lendemain.

Deuxième anecdote.

Il s'agit encore d'une dame, munie de son avis de passage du samedi, qui vient chercher son colis… le lundi matin.

– Je regrette, dit la même employée, l'air toujours aussi désolé, *mais nous ne l'avons pas. Pouvez-vous repasser demain ?*

…

Ce fonctionnement qu'on aurait pu croire spécifique à la poste française m'a alors rappelé celui de son homologue malienne qu' il m'a paru intéressant de vous rapporter dans ces lignes. Pour cela remontons dans le temps à l'année 1966, date de mon arrivée dans la capitale du Mali.

Il n'y avait pas de facteur à Bamako. Pour recevoir mon courrier, je dus faire, à la poste principale, une demande d'ouverture de boîte postale. L'agent du service correspondant, parfaitement inoccupé mais en élégante gandoura, trônait majestueusement, l'air important, dans un local vétuste, derrière un bureau métallique rouillé. Il prit acte de ma demande et me pria de repasser dans huit jours. Ce délai écoulé, je me présentai à nouveau devant l'imposant personnage.

– Repassez dans huit jours ! me dit-il de façon désinvolte.

– Mais vous m'avez déjà dit cela il y a justement huit jours !

Son visage demeura inexpressif. Il sortit négligemment un formulaire qu'il compléta et je réglai la somme due. Mon interlocuteur plongea la main dans une corbeille et me remit la clef désirée. Elle portait le numéro 801.

L'avion d'U.T.A. apportait le précieux courrier de France deux fois par semaine : le mardi et le vendredi. Le lendemain, un postier répartissait lettres et journaux, déjà classés, dans les boîtes. Du corridor d'accès au public, j'apercevais l'agent qui s'activait, avec une désespérante lenteur, à l'intérieur du local, attendant qu'il ait préalablement rempli les derniers des huit cents compartiments précédant le mien. Mais il arrivait qu'il interrompît sa distribution car c'était l'heure de la prière. Se tournant alors vers La Mecque, il posait une natte sur le sol, s'agenouillait, et je ne distinguais plus que son dos ou son derrière, selon l'amplitude de ses prosternations. Cela marquait la fin de la distribution dont la reprise était reportée au lendemain et celle du samedi... au lundi !

Des années plus tard, lorsque j'appris la conversion à l'Islam du philosophe communiste Roger Garaudy, j'eus la certitude absolue que le transfuge n'avait jamais attendu le courrier de son amie en terre musulmane...

Si un paquet destiné à ma famille ne parvint jamais à destination, mes lettres arrivèrent toutes en France contrairement à celles de nombreux collègues coopérants. Comme je m'en étonnai, me demandant quel bénéfice pouvait présenter le détournement d'une correspondance sans intérêt pour le voleur, on me répondit que les employés locaux du tri postal ne dédaignaient point les timbres qu'ils décollaient méticuleusement des enveloppes avant de les revendre – à la moitié de leur valeur – et de brûler les plis en souffrance, désormais vierges de tout affranchissement...

Je me garderai cependant de toute comparaison entre le fonctionnement de la poste française et celle d'un pays alors « en voie de développement ». Car une heureuse surprise m'attendait.

Ayant à nouveau téléphoné à mon dentiste de Poitiers, j'appris avec un grand soulagement que mon paquet lui était enfin parvenu le 8 mars – soit dix jours après son enregistrement...

Sans doute allai-je recevoir un avis de la poste de Bellac faisant suite à ma réclamation du 5 mars. N'ayant toujours pas de réponse le 12, j'interrogeai par téléphone, le centre de tri de Bellac. Mon interlocuteur releva mes coordonnées et questionna son ordinateur qui confirma l'arrivée de mon envoi le 8.

Ce qui signifie que, sans mon coup de fil, la poste se souciait de moi comme d'une guigne et que ses seules recherches avaient consisté à ... ne rien faire !

Ces incidents, ajoutés les uns aux autres, voilà qui fait quand-même beaucoup et c'est pourquoi je n'hésite pas l'ombre d'une seconde, et en vertu des pouvoirs qui ne me sont pas conférés, à décerner le bonnet d'âne des services publics à ... La Poste !

Persiste et signe.

P.S : Après ce pamphlet, certains vont peut-être penser que j'ai une dent contre La Poste même s' il serait plus approprié de dire, dans mon cas précis, « plusieurs » dents !...

Toutefois un bref retour à mon propos d'introduction sur la répétitivité des choses de la vie va me conduire à relativiser mes griefs par la considération suivante : en soixante années, à la moyenne de 50 courriers par an, soit 3000 en gros, une dizaine de plis égarés, ou simplement retardés, ne représenteraient que 0,3 % de ce total . Or, dans toute évaluation objective, Il faut bien tenir compte aussi des trains qui arrivent à l'heure. Dans la proportion de 99,7% d'acheminement satisfaisant, ce n'est quand même pas si mal ! Et encore mon calcul ne tient-il pas compte du courrier reçu, en quantité supérieure avec les revues, journaux, documents et autres factures. Sur ce dernier point je peux affirmer – la main sur le cœur ! – que tous mes avis d'imposition me sont toujours parvenus en temps et en heure utiles...

Alors merci à vous tous, les postiers, d'avoir acheminé correctement mes 2990 plis et les quelque milliers d'autres en sens inverse, dont le tout rassemblé constituerait un fameux tas de papier...

Et sans rancune ...

***

« C'est bientôt que tu vas mourir ? »

La carte Michelin n'a pas menti : Villarcoin, Les Magneux, Lavillemichel, La Gareille, La Roche Coquely, le Puy Mouchet, Chez Dussy, les Jalinieux ; ils sont nombreux les petits villages aux couleurs mimétiques qui se fondent dans l'environnement, blottis dans leur écrin de verdure que domine, du haut de ses 477 mètres, la longue bande boisée du « Puy de Massert ». Pendant la guerre, le maquis A.S. du lieutenant Lacoste y avait trouvé un refuge précaire et fut sans doute sauvé de l'extermination par la présence d'esprit de monsieur Boucheron, l'instituteur-secrétaire de mairie de Saint-Pardoux. Au commandant de la colonne allemande qui, dans un français approximatif, lui demandait la direction de « *Masséré* », et ne disposait que d'une carte au 200.000^{ème}, l'enseignant affirma qu'il y avait erreur manifeste du renseignement en pointant du doigt sur le papier, aux confins de la Haute-Vienne et de la Corrèze, le bourg de « Masseret »...

Les livres de géographie mentionnent que le Limousin est un pays d'habitat « dispersé-groupé ». La réalité du terrain correspond bien au contenu des manuels de géographie et explique, chez nous, la présence de ces écoles solitaires, érigées au centre du cercle d'un ensemble de hameaux regroupant chacun quelques familles, et accueillant leurs trois-quatre dizaines d'enfants. C'était le cas de l'école à deux classes de Chez-Dussy où monsieur et madame Arlix passèrent presque toute leur carrière d'instituteurs à conduire au Certificat d'Etudes Primaires, les petits campagnards qui venaient à pied depuis leurs villages dispersés sur les trois communes de Bessines-sur-Gartempe, Châteauponsac et Saint-Pardoux.

La valise arrimée au porte-bagages, j'abordai à vélo, pour la première fois, le village des « Grands-Magneux ». Une appellation qui pourrait laisser penser à un pléonasme (« magnus » en latin signifiant « grand ») mais toute de différentiation puisqu'elle s'explique naturellement par la présence, à moins d'un kilomètre, du hameau – moins important – des « Petits-Magneux ».

A gauche de la départementale qui va de Saint-Pardoux à Bessines, un panneau pointait en direction de l'écart, à l'entrée d'une route blanche, sableuse et caillouteuse qui descendait vers un petit ruisseau avant de remonter, pour devenir une rue, entre les bâtiments de moellons de granite gris-sombre abritant demeures, granges et étables aux larges toits, presque plats, couverts de tuiles courbes vieillies par le temps.

Sur les portes des granges on avait placardé des affiches de couleur du « Comité National d'Action Laïque » : « *Si 11 millions de signatures ne suffisent pas, que le gouvernement fasse un référendum !* ». On était alors en pleine guerre scolaire qu'alimentait à souhait la politique, favorable à l'enseignement privé, du Général-président.

Je demandai à la première personne rencontrée, la maison de madame C..., la propriétaire-directrice du foyer qui accueillait en temps ordinaire des enfants de l'Assistance-publique et, occasionnellement, pendant les congés scolaires, des petits pensionnaires issus de familles limougeaudes, voire parisiennes ; un petit monde que j'aurais à occuper, en juillet-août, sur les vastes aires de jeu gazonnées de la propriété.

Le petit village qui m'avait, de loin, semblé endormi, se révélait le lieu d'une intense activité. Dès six heures, sous ma fenêtre, résonnaient les sabots ferrés des plus proches voisins qui déjà s'affairaient. Volailles, bestiaux, charrois, aboiements, exclamations aux rudes intonations de la langue d'oc des villageois menant les troupeaux, animaient, en un incessant va-et-vient, les ruelles pierreuses du village.

J'appris bientôt à connaître tous les habitants des lieux : pour la plupart, des petits propriétaires qui exploitaient une ou deux dizaines d'hectares lesquels nourrissaient, tant bien que mal, quelques vaches et leurs veaux. Une économie de subsistance où rien n'était gaspillé, pas même les feuilles des châtaigneraies qu'on ratissait pour en charger de pleins tombereaux et qui servaient de litière au bétail.

Dans cet espace restreint où un promeneur de passage n'aurait vu que des paysans, en sabots ou en galoches, vaquant à leur labeur sans fin dans un enchevêtrement de parcelles entourées de petits murets de moellons de granite, chaque résidant manifestait en fait une forte personnalité.

L... avait une façon curieuse de conduire sa charrette . Après avoir aiguillonné ses vaches, il posait sa « guyade » sur l'épaule et partait à grands pas à l'avant des bêtes qu'il ne tardait pas à distancer d'une bonne cinquantaine de mètres, ce qui l'obligeait ensuite à attendre, au milieu du chemin, que les animaux l'aient rejoint. Après quoi il piquait à nouveau, de la pointe de son long bâton de noisetier, ses maigres limousines, reprenait son avance avant de recommencer plus loin son manège. Cette hâte qu'il manifestait ne semblait pourtant pas troubler son placide attelage qui, de son pas déhanché, continuait d'avancer avec une régularité de métronome, insensible à l'agitation stérile de son guide pressé d'arriver.

Les F... se montraient les plus modernes. C'est Jean, le fils, qui acheta le premier tracteur du village : un rutilant « Renault » dont le bruit du moteur alterna bientôt avec celui du frottement sonore des fers des roues de charrettes dont l'assemblage tout entier craquait, vibrait sur le pavage des chemins.

Le « père » S...qui avait fait la guerre de 14 était intarissable sur le sujet. et je connaissais maintenant par cœur l'histoire de sa boule de pain gelée qu'il fallut partager, avec ses compagnons de tranchée, à coups de « hachou ». Ce brave homme, unanimement apprécié par ses voisins, présentait cependant une infirmité cachée : il n'avait jamais réussi à traire des deux mains à la fois !...

Il y avait encore les deux veuves, entièrement vêtues de noir, qui réussissaient, malgré leur grand âge, à « tenir » leur propriété en élevant quelques bêtes. La mère R…, qui avait connu le malheur supplémentaire de voir son petit-fils revenir aveugle de la guerre d'Algérie, s'en allait depuis toute cassée par les rues du village, comme écrasée par ce nouveau fardeau. Anna P… était plus vigoureuse et passait l'essentiel de son temps à mener paître ses trois vaches qu'elle surveillait interminablement tout l'après-midi, avant de les reconduire chaque soir à l'étable.

Les R… du bas restaient plus mystérieux, tout comme les M…, des fermiers berrichons migrants, à l'accent si particulier. Un homme chaleureux, ce M…, lorsqu'il évoquait, en roulant les « r », les fameuses « fouères » à « Saint-Benoué ». (Entendez les foires de Saint-Benoît-du-Sault, dans le proche département de l'Indre).

Et puis il y avait les P., brouillés avec la directrice du foyer. Ce n'est pas par hasard qu'ils avaient baptisé la dernière née de leurs vaches du nom de leur proche voisine. Alors, quand cette jeune limousine était liée au joug et que l'attelage passait devant l'établissement d'accueil des enfants, on entendait fuser ces jurons du genre : « *Allez C… ! Hue C…, espèce de bourrique ! Vas-tu avancer C…, vieille garce !* ». Une plaisanterie récurrente dont ils ne se lassaient pas…

Ce qui n'affectait pas la « marraine » involontaire du jeune bovin car madame C… était une dame de caractère, une maîtresse-femme qui dirigeait pensionnaires et personnel avec fermeté. Ce dernier se composait de trois employés : deux servantes et un jardinier. Très vite je me liai d'amitié avec celui-ci.

Henri Dupin était en fait l'homme à tout faire de la maison. Recruté en qualité de jardinier, il ne rechignait pas à débiter les arbres pour le bois de chauffage, à effectuer encore quelques travaux de menuiserie – où il excellait – ou bien de maçonnerie lorsque les cultures lui laissaient du répit.

Mon nouvel ami, qui venait d'atteindre la soixantaine, était un homme corpulent, d'une rondeur qui lui posait un véritable problème lorsqu'il s'agissait d'acheter une nouvelle chemise ; mêmes les plus grandes tailles devaient être retouchées à l'encolure tant était large le cou de leur futur hôte. Ce détail n'était toutefois pas de nature à modifier ses habitudes alimentaires : Henri avait un bon coup de fourchette et ce n'est pas de la piquette qui accompagnait ses repas…

– *Et alors, il n'y a rien pour la gueule ?* aimait-il à dire, en plaisantant, lorsqu'en visite chez un parent, on ne lui offrait rien…

Un plaisir bien pardonnable pour cet homme qui, depuis qu'il avait perdu sa femme toute jeune, vivait seul dans sa maison familiale de Châtenet-Colon, un hameau perdu dans les monts, distant de quelques kilomètres. A ce malheur devait s'ajouter un autre drame : la mort brutale de son fils, à l'âge de quinze ans, victime de la fièvre typhoïde due à l'absorption de l'eau souillée d'un puits. Il avait eu heureusement une fille, mariée à Châteauponsac, et il était maintenant le grand-père de trois petits-enfants.

Avait-il trouvé en moi ce fils qu'il aurait aimé voir grandir à ses côtés ? En tout cas notre amitié réciproque, qui nous lia pour toujours, n'était pas feinte. Elle n'était pas triste non plus car Henri était une personne gaie et enjouée. Quand la « patronne » – c'est ainsi qu'il appelait madame C… – était partie à Bessines avec sa 2 CV, chercher du ravitaillement, je devenais le public idéal à l'écoute du vieil homme. Délaissant le travail un instant – parfois un très long instant – et prenant appui sur le manche de l'outil, il me racontait par le détail les anecdotes qui avaient jalonné sa vie du temps de sa jeunesse.

Avant de passer son certificat, à onze ans, il avait fréquenté l'école de Saint-Pardoux . En compagnie des gamins de Châtenet, il parcourait à pied, matin et soir, les cinq kilomètres qui séparent le village du bourg. La recherche des nids de merles ou le chapardage de quelques cerises aperçues au passage allongeaient parfois le temps de trajet au point que le maître s'était fâché des retards constatés. Un matin où il était plus en retard que d'ordinaire et qu'il encourait plus encore les foudres de l'instituteur, Henri estima que les inconvénients dus à son assiduité l'emportaient sur ses avantages et décida de passer sa journée dans la nature : une journée sans devoirs, sans réprimande et sans punition ; toute une journée faite de jeux, de galopades dans les prés, d'aventures dans les bois. Un procédé apparemment sans risque, puisqu'il rentra le soir à la maison comme si de rien n'était, qu'il renouvela pendant plusieurs jours de suite, et qui aurait pu se poursuivre longtemps si son maître ne s'était inquiété de cette absence prolongée auprès de la famille du garçonnet. La correction paternelle fut à la mesure du forfait et c'est sa mère qui l'accompagna le jour de classe suivant jusqu'à la porte de l'école. Mais au moment de franchir le seuil de la salle du cours élémentaire, il échappa à la main maternelle et s'enfuit sur la route, poursuivi par le maître. Saisissant alors une grosse pierre aperçue au passage, il la lança dans les jambes de son poursuivant... Cinquante ans après, il se demandait encore comment il avait pu faire cela. Il obtint pourtant brillamment son Certificat. Et ses lettres, à la calligraphie remarquable et à l'orthographe parfaite, attestaient qu'il aurait pu poursuivre ses études comme le lui suggérèrent ses parents, en accord avec les conseils de son enseignant.

Mais Henri aimait trop les champs et la liberté pour aller s'enfermer, du matin au soir, entre quatre murs. Il préférait jouer de l'accordéon, d'un accordéon diatonique que son père, maçon à la belle saison à Paris, lui avait rapporté pour noël, à son retour de campagne dans la capitale . C'est ainsi qu'il avait fait ses premières gammes sur l'air des « maçons de la Creuse » :

On chante des chansons
de toutes les manières
Des filles, des garçons
Des bergers des bergères
Pour tout vous raconter
La chose est ennuyeuse
Et je vais vous chanter
Les maçons de la Creuse.
....

Une chansonnette qu'il se contentait maintenant de fredonner car, depuis la disparition de sa femme, il avait délibérément délaissé son instrument, au grand regret de la jeunesse des villages alentour qu'il aimait à faire danser.

Vint le temps du service militaire. Avec ses conscrits de la « classe vingt-et-un », il se retrouva, aux lendemains de la Grande Guerre, dans les troupes d'occupation françaises de la Ruhr. Cantonné à Wiesbaden, la célèbre ville d'eau, « perle du Rhin », il ne s'ennuya pas et fréquenta assidûment, en guise de cure thermale, l'établissement de la mère « Cassebite » où la bière et le vin de Moselle ne faisaient qu'accompagner les distractions du soldat...

Ayant bénéficié d'une permission, il débarqua un soir, avec un pays, à la gare de Saint-Sulpice-Laurière. Il leur restait une bonne vingtaine de kilomètres, à parcourir à pied, pour rejoindre Châtenet-Colon. Il faisait nuit-noire lorsqu'ils arrivèrent à la fourche des deux routes qui mènent, l'une à Saint-Léger-La-Montagne, l'autre à Bersac. Mais laquelle menait vers Saint-Léger ? Il y avait bien un de ces poteaux métalliques de l'époque, avec un écriteau de fonte aux lettres et aux flèches en relief pointant dans des directions différentes mais totalement illisibles dans le noir. Henri s'appuya au poteau, fit la courte échelle à son camarade qui put ainsi déchiffrer, à l'avare lumière de la flamme de son briquet, et en suivant du doigt, lettre par lettre, les inscriptions salvatrices...

Après le décès de son épouse, demeuré seul pour exploiter sa modeste propriété, Henri comprit que cette tâche était au-dessus de ses forces, à fortiori avec deux enfants à charge. Il confia ceux-ci à la garde de sa belle-sœur et se mit en quête d'un nouveau travail. L'une de ses voisines lui avait pourtant proposé ses services pour s'occuper à la fois des enfants et de la tenue de la maison. Mais devant le refus embarrassé du veuf, elle se résigna à chercher un nouveau parti. Et elle en trouva un en la personne d'un représentant de commerce avec qui elle entretint, pendant plusieurs mois, une relation épistolaire suivie jusqu'au jour où ce monsieur, bien sous tout rapport, débarqua à Châtenet et se promena dans les rues du hameau, bras-dessus, bras-dessous, avec son hôtesse, sous les regards ébahis de tous les villageois. Mais cette journée féerique fut la seule et la dernière du genre pour la pauvre femme car, après son départ, le monsieur distingué ne donna plus signe de vie. Les deux amoureux, qui s'étaient connus par les petites annonces du « Chasseur-français », avaient échangé des lettres et même des photos . Ces dernières, prises de face, ne montraient pas l'énorme déformation du dos de la prétendante : la malheureuse était bossue...

Henri avait d'abord trouvé du travail chez « Rousselot », une usine de produits chimiques de Châteauponsac, au bord de la Gartempe, qui employait alors cent cinquante personnes. Toute la journée il œuvrait dans la poussière des poudres malsaines et des vapeurs suffocantes : une vie de galérien pour cet homme du grand-air et des vastes espaces. Il alla trouver le docteur à la suite de douleurs respiratoires et abdominales. Le médecin châtelaud décela immédiatement la cause de ces dysfonctionnements organiques et, en bon psychologue qu'il n'était pourtant pas, conseilla à son patient de revenir au plus vite, dans *« sa montagne »* – selon son expression – où le vent frais savait si bien éloigner les miasmes et l'asthénie…

Car Henri adorait ses monts. Parfois, le dimanche, lorsque je montais lui rendre visite, ensemble nous grimpions, à la sortie du village, par un sentier rocheux où brillaient de mille feux les éclats du mica incrustés à la surface du sol de granite lissé par les passages et le temps. Puis, à travers ajoncs, bruyères et genêts, nous rejoignions le sommet des « buttes », comme il disait. Reprenant son souffle en s'épongeant le front, mon ami m'indiquait la direction de « Brugère », le village d'origine de sa famille paternelle, sur la commune de Saint-Sylvestre, à une dizaine de kilomètres à vol d'oiseau. Par temps clair, le regard portait jusqu'au massif, au caractéristique triple sommet, dit des « Trois cornes », au-delà de La Souterraine. Immédiatement à l'est culminait la sombre ligne boisée du « Bois des échelles » qui se poursuivait au sud par les croupes des monts d'Ambazac où dominait le « Signal de Beausoleil » au-dessus du bourg de Compreignac. Les monts de Blond se perdant vers l'ouest, jusqu'au confins de la Charente, marquaient le terme de ce qui formait comme une unique chaîne montagneuse fuyante, ondulante et bleutée. Mon vieil ami tirait une petite gloire de son sommet à lui, lequel, mine de rien, avec ses 501 mètres, renvoyait au rang de modeste colline les 477 petits mètres du Puy de Massert… En se tournant vers le nord, l'espace semblait s'étirer à l'infini jusqu'à s'aplatir pour se confondre avec l'azur, loin, très loin sur les terres berrichonnes, et Henri se demandait alors si on n'apercevait pas aussi, sans le savoir, le manoir de Nohant, la demeure de sa « cousine » George Sand qui avait pour prénom Aurore et pour vrai nom... Dupin. Lorsque octobre était passé par là, incendiant le camaïeu de verts des feuillages d'or et de pourpre, c'était le sublime chatoiement de couleurs, à nul autre pareil, de notre automne limousin. Nous restions là de longues minutes, sans parler, savourant ce moment de calme et du silence des hauteurs, troublé uniquement par quelque souffle d'air frais qui faisait frissonner les herbes folles. Et, comme tous les montagnards du monde parvenus à cette altitude qui purifie les pensées, nous éprouvions avec volupté ce sentiment de puissance, lié à notre position élevée au-dessus de l'immense espace qui nous entourait, un peu comme des dieux qui auraient dominé le monde à leurs pieds. Une sensation toutefois complexe, teintée de modestie devant la beauté de notre univers, et qui ne laissait pas de poser la question de l'origine de tant de splendeur. Peut-être, à l'instar des moissonneurs de « l'Angélus » de Millet aurions-nous dû nous découvrir un instant et baisser la tête, en gage d'humilité, devant Dieu ou Dame-Nature. Le vieil homme alors ne ressentait-il pas l'émotion panthéiste de communier ainsi avec ses chers disparus ? Car en cet instant, la pensée même de la Mort perdait son aspect angoissant : et si elle n'était après tout qu'une élévation de l'esprit lequel, en quittant son enveloppe charnelle, fusionnerait avec la nature pour ne former qu'un tout apaisé, comme ici, dans un azur éternellement lumineux ?

Après l'usine, Henri avait trouvé de l'embauche à Razès, chez Sylvestre, une petite entreprise de maçonnerie. Il y passa de nombreuses années mais on y buvait beaucoup. Il n'y avait, pour toute l'équipe, qu'un seul verre que les compagnons, après avoir bu, et sans le vider complètement, se passaient ensuite de l'un à l'autre non sans l'avoir débarrassé, d'un geste sec, de ses dernières gouttes, en guise de rinçage. Ils proposèrent un jour une rasade de vin à leur patron venu sur les lieux du chantier. L'autre se récria avec un air dégoûté : comment pouvait-on oser boire dans un verre aussi infâme, à la face extérieure sale de ciment séché, à l'intérieur violacé et au fond diminué par un dépôt vineux aux couches solidifiées par le temps ? Tant pis pour le chef, mais c'étaient là bien des manières pour un verre lequel, à l'exemple des pipes, était tout simplement « culotté »...

De sa période « maçonnante » mon compagnon avait conservé un chapelet de jurons, propres à faire rougir un charretier et son âne, et que la bienséance m'interdit de rapporter ici, sauf peut-être celui-ci, un summum dans la catégorie des grossièretés, et qu'il utilisait seulement en présence de familiers : *« C'est pas la peine de s'... la p... en ch... »* ce qui, en français correct peut s'énoncer ainsi : « Pourquoi se compliquer l'existence inutilement ?» Reconnaissez que c'est quand-même autrement savoureux dit à la manière imagée des compagnons... Mais l'expression, selon moi la plus drôle, et qui servait à traduire son étonnement, était celle-ci : *« C'est plus vache qu 'un porc ! »*.

S'il venait à évoquer son village, il ne le désignait jamais que par *« Châtenet le Couillon »*. Car Henri aimait la dérision et ne détestait pas, à l'occasion, de pousser la chansonnette. Je n'ai malencontreusement conservé en mémoire que quelques bribes de son répertoire varié qui allait de *« les cheveux hagards et les yeux hérissés » (sic)* à celui-ci, proféré sur un ton de sonnerie de clairon :

« La France est notre mère
Aussi elle nous nourrit
Avecque des pommes de terre
Et des fayots pourris » ...

Malheureusement la boisson ne se limitait pas au chantier et bien des soirées se terminaient au bistrot. Au point que notre maçon, en faisant un jour ses comptes, prit conscience que sa maigre paye n'allait bientôt plus suffire à assurer le prix de sa pension pour ses repas de midi et les dépenses annexes du restaurant. C'est là qu'il avait trouvé sa place aux Grands-Magneux, dans l'établissement de madame C..., un poste d'entretien du jardin et des bâtiments, qui lui convenait parfaitement d'autant plus qu'il avait, à la pension, son repas de midi assuré.

Avec l'amélioration de ses finances, mon nouvel ami, délaissant sa vieille bicyclette, venait de s'acheter un vélo-moteur ;

un élément de confort certain pour le retour à son domicile : un parcours tout en côte de cinq kilomètres. Nous étions à deviser près du massif de fleurs qu'Henri avait entrepris de désherber lorsque le petit Michel s'approcha de lui :

– Dis, pépé, maintenant que tu as ton « pétarou », tu pourrais peut-être me donner ton vélo ?

– Ah, je voudrais bien, mais si ma mobylette est en panne, je pourrais en avoir besoin.

L'enfant déçu fit une moue tellement pitoyable, qu'Henri s'empressa d'ajouter :

– Écoute, comme tu me l'as demandé le premier, c'est toi qui auras mon vélo quand je serai mort, c'est promis !

Un sourire radieux illumina le visage du gamin. Il fit quelques mètres, puis, se ravisant, revint sur ses pas l'air légèrement soucieux :

– Dis, pépé, c'est bientôt que tu vas mourir ?

A l'évidence, le plus tôt eût été le mieux...

C'était finalement sans grande importance puisqu'une fin prématurée nous attendait tous à brève échéance. C'est ce que répétaient à l'envi quelques grandes fillasses de la colonie, arrivées là en provenance de la région parisienne, et se faisant l'écho de la prédiction des « Témoins de Jéhovah » qui annonçaient tout bonnement la fin du monde pour l'été 1960. Quelques jours avant la date fatidique, l'on vit même de nombreuses personnes gagner les pentes élevées du Mont-Blanc pour se protéger de l'inondation déferlante annoncée qui allait submerger terres et continents. La directrice du foyer eut toutes les peines du monde à apaiser la panique qui avait gagné beaucoup de pensionnaires, et le Puy de Massert fut à nouveau mis à contribution. Pouvait-on décemment imaginer un raz-de-marée qui viendrait à bout d'un sommet aux respectables 477 mètres – et qui plus est, au- dessus du niveau de la mer ?...

L' heure « h » des 15 heures, prévue pour l'apocalypse, étant largement dépassée, tout le monde respira. Dépités, les prophètes de malheur – des amis qui ne voulaient que notre bien... – durent reconnaître, dans un communiqué rassurant, que s'ils s'étaient trompés dans leur calcul, les mécréants ne perdaient rien pour attendre...

Pendant que toute l'assemblée était suspendue à l'écoute radiophonique, d'autres, méprisant l'angoissante actualité, n'avaient pas perdu le sens des réalités et c'est les groseilles du jardin – destinées à la confiture – qui en avaient fait les frais... Bien entendu, le coupable se nommait « personne ». Mais par mesure de précaution, madame C... fit disperser sur le feuillage des arbustes une poudre blanche insecticide hautement toxique, ce qui permit aux fruits restants de venir à maturité . La perspicacité des prédateurs à deux pattes avait ses limites ; ils ne soupçonnèrent pas l'usage d'une bonne et simple...farine.

Mon départ de l'établissement n'interrompit pas mes relations avec le jardinier. Une année je lui proposai mon aide pour faire son bois de chauffage . Maniant le passe-partout, la masse et les coins, peu à peu nous empilions les quartiers noueux de châtaignier dont l'essence imprégnait progressivement mains et vêtements de son odeur forte et tenace. Il y avait à l'extrémité de la châtaigneraie, en bordure de route, un énorme hêtre, un arbre centenaire, bas de tronc, mais à la circonférence impressionnante, et je redoutai, en mon for intérieur, le moment où il faudrait couper le patriarche. Scier, comme nous étions occupés à le faire, le tronc de l'arbre couché, en tirant ou en accompagnant, des mains serrées sur les poignées lisses du bois, en un va-et-vient synchronisé, la longue lame d'acier denté qui trace en grinçant son sillon dans la fibre du bois et glisse de l'un à l'autre des bûcherons solidement campés de part et d'autre de la bille, est un travail béni. Mais, lors de l'abattage, après avoir fait, à la cognée, les deux entailles opposées sur le fût de l'arbre encore sur pied, tirer latéralement sur l'outil, dans une position accroupie, un genou au sol, est une autre affaire. Et ce serait d'autant plus une autre affaire avec un tronc volumineux qui ne laisserait que peu de marge, de chaque côté, pour tirer le passe-partout.

Décidant d'une pause Henri retira du bois et laissa choir sur le côté l'outil d'acier souple qui vibra d'un son musical. Après avoir pris une solide collation de pain et de pâté, accompagnée du quart métallique rempli de vin rouge – un quart unique que nous rincions à la façon des maçons avant de le transmettre à l'autre... – je fis claquer la lame de mon couteau « Girodias » à manche de corne avant de l'enfouir dans ma poche. Comme je regardai d'un air perplexe le gros hêtre, Henri déclara qu'on ne toucherait pas à celui-ci car il le réservait à ses porteurs.

Ses porteurs ?...Il désignait ainsi les plus jeunes gens du village chargés de porter le cercueil lors des obsèques du défunt comme c'était la coutume de toujours dans les campagnes limousines. En échange de ce service, la famille devait aux bénévoles le repas, offert au restaurant. Et le prix de vente à la scierie de la magnifique bille de bois d'œuvre promettait aux porteurs l'assurance d'un petit festin...

Dans cette province déchristianisée où les hommes se faisaient, au moment des enterrements, une gloire d'attendre à la porte de l'église la sortie de la bière, on n'en demeurait pas moins croyant et combien de ces anticléricaux manifestaient, à leurs derniers instants, la demande des sacrements ? Peut-être même le culte des morts était-il, en Limousin, encore plus vivace qu'ailleurs. Il n'est que de voir ces véritables foules qui hantent les cimetières de chez nous à la Toussaint. Paradoxe ? Moins qu'il n'y paraît : certains politologues n'ont pas hésité à pousser le raisonnement jusqu'à affirmer que la tradition du vote « rouge » dans nos campagnes participait, elle aussi, de ce besoin de croyance ; une croyance en l'existence d'un succédané de paradis mais directement sur terre celui-ci : le futur éden communiste...

Et au fond de lui-même, Henri était croyant, malgré le malheur qui avait touché les siens. Comme il s'en ouvrait un jour à madame L., de Bessines, qui venait assurer au foyer les leçons de catéchisme, celle-ci lui déclara sans ambages, peut-être pour le consoler :

– Vos épreuves sont le signe que Dieu vous aime bien !

Une sollicitude divine que mon vieil ami, si le Tout-puissant avait songé à lui demander son avis, aurait quand même préféré moins ostentatoire...

Quand, en hiver, je passais voir mon ami, désormais à la retraite, je le trouvais attablé, face à la petite fenêtre de sa cuisine, laquelle assurait une lumière à peine suffisante à la lecture du journal. Il y avait toujours sur la table des revues, des livres, un verre et le flacon de vin rouge qu'il allait tirer au « barricou » que lui livrait, tous les deux mois, son marchand de vin attitré de Razès-bas.

Le retraité sortait un verre supplémentaire, la boîte métallique à biscuits, et pendant un long moment nous refaisions le monde, jusqu'à ce que la pénombre, due au jour qui baissait, m'invitât à prendre congé. Curieux de tout, Henri, qui lisait beaucoup, soutenait la conversation en agriculture, en histoire, en littérature et surtout en politique où nos avis divergeaient . Il avait été conseiller municipal de Saint-Pardoux, pendant de longues années, sur la liste d'opposition de monsieur du Puytison. Cela ne l'empêchait pas de témoigner de l'estime au maire communiste, Maurice Laspéras, dont il aimait cependant à railler le physique et à faire sur son nom des jeux de mots car, en occitan, « las peiras » signifie « les pierres ».

– *Tu vésé,* disait-il, en montrant les cailloux du chemin, *la peirra soun pas touta à Chamcommunau !(« Tu vois, les pierres ne sont pas toutes à Champcommunal !»)* – Champcommunau, à prononcer « Chamcommunaou », étant le village de résidence du premier magistrat de la commune …

En 1961, de Gaulle consacra sa visite des régions au Limousin. Henri ne fut pas le dernier à se déplacer pour saluer, lors de son passage à Châteauponsac, le président de la République. Il parvint à lui serrer la main : « *une longue main fine et molle* » aimait-il à préciser…

Chacun exposant des opinions contraires, nous réussissions toutefois à éviter tout argument blessant et notre pacifique tour d'horizon socio-politique s'achevait toujours dans la sérénité, autour du verre de vin convivial car nous éprouvions cette amitié partagée qui induit le respect des convictions de l'autre et fait de nos différences une richesse. Par son ardeur de vivre, son inépuisable gentillesse, sa constante gaieté, toujours attentif au sort des autres malgré toutes ses épreuves, mon hôte irradiait autour de lui de la chaleur humaine.

Parfois Henri interrompait son propos pour ajouter une bûche dans la cheminée. S'ensuivait un temps de silence troublé par les soupirs du feu et c'était comme si nous sentions notre vie, un instant suspendue dans l'odeur âcre de la fumée, avant qu'une flamme brusque jaillisse du brasier renaissant. Et je prenais conscience, au contact du vieux sage, qu'à perpétuellement vivre dans l'urgence on fait une offense à ce don magique qu'est la Vie et qu'il faut savoir, de temps en temps, faire la pause pour goûter à ce simple plaisir d'exister ! Diogène, le philosophe Grec de l'antiquité, l'avait bien compris, qui se satisfaisait de vivre dans sa fruste et périssable demeure : un tonneau de terre cuite. A Alexandre, le roi de Macédoine, qui lui demandait s'il désirait quelque chose, le penseur répondit : « *Oui, que tu t'ôtes de mon soleil !* » ...

Lorsque je décidai de me marier, Henri étant mon témoin tout désigné, cette décision allait, comme on va le voir, nous causer à chacun des soucis vestimentaires.

Pour ma part, j'allai trouver naturellement le tailleur de Saint-Sornin, celui de mon lieu de travail, afin de commander un costume digne de la cérémonie . L'artisan ne dérogeait pas à la règle qui voulait qu'on confiât, tout comme pour les métiers de coiffeur ou de cordonnier, la fonction de tailleur à des gens souffrant de handicap physique. Et monsieur L..., qui boitait et ne se déplaçait qu'avec une canne, descendit de sa table de travail où il était assis, les jambes croisées – en « tailleur » évidemment – pour prendre mes mesures. Je choisis sans hésitation, sur échantillon, un tissu « Prince de Galles » bleu anthracite, une étoffe d'excellente qualité, la plus chère de la collection – Ce n'est pas tous les jours qu'on se marie...

Mon futur témoin éprouvait, quant à lui, les pires difficultés à trouver, chez les commerçants de la région une chemise blanche à sa taille : toujours à cause de ce satané cou qu'aucun col ne parvenait jamais à cerner complètement... Avec ma toute récente « R 8 » nous nous rendîmes à Limoges, à la recherche d'un magasin spécialisé qui aurait sûrement la solution de ce petit problème. Place de la République, une boutique de prêt-à-porter pour hommes « forts » n'attendait que nous. Mon compagnon trouva immédiatement ce qu'il cherchait en vain depuis des semaines et, tant qu'il y était, choisit encore une cravate, essayant le tout sur le champ. La cravate aux rayures de tons fauves nuancés faisait le plus bel effet mais en y regardant de près, je distinguai comme de petits défauts à ce tissu à l'aspect rugueux, bouloché. Comme je m'en étonnai auprès de la vendeuse, celle-ci me lança, avec un regard de commisération hautaine et en pinçant les lèvres :

– Mais môssieur, c'est de la soie « peignée » !

Une étoffe du dernier chic, le fin du fin en somme, que des ploucs de sortie comme nous étaient bien incapables de reconnaître et d'apprécier…Le prix était à la hauteur de la qualité et lorsqu'Henri s'avisa qu'il lui faudrait encore acheter des boutons de manchette pour ces manches dépourvues de bouton, je l'en dissuadai en lui promettant le prêt d'une paire de ces attaches que j'avais en double. Des années après, Henri, qui n'avait pas complètement « digéré » la dépense, évoquait encore sa « chère » chemise… Ce en quoi il exagérait car la liquette à la toile inusable lui servit à tous les enterrements et même aux mariages successifs de ses petits-enfants.

J'eus d'ailleurs une chance équivalente – quant à la qualité – avec mon costume « Prince de Galles » au tissu d'une robustesse à toute épreuve. Si le pantalon était large au point de pouvoir contenir deux personnes de ma corpulence, la veste en revanche, munie de larges épaulettes, serrée aux aisselles et à la taille, ne laissait guère d'aisance au mouvement. Personne ne songea cependant à critiquer, en ce jour solennel d'épousailles, ma tenue à la mode « rétro » des années trente… Malgré le port quotidien du pantalon, en hiver, pendant des années, je ne réussis pas à affaiblir, un tant soit peu, la résistance exceptionnelle de son tissu et je pouvais espérer qu'il me conduisît à la retraite si ma femme, lassée de sa vue obsédante, ne l'eût remis un jour, avec sa veste toute neuve, au vestiaire du Secours-populaire…

Une fois marié, je vis moins souvent mon vieil ami. Seul dans sa maison il avait acheté la télé qui lui tenait compagnie. Il adorait particulièrement les westerns, « *à cause des magnifiques paysages* », disait-il. Se levant de plus en plus tard, il allait néanmoins ouvrir les volets de sa chambre à six heures du matin, avant de se recoucher jusqu'à huit heures ; une façon de sauvegarder les apparences pour ne pas donner au voisinage une impression d'indécent laisser-aller ...

Il avait dorénavant le temps de cuisiner et achetait au camion du boucher, qui passait deux fois par semaine, son mets favori, des côtes de porc de bonne épaisseur, car il avait toujours grand appétit. Et dans la poêle noire qui conservait le jus gras de la viande, il fricassait des pommes de terre, un délice dont il ne se lassait pas. Parfois il variait son menu avec des œufs qui ne lui coûtaient pas cher. Car le retraité disposait, en face de sa demeure, d'une vieille grange où il rangeait son bois, un bois souvent souillé des crottes des poules de la voisine qui allaient et venaient sans gêne dans la remise en se glissant sous la grande porte à deux battants, aux planches usées par le temps dans leur partie basse. Et Henri laissait faire car il était bien rare qu'en allant chercher le combustible nécessaire à sa cuisinière, notre ami ne trouvât pas, derrière les rondins empilés, un ou deux œufs, tout frais pondus, et qu'il enfouissait délicatement dans sa poche avant de ressortir avec sa brassée de bûches et son air le plus innocent...

Henri aurait pourtant dû surveiller son régime comme le lui conseillait son médecin, le docteur R..., de Razès. Il eut un soir un malaise, s'affaissa sur le dallage froid de sa cuisine où, incapable de se relever, il passa toute la nuit avant qu'un voisin le découvrît au matin dans un état semi-comateux. C'est à l'hôpital de Magnac-Laval que nous lui fîmes désormais nos visites. Il s'y trouvait bien, entouré d'un personnel à ses petits soins .Bien plus tard, lorsque nous demandâmes à voir son corps déjà froid, l'infirmier de service nous conduisit à la morgue. Son émotion était aussi palpable que la mienne quand il me déclara :

– *C'était un homme très gentil, tout le monde ici l'aimait bien !*

On va voir que le monde est petit et que la présente histoire rejoint opportunément le début de mon récit. Alors que j'avais échafaudé le plan de ce livre et commencé la rédaction de ses chapitres, Marie-Claude et moi reçûmes l'annonce de la prochaine visite de nos parents alsaciens : la cousine Louise, sa fille Gaby et son mari accompagnés de Odile, la mère de ce dernier. Louise avait à cœur de retourner à Couzeix, sa commune d'accueil en 39-40 et Odile se faisait une joie de revoir son amie, madame M…, une habitante de Razès, dont la famille avait reçue, dans les mêmes circonstances, la petite réfugiée qu'elle était alors.

Je proposai à Odile de la conduire moi-même au domicile de sa connaissance, à Santrop, un petit hameau perché sur les hauteurs au-dessus des rives du lac de Saint-Pardoux. Après avoir laissé les deux femmes à leurs effusions émues des retrouvailles, je me présentai.

– Ah, vous êtes de Bellac ? Alors vous devez connaître monsieur L… ? Sa mère et moi sommes cousines.

– Vous voulez probablement parler de G…L… qui est de Razès. C'est un collègue que je connais en effet très bien.

La glace était rompue et je brûlai d'impatience de poser à notre hôtesse la question que j'avais ruminée pendant tout le chemin : le village de Santrop n'était qu'à quelques petits kilomètres de Châtenet-Colon ; il y avait de fortes probabilités qu'elle ait connu Henri.

– J'avais un ami tout près d'ici à Châtenet-Colon. Peut-être l'avez-vous connu ? Il s'agit de monsieur Dupin…

Elle ne me laissa pas terminer :

– Ah, si j'ai connu ce pauvre Henri ! Je pense bien ! Un si brave homme qui a eu beaucoup de malheur dans sa vie. Et avec ça, toujours si gai…

Et elle de me raconter le temps où elle avait dansé au son de l'accordéon diatonique, et moi de lui narrer l'anecdote des poules des C… qui allaient pondre dans la grange de mon vieux copain. Nous nous remémorâmes encore les voisins, au point que la pauvre Odile, qui était venue là pour évoquer, avec son amie, ses souvenirs de la guerre, en était réduite à écouter nos propres histoires.

Je pris congé, non sans avoir promis de repasser par là où je serais reçu comme une vieille connaissance de toujours...

Sur le chemin du retour, il me sembla que ce lien entre l'exode de ma famille alsacienne et son pèlerinage d'aujourd'hui en terre limousine, qui me permettait en passant de renouer avec mon vieil ami n'était pas fortuit. C'était comme une boucle ouverte qui venait de se fermer.

Je décidai d'un crochet par Châtenet -Colon.

Le vieux hêtre, destiné aux porteurs, avait disparu de l'angle de la châtaigneraie ; sans doute pour être réduit en tronçons de bois de chauffage. Déjà, dans les années quatre-vingts, on ne mourait plus dans sa demeure mais à l'hôpital ou à la maison de retraite, loin de sa famille.

Entre de nombreuses maisons aux volets fermés, les rues du village étaient désormais désertes ; ni gosses, ni chiens, ni volailles sur le pas des portes désespérément closes. Comme à Santrop, comme aux Grands-Magneux, comme à l'école de Chez Dussy fermée depuis longtemps, comme dans tout le Limousin des campagnes, alentour du nouveau lac, envahi l'été par les vacanciers, toute une civilisation achevait de mourir dans l'indifférence.

Une sensation de vide soudain m'envahit. Henri n'était plus là et maintenant, le « vieil homme » c'était moi. Pris par les mille besognes du quotidien je n'avais pas saisi la mesure du changement alors qu'ici, entre les images du souvenir et la réalité présente, quarante années de séparation venaient de s'abattre d'un seul coup.

Il en est ainsi lorsque, apercevant chaque matin le reflet de notre visage dans la glace, nous ne percevons aucune différence avec celui de la veille. Et pourtant ...

Oui, la boucle était bouclée ! Je pris une profonde inspiration avant de remonter la vitre de la voiture.

En cette journée froide de printemps, l'eau courait dans les rigoles, les bourgeons pointaient sur les rameaux, et il me sembla même percevoir quelques notes de musique, portées par le vent du nord, celles d'un accordéon diatonique qui jouait « Les maçons de la Creuse ».

Arrivé le printemps
Ils quittent leur chaumière
Laissant leurs vieux parents
Leurs enfants et leur mère.
Cachant leur désespoir
Les filles amoureuses
S'en vont dire au revoir
Aux maçons de la Creuse.

Les voilà tous partis
Pour faire leur campagne
Ils s'en vont à Paris
En Bourgogne en Champagne
A Bordeaux même ailleurs
Leur vie est laborieuse
Ce sont des travailleurs
Les maçons de la Creuse.

Voyez le Panthéon
Voyez les Tuileries
Le Louvre et l'Odéon
Le Palais d'Industrie
De tous ces monuments
La France est orgueilleuse
Soyez reconnaissants
Aux maçons de la Creuse.

L'auteur de la chanson
Ce n'est pas un poète
C'est un vieux compagnon
Buvant sa chopinette
Toujours gai et ravi
Sa vie s'écoule heureuse
Ils sont tous comme lui
Les maçons de la Creuse.

***

Le plongeur se rebiffe

En plantant au milieu de la pelouse son pommier « de l'Estre », l'auteur de ces lignes avait visé deux objectifs : la production de fruits savoureux, qu'on ne trouvait plus que rarement dans le commerce, et surtout l'obtention d'une ombre estivale qui lui éviterait l'usage du parasol, équipement à utiliser sans vent et à perpétuellement déplacer en suivant la rotation de l'astre solaire.

Et il se félicitait, chaque jour de juillet un peu plus, de son choix judicieux qui lui permettait de mettre la table sous le couvert du feuillage et de donner ainsi un air de vacances et de pique-nique champêtre à ce qui n'aurait été sans cela qu'une séance coutumière de nourrissage tout ce qu'il y a de plus ordinaire.

Ayant léché jusqu'au bois son chocolat glacé et comme il n'y avait plus rien à espérer, le maître – associé... – des lieux décida de prolonger son déjeuner d'une petite pause. Confortablement calé dans son fauteuil de jardin en plastique blanc, il tira un deuxième siège pour y étendre ses jambes. La canicule avait grillé le gazon et sur la plate-bande du potager, les fanes de pommes de terre, vaincues par la chaleur, pendaient lamentablement. Sachant bien que sa femme allait le traiter de radoteur inexorablement atteint par la déformation professionnelle, il ne put s'empêcher de déclamer ces vers de la Comtesse de Noailles tant s'y prêtaient les circonstances atmosphériques ambiantes :

Tout luit, tout bleuit, tout bruit.
Le jour est brûlant comme un fruit
Que le soleil fendille et cuit.

Chaque petite feuille est chaude
Et miroite dans l'air où rôde
Comme un parfum de reine-claude.

Du soleil comme l'eau pleut
Sur le pays jaune et bleu
Qui grésille et oscille un peu.

Un infini plaisir de vivre
S'élance de la forêt ivre
*Des blés roses comme du ...**

Il n'eut pas le temps de terminer.

– *Ça y est, ce vieux radote !*

Le « vieux » ferma les yeux, satisfait de l'effet escompté, et ne jugea pas utile de répondre. Contrairement à lui, un familier des Lettres, on voyait bien que sa femme était à mille lieues de l'univers poétique d' Anna de Noailles. Il essaya de s'imaginer cette dame distinguée, d'abord en brune, puis en blonde. Mais savait-elle faire la cuisine ? Il décida de répondre par la négative à cette question tout à fait incongrue, au reste sans importance. Tant mieux – pour l'homme ! – si certaines femmes se réalisent dans la cuisine et d'autres dans la poésie ; ces nourritures, terrestres ou spirituelles, ne sont-elles pas complémentaires ?

En levant la tête et en fixant un instant les échancrures lumineuses du feuillage il se sentit gagné par une agréable torpeur, délicieuse sensation de légèreté en volutes ascendantes vers cette lumière éclatante qui emplissait l'azur au-dessus de la ramure protectrice.

Son manuscrit à la main, l'écrivain s'apprêtait à frapper une deuxième fois au grand portail de bois doré qui donnait accès – du moins le croyait-il – à l' « Académie française » lorsque la serrure grinça tandis que le vantail s'entrebâillait, laissant voir un très vieil homme en robe de bure, chaussé de nu-pieds, portant à la ceinture un impressionnant trousseau de clefs. En guise de sésame, le visiteur présenta son dernier ouvrage littéraire à la couverture barrée du bandeau de couleur qui distingue chaque année le lauréat du prix « Panazô » à la « Journée du livre » de Saint-Martin-de-Jussac.

– *Bienvenue chez nous, mais on ne vous attendait pas sitôt,* dit la voix chevrotante. *Mon Maître est occupé, Il est en réunion. En attendant que je vous introduise auprès de Lui, vous pouvez vous promener à loisir dans le parc. Mais faites attention, on vient de nous livrer à l'instant les légumes destinés à nos pensionnaires et ils encombrent un peu l'entrée.*

Ce portier maniait sans doute l'euphémisme car pour pénétrer plus avant, l'arrivant dut escalader des monticules de choux, contourner des monceaux de citrouilles et un énorme tas de pommes de terre de plusieurs tonnes. A n'en pas douter, son fournisseur devait être, à l'heure actuelle, à la tête d'une immense fortune due à ses économies de bistrot, réalisées lors de la production des tubercules qui avait nécessité sûrement des mois de travail à 3,68 euros de l'heure, même s'il avait usé plusieurs paires de chaussures pour venir jusqu' ici...

Ayant tant bien que mal franchi l'aire de stockage des légumes, le nouveau venu fit une halte devant un monument aux morts curieusement fleuri... de feuilles de navets alors que d'un local proche lui parvenaient de bruyants éclats de rire avinés et que s'exhalait une affreuse odeur d'origine spécifiquement humaine. Il crut même reconnaître des propos poétiques. Comment pouvait-on décemment déclamer des vers dans un environnement aussi fétide ?

Mais le visiteur n'était pas au bout de ses peines. Sur son parcours se dressait maintenant un bric-à-brac impressionnant fait d'objets ayant déjà beaucoup servi. Il y avait des outils en quantité, de toute nature : scies, rabots, marteaux, tournevis et des limes, des monceaux de limes : plates, rondes, triangulaires, longues, courtes, avec ou sans manche. Deux hommes s'affairaient à entasser sur le sol leur immense fourbi : celui qui s'occupait des limes, coiffé d'un képi de gendarme, et un deuxième qui faisait fonctionner, dans un grésillement cacophonique, trente postes de radio à lampes en même temps. Le promeneur se hâta de s'éloigner en se frayant un passage dans les alignements de toutes les chaises pliantes vertes et rafistolées qu'il reconnut pour avoir été, jadis, celles du kiosque à musique de « la Promenade ».

Il s'arrêta à peine devant une rangée de panneaux de bois aggloméré sur lesquels on avait fixé des cibles de papier à l'aide de punaises. Attroupés autour d'un animateur en tenue militaire, une bande de jeunes lycéens s'esclaffaient en comptant les perforations – au nombre de neuf –, score inexplicablement élevé pour un tir limité à cinq balles seulement...

– On on ve voit bien que eu vous ou né n'êtes pas Cé C.R.S ! » commentait le garde.

Un peu plus loin coulait un large cours d'eau sur lequel circulaient, guidées par d'athlétiques mariniers noirs au torse nu qui maniaient leurs grandes perches, de longues pirogues chargées de poisson séché. Sur les rives, brûlées par le soleil, dans l'air vibrant de la fournaise sub-tropicale, deux pêcheurs blancs, trempés de la tête aux pieds, s'agitaient fébrilement en regardant s'éloigner la proie qu'ils venaient de laisser filer : un petit caïman dont les yeux moqueurs, en périscope, précédaient un long sillage dans l'eau du fleuve. Une scène qui n'avait pas échappé à l'artiste au béret noir cassé sur le devant du crâne, assis devant son chevalet, sa palette de couleurs dans une main tandis que l'autre traçait à l'aide d'une large brosse, de longues bandes d'un éclatant rouge sanguin.

Alors que le nouveau-venu cherchait du regard le pont qui permît le passage sur l'autre rive, des agents d'une librairie de Guéret lui proposèrent, moyennant une modique participation, de monter dans leur embarcation pour franchir le fleuve. Comme il s'étonnait de cette nouvelle activité, sans rapport apparent avec leur vrai métier qui était d'approvisionner les écoles en matériel scolaire, ils lui répondirent que le fait de tout ignorer de la navigation n'empêchait pas de mener les gens en bateau…

Pendant la traversée, le passager remarqua, sur l'autre berge, une équipe d'hommes en tenue bleue, coiffés d'une casquette au motif bleu d'avion en papier sur fond jaune, les uns occupés à introduire des messages dans des bouteilles de verre qu'ils rebouchaient ensuite avant de les lancer au milieu de l'eau, tandis que les autres suivaient à la jumelle les récipients transparents flottant dans le courant, jusqu'à leur complète disparition au regard de l'observateur, loin en aval . Intrigué par ce manège, il questionna les mariniers. On lui expliqua qu'il s'agissait là d'employés de La Poste lesquels pratiquaient ainsi pour l'expédition des « lettres suivies », un courrier onéreux, objet d'une attention toute particulière…

Notre homme venait tout juste d'accoster lorsqu'il ressentit un besoin pressant. Il se précipita dans le bâtiment sanitaire le plus proche où un chat angora prit son élan pour actionner, d'un saut sur la poignée, la porte qui s'ouvrit sur une troupe de Berbères occupés à festoyer pendant que des collégiens tentaient de plumer une volaille répondant au curieux nom de « Suzy ».

– Quel étrange domaine !

se dit à haute voix le promeneur en poursuivant son chemin et en adressant un salut amical à des joueurs de cartes. A l'ombre d'une tonnelle, attablés devant un grand plat de maquereaux au vin blanc, ils le hélèrent d'une curieuse façon, dans un occitan d'avant la normalisation orthographique, par des questions sans queue ni tête :

– Ei- co bru orau ?

– As- tu mau à lo pétréno ?

– Seis - tu no bourrico ?

En consultant sa montre, il comprit soudain la raison de son avance au rendez-vous : elle était encore à l'heure allemande ! Il lui tardait maintenant d'être reçu par son hôte et il fut soulagé de constater que le chemin suivi conduisait tout droit à un manoir à échauguettes et au toit pentu, couvert de tuiles plates, qui lui rappela vaguement un édifice de sa ville natale.

A l'entrée, deux employés contrôlaient les visiteurs. De l'arrière du crâne du premier, chauve seulement sur le dessus, s'échappaient des mèches filandreuses de cheveux aux étonnants reflets bleu-indigo attestant d'une teinture déjà ancienne. Indifférent à l'aspect surréaliste de son voisin à la tête d'artiste défraîchi, le deuxième semblait uniquement préoccupé de plaire à son chef, opinant du bonnet à tout ce que disait l'autre.

– Vous pouvez entrer malgré votre épiderme sensible, déclarèrent-ils d'une voix unanime, *mais à votre place, nous aurions fait manipuler !*

Pénétrant dans la salle d'honneur, le nouvel arrivant s'étonna de trouver là tous les employés de l'abattoir, dans leur tenue de travail blanche : combinaison, bottes et casque, leur couteau encore rougi de sang passé à la ceinture. Pour le faire patienter, on lui offrit du Ricard et des cacahuètes grillées car c'était jour de réception pour les personnels communaux.

Bien conscient de n'être pas à sa place au milieu de cette assemblée, l'intrus, son livre sous le bras et son verre de pastis à la main, décida d'attendre dans le couloir son introduction auprès du seigneur du château. En déambulant dans le long corridor, il passa devant une large porte derrière laquelle résonnaient des exclamations, des bruits de robinets qui coulent, des cliquetis métalliques, des chocs aigus et des tintements de verres. A l'évidence, il régnait dans la pièce close une intense agitation.

Bravant l'interdiction mentionnée en rouge sur la pancarte fixée à l'huis « **Local privé – entrée strictement interdite** », le curieux fit discrètement pivoter la poignée et poussa à peine la porte. Mais le mince entrebâillement fut suffisant pour qu'il appréhendât, dans toute son horreur, le spectacle qui s'offrait à lui.

Dans une salle voûtée, sans fenêtre, éclairée uniquement par quelques ampoules pâlottes, toute en longueur, et dont on n'apercevait pas le bout, s'allongeait un interminable évier, alimenté par un nombre incalculable de robinets qui débitaient des jets d'eau bouillonnante. Dégoulinant des murs couverts de vapeur, l'eau avait recouvert le sol de plusieurs centimètres d'eau. Pataugeant dans cette étuve, chaussés de bottes et vêtus de grands tabliers blancs, les manches retroussées, la lavette à la main, des hommes s'affairaient. Face à eux, en arrière du long bac en ciment qui débordait d'eau moussante s'entassaient des piles de bols, d'assiettes en faïence, de plats, de tasses, de verres, de casseroles, de faitouts, de marmites, de cuillers, fourchettes et couteaux. A croire qu'on avait rassemblé en ce lieu clos, bruyant et moite, la vaisselle du monde entier. En une file ininterrompue, des employés, en longs tabliers, poussaient devant eux des wagonnets pleins d'ustensiles sales tandis qu'à l'autre bout d'autres s'éloignaient avec leurs chariots – qui ressemblaient à s'y méprendre aux casiers à roulettes du centre de tri de « La Poste » – chargés des récipients et des couverts nettoyés , le tout en une incessante chaîne d'entrants et de sortants dont rien ne laissait augurer qu'elle aurait un jour une fin. Sur le dos des malheureux apparaissaient ces étranges inscriptions : « *S.Y.D.E.V.S.* » – sigle que l'observateur indiscret traduisit par « *Syndicat d'Élimination de la Vaisselle Sale* » – et « *A.C.A.B.R.* » – qui signifiait probablement « *Association des Chasseurs Accapareurs des Bois de la Reine* » ou encore « S.P.D.S.V.C. » (« *Service Postal Du Suivi de la Vaisselle Cassée* »). Parmi ces forçats, deux personnages se chamaillaient en se donnant des coups de lavette à vaisselle : un grand escogriffe patibulaire coiffé d'une casquette de garde et une blonde frisée lesquels s'accusaient mutuellement d'avoir provoqué la colère de la Présidente, cause probable de leur présence dans cette cave inhospitalière qui rappelait étrangement une succursale du GOULAG.

A cet instant le curieux fut pris d'un étrange pressentiment : et si on l'avait convoqué pour ajouter sa présence à celle de tous ceux qu'il n'aurait pas dû voir ?

Cédant à l'instinct de conservation, il n'eut dès lors qu'une seule pensée : fuir cet enfer qui lui était, de toute évidence, destiné. Il se rua vers la sortie, bousculant au passage le personnel municipal. Les deux vigiles de l'entrée ne s'aperçurent même pas de son passage, occupés qu'ils étaient à contenir la foule qui manifestait devant le château en brandissant des drapeaux rouges, des étendards noirs et des pancartes sur lesquelles on pouvait lire : « *En Mai, fais c'qui t'plaît !* » tandis qu'un jeune juge, en robe noire, leur proposait de ramener toutes les amendes de 240 à 80 francs.

Poursuivant sa course folle, le fugitif croisa des employées de bureau qui jouaient au ping-pong avec un bulletin de naissance froissé en guise de balle.

– Allez voir l'ainetanedangue de ma part ! lui cria l'une des joueuse avec son inimitable accent de Pampérigouste.

En le voyant revenir aussi pressé, les agents de la librairie de Guéret, au son d'un accordéon qui jouait les « Maçons de la Creuse », préparèrent leur embarcation pour le mener en bateau, une fois de plus, d'une rive à l'autre du fleuve, insensibles à la présence des crocodiles. Un tireur – qui avait pourtant tout du c... – venait d'en abattre neuf avec seulement cinq balles : assurément un beau tableau de chasse que le peintre au béret cassé sur le devant se proposait d'immortaliser sur la toile avant d'y ajouter quelques poules ...

En se retournant pour voir s'il était poursuivi, le fuyard n'avait pas vu l'obstacle et vint s'étaler au milieu de toutes les chaises pliantes vertes et rafistolées du kiosque de « la Promenade ». Il se releva péniblement. Trente postes à lampe diffusaient simultanément le « Turlututu » tandis qu'un marchand de gaufres lui proposait des limes.

S'il n'avait pas vu à temps le fourbi, il avait, en revanche aperçu la foule de tous les hôtes de ce pays de fous – au nombre précis de 144.000 – lancés à sa poursuite : un dangereux tueur, juché sur un V.T.T. jaune, suivi de tous les forçats de la vaisselle menés par la blonde du S.Y.D.E.V.S. qui hurlait : « *Vous avez tort de partir, les deux gardes assermentés n'ont jusqu'alors, à ma connaissance, jamais verbalisé qui que ce soit !* » Derrière eux accouraient, avec leur affreuse tête de menteurs, les gens pressés du Massif Central : « *Revenez,* criaient-ils, *nous vous avons réservé, dans notre bureau, 2500 exemplaires de Boule et Bill !* » En queue de peloton, à bout de souffle, une espèce d'individu à tête d'artiste dont tout indiquait qu'il avait ses huit cents ans lunaires bien sonnés, s'époumonait : « *Je vous en prie, restez avec nous, ensemble nous manipulerons !* »

Mais déjà, dédaignant les solliciteurs, le fuyard s'était relevé. En un dernier effort il escalada l'énorme monticule de légumes, entassés à l'entrée du domaine, et franchit en trois enjambées le portail ouvert pour laisser entrer un tombereau de livraison de pommes de terre à 68 centimes d'euro le kilo.

Il ne se souvenait pas être arrivé par l'ascenseur, étrangement décoré de feuilles de navets, qui attendait, ouvert près du portail. Qu'importe, il s'y engouffra et appuya fébrilement sur le bouton qui devait le ramener au niveau « zéro ». La cabine n'était pas spacieuse mais une glace, fixée à l'une des parois, comme dans tous les ascenseurs du monde, semblait en doubler le volume, sans doute pour rendre moins oppressant cet espace confiné. La lampe au plafond s'était allumée, dès l'amorce de la descente, et ce qu'il vit dans le miroir le stupéfia : ce fugitif c'était moi !

Dans la lumière éblouissante du grand jour, j'entendis ces douces paroles :

– *J'ai fait la vaisselle pend…*

« *J'ai fait la vaisselle* » avait dit la voix – dont je persiste à taire l'identité pour une raison évidente de paix des ménages... Dès lors le doute n'était plus permis : Puisque je venais d' échapper à l'enfer de la plonge, c'est que j'étais tout bonnement … au Paradis !

Malheureusement cette voix enjôleuse, qui aurait dû s'en tenir là, se crut obligée de poursuivre :

– … dant que tu somnolais. Je t'ai laissé la cocotte à frotter et tu penseras à nettoyer le barbecue. Je vais faire une petite sieste, à tout à l'heure !

Il fallait en convenir : ce succédané de paradis n'était tout au plus qu'un vulgaire … purgatoire… et je m'apprêtai à refermer les paupières bien décidé à ignorer la cruelle réalité du monde ici -bas.

Alors résonna cette voix au timbre clair et profond, d'origine lointaine, surnaturelle, empreinte à la fois d'indulgence et de ferme sagesse ; exactement la même que celle que percevait Don Camillo, sous la voûte de son église, lorsque son impulsivité égarait sa conduite :

– Allons ! Jean, un peu de bon sens voyons, qu'est-ce que tu croyais ? Faut– quand même – pas rêver !

* *cuivre*

***

Académie
Française

Les cheveux d'Éléonore

Ce livre qui n'en finit pas de finir n'aurait pas manqué de susciter l'une des expressions favorites d'Henri :

– C'est comme les cheveux d'Eléonore

Quand il n'y en a plus, il y en a encore !

Tout cela pour dire qu'une fois terminée la rédaction des chapitres précédents, alors que je pensais pouvoir passer aux opérations d'impression du texte, je fus pris d'un doute quant au choix du titre que je tenais à vous expliciter.

Après avoir écarté cette vision simplificatrice de l'existence : « *La vie est une longue vaisselle tranquille.* » ..., j'avais retenu l'expression qui figurait en toutes lettres à la fois en première et dernière lignes du texte : « *Faut pas rêver !* ».

Cette formule m'avait semblé bien résumer la complexité des choses de la vie lesquelles, comme dans les films, ne se déroulent jamais selon nos prévisions ; notre naturel humain ayant une propension à anticiper de façon optimiste la suite des événements. (Fort heureusement, sinon on n'entreprendrait rien !) Une suite qui sera forcément contrariée par les autres intervenants aux intentions différentes des nôtres, renvoyant souvent nos projets au domaine de l'utopie.

Cela en faisait-il pour autant le meilleur des titres possibles ?

Car, en lisant le dernier succès de Pascal Sevran – qui avait réussi, avec un réel talent, à rédiger tout un ouvrage pour ne rien dire... – je m'étonnai, en refermant le livre, du choix de son titre : « *La mélancolie des fanfares* ». Passe encore pour la « mélancolie » mais j'en suis toujours à me demander les raisons de l'insolite présence des « fanfares » dans son affaire.

J'en déduisis que mon titre à moi était, commercialement parlant, tout ce qu'il y a de fade et de commun, et manquait pour le moins d'imagination.

C'est en photographiant les « couades », pour illustrer mon chapitre « La commune n'est pas riche. », que me vint l'idée d'utiliser cet ustensile pour donner un peu de cachet à l'intitulé de mon récit.

La « couade » réunissait en fait trois caractéristiques intéressantes : d'abord celle d'un objet ancien, bien en rapport avec l'évocation du passé contenu dans mes écrits ; ensuite celle du parallèle évident entre le mince filet d'eau débité par le récipient et le fil de la vie qui s'écoule, tranquille – plus ou moins selon les moments ... – ; enfin celle d' une coloration locale grâce à ce vocable, typiquement limousin, et qui évoque tellement nos traditions rurales. Bref, la « couade » devenait le symbole de ce monde, perdu en même temps que la jeunesse, l'emblème de tout un art de vivre en voie de disparition.

Je m'étais quasiment décidé pour l' intitulé « Au fil de la couade » lorsque j'eus une autre idée.

Tout le monde – ou presque – connaît les nouvelles de Guy de Maupassant, la plus surprenante – à mon avis – étant l'épisode de « Toine », cet aubergiste grabataire, à qui sa femme donne à couver dans son lit, une douzaine d'œufs de poules...

Dans ce même domaine de l'invraisemblable, Edgar-Allan Poe, l'écrivain américain, n'est pas en reste avec ses « Histoires extraordinaires » : une suite d'aventures, étranges et morbides, où domine l'aspect fantastique. « Double assassinat dans la rue Morgue » a d'ailleurs été adapté au petit-écran. Vous vous souvenez de l'histoire de ces deux femmes, retrouvées mortes, la tête tranchée, dans leur logement du deuxième étage, fermé à double tour... de l'intérieur ! Il faudra aux enquêteurs beaucoup de perspicacité pour retrouver l'auteur du forfait : un gorille échappé d'un cirque qui avait escaladé la dalle de l'immeuble avant de pénétrer dans l'appartement par la fenêtre ouverte.

C'est pourquoi, par contraste, j'avais ensuite pensé à un titre du genre : « Histoires extraordinaires de tous les jours » ce qui, vous en conviendrez, n'aurait été qu'un grossier plagiat. Délaissant « ordinaires » pour « **inextraordinaires** », il me sembla que ce clin d'œil à Edgar-Allan m'assurerait un terme médiatiquement plus porteur… Je sais, ce mot n'existait pas encore mais était-ce une raison suffisante pour en différer son usage ?

Voilà, amie lectrice, ami lecteur, j'en ai enfin terminé. Vous voyez que ce n'est pas si difficile de rédiger un livre, même quand on manque d'imagination pour se lancer dans l'écriture d'un roman. Si vous avez passé un agréable moment à me lire, en oubliant un peu tous vos soucis (et la vaisselle…), n'est-ce pas là l'essentiel ?

Et si, à votre tour, vous vous lanciez dans l'écriture ? Vous avez bien, vous aussi, vécu quelques histoires inextraordinaires ?

Il suffit de commencer par l'une d'elles et vous verrez, les autres suivront. Et tant pis si ce n'est pas du Victor Hugo…

PS : Merci à toi, Francis, d'avoir bien voulu accompagner de ton pétillant coup de crayon quelques épisodes de ce livre, ainsi qu'à vous, amis lecteurs, mis fréquemment à contribution en qualité de témoins de mon récit…

Mes excuses enfin à tous les personnages évoqués, sans leur assentiment, dans le texte ; mais, en l'absence de ces figurants involontaires et mises à part la méditation transcendantale ou la contemplation de son nombril, que resterait-il à raconter ?S'il y a une seule leçon à retenir de ces histoires, aussi inextraordinaires soient-elles, c'est bien que nous n'existons que par les autres.

Peut-être ai-je inconsciemment cherché ainsi un supplément d'existence en partageant ces lignes avec vous.

A Bellac, le 1er novembre 2010

***

Table des matières

Achevé d'imprimer sur les presses
de l'Imprimerie du Corrézien
19460 Naves
Imprimé en France - Janvier 2011
N° impression : 2357
Dépôt légal : 1er trimestre 2011